COLECCIÓN CANIQUÍ

EDICIONES UNIVERSAL, Miami, Florida, 2001

REINA DE LA VIDA

BENIGNO NIETO

REINA DE LA VIDA

EDICIONES UNIVERSAL

———

Primera edición, 2001-01-26

EDICIONES UNIVERSAL
P.O. Box 450353 (Shenandoah Station)
Miami, FL 33245-0353. USA
Tel: (305) 642-3234   Fax: (305) 642-7978
e-mail: ediciones@ediciones.com
http://www.ediciones.com

Library of Congress Catalog Card No.: 00-111177
I.S.B.N.: 0-89729-940-X

ÍNDICE

PRIMERA PARTE

SEGUNDA PARTE

para
Luisa Lucrecia,
la fantasiosa reina de mi niñez.

PRIMERA PARTE

I
INSOMNIO Y AMNESIA

Abre la puerta y entra en el aire refrigerado de su cabaña, se mueve sin prender una luz, como un ladrón habituado a la oscuridad. Se acerca el reloj de manillas fosforescentes a los ojos. Son las cinco de la madrugada. El año 2000 se aproxima, y la nave de la Aldea Mundial navega vertiginosa en el espacio cósmico hacia un futuro inimaginable. Pero esta madrugada a él le importa un rábano el Fin de los Tiempos. Su preocupación es trivial y doméstica: primero, meterse en la cama sin que Elsa se percate de su borrachera, y después dormir tres horas, si puede. Teme que una vez más lo asalte el insomnio, no por el hombre que asesinó, ni por el daño que hiciera a quienes se atravesaron en su camino, sino por Greta Garbo.

"Si no la maté, al menos acorté su vida", murmuró.

Porque él podía haberla atendido como a una reina en Caracas, y el final de ella no hubiera sido tan penoso. Al menos, seguramente, su madre no se habría suicidado. Greta Garbo o Sofía Vilarubla, una sola mujer, un solo peso en sus remordimientos.

"Todos tenemos una sola madre, dos sería intolerable", pensó.

"Con tanto amor, o desamor, al que nos someten, con una madre es más que suficiente".

Matías quiso mucho a la suya, aunque al final ya no lo quería tanto. Recibió la noticia de su muerte con una extraña serenidad, acaso con alivio. No por las remesas de dólares con que acallaba su mala conciencia, sino porque supuso que se libraría de los remordimientos. Como si uno pudiera sacudirse la mala conciencia, igual que nos sacudimos las migajas de pan del desayuno.

*   *   *

Esta noche, jugando al póker, Matías se había bebido, sorbo a sorbo, un litro de whisky, sin perder su aplomo. Pero el whisky es como el amor: en la cama o la silla es una vaselina, y de pie un ejercicio tormentoso. Ahora, pasadas las cinco de la madrugada, se desnudaba en la oscuridad, tratando de que su torpeza alcohólica no lo delatase. Elsa llevaba horas durmiendo, y se preocupaba por la salud de él, y en la mañana le fastidiaría ver, en su cara, el disgusto o el silencio cargado de reproches.

Durante la crisis en la familia, que empezó tres años atrás, Elsa sufrió de insomnios y pesadillas atroces. En las madrugadas ella gemía presa de pavor. En la pesadilla una sombra maligna la perseguía, y en su angustia ella huía de la sombra, pugnaba por despertarse, intentaba gritar, pero no podía despegar los labios, ni proferir sonido alguno. Él oía sus gemidos, se incorporaba en la oscuridad, ponía una mano sobre ese cuerpo trémulo y querido, la sacudía suavemente y le susurraba.

"No tengas miedo, amor. Estoy aquí, a tu lado".

Durante esos meses de insomnios y pesadillas, Elsa consumió cajas y cajas de Lexotanil. Ahora ella ha recuperado la fe en Dios y, desde hace un año, un sueño natural y profundo bendice sus noches. Por las mañanas, cuando se pone en pie ligera y feliz, por ese y otros milagros concedidos, aprovecha para echarle en cara su ateísmo.

—Quien se acuesta con Dios, duerme en paz —dice.

Un sermón discreto. Una forma de advertirle que mientras no

pactara con Dios, las noches de él seguirían siendo un infierno. Pero ella se anda con tiento, es una mujer inteligente y sabe que tigre, aun viejo, es tigre siempre. Matías, por su parte, es tolerante y no va a discutir con su mujer por esa tontería. Si Elsa había vuelto a las creencias de su niñez, y si el cristianismo, ese piadoso consuelo, le permitía dormir sin tomarse un Lexotanil (bromazepan 3 mg), bienvenido sea.

—Jesús es una pastilla de Lexotanil —murmuró.

—¿Qué dijiste?

—Es el título de esa pieza de Bach: "Jesús, alegría de las súplicas del hombre". Bach era un hombre muy religioso.

Al oído de Elsa, inclinado a la alegría, Bach sonaba fúnebre por culpa de sus piezas para órgano, como *Tocata y fuga* (en cambio, le gustaban los conciertos de *Brandenburg*.) A Matías le había dado por Bach diariamente, hasta el aburrimiento, y para que ella aceptara esos excesos, él insistía en la religiosidad del músico.

—Bach con su música glorifica a Dios. ¿No oyes como si en el fondo cantara un coro de ángeles?

Elsa lo escuchó desconfiada. Nunca estaba segura cuando hablaba en serio, de modo que le dio el beneficio de la duda. Ella ha vuelto a la fe, y anhela que el rebaño del Señor se multiplique y crezca incontable como las briznas de las hierbas en el prado.

Hubo dos razones para que Elsa, después de treinta años de no ir a la iglesia, sino de Pascuas a San Juan, fuese ahora a menudo, y, en vez de leer a Doris Lessing, Marguerite Duras y Rosa Montero, dedique su entusiasmo a la Biblia, esa otra novela. Matías opina que la primera razón no fue por su culpa, aunque tuviese que ver con él. La segunda fue tan siniestra que un poco más y mata a Elsa, o la enloquece (ella cree ahora tener pruebas de la existencia de Satanás), pero no quiere que se sepa, ella prefiere olvidar y perdonar.

Hace tres décadas, cuando salieron al exilio, Elsa no dormía bien, y él no tenía compasión con ella.

—El insomnio es una enfermedad de ricos, de mujeres ociosas, y de histéricos —decía con desdén—. Los hombres que sudan duro están demasiado cansados para darse ese lujo. Yo he dormido como un rey en la cárcel, con terremotos, a campo abierto, acostado en el banco de un parque. Yo me cago en los insomnios.

Pero ahora, cuando Matías ha perdido la gracia del sueño, aunque Elsa lo lamenta, es comprensible que se sienta reivindicada. Por su parte, él ha desistido de la crueldad como instrumento, se ha percatado de que, a pesar de todo, ha amado a esa mujer siempre, siente remordimientos por su tumultuoso pasado, por sus traiciones, y por haber sido demasiado duro con ella. Para recompensarla, ahora trata de mimarla, de protegerla hasta de él mismo: es decir, de los demonios que lo atormentan, de su pesimismo sobre la religión y la condición humana.

—Voy a la iglesia, mi amor —le dice ella—. Puede que regrese un poco tarde, como a las ocho, pero ya te tengo la cena preparada.

—Vaya con Dios, y no se preocupe de la hora.

Al oírlo mencionar a Dios, ella se conmueve, se acerca y le da un beso, esperanzada de que el día en que él entre al redil, no esté lejano. Matías piensa lo mismo: ese día no está lejano.

* * *

Durante unos minutos él levitó en la frontera del sueño, con su cerebro mezclando imágenes arbitrarias. De súbito, emergió clarísimo el rostro de su madre: ella fuma un tabaco barato, un tabaco atroz en sus bonitos labios; ella lo chupa, lo vuelve a chupar, se embriaga con bocanadas de humo, luego entorna los ojos y habla en un lenguaje tosco, no con su voz normal, sino con la voz de una negra: "Madre, por favor, deja ese tabaco, no hagas eso, que me haces sufrir", siempre quiso decirle, pero entonces él era un niño y no se atrevía a contrariarla. Sucedió hace ya cincuenta años, pero el olor del tabaco todavía flota en el aire. Debía ser *ella,* que lo rondaba, o la maldita memoria con sus trampas.

Trata de poner la mente en blanco. Se esfuerza. Pero persiste la imagen de su madre con el tabaco. *"¿Qué quieres de mí, vieja bruja?",* le dice irritado, y abre los párpados a la oscuridad refrigerada.

No hay nada. Sólo la mala memoria.

Se volteó cuidadosamente para no despertar a Elsa. Yació sobre su espalda, y examinó sus opciones. Faltaba una hora para que amaneciera, y sabía que ya no dormiría. Tampoco valía la pena intentar un flurazepam; con la cantidad de whisky que todavía circulaba en su sangre, podía sufrir daños cerebrales. Pensó en hacerle el amor a Elsa (ese placer y su intenso furor eran para él una cura y un olvido). Desechó también esa idea: se sentía agotado y Elsa dormía rendida.

Se resignó al insomnio, a la lucidez punzante, a la revelación de que ya nunca sería quien debió ser, de que el tiempo que nos dan es irrevocable. Luego la tortura de esos espectros que lo visitaban en la madrugada, esas horas a solas en que su largo pasado lo asaltaba, su medio siglo de placeres, de crímenes, de remordimientos. Sus noches: un castillo inglés por cuyas murallas desfilaban, incesantes, los seres a los que alguna vez les prometió la fugaz eternidad de un libro.

—Déjenme vivir en el olvido —les decía.

El juego era su otra fórmula de olvido. A éste le añadía alcohol, otra antigua fórmula. Combinadas las dos, su poder se duplicaba, y esa noche durante la partida de póker, entre risas y astucias, el tiempo se desvaneció en una cápsula de placer. Pero esta madrugada, ese vago olor a tabaco en esa escena en el tiempo, y ahora, desde las tinieblas, percibe que los espectros se movilizan, y el primero en materializarse es el rostro de Greta Garbo; pero él sabe de quién se trata.

—Vete —le dice—. Déjame en paz.

A él lo atormentaba, por un lado, el remordimiento por haber sido egoísta con su madre, y, por el otro, la decepción corrosiva, el malestar de malgastar veinte años en cambiar vida por dinero; de haber dilapidado su tiempo en carreras de caballos, en miles de noches de borracheras, dominó, barajas y sexo. Suya era la historia de un hundimiento al que nadie importaba, y del que sólo él tenía plena conciencia.

—Madre, déjame dormir en paz —murmura.

Porque ha sido su madre, con su disfraz de Greta Garbo, quien se ha aparecido en la negrura de su habitación, con una palidez espectral. Ella convertida en un espíritu en pena que lo mira con severidad.

—Vieja, lárgate, que yo moriré en mi ley —le dice irritado.

Pero el espíritu de su madre no se va. Está ahí, con esa pesadumbre de ultratumba, y quiere hablarle. De niño le había oído decir que los muertos, cuando dejan angustias pendientes en este ilusorio mundo, no pueden abandonarlo. Que rondan por las noches a los seres que han amado, sufriendo el tormento de no poder hablarles. ¿Sería por eso que el espectro de Sofía lo rondaba en la oscuridad?

Oye su voz, o cree que la oye, y se estremece.

* * *

¿Por qué se suicidaría realmente su madre? ¿A quién le enviaría ese mensaje póstumo? ¿A él, Matías, o tal vez a Dios? ¿Sería por la ceguera que cubrió su mundo de sombras, o por castigarlo moralmente? ¿O tal vez por abrirles las puertas de la libertad a Juanito? Tres conjeturas verosímiles, incluso la última. Esa mujer tan clarividente bien pudo comprender que, mientras viviera, él no ayudaría a Juanito a salir de Cuba. Juanito, por descuido, pudo hacérselo saber: que Matías lo había condenado a cuidar de ella hasta su muerte. ¿Y quién sabe si Juanito, un intrigante de mil caras, no lo hizo deliberadamente?

Yace en la última vigilia con sus remordimientos. ¿Será el espectro de ella quien lo persigue, o las complejas tinieblas de su subconsciente? En la sobrenatural oscuridad púrpura, el espíritu de Sofía Vilarubla se ha plasmado como un magma, y él ha cerrado sus párpados para no verlo. Pero el pálido espíritu se cuela dentro de sus párpados, y ve su rostro brillante flotando en la opacidad del dolor.

—¿Qué quieres de mí?

"Hijo, a ti te fue dado el don de la luz".

—Vete. Ya todo se ha terminado.

"Tienes que dejar de jugar y beber", susurró el espectro.

—El juego y la bebida me dejarán, no te preocupes.

"Siempre cumpliste todas tus promesas, Matías".

—Yo nunca prometí dejar de beber.

"Pero me prometiste escribir la novela de mi vida".

A pesar de su jaqueca, Matías Ballester sonríe. Acaba de comprobar que la vanidad terrenal es tan poderosa que sobrevive en el alma en pena de los difuntos. ¿Cómo creer en la inmortalidad celestial, si aun los difuntos parecen más preocupados por su posteridad terrenal?

Eso era verdad. Se lo prometió quince años atrás en Caracas, una ciudad maldita y hermosa. Su madre sentada en la sala de la planta alta, solos los dos. De súbito lo embargó la ternura de haber sido engendrado en el vientre de esa mujer. La miró orgulloso de su sonrisa invencible, de su mente ágil, de sus carnes firmes. Increíble que dos décadas después de haberse extirpado el útero y los ovarios, se conservara aún atractiva. ¿Sería su madre capaz de amar y ser amada por Juan?

—Mamá, ¿de qué brujería te vales para no envejecer?

Ella desplegó una sonrisa vanidosa.

—¿Tú sabes lo que me dijo el último cirujano que me operó? Que jamás había visto a una mujer con una encarnadura tan buena como la mía —y envanecida se palpó los brazos, el estómago y los muslos, todavía con las carnes sólidas y firmes, como una mujer de cuarenta.

Aquella fue una tarde armoniosa. Una tregua en la crisis entre su madre y él, un regreso a la antigua complicidad. Desde que llegara de Cuba, ella se comportaba, a ratos, con su gracia chispeante. Lucía feliz, y lo expresó con una de sus ocurrencias.

—Elsa y tú me hacen sentir, ¡cómo una reina de vacaciones!

En Caracas se había operado de cataratas y, erróneamente, Sofía creía que su glaucoma mejoraría también. Su rostro resplandecía de optimismo. Además, acariciaba la esperanza de que Matías y Elsa le propusieran quedarse. Estaba claro que no deseaba volver a La Habana, y cortejaba a Elsa con besos, abrazos y halagos. Una y otra vez lo repetía, invitando a que la invitaran.

—Me encanta esta casa, este país y esta ciudad. Yo podría vivir aquí el resto de mi vida, feliz y tranquila.

Esa tarde estaba sentada a solas con Matías en la planta alta, y llevaba un rato hablando de sí misma, recordando los primeros y felices años cuando abandonó a Ballester para juntarse con Juan Maura. En Santiago anduvo de pensión en pensión (elegía siempre las más distinguidas), y dos tardes a la semana las pasaba jugando al póker, en unas partidas donde ella reinaba por su belleza y su encanto. Ella era astuta como un demonio: no sólo adivinaba la baraja que venía sino que, con su fina intuición, leía el blof en la cara del adversario.

Al fin, a los treinta y tres años, Sofía Vilarubla era una mujer libre, enamorada y feliz, que esperaba impaciente los fines de semana, y con estos la llegada de Juan Maura, que era entonces su amante, todavía por cumplir su palabra de convertirse en su esposo. De modo que esa tarde en Caracas, aquellos buenos recuerdos la hacían lucir como en sus mejores tiempos: risueña, alegre y fantasiosa. Matías la recordaba así, cuando la recordaba. De súbito, ella guardó silencio, pensó en los transcurridos años, en el tiempo vivido, ahora ella era una anciana en el ocaso de su vida. Esta idea triste la sumió en la melancolía, su bello rostro se tornó enigmático, a lo Greta Garbo.

—Mis memorias se irán conmigo, Matías.

—Polvo éramos, y polvo seremos, mamá.

—Sí, yo te decía eso, y también te decía que el espíritu viene de Dios. ¿Te acuerdas de cuántas cosas me preguntabas cuando eras un niño?

—No somos nada —dijo él, a punto de negar la existencia del espíritu, y se contuvo. Sería una infamia burlarse de la esperanza de vida eterna más allá de la muerte que alentaba su madre.

De todos modos ella no lo escuchaba. Estuvo un minuto ensimismada, y de nuevo lo miró melancólica.

—¿Comprendes, hijo, que *todo* se irá conmigo?

Supuso que ella se refería a la memoria, al conocimiento que nos dejan los hechos vividos, a tantas pasiones, agonías y experiencias con que el tiempo teje nuestros días. Los recuerdos de su madre se desvanecerían cuando ella muriera, y él aceptó esa verdad con un silencio afirmativo. Entonces, Sofía le sonrió con amorosa dulzura.

—¿Cuándo vas a publicar tu primera novela?

La pregunta lo tomó por sorpresa, como si ella hubiese hurgado en un secreto vergonzoso, y lo puso de mal humor.

—¿Qué te hace creer que soy, o seré un novelista?

—Acuérdate que te parí, que te conozco mejor que nadie. *(¡Qué equivocada estaba, la pobre!, le sonrió él.)* Tú siempre estás escribiendo donde quiera que estés. Escribes mentalmente, yo te oigo. Desde que eras un niño oía tus pensamientos. Ahora mismo estabas meditando aquí conmigo, siempre anotando mentalmente lo que ves y lo que escuchas. Has tenido una vida intensa. Tienes en tu cabeza decenas de novelas, sólo necesitas sentarte, escribirlas, y pronto lo harás.

Ya él no se sonreía: a pesar de su incredulidad absoluta respecto a todas las médium (incluyendo a Sofía Vilarubla, y a todas las otras enajenadas que creían, o fingían, poseer facultades paranormales), en ocasiones le sobrecogía el don de su madre para adivinar sus pensamientos (debía ser telepatía, o algo científicamente explicable.) Pero qué importa. Aquella era una zona lacerante para él, y guardó un silencio hostil; pero su madre continuó con su cháchara.

—Lo tuyo es un destino, Matías, y debes cumplirlo. El destino es una marca con la que nacemos, y nada te salvará del tuyo. Quien no cumple con su destino está condenado a vagar por la tierra, como un alma en pena, eternamente.

Miraba a la vieja bruja media cegata haciendo de oráculo, recordó su niñez, y sintió un ramalazo de compasión por su madre, y por todos las mujeres del mundo a quienes la naturaleza había condenado a perpetuar con sus partos a esta raza de bípedos a la que él pertenecía.

—¿Te acuerdas de Amparo? —dijo su madre—. Tú te burlaste. Y ya ves, ella vio tu vida entera antes de que la vivieras.

Era cierto. Amparo profetizó su fracaso: *"tú quieres escribir, pero pasarán años, muchos años, más de los que calculas o puedas imaginar, y sólo al final se cumplirá tu destino"*. Con la arrogancia de la adolescencia, se rió en la cara de Amparo. Él tenía trece años, y creía que antes de los treinta lo lograría. En fin, el oráculo le dio una esperanza, que él entonces no aceptó, por lejana. Pero el tiempo se había cumplido, y si era un destino auténtico, no una vanidad o una profesión, la profecía se cumpliría.

—Tranquila, mamá. Pronto me sentaré a escribir.

La vieja suspiró como quien ha ganado una batalla.

*   *   *

—Matías, ¿por qué no empiezas por mi vida? Siempre he deseado que alguien la escribiera. Yo misma he pensado en hacerlo, aunque nunca tuve tiempo, y ya es tarde para mí.

Ahora él soltó una risita maligna: tanta palabrería para acabar en esto. No hay una puñetera mujer en este planeta cuya vanidad no la ilusione a creerse la heroína de una novela. Hombres hay menos. En cambio, ellas viven persuadidas que sus abortos, sus traiciones, amores, menstruaciones, hijos y nietos, todas esas anécdotas anodinas, son dignas de una novela.

—Vieja, creo que no saldrías bien parada.

—¿Por qué lo dices?

—Tal vez no te guste. Cuando te escribí aquel poema tan idiota, y luego lo leí, sentí vergüenza. Me pasó que yo traté de embellecer *tu* realidad. Es la mentira del lirismo, ese jardín de vocablos donde florece lo sublime.

—No sé de qué hablas, pero ese poema era falso, Matías. Esa mujer sentimental y nostálgica de tu poema, no se parecía a mí.

Sin detenerse a pensarlo, él le contestó sarcástico.

—Tienes razón: tú eras mil veces *peor*.

Fue como una bofetada en la cara de su madre. Esta vez ella no sonrió: posó su mirada profunda sobre él a lo Greta Garbo, melancólica como una esfinge, las cejas egipcias arqueadas y la frente altiva.

—¿Por qué tan cruel conmigo, Matías? ¿Qué he hecho para que me guardes tanto rencor, a mí, a tu madre?

*   *   *

Transcurrieron quince años, y su espectro, disfrazado de Greta Garbo, tuvo que aparecérsele, atormentarlo, perseguirlo, para que al final él se sentara y cumpliera con su palabra. Para hacerlo, revivía el pasado, y a veces la angustia se apoderaba de su espíritu. Elsa, que vivía pendiente de sus estados de ánimo, lo percibía, y persuadida de que sería inútil pedirle que renunciara, al menos creyó oportuno advertírselo.

—Yo creo que esa novela te está haciendo daño.

—La verdad hace daño, pero ilumina.

Sofía lo había profetizado: "ese es tu destino, Matías".

Su propio hermano, Juanito Maura, también debió nacer, de creer en Sofía, marcado por un destino. En el transcurso de aquellos años, Matías consideró que, separados doblemente por la distancia y la Historia, sería muy difícil que volviera a ver a su hermano. Pero de súbito, la sorpresa: Juanito en Caracas. Lo llamaba desde el Hilton. Su risa, su vozarrón. Había venido con una delegación al Festival Internacional de Teatro de Caracas. Media hora después se apeó de un taxi. ¡Increíble! ¡Qué alegría! Elsa y él pensaron que sería una maravillosa oportunidad para que su hermano diera el brinco, es decir, se asilara.

Todavía recuerda el encuentro, a Juanito veinte años más joven y buen mozo, en la quinta de San Bernardino. Aquella casa colonial parecía un pequeño castillo pintado de blanco, con su elegante escalera de madera alfombrada de rojo y las cuatro habitaciones en la planta alta, donde había un amplio salón con un balcón al frente. En cuanto estuvieron a solas con Juanito, se lo propusieron.

—Quédate aquí en mi casa. Yo te consigo el asilo —le dijo.

Elsa también le insistió. Pero Juanito, de sólo oír la propuesta de dar aquel gran salto por encima del inmenso abismo abierto por la Historia, movía la cabeza asustado, sus ojos girando desorbitados.

—Yo no puedo hacer eso —contestó.

Juanito razonó su miedo: tenía tres hijos menores de edad, incluida su hija de meses, y la Revolución no los dejaría salir de Cuba. Porque se ensañaban con mayor crueldad en los familiares de aquellos funcionarios que, después de haberles confiado una misión en el extranjero, se asilaban en el aborrecido capitalismo.

—Retendrían a Aída y a mis hijos para vengarse, y no tienes ni idea de las humillaciones a que los someterían. ¡Sabrá Dios cuándo los volvería a ver! Yo no puedo hacer eso.

—Pues muchos, de una forma o de otra, han tenido que pasar por ese infierno. Tengo amigos que pasaron cuatro y cinco años en los campos de trabajos forzados, ganando un peso al día, visitando a la esposa y los hijos una vez al mes, hasta que al fin les dieron la salida. La libertad no te la regalan, Juanito, tiene su precio.

—¿Libertad? —ironizó Juanito, con una sonrisa de desdén.

El sentido de esta palabra debía resultarle borroso. En aquellas visitas subrepticias y misteriosas de su hermano, luego de una llamada codificada, quedó persuadido que Juanito todavía no estaba listo para el exilio. Su mente permanecía cautiva de la Idea. En Cuba prefería no mencionar la deshonra de tener a todos sus hermanos en el exilio. Y antes de aquel viaje "olvidó" informar que Matías vivía en Caracas.

—Si la Seguridad se hubiera enterado, quizás no habría venido. En cambio, como nada saben, no vigilan tanto mis pasos.

Dos días más y a esta mentira, añadió otras.

—Yo he inventado unos dolores de barriga para no participar en los actos. Por eso te pedí la medicina esa —se dirigió a Elsa—, porque ayer, cuando descubrieron que no estaba en el hotel, les dije que había andado buscando una farmacia —sonrió, orgulloso de su astucia.

La delegación cubana a aquel festival de teatro, como de costumbre en cualquier evento internacional, por razones más políticas que culturales, era numerosa. El Festival duraría tres semanas, asistirían unos treinta países, habría innumerables presentaciones teatrales, talleres, conferencias, algunas coincidirían, y nadie, aunque hubiese querido, podría cubrirlas todas. Una suerte, porque las ausencias de Juanito, sólo un prestigioso actor y ahora un director de provincia, con una sola tesis que exponer, no se notaron demasiado. Juanito burlaba fácilmente (al menos eso creía él) la vigilancia de los cinco miembros de la SE que habían viajado al Festival disfrazados de coordinadores, asesores, etc. Había fingido una infección intestinal, y les hacía creer que se quedaba en su habitación.

—Yo lo calculé todo. De haberlo solicitado, podría haber traído a mi grupo de teatro de Kakania. Y eso hubiera sido un compromiso, un reto teatral, y yo quería todo mi tiempo para estar con ustedes.

Juanito venía en las mañanas, o en las tardes, y a menudo se quedaba a almorzar. De noche, nunca. Conversaban animadamente de mamá y de Juan, y de la familia. A veces hablaban de política, pero poco. Que Matías recuerde, una sola vez discutieron sobre una noticia bochornosa para la revolución, que acababa de salir en *"El Nacional"*, un periódico con claras simpatías por Cuba. Juanito se encogió de hombros.

—Eso debe ser mentira. Yo nunca leo los periódicos.

—Juanito, *éste* es un periódico izquierdista.

—Aquí la prensa es igual que en Cuba. La libertad de prensa no existe. Todo lo manipulan. Ellos responden a quien les paga. ¿Acaso no van a defender sus propios intereses? Igual que allá. El *Granma* dice sólo lo que le conviene al Gobierno.

—Aquí es diferente. No niego que haya intereses, pero hay muchos periódicos, y no pueden manipularlos a todos. Hay pluralidad de intereses, y de propietarios, y se pelean unos con otros. ¿Cómo puedes comparar el *Granma*, que es una gaceta del Partido Comunista, con la prensa de Venezuela? ¡Fíjate, ésta es una página de opiniones, y hay dos artículos, uno en pro y otro en contra!

Trató de mostrárselo; Juanito se negó; sin siquiera echarle un vistazo, rechazó el periódico despectivamente.

—¡No no no, por favor!

—¡Pero lee, no seas bruto, coño!

Juanito, sin ofenderse, se negó a mirarlo, hizo un gesto como si la sola visión del periódico lo enfermase.

—¡No no no, *todo* está manipulado!

—Sí, pero no está "monopolizado", y por ahí se va la liebre.

—¡Ja, cómo no! ¡A que no publican contra el Presidente, o contra el capitalismo! —se burló, como si tal cosa fuese imposible—. ¡Bah, yo no leo periódicos, mi hermano! Lo decidí hace muchos años: que no me iban a tupir la mente con esos mojones.

—A ti te la taponaron con otros mojones —le dijo él. Fue una respuesta brutal, dicha desde su prepotencia de hermano mayor. Sin transición, de su actitud antes persuasiva, Matías pasó a unos sarcasmos risueños, pero no por eso menos hirientes—: A ti te lavaron el cerebro, con un detergente tan bueno, que te lo dejaron en blanco.

Conociendo la capacidad de ofender de su marido, Elsa intervino. A pesar de compartir su opinión, esto no le daba derecho a ser cruel con Juanito, un ser vulnerable y afectuoso, en especial haciendo alusión al ataque parcial de amnesia que sufriera años atrás.

—Por favor, no discutan más, mi amor.

Pero Juanito, también testarudo, se defendió.

—Sí, me la taponaron, pero *no* con esa mierda.

—Por favor, Juanito —le rogó Elsa.

—¿Ni la página de teatro? —se burló él, hojeando rápidamente en busca de las páginas del Festival—. Me extrañaría mucho, porque según Oscar Wilde la vanidad de los actores es tal que prefieren que los insulten a que los ignoren.

—Bueno, sí, de teatro sí, pero es diferente —admitió, y ahí mismo alzó las manos, negándose a seguir con una mueca de horror—: ¿Pero a qué viene esta conversación tan fea? La política me crispa, me enferma. En Cuba, en cuanto empiezan, me escapo o pongo la mente en blanco. Por favor, mi hermano, yo vine a tu casa a pasarla bien contigo, y con mi familia, no a discutir de política.

Elsa estuvo de acuerdo. Fue, según él recuerda, el único enfrentamiento que tuvieron. Éste le permitió percibir que Juanito sentía un horror visceral ante el poder de los Gobiernos y la Historia, y evadía el esfuerzo por entender el mundo. *"No discutir de política",* le pedía su hermano, y tenía razón. Sin embargo, si uno no piensa, otros lo harán por ti. "Pensar es buscar caminos, y si no lo haces, otros dirigirán tus pasos", pensó decirle a su hermano. "Pero yo, de qué hablo, ¿adónde van mis pasos, perdido en mi insomnio y la desesperanza?".

* * *

—Cuéntame, ¿cómo perdiste la memoria?

(Juanito detestaba esa pregunta que tantos amigos le hicieran, y ahora también su hermano. Lo retrotraía a las oscuras confusiones de su vida, a una época de dudas que prefería olvidar. Ni él mismo sabía cómo fue. Con el triunfo de la Revolución se desató todo el ruido y la furia que trastornó su adolescencia. Una hecatombe, la gente enloquecía, se suicidaba.

El teatro tuvo entonces un auge nunca visto, y él, obsesionado por convertirse en un actor famoso, metido mental y físicamente en la fiebre del teatro, no percibía los cambios brutales que sacudían su país. Todo ocurría a marchas forzadas, la gente vivía cada día, cada hora, como enajenada. En menos de cuatro años, su hermano y sus hermanas huyeron del país, vejados y despojados. En el frenesí de aquellos tiempos, él no tomó conciencia de la gravedad de esta ruptura. Hasta años después no cayó en cuenta que su familia se había separado, trágicamente. En secreto sentía deseos de huir, pero no se atrevía a confesarlo. La opresión política se le fue tornando insoportable. De súbito, empezó a obsesionarlo la idea del exilio. A pesar de su dulzura y serenidad, Aída, su esposa, hacía filas entre las ardientes defensoras del Proceso. Dudar de la revolución, hablar de crímenes, expresar una crítica, aun en privado, era peligroso.

Amaba su trabajo en el teatro, y el Gobierno le pagaba un sueldo. Renunciar al teatro y salir al exilio para dedicarse al comercio, como Matías, le daba horror. ¿Debía aceptar la revolución, o rechazarla? ¿Asumir las contradicciones y los crímenes, o tomar el camino del destierro? Meses de dudas lo transformaron en un Hamlet atormentado y divagante.

¿Qué hacer? ¿Irse, quedarse? ¿Ser un traidor? Durante meses vivió sumido en ese dilema. Una mañana se levantaba persuadido que debía quedarse en Cuba, y a la siguiente decidido a irse. Al fin, una noche les escribió a Matías y a Gertrudis pidiendo ayuda. Temblando echó la carta al buzón.

Había consultado con Aída, quien desaprobó su decisión. Él esperó angustiado. Cada sobre que llegaba de Caracas o Miami lo abría con el corazón en suspenso, preocupado de que la Censura o la Seguridad lo hubieran abierto previamente. Gertrudis, la única que escribía todas las semanas, no a él, sino a mamá, enviaba abrazos y cariños, pero no mencionaba para nada el tema que había pasado a ser el centro de sus obsesiones. La carta nunca llegó. Una inmensa amargura lo embargó. Por suerte, excepto mamá y Aída, nadie conocía sus intenciones, y nunca había demostrado desaprobación, o crítica alguna.

No sospecharon nunca. Él actuaba y hablaba como un revolucionario, incluso con sus amigos y compañeros de teatro. Se levantaba y aplaudía, gritaba las consignas y hacía las guardias. Entre tanto, el silencio de sus hermanos lo había herido en lo más hondo. Se sintió solo, rechazado y traicionado por ellos, los hermanos a quienes él había querido tanto. Peor aún, tuvo que darle crédito a las palabras de mamá: que Gertrudis, Matías y Margarita no lo querían y que no les importaba dejarlo abandonado.

Pero el conflicto continuaba. ¿Irse o quedarse? Cada vez más nervioso, más tenso, más confuso. ¿Cuál, la verdad? ¿Quién, la razón? Él, con la re-

volución, o sus hermanos en el exilio, no tenía paz. Entonces hizo aquel viaje a la Habana, llegó de noche y se acostó a dormir.)

—¡Juanito, te estoy hablando! —insistió él—. Si no te importa, anda, cuéntame, ¿cómo fue que perdiste la memoria?

Esa pregunta sobre *"su enfermedad"*, lo retrotraía a una etapa sombría de su vida. Pero ahora, memorizado el libreto, respondía con inobjetable naturalidad. Sonrió frente a la mirada escrutadora de Matías, sin que su semblante reflejara emoción alguna.

—Estaba durmiendo en un hotel en Ayesterán, y un gato me despertó lamiéndome la cara.

—¿En qué año fue eso?

—Eso fue en el 70. Yo había viajado a La Habana y tenía que ver a Raquel en el Teatro Estudio, y pasar por Cultura, ahora no recuerdo con qué propósito —sus ojos saltones sonreían, inocentes.

—¿Y qué te pasó entonces?

—Que desperté diez años antes, creyendo que aún estudiaba en la Universidad de La Habana.

Él miró a Juanito, pero no pudo leer nada en sus ojos.

—¿No te sentiste raro, distinto, en aquella habitación?

—¿Que qué hacía allí, en aquel hotel en Ayestarán? No lo sabía —Juanito se encogió de hombros, indiferente—. Me vestí, y me fui a casa de Gertrudis. Yo me acosté en el 70, y desperté en el 59, y, como entonces vivía a donde Gertrudis, fui para su casa. Todo lo que me rodeaba me parecía extraño. Me sentía aturdido, con dolor de cabeza, como cuando uno despierta de una borrachera. La ciudad, la gente, todo lo veía cambiado, como si hubieran pasado decenas de años. Lo notaba todo como envejecido. Los cines y las calles tenían otros nombres diferentes, y no reconocía a nadie, como Rip Van Winklee, ¿te acuerdas de ese cuento inverosímil?

—Sí, ¿pero cómo fue?

—Me monté en una guagua destartalada que me llevó a Santo Suárez. En el camino me extrañó el aspecto de la gente, las caras y los uniformes. Encontré la casa de Gertrudis extraña, el jardín abandonado, las paredes desconchadas. Toqué en la puerta, me salió una desconocida, y le pregunté por Gertrudis. Pero aquella mujer me miró como si yo estuviera loco, y llamó a su marido, vino un hombre vestido de miliciano que me amenazó a gritos. Yo me alejé de allí a toda prisa.

Imaginó a Juanito en la casa de Santos Suárez. Unos desconocidos le abrieron la puerta, le dijeron que no conocían a esa mujer, que ya no vivía ahí. Sin embargo era la casa de su hermana, sólo que había sido confiscada cuando Gertrudis salió al exilio nueve años antes. ¿Qué pensaría aquella gente de Juanito? Seguramente que se trataba de un loco o, peor aún, de un provocador, o un contrarrevolucionario.

—Debe haber sido horrible —comentó Elsa.

Para que Elsa no lo interrumpiera, Matías la cortó.

—¿Qué más pasó? ¿Qué hiciste?

—Yo creía que tenía dieciocho años, y que estaba estudiando en la Universidad, y para allá fui. Me detuvieron, me interrogaron. Pero no me acordaba de la Revolución, ni de nada de lo ocurrido en los últimos diez años. Finalmente, se apareció Raquel, ella me identificó, y me llevaron al hospital. Los médicos me diagnosticaron una amnesia parcial, me dijeron que no hiciera esfuerzos por recordar, que recuperaría la memoria, y me enviaron de reposo para Santiago, junto a mi familia.

—¿Reconociste a mamá y a Juan?

—A ellos, sí. A Aída y a mis hijos, no. Ellos pertenecían a esos diez años de mi vida que mi memoria había borrado.

Elsa lo escuchaba sin poder salir de su asombro.

—¿Pero de verdad que no conociste a Aída?

—Para mí, Aída era una mujer extraña. Me la mostraron y me dijeron: ésta es tu esposa.

Matías imaginó una escena tensa: a Juanito mirando a su esposa y a sus hijos, sin poderlos reconocer. Toda la familia presa de la emoción y los nervios. Sin embargo Juanito contaba la historia relajado, anulando la trascendencia y el misterio de su amnesia. Lo contaba con una calma pasmosa, como si no lo hubiese afectado.

—¿Y tú, qué hiciste?

—Nada. No recordaba haberme casado, ni tener hijos. Cuando me pusieron a Aída delante y la vi, dije que estaba bien, que era bonita. A Aída los ojos se le llenaron de lágrimas, y me dio lástima por ella. Le pedí que no llorara, que yo haría lo posible por recordar.

Matías imaginó a Aída confundida, llorando. A Sofía y a Juan mirando asombrados a ese hijo. Tantos años después, a Elsa se le aguaron los ojos, escuchando la conmovedora historia.

—¿Y los dos niños?

—Me dijeron: éstos son tus hijos. A mí me parecieron bien, dije que eran muy lindos y los abracé. Yo lo acepté todo.

En aquellos días se despertaba, se miraba en el espejo, y llamaba a su imagen por su nombre. ¿Era aquella su cara? ¿Cuál era la identidad de ese hombre? A su memoria acudían las obras de teatro y los personajes, todas las palabras dichas en el escenario, pero no podía recordar años enteros de su propia vida. Su pasado tenía páginas en blanco.

Estuvo unos meses de reposo, en casa de Sofía, con su esposa y sus hijos. Durante años Juanito vivió arrimado a sus padres, en Santiago, o con familiares, en La Habana. No se conseguía vivienda, y los matrimonios jóvenes vivían así, hacinados con otros parientes. Absorbido por el teatro, no tenía casi vida doméstica. Pero ahora, en Santiago, la casa de Sofía fue su pabellón de reposo. Aída continuó trabajando de actriz. Poco a poco, él se incorporó al teatro. Primero como actor, y después como director. Recordaba obras de teatro completas. Pero tenía lagunas negras. Durante meses se le acercaron amigos y compañeros de teatro que no reconocía. Para evitar escenas penosas, Juanito fingía que los recordaba.

—¿Y cuándo recuperaste toda la memoria?

—Como un año después, una mañana estaba en la cama y me despertó el gato de mi hijo Oscar lamiéndome la cara, y de golpe recuperé todos los vacíos que aún me angustiaban.

—Así, ¿sin más ni más?

—Lo recordé todo, incluso al primer gato.

Elsa le tomó aún más cariño a Juanito.

—El pobre. Yo no creo que nadie pueda recuperarse jamás de una experiencia semejante. Yo no podría. Viviría con el terror de olvidarlo todo, de perder los recuerdos de mi vida, y no saber nada de mis hijos ni de ti. Me secaría, me sentiría como un árbol muerto al que el viento le ha arrancado las hojas de su vida.

Matías, incrédulo por naturaleza, consideró fantástica la historia de la amnesia. La participación del gato, un componente literario de hechicería y de misterio, parecía la invención de un dramaturgo. Cinco años después adivinó, por la mueca de suspicacia y de desagrado, que Sofía también sospechaba de Juanito.

*   *   *

—¡Qué casa más bella tienes!

—Está a la orden —dijo él, a la venezolana.

Juanito miraba en derredor suyo la escalera de caoba, las puertas con sus vitrales tallados, los muebles coloniales, la biblioteca repleta de libros, y sus ojos regresaron con admiración a Matías. Entonces le sonrió con esa mezcla de candor y astucia, tan personales.

—¿Tú sabes que, si te hubieras quedado, allá tendrías un alto cargo en Cultura, gozarías de privilegios y serías famoso? Suárez Puig, con menos cultura y talento que tú, hoy es un gran personaje.

—Tal vez. Pero a mí nunca me interesó la cultura como oficio. Mucho menos ser un cortesano, o un burócrata.

—¿Pero nunca tuviste dudas?

—¿Dudas? Nunca. Desgarramiento, sí. No existe exilio sin dolor. Pero el mío era inevitable. A veces trataba de imaginarme viviendo en ese país de pesadilla, y no podía. Así que fui al dentista y me saqué esa muela. Pero, ¿quién controla sus sueños en la noche? Por eso pensé que lo mejor que te ocurrió fue que no salieras al exilio. Tú vivías la gran pasión de tu vida, el teatro. En el exilio, ¿quién sabe? Te habrías tenido que joder. Yo tuve que hacer de tripas corazón, arrear el burro, con una mujer y un hijo. A nadie le pedí ayuda. Es más, al llegar a Barquisimeto los exilados me ofrecieron un dinero, y no lo acepté. No por dignidad, sino por orgullo. Me reventé trabajando como un burro, mientras... tú vivías en la ciudad en la que yo caminaba en sueños. En cierta forma, envidiaba tu destino.

A Juanito la confesión lo dejó perplejo. Contemplaba pensativo a ese hermano mayor, cuya vida turbulenta, su intimidad con escritores famosos, su éxito económico, hasta los palos y la cárcel, si no se los envidió, al menos le hubiera gustado emular. Sin embargo, ese hermano de quien se celaba cuando mamá lo ponía de paradigma, le confesaba ahora la amargura de su exilio. La mayor paradoja era que él, Juanito, no eligió quedarse en Cuba por voluntad propia; intentó salir al exilio, pero fue traicionado por la persona que más amaba. Una traición que se había jurado no contar a nadie. En tiempos de horror, la amnesia era una bendición.

*   *   *

El festival siguió su agenda bulliciosa. Matías hizo cola para comprar los boletos entre la muchachada, pichonas y pichones de actores que reían y lo miraban desafiantes, como a un intruso. Al final, Elsa y él pudieron ir a las tres obras que más le interesaban: "Ubu Rey", en una versión de Peter Brook con un grupo francés; "El Lazarillo de Tormes", con un grupo de seis talentosos suecos; y un teatro-espectáculo sin diálogos (¿de Barcelona?): una mímica lúdica e incitante de la posmodernidad.

Por su parte, Juanito participaba y asistía sólo a los eventos que más le interesaban, el resto del tiempo se iba a escondidas a visitarlo. Como era de suponer, por fin los "segurosos" no lo encontraron en la habitación del Hilton, con la supuesta diarrea, y lo interrogaron. Juanito esquivó el trance con astucia. Aparte de admitir que se sentía mejor, inventó una amante venezolana, una actriz casada (*"ella deseaba mantener nuestra relación en secreto. ¿Qué te parece, mi hermano?"*) Incluso la llamó, y colocó al *"seguroso"* al teléfono para que oyera a su supuesta amante. La voz era, ciertamente, de una actriz venezolana, una amiga de Juanito que se había prestado alegremente para el engaño. Matías creía que aquello era peligroso, y tuvo la impresión que Juanito, como tantos artistas, era bastante irresponsable y despreocupado.

—¿No te descubrirán?

—¡Qué va! —hizo un gesto simpático—. Eso de la amante les fascinó, se volvieron locos preguntándome si estaba buena. Tú conoces como son lo cubanos. Se la pinté tan bella, caliente y sabrosa, que se les salían los ojos y se babeaban de envidia.

—Pero, ¿no te estarán vigilando?

—Despreocúpate, mi hermano. Los primeros días todos andábamos asustados, incluso nos dijeron que tuviéramos cuidado, que saliéramos en grupo de tres como mínimo. Dicen que aquí en Caracas había exilados violentos que nos podían atacar.

Al oír esto, Matías sonrió burlón, incrédulo.

—¿Aquí, *"exilados"* que los podían atacar?

Juanito se encogió de hombros.

—Verdad o no, lo hacen para que no andemos solos. Pero ya se formó el *"despelote"*. Todos andan como fieras arañando dólares o bolívares, y se van a pie al Guaicaipuro, un mercado libre donde todo es más barato. ¡Hasta los *segurosos* están llenando sus maletas!

A Matías le hizo gracia que, viniendo de un país comunista, aquellos titiriteros descubrieran con tanta rapidez los mecanismos del capitalismo, y los mercados libres. El propio Juanito preparaba febrilmente su equipaje dentro de los límites que les toleraban: dos maletas y un bulto de mano. Con el dinero de Matías, compraba para sus hijos, y para sí mismo: zapatos, ropas, relojes, café, medicinas, incluso cosméticos, con el entusiasmo de un frívolo burgués.

—Ten cuidado, no se te vaya a pasar la mano, y te vayas a buscar un problema, o te lo quiten todo en Cuba —le advirtió Matías.

Juanito sonrió, confiando que, en última instancia, se le ocurriría una explicación razonable (regalos de compañeros venezolanos, actores amigos, etc.) Era sabido que el Gobierno era tolerante con los equipajes de quienes representaban a la Revolución en el extranjero. El incauto Juanito nunca percibió el peligro a que se exponía. Su extraña conducta en Caracas quedó registrada en los archivos de la SE. Cuatro años más tarde, sería acusado precisamente de haber hecho contacto con la CIA en aquel viaje a Caracas, durante sus misteriosas desapariciones.

Por ahora, en la quinta de San Bernardino, todo era felicidad. Después de tantos años, él descubría a un Juanito vital, ingenioso, siempre de buen humor, que irradiaba cariño y calidez, y se entusiasmaba como un niño con las comidas y las golosinas que Elsa le preparaba para halagarlo. Lo invitó a ir de paseo a la Colonia Tovar, y al Junquito, pero Juanito temía que los vieran juntos, confraternizando con su hermano contrarrevolucionario. Se notaba que disfrutaba de los place-res domésticos, que prefería estar con ellos en la casa, haraganeando, tomando café, un whisky, conversando con él y con Elsa cosas de familia.

Matías se enorgullecía de los éxitos teatrales de su hermano, y le habría gustado verlo actuando o dirigiendo. Desdichadamente, al festival le llegó el acto de clausura, y Juanito se despidió dos días antes. Según entendió Matías, las deserciones se producían en los últimos momentos, por razones fáciles de imaginar, y la vigilancia aumentaba.

Después del abrazo de despedida de Juanito, pensó que no lo volvería a ver en años. No obstante, a la mañana siguiente, repicó el teléfono: era Juanito, su voz sonaba agitada, nerviosa. Necesitaba un dinero adicional, entre otras cosas para comprarse un reloj porque el suyo se había roto. "¿Me lo podrías traer al Hilton?" Claro que sí, ¿a qué hora?

"Ahora mismo, en el vestíbulo del hotel. No me saludes, no me mires", lo instruyó la voz de Juanito. "Cuando yo me meta en el ascensor, tú entras detrás de mí."

Elsa estaba delante y le advirtió que tuviera cuidado, que podía ser una trampa de la SE. A él le pareció una tontería. Finalmente, accedió a que lo acompañara su hijo, un adolescente aún, pero atlético e inteligente. Él le explicó a su hijo las instrucciones de Juanito.

—Por si acaso, entramos separados, para que tú me cubras las espaldas —le propuso a su hijo, conduciendo por el tráfico infernal de Caracas—. Cuando tú veas que yo entro en el ascensor con Juanito, te cuelas, como si fueras un extraño, detrás de nosotros.

—Papá, yo no entiendo —dijo su hijo—: ¿No es tu hermano? A qué tanto misterio. ¿Acaso tú estás metido en algo?

Hicieron tal cual. Estacionó el auto en el sótano del Hotel, subieron en el ascensor y se separaron en el vestíbulo. Él vio a Juanito sentado leyendo en el lobby, y caminó por el pasillo y se detuvo un instante a mirar unos relojes en una de las tiendas interiores del hotel. De reojo vio a su hermano avanzar, y a su hijo que se puso con disimulo en movimiento.

Dio la casualidad que los tres entraron solos en el ascensor. Juanito, muy nervioso, apretó un botón, mientras hablaba atropelladamente. Su hijo, por travesura juvenil, apretó otro botón y le guiño un ojo a espaldas de Juanito. Ya le había entregado el dinero, cuando el ascensor se detuvo. Los tres se bajaron en el piso equivocado, y Juanito, nervioso, decidió quedarse en aquel piso. Se despidió con abrazos efusivos, sus ojos paranoicos girando a ambos lados del pasillo.

Todo fue demasiado rápido y confuso. La puerta del ascensor se abrió, su hijo y él entraron. Cuando salieron del hotel, ya dentro del auto, aún perplejo por la conducta de su tío, su hijo comentó.

—¡Estaba cagado! ¡Todo esto es enfermizo, papá!

Manejando, atento al tráfico, le dio una somera explicación a su hijo: la prohibición que tenían los cubanos de ver a sus familiares en el extranjero, y de tener contactos con el enemigo.

—Y recuerda que, según ellos, yo soy el enemigo.

El hijo de Matías no salía de su asombro.

—Nunca vi a nadie tan cagado. ¿Será posible que en aquel país todo sea tan maquiavélico? Para mí, tío está loco.

—El pobre sufrió un ataque de amnesia. Vive en un país kafkiano, gobernado por un maniático que se cree Dios. Juanito teme que un día dos inspectores lo detengan y le inicien un proceso. En la Cuba de otros tiempos dirían que lo partió un rayo —le explicó, y, en aquel momento, no sabía que sus palabras serían proféticas.

Dentro del auto, al fin su hijo debió percibir la situación y los peligros reales que amenazaban a Juanito, y movía la cabeza con incredulidad, recordando la última escena en el pasillo alfombrado, en el interior del Hilton: en esa penumbra irreal en pleno mediodía, cuando observó a su tío despedirse: los ojos saltones girando aterrados.

—Yo no sé cómo lo soporta. Debe ser horrible, papá. Yo preferiría mil veces morirme a vivir de esa manera.

II

UNA REUNIÓN DE FAMILIA

Después de la larga espera, un grito de alegría. Al fin, a través de las cristaleras ahumadas, pudo distinguir a su madre y a Juan. Los vio cruzar el pasillo de desembarco de los aviones, y entrar en la aduana guiados por una funcionaria amiga de Matías; caminaban nerviosos detrás de la amiga, gesticulando y riendo, aturdidos entre tantos pasajeros. Como viajaban sin maletas, salieron directo. Su madre cruzó la puerta de la aduana, escoltada siempre por Juan, y se precipitó en sus brazos.

—¡Es un sueño, Matías! ¡Un sueño concedido!

Sin duda, era un sueño tener a su madre en sus brazos. Una ráfaga electrizante tocó su corazón, en contacto con ese cuerpo amado. Cuando se separaron, pestañeó para borrar la humedad de sus ojos. Vio a Juan sonriendo de oreja a oreja. Pero ellos sólo se saludaron con unas palmadas en las espaldas, embargados por una tremenda emoción. Juan y él eran unos pudorosos anticuados, incapaces de esa moda de abrazarse y besarse como mujeres.

—¡Es un sueño concedido, Matías! —repitió su madre.

Sofía tenía razón. Luego de una serie de acontecimientos políticos que Matías, ni cubano alguno, fue capaz de predecir o de soñar, cinco años después del viaje de Juanito al Festival, Juan y Sofía acababan de llegar de visita a Caracas. Corrían los primeros días de enero de 1983, y Sofía y Juan habían viajado invitados por Matías. Viajaban sin equipaje, como huyen los sobrevivientes de los desastres, y con un permiso por noventa días. De quedarse más tiempo, tendrían que solicitar un permiso especial y, en el caso que se los concedieran, pagarlo en dólares al gobierno cubano. Era la primera vez en sus vidas que salían al extranjero, y ninguno de los dos parecía intimidado o preocupado. Sofía había soñado y rogado durante años por aquel viaje imposible y prohibido.

A Juan lo notó avejentado, pero con la energía y la afabilidad de siempre. Durante los primeros días, Juan mostró una obsesión cómica por los pasaportes, persuadido de que si los perdía, no podría ver más a sus hijos y a sus nietos, ni volver a su casa en Santiago. Cuando Matías lo llevaba a pasear al Hipódromo, al Junquito a comer lechón y cachapas de maíz, o a la Fábrica, en el centro de Caracas, adonde fueran, Juan llevaba sus pasaportes en el bolsillo.

—¿Por qué mejor no los guarda en la casa? —le aconsejó él—. Más fácil se le pierden en el bolsillo, que en la casa.

El viejo tahúr consideró la posibilidad y después hizo un leve gesto negativo. Era su estilo: escuchar, no discutir, hacer lo que mejor creía. Matías no quiso insistir. El proceso de salir de Cuba era una pesadilla en 1983. Un pasaporte era un documento difícil de obtener; solicitarlo, un acto sospechoso de traición. Y Juan los cuidaba como si en ello le fuera la vida. Nunca se separaba de sus pasaportes, no se los confiaba ni siquiera a Sofía, y, cuando salía, los llevaba en el bolsillo del pantalón.

Una mañana, en el centro de Caracas, Juan y Sofía caminaban entre la multitud que se daba empujones en las aceras; habían salido de la fábrica de Matías a dar una vuelta, a explorar el trepidante corazón de la ciudad. Cada minuto Juan se palpaba el bolsillo para cerciorarse que allí tenía los pasaportes. Los ladrones observaron su gesto, y debieron suponer que llevaba algo de mucho valor en ese bolsillo. Luego le tendieron la trampa: un muchacho que caminaba entre la multitud con una caja de cartón vacía en alto, la dejó caer sobre la cabeza de Juan. Aturdido, Juan levantó los brazos para protegerse y apartar la caja. Un instante de confusión que el carterista aprovechó para meterle la mano en el bolsillo y despojarlo limpiamente de su contenido.

Unos segundos después Juan se percató del robo. Fue a dos cuadras de la fábrica, y para allá corrió con Sofía. Matías lo vio entrar sofocado y con los ojos desorbitados.

—¡Matías, me robaron los pasaportes! —gritó con su vozarrón, la cara descompuesta por el estupor. Al borde de un infarto, le contó cómo se los habían robado—. *¡Un truco bobo!* —repetía—. ¿Cómo pudieron engañarme *a mí*? ¿Y ahora, Matías, qué hacemos? ¿Cómo voy a volver a Cuba sin los pasaportes?

—Vamos, Juan, tranquilo. No tiene importancia. Eso lo resolvemos —intentó calmarlo. Se reía, para restarle importancia al asunto, a pesar de que también él se sentía preocupado (por esa época Cuba no tenía consulado en Caracas, y dependían de una sospechosa Agencia de Viajes, cuyo personal se encargaba de recibir el dinero para los pasajes, y gestionar los permisos para viajar a la isla.) Pero Juan no se calmaba.

—¡Qué me hagan esto a mí! —repetía.

—Eso le pasa a cualquiera, Juan.

—Ya no sirvo para nada, Matías —insistía, abochornado.

Para consolarlo, Matías le contó de un robo del que fuera víctima un amigo suyo. Sucedió igualmente en el centro de Caracas: el amigo acababa de cobrar una gruesa suma en efectivo, cuando un malandro se paró enfrente y le obstruyó el paso, le sacó la lengua y le tiró una trompetilla, dejándolo asustado y aturdido.

"*¡Creí que era un loco, y lo empujé!*", le contó su amigo, un español muy simpático; pero, apenas dio unos pasos, comprobó que le habían robado la billetera. "*¡A mí no me dolió tanto que el hijo de puta me robara, sino que, para colmo, me tirara una trompetilla!*".

—Es una variante del mismo truco —consoló a Juan—. A usted le pusieron la caja en la cabeza, mientras otro le metía la mano en el bolsillo, consuélese de que no le tiraron una trompetilla.

Juan no lo escuchaba, decepcionado consigo mismo, y nervioso por la pérdida de sus pasaportes.

—Cuando uno llega a viejo, no sirve para nada, Matías.

Fue su último comentario. Después, se encerró en un digno mutismo, y se limitó a acompañarlo como un chaval castigado, y se sometió con estoica resignación a una larga mañana con las autoridades venezolanas, que lo proveyeron, entre bromas, de un pasaporte provisional. En contraste, en la Agencia de Viajes autorizada por Cuba, aquello fue humillante. Hubo que dar cuatro viajes, hacer una antesala opresiva, pagar un cable y consultar con La Habana, y esperar un mes por los permisos de reingreso a su propio país. Juan sufrió la incertidumbre y las angustias de aquel proceso.

Sofía no: ella se reía de Juan. Había tomado el robo de los pasaportes como un hecho simpático. A los setenta y cuatro años, eso de quedarse en el exilio en Caracas, y no regresar a Cuba, no lo consideraba una desgracia, sino un desenlace venturoso.

*   *   *

Recién llegados de Cuba, Matías llevó a su madre al cardiólogo y por sugerencia de Elsa, que notó que Juan se ahogaba al subir las escaleras, mandó a que examinaran también a su padrastro. Pero primero conversó con el cardiólogo y le advirtió que le diera los diagnósticos directamente a él, y no les informara a los viejos de nada grave.

—¿Usted comprende, doctor?

El cardiólogo, un hombre de aguda mirada y pocas palabras, hizo un gesto de aprobación. A los setenta y cuatro años Juan Maura nunca se había enfermado, no le daba ni catarro, y, cuando él le habló de hacerse un chequeo médico, se echó a reír y se negó.

—¿Para qué te vas a gastar la plata, Matías, si en Santiago ya me hicieron uno? ¡Yo no tengo nada!

—¡Mentira! —saltó Sofía—. Él tiene la presión alta.

—Por favor, Juan, no se ponga cabecidura —le rogó él—. Total, si ya vino con nosotros a la clínica, ¿qué más le da perder unos minutos y dejar que el pobre médico se gane el pan de sus hijos?

Juan lo pensó unos segundos. En otros tiempos, se hubiera negado categóricamente. Sin embargo, ahora no era él, sino Matías, quien corría con todos los gastos. A Juan, que jamás aceptó un centavo de nadie, se le caía la cara de vergüenza cada vez que Matías le daba dinero, pero fue incapaz de hacerle el desaire de rechazarlo.

Dos viajes, de tres horas cada uno, a la clínica, acompañando a los viejos en esa tensa espera en que Matías sentía rondar la muerte hasta en la amabilidad y las sonrisas de las enfermeras. Al final lo mandaron a pasar a la lujosa oficina del eminente cardiólogo, en donde él esperó, temiendo una mala noticia. La pobre vieja, al borde de su final. Medio minuto después, el doctor entró, se sentó en su trono y lo miró directamente a los ojos mientras hablaba con la parquedad y la firmeza de quien conoce su oficio y el tiempo no le alcanza.

—Tu mamá no tiene nada grave. El viejo es el que se va a morir primero —dijo—. Está muy mal.

No podía creerlo. Ni remotamente le había pasado por la mente que Juan pudiera morirse primero que Sofía. Un hombre tan sano, imposible. Pero el médico fue terminante en su diagnóstico. Matías, en su perplejidad, no puso atención a los detalles (presión alta, insuficiencia en las coronarias, mal retorno de la sangre en las piernas, etc.), lo único que le extrañó fue la mención de un enfisema.

—¿Enfisema? ¡Pero si no ha fumado nunca, doctor! —protestó.

—Eso me dijo. Pero descubrí que se ha pasado los últimos treinta años jugando con fumadores, encerrado en habitaciones —el doctor lo miró con vanidosa superioridad desde el otro lado de su inmenso escritorio—: Su padre ha sido un fumador pasivo.

"¿Mi padre?", se preguntó con tristeza; sin embargo, no tenía por qué darle explicaciones al médico.

—¿Cuánto tiempo puede durar, doctor?

No hubo vacilación, sino un frío cálculo profesional.

—Si se cuida, diez años... si no, dos o tres —dijo moviendo la mano en el aire con un gesto de aproximación.

—¿Y mi madre?

—¡Olvídese de la vieja! Ésa va a vivir cien años.

Matías no era ni remotamente un sentimental. Sin embargo, cuando salió de la consulta, vio con ojos diferentes a Sofía y a Juan, aquel viejo que levantó sus ojos saltones y se puso de pie como un resorte, y, sin preocuparse en absoluto por sus exámenes, preguntó con ansiedad por la salud del gran amor de su vida.

—¿Cómo está Sofía?

Él sintió lástima, y le dio una palmadita en la espalda.

—Está como una uva. Esa vieja te va a enterrar a ti.

A Juan, pasado el susto por Sofía, le hizo gracia lo que consideró sin duda una broma.

*　*　*

Volver al pasado, estar con su madre y su padrastro, esas personas con quienes compartió su niñez y su primera adolescencia, y que sin duda debieron influir en el personaje que él era, fue enriquecedor. Con la grata diferencia de ser él el hombre de la casa, el proveedor de juguetes y golosinas. Además, gozaba viéndolos felices, porque cuando salían de compras, o de paseo, ellos se comportaban como dos rapaces de vacaciones en el país de las maravillas. Sólo verlos comer daba gusto.

—¿Dios mío, tú has visto cómo come tu mamá?

Desde que llegara de Cuba, Sofía, además de hacer tres comidas fuertes y dos meriendas diarias, picaba algo de vez en cuando. Elsa no comprendía cómo una anciana podía tragar tanto.

—Debe ser hambre vieja —opinó Elsa.

—No, es el síndrome del hambre.

Había observado a otros cubanos recién salidos de Cuba que comían con igual desesperación; movidos por el temor a ser condenados de nuevo al hambre, comían hasta reventar, en una necesidad más síquica que física. Observaba a su madre sentada a la mesa y no la reconocía: había perdido los buenos modales y la elegancia de antaño. Elsa, en cambio, disfrutaba viendo a esa leona hambrienta.

—No sé cómo no se enferma.

Elsa seguía cargando mercados como si, en vez de un par de ancianos, hubiera un batallón de soldados en la casa. En la primera semana, entre montones de frutas tropicales, Elsa trajo melocotones importados. Sofía Vilarubla jamás había visto uno natural en toda su vida.

—¿Un melocotón? Déjenme verlo.

— 39 —

Siempre le habían fascinado los melocotones en almíbar. Ahora, sentada a la mesa de la cocina, Sofía tenía un melocotón natural en sus manos por primera vez en su vida, y lo agarró con los dedos, le dio vueltas delante de sus ojos para inspeccionarlo. Recelando de su mala visión, se lo llevó a la nariz, confiándolo a su buen olfato; lo olió una, dos veces profundamente, y aún una tercera, inhalando su aroma con entusiasmo. Satisfecha de la inspección del melocotón, le hincó el diente, pegándole una gran mordida con expresión golosa. Pero apenas empezó a masticarlo, se detuvo de súbito, haciendo una mueca de desagrado, y lo escupió con asco sobre la mesa de mica. Delante de *todos* (de Elsa, Juan, las criadas y Matías), y continuó escupiendo, primero los pedazos masticados y luego los residuos en su saliva, sacando la lengua como una niñita malcriada.

—Ufgrr... ¿De verdad que *esto* es un melocotón?

Todos miraban atónitos a Sofía, y él más que nadie. Jamás pensó que su madre, aquella dama orgullosa y educada, fuese capaz de escupir sobre la mesa, en un acto asqueroso y de pésima educación. Ofendido e irritado, la sermoneó.

—Sí, mamá, son melocotones naturales, y a Elsa y a mí nos gustan más así, nos parecen más aromáticos y saludables. Te saben diferentes porque estás acostumbrada a comerlos en almíbar.

—¡Ay, pues a mí no me gustan, y más me valía que nunca lo hubiese probado! Ahora he perdido la ilusión —añadió, teatralmente.

Juan Maura sonreía divertido. Todas las ocurrencias de Sofía le parecían una gracia. Matías sintió vergüenza, tanto por Elsa como por las criadas que, a pesar de ser indias, eran unas damas educadas.

Llevaba más de un cuarto de siglo sin convivir con su madre. Pero recordaba que de niño ella le había enseñado a comportarse en una mesa, a usar los cubiertos y la servilleta, incluso le dio una educación estoica: a comerse lo que hubiese aunque no le gustase, y a decir que no tenía apetito si la comida no alcanzaba.

"Un hombre debe comer de todo, respetar las costumbres en mesa ajena, no les adelantes un plato a tus anfitriones, y si te ponen muchos cubiertos, y no sabes, espera y fíjate cómo los usan. En Roma haz lo que los romanos".

¿Dónde estaba la Sofía que les enseñaba cortesía y urbanidad: porque una familia podía perder la fortuna, pero nunca su dignidad y educación?

¿O sería que, con la maldita revolución, también se habrían degradado las costumbres? A ratos, brillaba su inteligencia y su gracia; a ratos, se portaba como una vieja zafia. Elsa, que le contaba, unas veces asombrada y otras divertida, las ocurrencias de Sofía, le dijo que a solas se había burlado de Juan Maura porque ya no podía hacerle el amor.

"Cuando llegan a viejos, viven más con la mala idea. A veces Juan empieza y no puede, otras, si puede, no termina".

Matías oyó en silencio, avergonzado de que su madre hablase de esa forma vulgar y desconsiderada de Juan.

* * *

Pero lo que no pudo soportar, y resquebrajó el amor por su madre, pasó unas noches más tarde. Estaban sentados todos en la sala de la planta alta; el hijo y la hija de Matías los acompañaban, haciéndole el honor a la abuela. Sofía contaba historias viejas del Central Miranda y de pronto se puso a hablar de Ballester, el padre de Matías. Dijo que había sido una lástima que a un hombre de buenos sentimientos, y caballeroso, lo hubiera arruinado físicamente el vicio de la bebida.

—Por eso tuve que dejarlo. Ballester, a los cincuenta y dos años, ya estaba hecho un asco, acabado por la bebida, medio impotente y dando unos besos que apestaban —dijo, acompañando sus palabras con una mueca de desprecio.

A él le dio una punzada de dolor en el corazón. Miró a su hijo y a su hija de reojo, pero éstos escuchaban a la abuela con esa displicencia con que suelen hacerlo los adolescentes, sin darle demasiada importancia a las historias de los viejos. Miró nuevamente a Sofía: ella continuaba hablando de su padre, Matías Ballester, despectivamente.

—Ballester estuvo al borde de la muerte, pero se recuperó. Total para nada —dijo, y de golpe, como adivinando el malestar de Matías, se dirigió desafiante hacia él.

—¡Ballester ni siquiera se supo morir a tiempo! ¡Porque si *tu padre* se hubiera muerto, yo era joven entonces, me sobraban fuerzas para luchar, y podía haber salvado todo aquello: el hotel, el cine, la fonda!

No le respondió. Miraba desolado a su madre. ¿Cómo era posible que se lamentara que Ballester no se hubiera muerto cuando a ella le convenía? ¿Qué tripas o corazón podían calcular o ansiar la muerte de un familiar sobre la base de un beneficio egoísta y mezquino?

Contempló a esa madre con horror, a punto de reconvenirla. Se contuvo por considerarlo inoportuno delante de sus hijos. Diez minutos después, apenas éstos se retiraron aburridos de oír a la abuela, aprovechó para descargar su hiel y su rabia.

—¡Mamá, mamá, óyeme, escúchame bien! —le llamó la atención para que lo atendiera, porque ella no paraba de hablar.

—Sí, ¿qué pasa? Te oigo.

—¡Te ruego, fíjate bien: *te ruego* —enfatizó cada palabra con dureza— que en tanto estés en esta casa, no vuelvas nunca a hablar de esa manera de mi difunto padre!

Sofía lució perpleja, incluso hizo una mueca como diciendo: ¿y qué he hecho yo para que me regañes y amenaces injustamente? Por si no lo había entendido bien, Matías recalcó sus últimas palabras.

—¿Me entendiste bien, mamá? ¡No quiero que vuelvas a usar ese lenguaje *en mi casa! ¿Está claro eso?*

Sofía desvió la mirada, irguiendo con dignidad el mentón tan alto como pudo, apretando los labios ofendida. Por su parte, Juan permaneció inmóvil, inexpresivo. Jamás Matías le había oído decir a su padrastro, delante de la familia, la menor grosería, y en el fondo Juan debía sentirse abochornado.

Un rato más tarde, cuando apagaron las luces y todos se retiraron, encerrado en su habitación y ya sentado en la cama en calzoncillos, Matías aún no se había serenado. *"¿Oíste a la vieja de mierda? ¿Cómo se atrevió a hablar así de mi padre, delante de mis hijos?",* le susurró a Elsa todavía furioso, con la voz rota por el dolor. *"La oíste: la cabrona quería que mi papá se muriera para quedarse con todo: los negocios del pobre viejo, y con Juan de amante".* Respiraba agitado por la rabia: *"¡Vieja de mierda!",* repitió con los dientes apretados.

Hacía años que Elsa no veía lágrimas en los ojos de su marido, es más, ella no recordaba haberlas visto nunca. Se sintió conmovida al comprender que en el fondo de esa coraza de rinoceronte existiera un niño vulnerable que llorara por la falta de pudor de su madre. Acarició ese cuerpo tenso y tembloroso con sus manos, lo abrazó con fuerza y lo besó, con devoción de amante, en el pecho, en el cuello, en la cara, unos besos y unas caricias con las que deseaba trasmitirle el poder sanador del amor. Notó que el cuerpo de su marido se relajaba, y entonces lo abrazó con más fuerza, sintiendo cómo él empezaba a excitarse.

De pronto, en la oscuridad, la metamorfosis: las lágrimas de rabia del niño que aún habitaba en él y la compasión maternal de ella como pólvora del deseo, ese dulce latigazo. Eran los años mejores, cuando los dos habían madurado como pareja, y en sus momentos más felices lograban elevar la fragilidad y la fugacidad del éxtasis a un grado supremo de comunión carnal. Esa noche ella, tan pudorosa, se lo confesó en el oído para que nadie más, ni los fantasmas en la oscuridad, se enteraran del secreto.

—Sentí tu cuerpo como una extensión del mío.

Él sonrió en silencio. Era un hombre y le pareció impropio admitir que había sentido lo mismo: Que a través de sus sentidos, a veces percibía el placer femenino de ella como una extensión del suyo. En momentos como éste se desvanecían las querellas domésticas, los rencores, y las ofensas perdonadas pero nunca olvidadas. Al menos hasta mañana.

*   *   *

Herido por su madre, fraguó darle una lección en el terreno en el que ella se consideraba una catedrática: la Biblia. Él acababa de leer "Orfeo", un estudio de las religiones de un judío francés, y se ajustó con La Británica, una excelente referencia, a pesar de sus inexactitudes.

Habían terminado de cenar y los cuatro se sentaron a conversar en la hermosa sala de la planta baja de la casa. Su madre llevaba, como de costumbre, la voz cantante, y en el momento en que mencionó la Biblia como referencia, él aprovechó para provocarla.

—Muchos hablan de la Biblia sin saber que es un ajiaco de libros, y que no todos son canónicos, es decir, de inspiración divina. Los Hebreos sólo tenían por sagrados los cinco de la Torá y los libros de los

Profetas; a los Hagiógrafos los consideraban sólo lecturas edificantes. Con igual criterio los segregó Lutero de su bella Biblia de 1534, y los calificó por primera vez de Apócrifos. En respuesta, el Concilio de Trento condenó a Lutero al mismísimo infierno, y ratificaron como santos los setenta y tres libros de la Vulgata, basada en la traducción al latín hecha por Hieronymus en el siglo IV. La primera traducción al castellano...

Y continuó siempre malévolo y jocoso, sin mirar a su madre. Juan y Elsa lo escuchaban consternados por su aparente erudición. Sofía no; ella se movía impaciente en su sillón, escuchando a Matías. Y, sin aguantarse más, lo interrumpió indignada:

—¡Todo eso lo dices en contra mía! —le gritó—. ¡Te leíste todo eso sólo para ponerme en ridículo! Pero entre tú y yo hay un abismo. ¡Yo aprendo con el espíritu, y tú con la vanidad!

Juan y Elsa miraron a Sofía sorprendidos, sin entenderla. En cambio, el hecho de que adivinara sus verdaderas intenciones, a él lo dejó admirado. ¿Cómo podía, media cegata, verlo con tanta claridad? ¿Poseería su madre de verdad el don de la clarividencia, o sería aquel sexto sentido del cual siempre habló en tono de guasa?

"El sexto sentido es el menos común de los sentidos".

* * *

Juan creyó que se trataba de una broma: eso de que Sofía lo iba a enterrar lo hizo sonreír. El tema de la muerte jamás le interesó. Una vida entera al lado de Sofía, para quien la muerte y *el más allá* eran no sólo una obsesión, sino la pasión de su espíritu, nunca suscitó en él la menor preocupación. Después de tantas horas del tremendo *stress* de apostar su dinero, Juan descansaba en su sillón con la mente en blanco. En la Casita de la Loma, los oía hablar de la Muerte bostezando de aburrimiento y con una sonrisa amorfa. En la familia sólo una vez lo tomaron de juez y se vio forzado a contestar.

—Uno se muere, y ya, se acabó, ¿no? —Juan se encogió de hombros—. Entonces, ¿para qué preocuparse?

Y como a nadie satisfizo esa verdad tan simple, no volvieron a tomar en cuenta sus opiniones. Aparte de que, en el Palacio Encantado, nadie se interesó nunca por las opiniones de Juan. ¿Qué sabía el pobre de filosofía, de teatro, de arte o, en años posteriores, de materialismo científico, o del fin de la Historia a través de la sociedad sin clases? Juan Maura era sólo un burro cargando comida para la casa, cuyo dinero aceptaban sin valorarlo mucho, pensando que, de seguro, no lo ganaría muy honradamente que digamos.

Ahora en Caracas, en 1983 observaba a Juan con el ojo de la compasión. El viejo roble se iba a morir primero. Por eso lo trató con especial cariño y lo rodeó de atenciones, y le propuso que se quedara a vivir en Caracas. Aún más, durante el transcurso de esos tres meses, el afecto y el respeto, que acaso existiera desde siempre entre los dos, creció con naturalidad, sin palabras ni sentimentalismo. Juan, un zorro viejo, un luchador que había trabajado duro desde su niñez, un hombre a quien nadie jamás le había regalado nada, cada vez que él le daba dinero, pestañeaba abochornado. A pesar de que Matías lo hacía con discreción, su padrastro recibía sus atenciones abrumado. En cada gesto suyo, se traslucía su orgullo herido y la vergüenza que eso le daba.

Una vez Juan ya no pudo más y se le quebró la voz.

—No, gracias —se negó a recibir un sobre, poniéndose las manos en la espalda como si fuera a quemarse si lo tocaba—. Todavía me queda del que me diste la semana pasada.

Matías le insistió. Juan no quería comportarse como un desagradecido; pero aquel sobre con más dinero le quemaba su hombría, y lo señaló con una mueca de orgullo herido.

—Yo no estoy acostumbrado a esto, Matías.

—Tómelo, por favor, Juan —le dijo él, mirándolo de frente a los ojos—. Y óigame bien, Juan: por más que yo le dé ahora, nunca podré pagarle lo que usted hizo por mi madre y por nosotros.

Esa era la conclusión a la que, después de meditarlo, había llegado. Juan Maura podría ser un lumpen proletario en la jerga marxista; sin embargo, como el padrastro de ellos y el concubino de su madre, se comportó siempre con una delicadeza y una nobleza inconcebibles en un hombre que había despilfarrado su vida en garitos, riñas de gallos y mesas de juego.

—Como el ave fénix con su plumaje blanco —recordó.

*   *   *

—¿Tú sabes lo que me contó tu mamá? Que Juan le dijo anoche: "Yo creo que Matías me quiere más que Juanito".

Este reconocimiento, en boca de un hombre tan parco en palabras y en sentimientos, no le causó satisfacción sino melancolía. Debía ser triste comprobar que "el hijastro" que se largó hacía ya treinta años de casa, y al que nada le había dado y nada lo obligaba, lo trataba con la consideración y el respeto que su propio hijo le negaba.

En su melancolía, recordó una lejana escena. Tenía catorce años. Fue a casa de Pepita, una de las hermanas de Juan, a llevar un sobre, seguramente con dinero. Estaba en el umbral, impaciente por terminar su encomienda y largarse. Pero Pepita lo retenía con su locuacidad. De sopetón, Pepita se sintió como obligada a decir algo a favor de aquel hermano que se buscaba la vida en unos oficios tan indignos.

—Mi hermano Juan es como el ave fénix. Vive en el pantano, pero renace cada mañana con su plumaje blanco —le espetó orgullosa a aquel hijastro de su hermano, como si le diera una lección.

Pepita era maestra, y para colmo una bautista militante. Matías la miró con la insolente majadería de su adolescencia. ¡Qué ridícula: Juan con su plumaje blanco!, se reía sarcástico mientras corría de vuelta a sus juegos salvajes. ¡Vieja bruja!, murmuró, encabronado por haberlo hecho perder su tiempo con su cháchara pedagógica.

*   *   *

Antes que los viejos llegaran, Elsa y él planearon, cada uno por su lado, su estancia de tres meses en Caracas. Elsa preparó una habitación en la planta alta con todo lo necesario, incluso un orinal para Sofía por si en las noches no quería ir al baño. Y pensando que Sofía tenía un marcapaso, le contrató especialmente una criada para que la atendiera en la planta alta y no tuviera que estar bajando y subiendo las escaleras.

Tuvo suerte y consiguió una excelente. La hermana de la salvadoreña que trabajaba en la casa se había quedado sin trabajo en esos días, y la mujer, contenta de convivir con su hermana aquellos tres meses, aceptó cuidar de Sofía y ayudar a su hermana en los quehaceres extras que provocarían los visitantes.

Elsa sólo tuvo una duda. ¿Debía ponerles una cama matrimonial, o dos camas separadas? ¿Qué tú crees, que los viejos quieran dormir juntos?, le preguntó. A Matías le dio risa la idea de que el par de viejos echaran un palito de vez en cuando, pero decidió con rapidez.

—Yo creo que si mamá se va a operar de cataratas, va a sentirse más cómoda sola en una cama. Eso no quita que, si a Juan todavía le quedan bríos, brinque de una cama a la otra —añadió con picardía.

A media cuadra de la casa, en San Bernardino, existía un pequeño bar con una terraza a la calle que se había transformado en una peña de dominó, más bien un garito, porque se apostaba dinero. Allí se jugaba desde temprano en la mañana hasta la noche. Tanto por los personajes como por la cercanía a la casa, a él le pareció ideal para Juan. Un par de veces había jugado y tomado unas cervezas allí, y ahora volvió a preparar el terreno, renovó sus amistades fácilmente, y ya al segundo día de haber llegado Juan, lo llevó al bar y lo presentó como su padre. Juan les cayó bien, y se ganó el respeto y la aprobación de los jugadores.

—Mira, vale, el papá tuyo es un señor jugando al dominó —le dijo uno del grupo, una semana después.

Le satisfacía ver a Juan feliz, en su ambiente. Las cantidades que se jugaban allí, uno o dos dólares por partida, insignificantes para él, eran importantes para el viejo. Una terraza techada bajo un par de matas de mangos, un sitio fresco y agradable, unos amigos dejando que el tiempo se desvaneciera entre los infinitos cálculos, risas y astucias del juego, ¿qué esparcimiento mejor para Juan?

A Sofía, que en las horas de trabajo de Matías y Elsa tenía que quedarse en la Quinta con las criadas, las salidas de Juan la pusieron frenética. ¿Por qué Juan la dejaba sola para ir a jugar al dominó? No sólo empezó a mortificar al viejo, y a exigirle que se quedara en la casa ("tú viniste para acompañarme, no a jugar al dominó", le gritaba), de paso, también la emprendió contra Matías.

—¿Por qué tuviste que enseñarle el camino?

—¡Por favor mamá! —él hizo un gesto de impaciencia ante tanto egoísmo—. Juan se moría de aburrimiento en la casa. ¿Qué te importa que salga un rato y se entretenga?

Todo esto en presencia de Juan que, callado, desviaba la mirada oyendo a su hijastro tomar su partido. No protestó ni se defendió. La vejez y el amor por esa mujer, habían transformado a Juan Sin Miedo en un manso perrito faldero. Matías se llenó de rabia. La actitud despótica de su madre le pareció abusiva. ¿Por qué ese empeño en tener a Juan amarrado?

—¡A ver, mamá! ¿Qué malo tiene que Juan salga a la esquina a jugar dominó? ¡Además, así se gana su dinerito!

—¡Anjá, él sale a jugar y me deja a mí sola! ¡Para eso mejor se hubiera quedado en Cuba! —gritó Sofía, y de nuevo insistió que Juan no quería venir a Venezuela, que sólo aceptó viajar para acompañarla—: ¿Qué clase de compañía *es ésa*?

En un aparte, Elsa le aconsejó que se calmara. Que hasta cierto punto Sofía tenía razón. Que tratase de llegar a un compromiso. "Es una cabrona egoísta —opinó él—, ella tiene la televisión, el radio y dos criadas en la casa para conversar y entretenerse, ¿por qué carajo quiere tener al viejo amarrado a su falda? ¡Lo va a matar!"

Luego, más calmado, fue a donde su madre, que daba vueltas como una reina herida con la nariz catalana en alto. En tanto, Juan languidecía sentado en uno de los sillones con las manos sobre el vientre.

—Vamos a legislar como Salomón, mamá. ¿Porque tú no querrás cortar al niño en dos pedazos, verdad? —la remitió a la Biblia porque ella la usaba como fuente de sabiduría—. Que Juan salga medio día, por la mañana o por la tarde, y la otra mitad se la pase contigo. ¿Te parece bien?

Sofía, de súbito en actitud contemplativa, no le respondió. Sus ojos cegatos habían captado un rebote iridiscente de luz en el balcón. Y su alma se alejaba de este mundo terrenal hacia las esferas celestiales donde sólo moran los espíritus superiores. A él, desde niño, le admiraba la capacidad de su madre para ausentarse de la realidad.

Dos días después, la criada telefoneó asustada a la Fábrica: La señora Sofía había desaparecido de la Quinta y no sabían dónde estaba. ¿Y Juan? El señor Juan se había ido a jugar dominó desde temprano. Matías salió disparado de la oficina, Elsa corrió detrás de él y lo alcanzó en el auto. Manejó furioso, preocupado por su madre, tratando de colarse a la fuerza entre los miles de autos que a esa hora trancaban las calles del centro de Caracas—: Maldita vieja, me cago en el día que me parió... que ganas de joderle la paciencia a..—. mascullaba.

—Cálmate, por favor, que tu mamá debe estar bien.

Matías fue corriendo a buscar al viejo, que se levantó de la partida de dominó con cara de pánico.

—¿Por qué Sofía me hace esto? ¿Dónde estará? —se lamentó con los ojos desorbitados, a punto de un infarto.

Fueron corriendo al Centro Comercial, lo registraron, y nada. No le confesó sus temores a Juan: que a la vieja por su ceguera la atropellara un auto. De golpe la vieron a media cuadra, viniendo hacia ellos acompañada por una de las criadas. Sofía venía feliz, campante y sonriente. Parecía una niña que ha cometido una travesura.

—¡Qué ciudad tan emocionante! ¡Cómo hay máquinas!

Juan, de los nervios, la regañó con su vozarrón:

—¿Por qué me haces esto, Sofía? ¿Sabes el susto que me has dado?

Sin inmutarse, ella contestó que si él podía salir a entretenerse, ¿acaso no tenía ella el mismo derecho?

A Matías los nervios le dieron por reírse: ¡Qué vieja más cabrona! ¿Adónde la encontraste, María?, le preguntó a la salvadoreña. A tres cuadras de aquí, señor, por la avenida Urdaneta. La señora estaba de lo más divertida, conversando en un quiosco de periódicos.

—¡Me encanta Caracas! —sentenció Sofía, feliz.

* * *

Una tarde su madre intentó explicar el encarcelamiento y el proceso contra Juanito. Ella estaba sentada en la butaca del rincón, entre la ventana y el balcón, para protegerse del sol que rebotaba en el edificio del frente, hiriéndole sus delicadas retinas. Desde que llegara de Cuba se había apropiado de aquel rincón, y allí disfrutaba de la frescura y la penumbra, protegida de la luz y el calor. Ella contaba, él le preguntaba, y Juan los escuchaba en silencio.

—Todo fue confuso y aterrador, como todo lo de *allá* —dijo, y torció la boca con una mueca de dolor—. ¿Por qué se lo llevaron preso? Eso no está nada claro.

Juan callaba, porque él tampoco tenía una explicación para aquella terrible experiencia. Mamá llevaba rato tratando de explicar por qué la policía política había detenido a Juanito. De entrada, sólo el nombre de aquella cárcel sonaba siniestro. *"Lo encerraron en Olla de Presión"*, murmuró mamá. Alguien encontró un papel, supuestamente escrito por Juanito, que decía: *"El 26 es el día"*.

—¿Y por qué Juanito escribió eso?

—Nadie sabe, él dice no recordar nada.

Lo encontraron en una gaveta en su oficina del Teatro, y parecía su letra, pero Juanito no se acordaba, ni por qué, ni cuándo había escrito la misteriosa nota, si es que la había escrito. Alguien dio parte a la Seguridad del Estado ¿Quién denunció a Juanito? Nunca se supo. Quizás alguien que envidiaba aquel cargo de director que le dieron a Juanito por su capacidad y talento profesional, y no por razones políticas. Además de ser el profesor, director y fundador de aquel grupo de Teatro de Kakania, él ejercía otras funciones culturales.

Aquel año se celebraría en Kakania la gloriosa fiesta del 26 de Julio. Un enorme honor para la lejana provincia de Kakania. Esto provocó que meses antes se iniciara un gigantesco Operativo de Seguridad, una minuciosa y exhaustiva investigación política de naturales y residentes de Kakania, y de los demás participantes en los actos de la celebración.

—Registraron todo, vida y milagros de la gente —dijo Sofía con una mueca de asco, y añadió—: Juanito no recuerda haber escrito esa nota

Lo encerraron en Olla de Presión, bajo la acusación más aterradora: un atentado contra el Líder. Mamá se detuvo y movía la cabeza agobiada por el inmenso dolor de ese hijo.

—Juanito *tiene humo* en la cabeza —murmuró.

Matías no entendió eso del humo, pero no deseaba interrumpir a su madre, que movía la cabeza como si no pudiera descifrar la conducta de ese hijo, el único del que no quiso separarse jamás. La veía destrozada moral y físicamente, hundida en el sillón, angustiada ante la indescifrable culpabilidad de Juanito. O peor aún: ante la afrenta de haber parido un hijo varón cobarde.

—Juanito *tiene* que haber hecho algo, *tiene* que ser culpable de *algo* —añadió, como si le doliera admitirlo.

Juan Maura no protestó, derrumbado por el peso de aquella desgracia. Matías los contemplaba a los dos en silencio. ¿Con qué metralla invisible habían herido las mentes de sus compatriotas? ¿Hasta qué extremos de abyección los habían sometido para que una madre llegase a sospechar de su propio hijo, cuando por tradición ellas siempre los creían inocentes, incluso siendo culpables?

—¿Pero ya lo liberaron, no? —preguntó él.

—Sí, lo soltaron, pero *no es libre.*

—¿Dónde está ahora?

Juanito estaba ahora en Santiago, gracias al Capitán Contrera. Sofía explicó que ella, en cuanto se enteró de lo que ocurría, buscó ayuda, *"porque la pobre Aída era muy buena, pero carecía de carácter y estaba muerta de miedo".* A través de los Maura, antiguos batistianos devenidos en revolucionarios (los Maura prosperaban cobijados bajo la aureola de uno de los mártires, un hermano de Juan asesinado por la dictadura), Sofía fue recibida por un Capitán de la SE, en Santiago, precisamente el oficial que iría a Kakania a supervisar la seguridad para los Festejos de la Revolución.

El Capitán Contrera tenía un rostro honesto y la escuchó con paciencia. Al final, le aseguró: *"Váyase tranquila, compañera, que yo no descansaré hasta averiguar la verdad verdadera, y si Juan Maura es inocente, le doy mi palabra de honor que lo sacaré de donde lo hayan encerrado".*

Sofía tuvo el presentimiento fulminante de que el Capitán salvaría a Juanito de sus enemigos, una corriente la erizó y, en un arrebato, levantó las manos al cielo con las palmas hacia arriba.

"Alabado sea el espíritu que lo protege, Capitán, y el impulso que me

trajo aquí, porque me acaban de revelar que usted iluminará el camino y salvará a mi hijo del daño que quieren hacerle".

El capitán sonrió con escepticismo, pero con agrado. Era un marxista y un ateo. No obstante, le gustaban los buenos presagios, y como cierto poeta francés, prefería *"un paraguas sobre su tumba".*

Transcurrieron semanas angustiosas para Sofía. En Santiago, Juan y ella guardaban un silencio hermético sobre el destino de Juanito. Con nadie se atrevían a comentar su encarcelamiento. Nada atemorizaba más a los amigos y vecinos que el contacto con la familia de un traidor, un probable agente de la CIA. Ella esperaba con el alma en vilo, pero con esperanza, porque los espíritus le aseguraban que el Capitán Contrera le abriría a su hijo las puertas de la cárcel. Su optimismo aumentó cuando trasladaron a Juanito al hospital Psiquiátrico, cerca de Santiago.

Unos días después, el capitán Contrera llegó en un vehículo militar que estacionó frente a la casa, tocó en la puerta, abrazó a Sofía y la miró con una sonrisa de vanidad y benevolencia.

—*Está limpio, compañera. He investigado su vida desde el día en que nació, y está limpio. Pronto lo tendrá aquí en la casa* —le anunció, satisfecho de ser el portador de buenas noticias.

Pero hoy en Caracas, sentada en su rincón, Sofía se detuvo, aún inmersa en su dolor. Él observaba a su madre meneando afligida la cabeza, llena de asco. Juan tenía la mirada baja, sumido en la perplejidad.

Él esperó, también en silencio. Miraba alternativamente a su madre y a Juan, con la esperanza de que uno de los dos revelara algún detalle que esclareciera la misteriosa historia de Juanito. En vano, porque su madre, en vez de continuar, lanzó un gran suspiro, como si el sufrimiento la hubiera dejado agotada. De súbito, su rostro cobró vida, como si despertara a la realidad del momento, y se tocó el estómago.

—Tengo hambre —exclamó, sorpresivamente. Y luego, con cara de preocupación, se volteó hacia él—: ¿Qué hora es?

Matías chequeó su reloj: eran la una y cinco.

—¡No en balde tengo tanta hambre!

De golpe su enorme dolor había sido desalojado por el hambre. A pesar de sus años, se paró como un resorte, excitada por la idea de llenarse la barriga, lista para almorzar como una leona.

En las caballerizas del Hipódromo La Rinconada, a Juan Maura, a quien siempre le apasionaron los caballos, sus ya brotados ojos parecían salirse de las órbitas al ver tantos y tan hermosos caballos y yeguas por todas partes. Aún era de madrugada cuando Matías le pidió al peón que sacara de su *box* a una yegua zaina, sólo de unos trece palmos de alto, muy ágil y con una grupa musculosa, bien aplomada, correcta de manos y de patas, y se la mostró orgulloso a Juan.

—Ésta se llama Yeya —le dijo él.

—¿Y ese nombre?

—Por Gertrudis, sus nietos le dicen Yeya.

La estuvieron contemplado mientras el peón la cepillaba y le ponía los arreos para subir a la pista. Después llevó a Juan a otro *box*, de donde otro peón sacó a un potrazo castaño, un hermoso animal de 500 kilos, algo ordinario de manos y de rodillas, razón por la cual, siendo más riesgoso su futuro, había costado menos que la yegua. Pero Juan Maura no sabía de purasangre, y, asombrado de su hercúlea musculatura y gran alzada, no pudo contener una palabrota.

—¡Cojones, qué caballote!

—Se llama Juanote, ¿qué le parece?

—¡Qué bárbaro! ¡Lo más lindo que he visto en mi vida!

Juan nunca preguntó porque había bautizado Juanote a ese caballazo. Sin embargo, debió suponerlo, pues sonrió emocionado. Luego, aún medio oscuro, a esa hora de la madrugada en que la luz cambiaba del malva al azul profundo, y los astros todavía brillaban en el cielo, subieron a la pista detrás de los animales con sus peones: los llevaban a ejercitar, en un minucioso y paciente proceso de entrenamiento, apasionante sólo para quienes aman ese deporte.

Arriba, en la pista, Juan observó el espectáculo de los preparadores, peones, amansadores, traqueadores y jockeys; esos mínimos atletas en su faena, montando y desmontando; vio a decenas de caballos galopando, o briseando en la gran pista ovalada rodeada de colinas verdes, y la vista espectacular del Hipódromo con sus tribunas monumentales enfrente. Se oían los gritos de los hombres, y los caballos que llegaban resoplando, soltando vaharadas de vapor, con las narices dilatadas por el ejercicio. Cuando pasaban dos caballos galopando apareados, Juan se emocionaba como si le apostara a uno de ellos. La visión de los establos, los relinchos de los caballos, el hedor de las bostas y el crujir de las monturas de cuero, debieron activar en Juan Maura la nostalgia por su juventud en los campos de Cuba. Cuando Matías le pidió que lo acompañara por segunda vez, Juan declinó la invitación con estoica melancolía.

— Gracias, pero es mejor no verlo por segunda vez, y ponerme a soñar con los pajaritos —se excusó.

Matías entendió y no insistió. Aquella primera mañana, luego de ver los traqueos en la pista, Juan regresó con él a la caballeriza, y allí vio cómo bañaban a Juanote y a Yeya con el agua de una manguera, cómo le lavaban los genitales a los dos animales, con el chorro, y cómo, dando brincos y coces, Juanote arrastraba al peón como si fuera un pelele, a pesar de que éste le tenía puesta, sobre la cara, la dolorosa cadena que servía para controlar sus ímpetus. El poderoso lomo mojado y reluciente del potrazo despedía vapores por la diferencia del agua fría con que lo bañaban y el calor de sus venas inflamadas bajo el brillante pelaje.

—¿Cuándo corre? —preguntó Juan, anhelante.

—Con suerte, en dos meses podría debutar. Aunque con estos bichos uno nunca sabe —dijo, y así ocurriría con Juanote, sufriría de cañeras y de las entre cuerdas, y su debut fue arduo.

Matías tomó de la brida a Yeya, más mansa y dócil, le dio a comer unos terrones de azúcar que ella le arrebataba de la mano con sus belfos delicados y ávidos como dedos, y luego se la acercó a Juan para que la tocara, y éste, sin ningún temor, le acarició el lomo, el cuello y la hirsuta crin con emocionada dulzura, como si se tratase de una mujer.

—¡Qué pelo tan suave y qué piel tan fina! —comentó admirado.

—Eso es una señal de calidad.

—¿Juegas mucho dinero? —le preguntó curioso, cuando ya salían del Hipódromo en el auto.

—Con cautela, nadie se hace rico jugando, respondió—. Y le explicó que no jugaba en la taquilla del Hipódromo, sino con los

bookmakers donde se apostaba el orden de llegada de los doce o cator- ce caballos, y en las cuales sólo se duplicaba el dinero. Los *bookmakers* daban hasta 5 puestos si el caballo no era favorito. Antes que se cono- ciera "el dato", Matías apostaba, y luego, cuando "el dato" se corría:
—Yo vendo 2 ó 3 puestos, y así me cubro, de modo que si mi caballo entra del tercero al quinto, yo gano todo. Y si llega entre los últimos, pierdo poco o nada".
—Así es como debe hacerse —aprobó Juan, con voz de experto.
Matías sabía que Juan Maura nunca había apostado en un hipó- dromo, pero también sabía que los galleros profesionales cruzan ese ti- po de apuestas cuando los logros van cambiando según cuál de los ga- llos luce el matador. Supo que Juan comprendió con rapidez, porque los mecanismos de la astucia son parecidos, sean caballos o gallos.
El viejo tahúr se sentía a gusto en su compañía, porque compartían el amor por los caballos y por el juego.

* * *

Una cosa estaba clara ya para Matías: si se lo proponía, su madre se quedaba en Caracas incluso en el caso de que Juan se negara. Y él no estaba dispuesto a hacerle a mamá el ofrecimiento que tanto ansiaba, a menos de estar seguro de que Juan la acompañara. Opinaba que sería criminal y estúpido separar a los dos viejos. Por lo que le concernía, había tomado su propia decisión: su madre no se quedaría a menos que Juan, su compañero de toda la vida, también lo hiciera.
La dieta y la buena alimentación habían mejorado la salud de Juan, y quién sabe, bien cuidado y atendido, cuántos años más podría vivir en Caracas. De modo que los dos viejos se acompañarían, con suerte, los próximos diez o doce años.
Siempre que hacía una promesa la tomaba en serio, y no se sentía en paz hasta cumplirla, de modo que había estudiado cuidadosamente la oferta más conveniente para Juan. Algo juicioso, realizable y que no hiriese su sensibilidad. Y esa mañana, después de tres horas agradables en el hipódromo, mientras manejaba de regreso a San Bernardino, de- cidió que ése era el mejor momento para hablar con Juan.

—Mire Juan, escúcheme y piénselo con calma —lo observó un instante de reojo sin perder de vista el tráfico de la autopista—: Usted y Sofía pueden quedarse perfectamente en este país. Yo puedo comprarles un apartamento en San Bernardino, cerca de donde vivo, de modo que usted y Sofía puedan vivir con independencia. Yo le pongo una criada a mamá para que la cuide y así usted pueda salir a trabajar. Allí mismo cerca de nosotros, en la Vollmer, hay varios sitios donde venden billetes de lotería y se apuestan a los terminales, un negocio que usted conoce bien. Ya lo averigüé todo y no son negocios caros. Pues bien, yo le compro un negocio para que se gane sus realitos, sin problemas. No se va a hacer rico, Juan, pero no va a depender de mí, ni de nadie. ¿Qué le parece?

Juan pensó sólo medio kilómetro, o no lo dudó nunca, porque desde el principio meneaba la cabeza negativamente con los ojos desorbitados, como si se tratara de la decisión más difícil de su vida.

—¡No, no, yo no puedo quedarme aquí y dejar a mis hijos y a mis nietos solos en Cuba! —contestó con el vozarrón quebrado por la emoción—. ¡Ellos me necesitan, Matías!

Matías siguió manejando, pasando entre los autos, avanzando por ese perfil de edificios y de ranchos construidos sobre el paisaje de unos cerros que medio siglo antes lucieron un exuberante verdor, hermosos paisajes que fueron devastados por el caos de la miseria: un producto de la estupidez de los gobiernos y la pobreza de los campesinos.

No le había sorprendido en absoluto la reacción de Juan. Sin embargo, trató de persuadirlo. Le explicó que luego de un tiempo de separación, las familias terminaban por reunificarse, que más adelante, Juanito y el resto vendrían a Caracas.

—Poco a poco irán viniendo.

Juan movía la cabeza con desolador pesimismo.

—No, qué va. Nadie sabe cuánto podría demorar eso, Matías —dijo, y luego razonó—: Cinco o diez años son demasiado para mí. Y en este momento es cuando ellos más me necesitan.

Un loco con un camión cruzó el Caprice de Matías y casi lo chocó; él lo esquivó con pericia, mascullando: "me cago en la madre..." y se calló. Mientras, sentado al lado, Juan permaneció ensimismado, sin preocuparse del tráfico, pensando en Cuba, calculando que aun en el caso de que a Juanito y a su nuera les permitieran salir del país, a sus nietos, todavía menores de edad, jamás les darían el permiso de salida. Y el viejo se sintió abrumado por el ultraje. ¡Qué usaran a sus nietos como rehenes, con el pretexto de que eran menores de edad! La impotencia, esa sensación de ser víctima de los abusos del poder, lo llenó de rabia. ¿Qué podía él? Nada ¡Qué desgracia tan grande, tener que regresar a Cuba!

—¡Le roncan los cojones! —estalló de pronto, volteándose como si Matías no pudiera entender su desgracia—. ¿Tú sabes lo que es regresar a *aquello*, después de haber salido?

—Me lo imagino.

Los ojos desorbitados de Juan giraron perplejos, y los fijó en la autopista, sin verla, como acorralado ante el dilema de verse obligado a regresar, voluntariamente. Y volvió a negar con la cabeza, abrumado por la desgracia.

—¡Le roncan los cojones! —murmuró.

—Entonces, no regrese, ¡quédese! —lo alentó él.

Juan Maura negó esta posibilidad, y continuó negando con la cabeza, como un hombre acorralado por su destino.

—Yo no puedo... Ellos me necesitan —añadió, lacónico.

Y no dijo más. Se encerró en un estoico silencio, como hizo toda su vida con sus sentimientos. No volvió a hablar del asunto, ni permitió que se lo mencionaran. Ni Sofía, que tenía tanto poder sobre él, logró sacarlo de su terquedad suicida. Si regresa se morirá, pensó Matías. Sin embargo, los médicos también suelen equivocarse, y aunque él se lo explicara, dudaba que Juan lo creyese o actuase de diferente manera. De todos modos, Matías se sintió en paz con su negra conciencia.

*   *   *

Sofía se lo había advertido a Juan: *"No le digas nada a Matías, mejor que nunca lo sepa"*. Juan entendió y asintió en silencio.

Poco antes de su viaje a Caracas, a Juan lo detuvieron y estuvo preso un mes como un delincuente. Fue en Santiago, la ciudad de sus amores. Un ultraje que prefirieron ocultar. ¿Por vergüenza y orgullo? ¿O acaso por temor a que ese hijo exitoso también los despreciara?

La policía, avisada por una vecina cederista, sorprendió a un grupo de jugadores (barajas y dominó) en la propia casa de Juan, convertida en pequeño garito clandestino. Doce, y con Juan trece. Los encarcelaron un mes, hasta que decidieron hacerles un juicio público en el Parque Céspedes, para dar un escarmiento. Un juicio sin abogados defensores, donde exhibieron a Juan encima de una tarima con un uniforme de presidiario, en compañía de los otros apostadores. A los trabajadores les dieron el día libre para que asistieran al acto. "Abajo la escoria", gritaba el populacho contra Juan y sus compinches. Un militar agarró el micrófono y le exigió silencio a la multitud.

—¡Compañeros, hoy el pueblo se ha reunido en este parque, para juzgar a estos delincuentes! —gritó aquel el fiscal, acusando a Juan y a los otros con dedo bíblico—: ¡Éstos no son unos inofensivos maleantes, sino la escoria del pasado! ¡Mugrosa basura humana, viciosos incurables del capitalismo! ¡Miren bien a esta escoria vil! ¡Son una vergüenza para la Patria y la Revolución! ¿Podemos permitir que envicien y corrompan a nuestra juventud revolucionaria y socialista?

Un jodedor gritó: "¡Paredón, paredón!" Y esto sonó tan desmesurado que produjo la hilaridad en la multitud. Desde la tarima, Juan escuchaba azorado los gritos y las burlas, como antes escuchara la inmensidad de las acusaciones, mirando alelado hacia la multitud, donde distinguía caras amigas y conocidas. Luego de estar encerrado en un calabozo durante treinta días, no estaba seguro de estar despierto, o de estar viviendo una pesadilla. Juan Maura era el centro del "show": ridiculizado y humillado con el degradante uniforme de presidiario, en la fila con los otros doce. A pesar de haberse sentido desde siempre un pecador y un hombre al margen de las leyes, no entendía lo que estaba pasando. La magnitud de aquel linchamiento moral, lo aturdía y lo asustaba, no por miedo (un sentimiento extraño a su naturaleza), sino por el sufrimiento y la vergüenza que les estaba causando a Sofía, a sus hijos y sus nietos. Uno a uno obligaron a los reos a pedir perdón al pueblo, que se burlaba y los injuriaba; Juan lo hizo con su voz ronca, todavía aturdido.

A todos, excepto a Juan, los condenaron a tres y a cuatro años de prisión. El caso de Juan fue el más patético por ser hermano de un mártir de la Revolución. Por esta razón, y por su edad, creyeron que con el acto y los treinta días detenido, había sido suficiente. *"La revolución es generosa"*, dijeron, y lo dejaron en libertad. Lo más paradójico fue que, de todos, Juan era el mayor culpable. Sin embargo, los Maura habían movido influencias tras bambalinas.

A Matías se lo ocultaron. Que Juan había sido juzgado como "escoria" en el parque Céspedes, delante de una multitud convocada a propósito (Matías supone que vecinos y amigos asistieron obligados, aunque teme que igualmente disfrutaron del espectáculo.) Un auto de fe comunista, irrisorio y tropical, frente a la antigua y augusta Catedral de la ciudad, fundada por los españoles en 1509. Juanito se lo contó después, con una mueca de amargura y vergüenza.

—Mi papá es un lumpenproletario. Él fue el que mejor salió. A los otros les metieron tres y cuatro años de cárcel.

Sintió pena que su hermano se expresara así de Juan. No le contestó en aquella ocasión, a pesar de que ya le irritaba cualquier jerga que redujera a un ser humano a la imbecilidad de una categoría sociológica.

*   *   *

Siendo un adolescente, Matías iba al parque Céspedes a ver a las señoritas, a flirtear, oír chismes, hablar de filosofía y política. Un parque rodeado por un banco en todo su perímetro, cuyo espaldar daba a la calle. Matías iba a mirar, y a ser mirado por las muchachas.

El parque era el supermercado del amor. Ellas y ellos exhibían sus encantos o desencantos a la luz de las farolas, dando vueltas toda la noche como en un carrusel bajo el cielo estrellado. Paseaban para poderse mirar, hasta diez veces en una noche, ansiando el flechazo de Cupido. Juegos de ojos donde fulguraba el deseo, el tímido roce de una mano, el temblor romántico del novio y la novia. Reprimidos por el pudor, en público no se besaban ni en las mejillas.

Las noches de "retreta" la orquesta Municipal, y otras bandas con sus uniformes entorchados y sus relucientes instrumentos, alegraban el parque con sus conciertos ligeros, o los acordes de un danzón popular. Un aire frívolo y festivo, sentimental y cursi, excepto por las pequeñas infamias de jóvenes y mayores. Que aquel parque amado por los santiagueros hubiese servido para exponer al escarnio y al desprecio de toda la ciudad a un hombre bondadoso como Juan, a él lo llenó de asco.

—Le roncan los cojones —decía Juan.

Juan tenía razón. Se necesitaba de unos enormes cojones para regresar, voluntariamente, a aquel país de pesadillas y autos de fe. Un gesto de amor hacia sus hijos y nietos que nunca mencionó, y del que éstos no se percataron.

*   *   *

En aquel viaje de su madre, Matías intentó una reunión familiar, es decir, de los que estaban dispersos en el exilio. Avisó a Gertrudis, la llamó por larga distancia a Atlanta, y ella y su marido, que nunca se le separaba, decidieron hacer el sacrificio y el gasto del viaje porque tal vez aquella fuese la última oportunidad de ver a su madre.

Luego, y en vista de que entre mamá y Margarita últimamente había habido roces dolorosos, Matías decidió esperar a que fuese la propia Sofía quien decidiese si deseaba, o no, enfrentarse otra vez a esa hija cuya presencia la perturbaba tanto. Al siguiente día de haber instalado a mamá en su habitación, la puso al tanto de los viajeros que estaban por llegar y que venían desde lejos expresamente para verla.

—Gertrudis y su esposo vienen de Atlanta a verte.

Mamá, todavía eufórica por su propio viaje a Caracas, tan anhelado y accidentado, porque a última hora una serie de horrores burocráticos casi lo frustran, palmoteó feliz como una niña.

—¡Qué bueno, qué bueno!

También viajaba Katy, la hija de Gertrudis, desde Chicago, con dos de las bisnietas norteamericanas de mamá, la menor sólo de meses.

—Así que vas a conocer a las hijas de Katy, tus bisnietas.

—¡Qué bueno, qué bueno! —volvió a palmotear de alegría.

—A Margarita no le avisé, porque no estaba seguro de que tú quisieras verla —le dijo—. Pero ahí tienes el teléfono, si quieres ahora mismo la llamo para que hables con ella. En cuanto se entere que estás en Caracas, agarra el avión.

El rostro de Sofía Vilarubla se ensombreció, no contestó de inmediato; dio unas vueltas por la sala de la planta alta, fue hasta la biblioteca de Matías, regresó y miró, a través del balcón, la luz en las paredes de los edificios y la quinta de al lado, el verdor del apamate y un pedazo de cielo azul refulgente. Mamá no se fijaba en nada; ella sólo hurgaba dentro de sus sentimientos, sin saber dónde poner a Margarita. La conducta errática y promiscua de esa hija le destrozaba el corazón. De golpe, ella reaccionó indignada hacia Matías, poniéndolo de testigo.

—¿Tú sabes lo que hizo Margarita la última vez que fue a Cuba, y eso que dijo que ella venía únicamente a verme? —mamá misma se contestó—: Entró en la casa dando besos y abrazos a todo el mundo. ¿Y tú sabes lo que hizo conmigo? Cuando me vio, me miró de arriba a abajo, y me espetó en la cara: "¡Eres idéntica a Gertrudis!", y pasó de largo sin darme un beso.

Mamá imitó el gesto de desdén, ese desplante doloroso que le hiciera Margarita y que aún no le había perdonado, y miró a Matías para ver si éste había comprendido la ofensa. Al final, sólo encontró una explicación para la conducta insensata de esa hija en aquel viaje.

—¡El colmo, parecía media comunista!

A pesar de su perenne sonrisa y su alegría, Margarita era apasionada, voluble, antiimperialista como todas las feministas, y capaz de arranques de insensibilidad y dureza con cualquiera, incluso con su madre. A Matías le pareció estar viendo a su hermana. Margarita le había contado que había llevado en su viaje un libro de Miguel Hernández, para regalárselo a Juanito, y en la aduana se lo decomisaron. *"Mire que es un poeta comunista"*, protestó. *"Todos los libros están prohibidos"*, le contestó la uniformada, y añadió con la arrogancia de una funcionaria orgullosa de su deber: *"tenemos órdenes contra los libros, sea el que sea"*.

Por otra parte, ¿de quién había heredado su hermana csc carácter rebelde y brusco, sino de los Vilarubla, es decir, de mamá? Sin duda, la presencia de Margarita en Caracas pondría nerviosa a mamá, y él decidió esperar a ver si cambiaba de opinión. Pensó que más allá del rencor y el temor, Margarita era hija de su carne, y al final terminaría por imponerse su corazón de madre, porque difícilmente tendría otra oportunidad de ver juntos a los tres hijos de su primer marido.

—¿Qué te parecen las cosas de mamá? —le dijo a solas a Elsa—. No quiso hablar ni siquiera por teléfono con Margarita.

—Déjala. No lo hace porque Margarita agarraría el avión.

—¿Y qué tiene que ver? ¿Es su hija, o no?

Elsa percibió que su marido desaprobaba la conducta de su madre, y le habló con dulzura, tratando de aplacar su belicosa actitud.

—Sofía ya no es una jovencita. Tal vez no se siente en condiciones de ver a esa hija. Le tiene miedo al carácter de Margarita. Deja a tu mamá tranquila, y no la atosigues con nada. Mira que dentro de tres semanas se tiene que operar.

*   *   *

Juan Maura se acercó a la biblioteca de Matías en Caracas, y miró en asombrado silencio centenares de libros en hileras, unas encima de las otras hasta tocar techo. ¿Para qué servirían tantos libros? Eso no era sano. Nunca había leído un libro. En el mundo hay demasiadas palabras.

Para palabras bonitas tenía a Sofía. La oía con la devoción de un lector. Se deleitaba oyendo cómo brotaban, melodiosas y dulces, de su boca. Se sentía orgulloso de ella. No aprobaba todo lo que decía, pero la escuchaba admirado de su cultura y su belleza. En ocasiones se atrevía a contradecirla, suavemente, sin ánimo de polemizar.

Matías lo sorprende ahora, ya viejo, con esa expresión de adoración en sus ojos saltones. La misma de cuarenta años antes. Sin embargo, nunca lo oyó hablar de amor, y la llamó toda su vida sólo por su nombre.

*   *   *

Gertrudis llegó el 8 de enero con su esposo. A pesar de las horas de vuelo, se había bajado furiosa del avión: Su hija Katy, que viajaba sola con sus dos niñas, una de dos años y la otra de meses, luego de haber sorteado unas nevadas descomunales en Chicago, de donde partió, y después de viajar hasta Miami, más de la mitad del trayecto a Caracas, la línea estatal venezolana la había dejado allí varada.

—¡Unos desgraciados! —gritó Gertrudis—. ¡Me sentí impotente, a nadie parece importarle, nadie responde por nada! ¡Odio estos países con sus gobiernos desordenados y corruptos!

Cuando Gertrudis entró en la casa, y vio a mamá, corrió hacia ella y la abrazó con un alarido, dos largos minutos de catarsis por tantos años de sufrimiento y separación; efusiva y sentimental, derramó unas lágrimas. Luego Gertrudis recuperó la compostura. Aún mortificada por Katy, le repitió una, dos, tres veces a mamá la triste historia, para trasmitirle su rabia por aquel viaje frustrado por culpa de VIASA.

—¡Qué lástima, con los deseos que tenía Katy de verte, y de que conocieras a tus bisnietas! ¡Ah, si vieras lo monas que están! —repetía, sonriendo y secándose las lágrimas.

—Vaya, qué lastima —lo lamentó mamá.

Pero no demasiado contrariada. Fue una catarsis familiar de abrazos, felicidad y risa en que, por supuesto, participaron festivamente Juan y el esposo de Gertrudis, un hombre cálido y afable. Durante dos o tres días las memorias de mamá, Gertrudis y Matías, más los tres consortes, se unieron con la armoniosa polifonía de una orquesta de cámara. ¿Quién fue el primero en desafinar? Matías no recuerda, acaso fue mamá, quien sin percatarse que hería a Gertrudis, empezó a hacer alarde de su afinidad y su preferencia por Elsa.

—Tú eres la hija que más yo quiero —tenía la costumbre de decirle a Elsa, abrazándola y besándola.

A Elsa no sólo le avergonzaba esa preferencia, le parecía, además, una aberración sentimental hacia sus hijas verdaderas, en especial Gertrudis, quien toda su vida se preocupó de escribirle y mandarle paquetes a mamá. Gertrudis lo hacía dentro de los límites de sus posibilidades, y en ocasiones con un gran sacrificio, porque tanto su marido como ella eran unos asalariados, y en cambio Matías y Elsa, como se dice en inglés, tenían un bolsillo más profundo.

Claro que Elsa tenía su mérito real. Durante los últimos años se había dedicado a pensar en las necesidades de mamá, y suplirlas. No sólo conocía sus innumerables enfermedades, y sus alergias; conocía, también, las tallas de sus zapatos y sus *blumers*, de sus blusas y faldas, y adivinaba, con un instinto infalible, los gustos de mamá en colores, estilos y telas. Y siempre vivía pendiente de las nuevas disposiciones burocráticas inventadas por el Gobierno cubano, para poder enviarle aquellos paquetes, cuyo contenido elegía con el meticuloso cuidado de un general enviando pertrechos a sus tropas. Elsa era la mayor proveedora de mamá, por más de una razón. Su innato y genuino deseo de ayudar al prójimo, podía ser la primera. A esto Matías añadía el deseo de ganarse el afecto de su suegra, y de paso halagarlo a él, a través de su madre, y cubrir esa tendencia de Matías a no darle mayor importancia a los pequeños detalles de la vida, como un talco, un pañuelo, un agua de colonia que le endulzaban la vida a mamá, y que a él le parecían irrelevantes.

—¿Por qué colonia o talco, en vez de otra lata de leche o de chorizo? Yo creo que a Sofía, y a la familia, tenemos que resolverles las necesidades elementales, como la comida y la ropa, no las superfluas.

—Tú no entiendes a tu mamá, ella siempre ha sido muy coqueta. Para nosotras, las mujeres, sentirnos limpias y perfumadas es también una necesidad elemental. ¿Por qué te ríes?

—Porque me recordaste a un ostentoso cisne irlandés, el único frívolo que he amado en mi vida.

*   *   *

Gertrudis, que estaba al tanto de la cuestión pendiente, es decir, de Margarita, cuando estuvieron a solas le preguntó.

—¿Qué ha decidido mamá?

—Nada. Se lo he repetido tres veces: "Mamá, ahí está el teléfono. Si quieres le ponemos una larga distancia a Margarita". Mamá no dice que no, ni que sí. Se hace la sueca.

Gertrudis suspiró con una mueca negativa, censurando la conducta de mamá. Y Matías, viendo con qué claridad se traslucían sus sentimientos, se preguntó melancólico, si sus pensamientos también se reflejarían en su rostro, al igual que los de su hermana.

En cuanto a Margarita, Gertrudis y él compartían el mismo sentimiento: con ella estarían juntos los tres hijos de Ballester, reunidos con su madre por primera vez en al menos... (sacó la cuenta) veintidós años. Seguramente, aquella sería la última oportunidad. También compartían el disgusto de que mamá se negara a ver esa hija, que era también la hermana de ellos. Los dos conocían bien a Margarita, sabían que su presencia, además de alegría, podría generar una gran inquietud. No obstante, aún así, opinaban que mamá debería llamarla.

—¿Por qué no hablas tú con ella? —le propuso él.

—¿Yoo? ¡Qué va! He venido de muy lejos a pasarme una semana con mi madre, y no voy a reñir con ella por nada del mundo.

El gesto fue terminante. Si Gertrudis, su hermana mayor, y una de las pocas personas en el mundo por la que sentía respeto, tomaba esa decisión, la acataría y punto.

—Entonces, ¡olvidémonos de Margarita!

Mamá y Juan estarían tres meses, pero Gertrudis y su esposo sólo nueve días, y él se tomó de vacaciones aquella semana. Después de tantos años separados, su deseo más intenso era esa zambullida de intimidad con los de su sangre. Lástima que faltara Margarita.

Pero esa mañana, mientras conversaba con su madre y con Gertrudis (los tres solos porque Elsa andaba por la Fábrica, y Juan y el esposo de Gertrudis habían salido a dar una vuelta), entró el fantasma de Margarita convocado por sus mentes; entró desbordante de nervios, risa y vitalidad, y se sentó invisible entre los tres.

—Yo sé que ustedes desaprueban que yo no haya llamado a Margarita —dijo Sofía, sin venir al caso.

—¿Quién te ha dicho eso, mamá? —Gertrudis arrugó el ceño.

—Yo los conozco bien a los dos, y sé lo que piensan —dijo, y luego añadió pidiendo comprensión—: ¡Pero tengo setenta años ya! ¡Creo que a esta edad, me tengo ganado el derecho a vivir en paz!

Gertrudis y él cruzaron una mirada divertida y cómplice: ¡Mamá no había perdido la costumbre de mentir sobre su edad!

—Yo lo siento mucho —continuó mamá—. Me gustaría verla, es mi hija, le deseo lo mejor, rezo por ella a menudo; pero no puedo, Margarita me pone los nervios de punta.

—Mamá, escúchame bien, nadie te está juzgando —dijo Gertrudis, con su aire de marisabidilla—. ¡No quieres verla, y se acabó! A Margarita todos la queremos mucho, pero ella es un *pain in the ass*.

Sin prestar atención al apoyo de Gertrudis, Mamá continuó con sus disculpas por negarse a hablar con esa hija.

—Cuando Margarita estuvo en Kakania quería estar todo el tiempo de parranda con Juanito. Ella no fue a verme a mí, sino a divertir-se. No se sentó una sola vez a hablar conmigo, y no hacía más que discutir y darme disgustos. El día en que llegó, me miró de arriba abajo como si yo fuera un bicho, y dijo que yo era igualita a ti.

Gertrudis se encogió de hombros.

—A mí me ha dicho lo mismo, y yo no le hago caso.

—Pero a mí me lo dijo con un odio que me asustó...

Hubo un penoso silencio. Tanto Gertrudis como él no tenían una explicación, y si la tenían, se la guardaron. En medio de ese silencio triste, Sofía los interrogó con una mirada dolorida.

—*¿Por qué?* ¿Qué le he hecho yo para que me odie?

Gertrudis se movilizó llena de compasión hacia mamá.

—Mamá, ella no te odia —le dijo con dulzura, y la consoló con unas palmadas—: Margarita es así: un ser muy desdichado. Más bien a mí me da lástima. Después de haberse casado y divorciado tres veces, ahora vive sola, y ni las hijas se ocupan de ella.

Mamá negaba con la cabeza como si todo fuese incomprensible y no encontrara razón alguna para que Margarita la tratase con aquel odio, y levantó sus ojos perplejos en busca de Gertrudis.

—No sé de dónde ha sacado que tú y yo somos igualitas. ¿Acaso nosotras nos parecemos tanto?

Gertrudis volteó los ojos con desdén.

—Ni tanto, siempre creí que yo me parecía a mi padre.

Como su hermana mayor había asumido la palabra por los dos, se mantuvo callado, pero ahora decidió intervenir, pensando que una broma no les vendría mal para despejar la tensión.

—No lo nieguen —las interrumpió—. Ustedes son igualitas: las dos son gorditas, bajitas, insoportablemente divertidas y seductoras, y para colmo, sus maridos las adoran. En cambio, Margarita no tiene quien la quiera. ¿Cómo quieren que no se cele de ustedes?

—Ay, hijo, si no tiene a nadie a su lado, es por su culpa —Gertrudis protestó como una centella—. Porque ella tuvo tres maridos, los demás no vamos a contarlos, y con cualquiera de los tres pudo ser feliz, pero ella nunca estuvo conforme con nada en su vida.

Matías comprendió que su estratagema no logró su objetivo. Tanto su madre como Gertrudis estaban tan turbadas que no se percataron del halago. En particular su madre; por primera vez desde que llegara de Cuba, le lucía atribulada y melancólica. En aquel momento mamá hizo una mueca, y al fin soltó su inconfesado temor por esa hija.

—A mí, la locura me da miedo...

*   *   *

No se mencionó más a Margarita. El amor materno era un misterio para Matías. ¿Cómo pudo mamá dejar pasar la oportunidad de ver por última vez a Margarita, antes que el huracán de la diáspora los alejara y los años devoraran sus vidas? Él no la entendía. Comprendía que la presencia de Margarita sería perturbadora para todos, pero también sería ruidosa, explosiva y festiva. Ella podría traer enfrentamientos y dolor, pero suponía que el amor de una madre se juzgaba siempre por patrones más elevados, y la muestra de desafecto o su miedo por esa hija descarriada, ofendía sus sentimientos. Y le expresó su irritación a Elsa. Pero, a pesar de que también Elsa desaprobaba la conducta de su suegra, salió en su defensa.

—Deja en paz a tu madre. Quizá sea lo mejor para todos.

Él no contestó. Sabía que Elsa opinaba desde el temor y la antipatía que sentía por Margarita.

*   *   *

¡Ah, las maravillas del lenguaje: un solo fonema, "desavenencias", podía por sí solo, resumir, y a la vez disculpar, una larga y compleja discordia sentimental, que Sofía transformó en un despecho de la sangre, a veces adormecido, pero nunca perdonado!

—Desavenencias de familia —dijo Elsa.

"Desavenencias", repitió él, mentalmente, tratando de penetrar en el justo significado de esta palabra.

Setenta y dos horas duró la paz entre Sofía y Gertrudis, y ese malestar latente durante tantos años entre la madre y la hija hizo irrupción desde lo más profundo del corazón de mamá. ¿Por qué esa estúpida competencia de quién tenía razón sobre temas banales?

Matías contemplaba con escepticismo a su madre y a su hermana discutiendo agria y ferozmente cosas triviales (por ejemplo, cómo quedaba más sabroso un potaje de frijoles negros), porque sabía que en el fondo había algo más: la de dos egos enfrentados por la supremacía de la razón y la sangre.

A Gertrudis le dio por hablar de Lola, su difunta suegra, con los ojos iluminados de amor. Sofía la escuchó impaciente, sin oponer su desacuerdo o demostrar celos. Y Gertrudis continuó desbordante de entusiasmo, hablando de la bondad, la dulzura de Lola. Lo inmensa que había sido como cocinera. ¡Y como repostera, una maravilla! ¡Cuánto le agradecía a Lola todas sus enseñanzas valiosas sobre la vida!

Tanta admiración por Lola, le dio comezón a mamá.

—¡Dios mío, tú no hablas más que de Lola!

—¡Es que con ella aprendí tanto! —Gertrudis, dejándose llevar por la nostalgia de Lola, no percibía el malestar de mamá—. ¿Nunca has leído en Selecciones *Mi personaje inolvidable?* Pues a mí me gustaría escribir uno con Lola como mi personaje, lo que pasa es que no soy escritora.

Mamá hizo una mueca de desdén.

—Quien te oiga, pensará que yo no te enseñé nada.

—Contigo aprendí muchas cosas, pero tú eras mi madre. En cambio, Lola era mi suegra, yo era una jovencita, y al principio tuve mis temores. Jamás imaginé que ella me fuera a tratar con aquella delicadeza y ternura. ¿Entiendes la diferencia, mamá?

Sofía entendía. Admitía los méritos de Lola. Sin duda, aquella gran matrona había sido el centro afectivo de una bonita familia de cuatro hijos, y la consejera de una interminable retahíla de hermanos, tíos, sobrinos, etc. Lola pertenecía, además, a una familia de tradición y raigambre en la burguesía cubana. En contraste, Sofía era hija de un catalán venido a menos, y de una canaria bella pero humilde. Mamá se recelaba, sentía que toda esa admiración por Lola viniese en desmedro de su valer y de la estima que le tuviese su hija.

Años antes, ya su madre le había dado una explicación juiciosa de aquel antagonismo entre Gertrudis y ella.

—Claro, cuando ella se fue de casa era muy jovencita, y los Rodrigo la adoptaron. Con unos cuantos halagos y besos, Lola se metió a Gertrudis en un bolsillo.

Un antagonismo y unos celos que se irían ahondando, Gertrudis cada vez más influida por la familia de su esposo. Sofía podía racionalizar y disculpar aquel distanciamiento, pero, como ella solía decir, la procesión le iba por dentro.

—Lola la adoptó como a una hija. Y Gertrudis dejó de ser una de nosotros, para ser una Rodrigo. Claro, ahora nos juzga y nos mira por encima del hombro. Y todo porque los Rodrigo y los Herrera han tenido unas haciendas y un tío millonario.

*　*　*

Los días pasaron rápido, y una mañana Gertrudis y su esposo estaban listos para volver a Norteamérica, a la rutina mediocre de ganarse el pan. Matías ayudó a su cuñado a bajar las dos maletas a la planta baja para acomodarlas en aquel gran Caprice verde. Luego se montaron todos, los tres hombres delante y las tres mujeres detrás. El semblante de Gertrudis reflejaba la tensión del viaje y el desgarramiento de la despedida. En su visita a Cuba dos años antes, después de veinte de prohibición y exilio, el dolor de su país y su familia, más las humillaciones que soportó, le produjeron una depresión tan grande, que había jurado no volver jamás. De modo que difícilmente volvería a estar junto a su madre, y tenía los párpados hinchados y enrojecidos, y en la boca la expresión de la tragedia. Sofía, por su parte, no parecía tan afectada.

Media hora después, en Maiquetía, frente a la entrada de la aerolínea, se apearon todos, y Juan Maura se movilizó a ayudar con las dos maletas. Su hermana se negó a que ellos los acompañaran adentro del aeropuerto. Lo había advertido.

—Por favor, no se bajen. Las despedidas largas me extenúan —dijo Gertrudis, efusiva y sentimental, y se secó dos lágrimas.

Aun así, cuando de pie en la acera le dio un intenso abrazo a mamá, no pudo contenerse y soltó un sollozo. Luego Gertrudis se liberó de mamá bruscamente, lo vio a él y se precipitó en sus abrazos. El contacto carnal con su hermana le trasmitió a Matías toda la conmoción que la embargaba, y él sintió pena de que tuvieran que despedirse, como de costumbre, por mucho tiempo.

Matías no recuerda hoy qué se dijeron. Trata, pero no puede. Recuerda, sin embargo, una y otra vez la escena: La mañana soleada y la transparencia azul del aire, él al volante de aquel auto cuyo motor de 350 cc y su suave suspensión le permitía subir con la ligereza de un pájaro por la empinada autopista que, atravesando túneles, los llevaba a Caracas, esa ciudad fundada por los conquistadores en un valle entre los encumbrados y hermosos cerros, y bautizada también *Santiago*.

Elsa iba delante con él, y detrás Juan y Sofía. La única voz que se oía era precisamente la de mamá, celebrando la belleza del día y el verdor de las montañas. Su voz era la de una niña liberada en un día de fiesta. Él la miró por el espejo retrovisor y le chocó la sonrisa de felicidad que iluminaba su rostro. Todos sumidos en el pesar de la despedida y mamá no se callaba. ¿Cómo era posible que se comportara tan insensiblemente? Por un momento vaciló, juzgando que se equivocaba, que su madre intentaba disimular, con una actuación magistral, el desgarramiento de perder y no ver nunca más a esa hija, su primogénita.

"Mamá está media cegata, sus retinas podrían percibir los colores, pero no el paisaje", pensó, *"mamá no puede ver el paisaje, sólo lo imagina. Quizás habla del paisaje para disimular el inmenso dolor que la embarga"*, se dijo.

Sin embargo, la actuación de mamá le pareció demasiado convincente. Miró a Elsa, triste por la partida de Gertrudis y su esposo, pensando en lo difícil que sería volver a reunir a toda la familia. Miró a Juan, comprobando que escuchaba a mamá desconcertado y algo cansado. Elsa, al oír la infantil alegría de mamá, igualmente lo miró perpleja.

Volvió entonces a observar a su madre en el espejo, y sospechó que no fingía. Peor aún: opinó que su madre se sentía aliviada de que Gertrudis se hubiera marchado en el avión, que la partida de esa hija no le había dolido en absoluto, que incluso ahora respiraba feliz, como liberada de un peso. Si su madre no quería a Gertrudis, esa hija ejemplar que le había escrito centenares de cartas cariñosas durante todos aquellos años, entonces, ¿a quién de nosotros quería mamá?

Sintió un ramalazo de odio. Escribiré: *"Sentí en aquel momento otro ramalazo de odio por mi madre". ¿Quiere que escriba la novela de su vida? Pues empezaré describiendo esta escena, tal cual.*

III

QUEMADA POR LA LOCURA Y EL AMOR

Mi niñez pasó quemada entre el fuego y el amor.
J. M. ARGUEDAS

Ella nació en una de las islas edénicas del Caribe adonde las arrastró el catalán trashumante. Una ciudad de la que no guardaría ni el recuerdo: en Santiago de los Caballeros. En la antigua Española, la primera de las islas colonizada por Cristóbal Colón, en aquel viaje equivocado a las Indias de sus delirios, cuya belleza el Almirante comparó con la del Edén Perdido. Un edén que su madre pronto quiso olvidar. Hasta el punto que cuando le preguntaban por el país y el lugar dónde había nacido, respondía sin vacilación que en Cuba.

—Yo nací en Alto Songo, en 1910, el año del Halley.

—Ni tú misma te lo crees, mamá.

—¿Matías, quién te entiende? —Sofía sonrió maliciosa, y buscó su carnet—. Tú no dices que al final sólo cuenta lo escrito. Mira, ¿qué dice aquí? ¡Que yo nací en Alto Songo, en 1910!

Se rió de las locuras de su madre. Al fin había hecho realidad su viejo sueño: no ser mayor que Juan. Legalmente tenía ahora dos años menos. Por un lado, la vieja costumbre de que la esposa debía ser más joven, y, además, el temor a que sus encantos se marchitaran. Por coquetería hacía trampas con la edad, logrando confundir incluso a su hija Gertrudis, la más atenta a los cumpleaños.

—¡Pero mamá! ¿Tú no naciste en 1906?

—Estás totalmente equivocada. Yo nací en 1908. Una mujer tiene el derecho a nacer en el año que le convenga. Tula, cuando conoció a Cepeda en Sevilla, decidió haber nacido el mismo año que él. Si tal cosa hizo esa insigne dama, ¿por qué no puedo yo hacer otro tanto?

*　*　*

Sofía fue la penúltima de cinco hermanas y un hermano varón. Éstos fueron los que sobrevivieron de los doce hijos que tuvo María Marcano, en las ciudades y países de América adonde la llevó con sus desvaríos de alquimista, su marido don Rafael Vilarubla.

—*En aquellos tiempos era así, Matías. Las mujeres parían doce o catorce hijos, y no sobrevivían ni la mitad. Muchas veces no estaban seguras de estar embarazadas hasta que tenían tres o cuatro meses. Yo misma, pude haber tenido más de una docena.*

En 1914, a los ocho años, ella abandonó la isla donde nació para nunca más volver. Todos sabían que partían hacia Cuba. Después de siete años en la República Dominicana, don Rafael Vilarubla, su padre, abrumado por el fracaso y el caos en el país, empaquetó sus libros y sus baúles, y tomó otro barco. Y hablaba con entusiasmo de su nuevo destino, la vecina isla de Cuba, donde en su juventud había sido teniente de los regimientos españoles que lucharon contra los mambises, hasta que fuera gravemente herido, y dado de baja del ejército.

—*Yo nací en 1908. Cuando el cometa Halley tenía sólo dos años* —le aseguró a sus hijos, ¡y ay de quién se atreviese a ponerlo en duda! —*Juan y yo nacimos el mismo año, por lo tanto él me lleva dos meses.*

En una ocasión, él, Matías, le buscó la lengua.

—*Lo que no entiendo, mamá, como tú puedes recordar con tanta claridad al cometa Halley, si tenías sólo dos años, porque yo, por más que me esfuerzo, lo más lejos que alcanza mi memoria es hasta los cuatro años.*

Sofía desplegó su sonrisa maliciosa.

—Hijo, no es mi culpa que tu memoria sea más corta que la mía. Mi memoria es más veloz que la luz. En un segundo, yo me pongo treinta años atrás en mi vida y lo recuerdo todo con la misma claridad con que te veo ahora.

* * *

Matías opina que de todas las profesiones, el fracaso es la más honorable. Sospecha que todo éxito, si no nace de la corrupción, termina por corromper a quien lo favorece. Por lo mismo, tiende a mitificar y a sentirse solidario del fracaso de su abuelo, aquel catalán enigmático y soñador. ¿Qué propósito trajo a su abuelo a América? ¿En busca de qué sueño se vino a los últimos territorios de las antiguas Colonias, del otrora imperio donde nunca se ponía el sol? ¿De qué huiría? ¿Sería en verdad el tercer hijo de un conde, o sólo un bastardo a quien el conde, para ocultar su pecado, envió a estudiar lejos, a Francia y Alemania?

—Papá estudió de niño en Francia, y luego en Alemania. Él nunca hablaba de su padre, o de su real procedencia. En realidad, Vilarubla no era su verdadero apellido, sino otro, que él bien escondía.

Acaso le dolía la deshonra de ser el bastardo de un conde, y en América perseguía el Dorado, o la Sabiduría. Sofía aseguraba que el abuelo alcanzó el más alto honor en la masonería, el grado 33, y que perteneció también a la secta de los rosacruces. Movida por su inquietud espiritual y su avidez por lo esotérico, Sofía una vez le preguntó a Ballester si ella podía hacerse masón, y éste se echó a reír.

—Por Dios, Sofía, ¿cómo vamos a aceptar mujeres? La Logia perdería la seriedad, y se convertiría en un club de modas.

* * *

—Iremos a Cuba, a Santiago —dijo Don Rafael, en los ojos el brillo de los soñadores—. Allí a los españoles los tratan igual que si fueran cubanos, y he recibido una invitación de la Gran Logia de Santiago.

Al llegar el día señalado, Sofía recuerda que aquella mañana todos madrugaron, y que ella sentía la ansiedad de un pájaro a punto de lanzarse hacia cielos desconocidos. Cree recordar que registró los armarios y gabinetes en un afán inútil para no dejar perdidos los recuerdos de su niñez.

—*¿Qué recuerdas de Santo Domingo?* —*le preguntaría Matías.*

—*Los tiroteos en las calles. Recuerdo que nos encerrábamos dentro de la casa y nos metíamos debajo de las camas* —*contestaría Sofía*—. *Recuerdo unos frijoles que llamaban gandules. Yo de niña comí gandules hasta por los ojos. Por eso odio los frijoles carita, que se le parecen mucho.*

—*¿Tenías miedo?*

—*Nosotros, los Vilarubla, nunca le tuvimos miedo a nada.*

Extraño que Sofía no recordara casi nada de su isla natal, a pesar de haberla abandonado a los ocho años, cuando Matías, que salió a los seis años del Central, aún recordaba tantas cosas.

—*¿Y por qué mi abuelo quiso venir a Cuba?*

—*No lo sé. Yo era muy niña. Tu abuelo estaba loco.*

—*¿Por qué dices que estaba loco?*

—*Los libros lo volvieron loco, como a don Quijote. Nunca se sintió en paz en ningún país. Tu abuelo era un políglota, sabía seis idiomas. Yo era demasiado pequeña para interesarme por él, y él tampoco se interesaba por mí. Éramos muy pobres, Matías. A veces hacíamos una sola comida al día, arroz y gandules. Pero el Caballero Errado, como lo llamaba mi hermano Rafa, no se daba por enterado. Cuando se sentaba a la mesa gritaba frenético y se negaba a comer a menos que le pusieran sus servilletas.*

—*¿Le tenías miedo?*

—*Miedo, no: respeto. Tenía un porte marcial, caminaba erguido, a pesar de que renqueaba de una pierna, por la herida que le hicieron, y por la cual le dieron de baja y fue a New York a curarse.*

A los cinco o seis años de haberse establecido en Santiago de Cuba, en 1921, poco antes de casarse Sofía, a don Rafael le dio por pronosticar que el mundo se acabaría exactamente en el verano de 2028, cuando un cometa más grande que el Halley chocaría contra la tierra. Rafa se burló de la caprichosa profecía.

—*¿En el 2028? ¡Así es fácil pronosticar el fin del mundo, ninguno de nosotros tendrá oportunidad de verlo!*

*   *   *

Recuerda que viajaron por tierra a Monte Cristi, para de allí tomar el barco que los llevaría a ese sueño llamado Cuba. A pesar de haber nacido en una isla, ella nunca antes había visto la inmensidad sin horizontes del mar y mucho menos un barco. Fue un viaje inolvidable, en especial para Rafa y para ella; primero, por el asombro de navegar en un barco, y después, en el mar abierto, cuando vieron a los primeros peces voladores salir del mar y planear como pájaros. Pero el corazón ya se le quiso salir del pecho cuando de las olas azules ella vio emerger, con sus saltos juguetones, a una manada de bellísimos delfines, jugando como niños traviesos con la proa que cortaba las olas.

—*Pero eran más veloces y ágiles que las olas. Brillan, sonríen y tienen ojos pícaros. En mi próxima reencarnación, yo voy a ser una delfina, y tú, Matías, un pequeño delfín. Y nosotros dos vamos a nadar y a saltar libres en la amplitud sin fronteras del océano.*

La idea de ser un delfín, a él no le pareció mala.

*   *   *

—*Él era un catalán errante. Recaló en Cuba ya viejo. Mi hermana mayor a los diecisiete años había vivido en cinco países diferentes. Por suerte yo fui la última, y sólo conocí cuatro casas, dos en Santiago de los Caballeros y dos en Santiago de Cuba. No recuerdo haberme encariñado con ninguna. En Santo Domingo recuerdo sobre todo las balaceras, casi diarias.*

—*No, no sé por qué se mataban unos a otros.*

—*Rafa, mi hermano querido, nació, como yo, en Santo Domingo. Rafa lo llamaba "el viejo errado". Tu abuelo solía vagar detrás de sus sueños y desvaríos, mientras mi mamá le iba pariendo hijas por toda América. La primera en New York, que murió de fiebres en Puerto Rico, dos en Caracas, y otra dos en Costa Rica, y, finalmente, los últimos dos nacimos en Santo Domingo, Rafa, el único varón, y yo, la última.*

Yo fui la más chiquita. Rafa me llevaba un año y medio. En aquella pequeña república, mi papá fracasó en su proyecto de fundar una editorial.

— 75 —

Cuando vino a Santiago, traía el proyecto de una fábrica de pantalones. Calculaba que usándonos a nosotros de operarias, no podría fracasar.

—¿Sabes cuántos hermanos y hermanas mías hay enterradas por ahí, olvidados en sus tumbas, si es que aún existen esas tumbas? ¡Seis!

—¿Que qué hacía en América si era hijo de un conde? No lo sé. Tu abuelo era un hombre misterioso, un enajenado. ¿A quién le cabe en la cabeza que un anciano de setenta años se ponga a estudiar chino? ¿Para qué, con qué objeto? Después quemó todos sus escritos y se acostó en su cama de cara a la pared. No probó bocado, sólo tomaba agua cuando lo quemaba la sed. No quiso hablar, ni ver a nadie. Duro un mes, hasta que se murió.

*   *   *

—Madre, antes no recuerdo nada. Sólo lo que me has contado. Que naciste en Santiago de los Caballeros, y que te trajeron a los ocho años a Cuba. ¿Nunca sentiste nostalgia de aquel país, o de tu niñez?

—¿Nostalgia? ¿Me viste alguna vez nostálgica? ¿No fuiste testigo de cómo me esforzaba desesperadamente en ser feliz, en vivir día a día la vida en toda su intensidad? ¿Cuánto me esforcé yo en sembrar la alegría en tu corazón y en el de tus hermanas?

—El desasosiego es lo que recuerdo.

—¿Y no recuerdas la risa? ¿Cuántas monerías tuve que hacer para insuflarte alegría, para hacerte sonreír? Eras un niño extraño, callado, apocado, triste, nos mirabas como si estuvieras en un velorio y, además, eras un notorio cagón. Por eso te puse Cagón de Velorio.

*   *   *

Un viejo alucinado, un caballero sin fortuna cuyo más preciado tesoro fueron aquellos grandes baúles repletos de libros raros. En su lectura se deleitaba, se consumía, y su hija lo recordaba leyendo de noche a la luz de una vela. Al final, sólo a Dios le dirigía la palabra.

—Se estaba quedando ciego, y aun con lentes tenía que usar una lupa para leer. Mi hermano Rafael se burlaba de esos baúles. "¡La cultura pesa mucho! ¿Para qué cargar con algo tan pesado como una piedra y que no

sirve para construir una pared?", decía, delante de su padre, quien lo regañaba y le hablaba de toda la sabiduría de los libros.

Luego, a espaldas del viejo, Rafa se burlaba.

—¿Para qué le sirve toda su sabiduría, si no tenemos nada: ni casa, ni comida, y andamos con la ropa zurcida? Yo seré albañil, construiré casas, y cuando sea viejo me haré un palacio con una torre.

Rafa cumpliría sus propósitos, y se construiría no un palacio, pero sí la casona con la fatídica torre. Allí se enfrentaría a su enigma final, no tan delirante como el de su padre, pero sí más horrendo.

Si el azar no hubiese mandado de visita a Matías Ballester a la logia de don Rafael, en Santiago, quizás Sofía no habría conocido nunca a quien sería el padre de sus tres primeros hijos. En 1920 ella era una adolescente de catorce años, de baja estatura, delgada, fuerte, risueña, bonita. Hasta pocos meses antes de su boda, sólo había admirado y querido a un solo hombre: a su hermano Rafa Vilarubla Marcano.

—Yo aprendí a inyectar con él. Rafa ponía el brazo, sin pestañear, y yo le inyectaba cloruro de sodio, o sea: agua hervida con sal. Rafa ni pestañeaba, desde niño fue valiente.

Imaginó a su mamá delgada y linda, una chica intrépida que se comportaba como un marimacho. En una ocasión se vistió con unos pantalones de su hermano, (algo inadmisible en una señorita), para fugarse de la casa a patinar y a montar bicicleta con Rafa. Siempre que hablaba de Rafa, sus labios sonreían y sus ojos se encendían.

Después que Rafa se fugó de casa, su imagen continuó creciendo en su memoria. De lejos, y a intervalos, le llegaban noticias de sus correrías y aventuras por las montañas y los campos agrestes de Oriente. Rafa se había robado una muchacha en Alto Songo. Rafa se había batido con dos negros jamaiquinos y los mató a machetazos.

—Los negros lo esperaron para asaltarlo, uno subido en un árbol lo tumbó del caballo con un machetazo, y el otro vino a ayudar a rematar a mi hermano. Rafa había ganado mucho dinero en la gallera y pensaban robárselo. No sabían con quién se las veían; lo hirieron, pero zas, zas, zas —Sofía le contó, lanzando unos "machetazos" al aire—, y Rafa mató a esos negrazos.

—¿Y qué le pasó después?

—*Se me apareció en el Central Miranda, donde yo vivía casada con Ballester. Estuvo conmigo una semana. Yo misma le curé las heridas, igual que cuando éramos niños. Pero Ballester y Rafa no hicieron migas. Y mi hermano se marchó, y no volví a verlo nunca más. Sabía que andaba por esos montes de Oriente, y que tuvo otras dos mujeres. Finalmente se arrimó con una mulata. Tus primos son mulatos, Matías, dicen que muy hermosos, con la fina nariz catalana del abuelo.*

Matías oía hechizado las proezas de su mítico tío, y ansiaba imitarlo, para que su madre algún día lo admirase también a él.

Sofía contaba sus propias hazañas: la vez que se lanzó montada en bicicleta por la escalera de Padre Pico, una osadía a la que se retaban los más recios zangaletones santiagueros. A más de uno le había costado un hueso o un diente roto, o por lo menos, severas rasguñaduras. La calle de Padre Pico era famosa porque, en época de la colonia, los españoles le construyeron cincuenta y dos escalones y trece descansos para poder subir aquella loma empinada. Rafa desafió a Sofía, en broma; pero ella aceptó sin vacilar. Antes que el hermano pudiera evitarlo, la fuerte chica se tiró por la escalera en la bicicleta alquilada, dando tumbos suicidas, y no pudo parar hasta llegar abajo, pálida y con los ojos fulgurantes de felicidad.

—*Yo quería ser como él, pero era mujer* —se lamentó ella—. *Con Rafa nadie podía. No era alto, pero era trabado, y tenía la fuerza de un toro. Ni siquiera mi padre, don Rafael, pudo ponerle freno.*

*   *   *

Almuerzos de arroz y frijoles con algo de carne y chorizo, cenas de sopas de huesos con más agua que fideos las más noches, rubia con ojos verdes los sábados, los domingos tasajo con berenjenas, conformaban la espartana alimentación de los Vilarubla. Para colmo, el Caballero Errado se negaba a sentarse a la mesa a menos que le pusieran un mantel limpio, las servilletas de hilo y los cubiertos completos.

—*A una mesa le puede faltar la comida, pero nunca la dignidad al servirla y al comerla* —decía con su fina y recta nariz en alto.

—*Yo preferiría menos dignidad, y más chorizo* —Rafa le susurró al oído a Sofía, y ella ocultaba en su mano la risa.

El enfrentamiento del padre, educado y culto, con aquel hijo bronco y altanero que se negaba a estudiar y a obedecerlo, auguraba una dramática pelea. En aquel último año, cuando don Rafael le dirigía la palabra a su hijo, se notaba la violencia contenida, la inminencia de un estallido. Sofía era una púber, y ya presentía la proximidad de la desgracia. María Marcano, que sentía un respeto reverencial por su marido, le pedía a su hijo Rafa, y a las hijas, que le tuvieran paciencia.

—*Su padre es un gran hombre, un caballero perseguido por la mala fortuna y el odio de su familia* —les repetía, hasta que se cansó de las locuras de su esposo, y no lo defendió más.

Desde la niñez, su hermano había trabajado en pequeño oficios, y ahora, a los quince años, había empezado de aprendiz de albañil, y el padre le exigía que, aun trabajando, no abandonara sus estudios de bachiller, y que aprendiera un poco más de inglés y de francés al menos, idiomas que él mismo le enseñaba. Por un lado, don Rafael exigía, y, por el otro, el hijo lo ridiculizaba a sus espaldas. Durante una cena tanto lo machacó el viejo, que la ira contenida del hijo explotó.

—*¡No joda más usted! ¿Para qué voy a estudiar, si usted, con todos sus libros y sus idiomas, lo que ha hecho es matar de hambre a mi madre y a mis hermanas?* —le gritó.

Don Rafael se puso lívido, y todos en la mesa se asustaron. Nadie nunca se había atrevido a gritarle esas verdades a don Rafael, un ex militar de por sí altivo y autoritario.

—*¡Cállese y no me falte el respeto, que le puede salir caro!* —dijo, temblando de la indignación—. *¡Más vale cultura y honor con hambre, que ignorancia y deshonor con la barriga llena!*

—*¡Mierda* —gritó con fiereza Rafa y soltó el tenedor—, *yo prefiero mil veces ser un bruto con plata, que un sabiondo con los fondillos rotos como usted!*

Don Rafael se puso de pie y le lanzó una bofetada que Rafa, más ágil, esquivó. Entonces don Rafael corrió en busca de su sable. La madre y las hermanas intervinieron, Rafa huyó, y esa noche no durmió en la casa. Fueron horas tensas para Sofía. A la mañana siguiente, como a las once, hora en que don Rafael daba afuera unas clases de latín, ella vio entrar por la puerta a su hermano y lo siguió hasta su cuarto. Sin responder a sus preguntas, Rafa hizo una maleta con sus exiguas pertenencias. A ella el corazón le dio un vuelco en el pecho adivinando que, tal como había amenazado, su hermano huía para siempre de la casa.

—¿Qué haces? ¿Adónde vas?

—Es mi padre. Me voy para evitar una desgracia.

Sofía no podía acompañarlo, pero ¡cuánto deseó aquel día haber nacido hombre para fugarse con Rafa! Don Rafael prohibió que mencionaran su nombre en su presencia y, al menos en la casa, nunca volvió a preguntar por ese hijo. Durante una semana, por las noches, Sofía rezó y lloró por su hermano de quince años vagando solo por el mundo.

*   *   *

Don Rafael, que vivía para el saber, nunca estuvo pendiente de la edad de sus hijas. Cuando sus ojos se fijaron por casualidad en Sofía, se asombró de su belleza y de sus femeninos encantos al andar, y se asombró aún más de que bajo el vestido de esa criatura tan delgaducha se insinuaran los atributos de una hembra en su precoz esplendor.

—¿Qué edad tiene Sofía? —preguntó, intrigado.

—El mes que viene cumple quince —le contestó doña María, con una mirada de reprobación, resignada a que sus hijas crecieran y se transformaran en mujeres sin que don Rafael se diera cuenta.

—Mándala a que se ponga un vestido decente. Y a las otras mujeres también. Esta noche viene de visita Ballester, un hermano masón —le dijo a su esposa, y, añadió—: Es dueño de un hotel y de otras propiedades, y es soltero.

Cuando se marchó don Rafael, en la casa hubo un nerviosismo de faldas, un corre a casa de las hermanas casadas en busca de un vestido adecuado para la ocasión. Tres de las hijas estaban aún sin casarse. Micaela con veintidós años, fea y desmirriada, se le consideraba prácticamente una solterona, y la otra, de diecisiete, tenía un enamorado, un catalán que fabricaba horchatas, pero no por eso era descartable. Las otras hermanas habían merecido antes de los dieciocho.

Desde que cumpliera los trece años, todos los hombres ponían los ojos en la linda Sofía: los adolescentes, los jóvenes, los caballeros maduros y aun los lúbricos ancianos. Mientras Rafa, su amor y su cómplice de travesuras, estuvo en casa, ella no le prestó atención a ninguno. Únicamente había coqueteado con don Lopebravo, un comerciante criollo, casado y con dos hijos pequeños, dueño de una imprenta y una librería, a quien don Rafael solía venderle y comprarle libros de uso.

A Lopebravo se le caía la baba por la linda pichona de catalanes con su cuerpo primoroso de caribeña. Ella coqueteaba con Lopebravo, un hombre gentil y simpático, porque dada su edad, y su estado civil, lo consideraba inofensivo. Sofía le cambió la letra a un cuplé, entonces de moda, para cantárselo a Lopebravo, mientras gesticulaba y contoneaba las caderas, seductora como una cupletista:

En la Imprenta Mercantil, Marina Baja
Lopebravo es el único encargado
de los libros, los perfumes y las rosas...

Ramona, la hermana que naciera en Puerto Rico, ya casada, con la misma perenne sonrisa que jamás se borraba de sus labios, con su potente y burlona voz, le advirtió a Sofía.

—*Estás volviendo loco con tus zalamerías a ese señor. No sigas coqueteando con él, Sofía. Ten mucho cuidado de aceptarle regalos, y el señor se haga ilusiones, o se equivoque.*

*   *   *

Décadas después, Matías conoció la Imprenta Mercantil, en la calle de Marina Baja, y tal como su abuelo pobre, Matías le compraba libros de uso a Lopebravo, que luego de leídos intercambiaba por otros, pagando sólo unos centavos. El astuto Matías, que había oído a su madre entonar el cuplé con mucha inspiración, adivinó una relación sentimental frustrada, que usó en su provecho. Cuando iba a la Imprenta y Lopebravo lo atendía en persona, invariablemente le decía que Sofía le mandaba recuerdos. Y, en una ocasión, le mintió:

—Mi madre se pasa la vida canturreando aquel cuplé que compuso para usted —y para que Lopebravo viera que era cierto, él mismo le cantó la parte escrita más arriba, la única que recordaba.

Los ojos de Lopebravo se iluminaron impregnados de los recuerdos de cuando sólo tenía treinta años, y de la sensual y seductora adolescente con la que mantuvo un flirteo platónico. En medio del embeleso de Lopebravo, el pequeño Matías se aprovechó para llevarse tres libros a cambio de los cuales entregó tres de Sopena, cuyas páginas amarillentas se caían solas como hojas secas del otoño, sin pagar ni un centavo por el trueque. Lopebravo al fin se bajó de la nube.

—Dígale a Sofía que todavía recuerdo lo bonito que cantaba —dijo, aún embobado por la nostalgia—. Dígale que yo siempre seré su mejor amigo, y su más seguro y devoto servidor.

*   *   *

Sofía, la niña de la casa, tenía un pretendiente rico. Hasta su propio padre la trataba con más respeto. De modo que, sin vacilar, ella aceptó de esposo a aquel hombrón cuya edad doblaba holgadamente la suya. Ella tenía quince años primorosos; para la boda se pintó los labios y se vistió de novia, y todos en la familia se asombraron de que la niña traviesa se transformara en una bella mujer.

—*Se lleva usted a la más linda de mis hijas, don Matías* —*le reprochó doña María Marcano a Ballester, como quien vende su mejor mercancía.*

Se casaron un atardecer de mayo de 1922, en medio de un aguacero descomunal. Por las calles de Santiago corrían los ríos de aguas negras que bajaban de sus lomas. El barrio de San Pedrito se inundó y los bomberos salieron a socorrer a la gente. Ballester la sacó del coche y en medio de aquel palo de agua entró con Sofía en brazos en el hotel Venus, mientras un empleado los protegía con un paraguas.

Ella pesaba entonces 100 libras y la cargaba como un pajarito. Pronto descubrió que ese pajarito tenía el temple de una loba. Lamentablemente, su matrimonio con don Ballester despertó en su familia unas expectativas económicas que nunca llegarían a materializarse.

—*Mi madre y mis hermanas creían que yo era rica. Ballester tenía medios, pero no tantos —le explicó un día para que él comprendiera el distanciamiento con sus hermanas—. Creían que yo no las ayudé lo suficiente. Y yo no podía, no tenía medios para hacerlo. La vida no es tan fácil.*

—¿Y por qué no se lo explicaste?

—Yo traté, y no me creyeron: me miraron como a una egoísta mentirosa. Y decidí no rebajarme a dar esa clase de explicaciones.

Matías escuchó los argumentos de su madre con escepticismo. Pensó que Sofía seguramente pudo haber hecho más

Algunas décadas después, cuando en medio de una crisis espiritual, encausó su desesperación y su rabia en ganar dinero, él comprendió lo irritante y delicada en que se convierten las relaciones con algunos de la familia. Un italiano con quien solía hacer negocios, harto de ayudar a su larga parentela y de la ingratitud humana, le dio una explicación brutal de cómo funcionaba esa relación.

—Te considerarán, *siempre,* un hijo de puta, Matías. Si no das nada, serás un hijo de puta. Si das un poco, dirán: *"¡Qué hijo de puta, tanto que tiene, y mira la basura que da!",* y si das mucho, también dirán: *"El hijo de puta tiene tanto que no le importa regalar".*

Matías disfrutó el humor cruel, los gestos desdeñosos y el acento cómico de su amigo italiano, y de repente tuvo una curiosidad.

—¿Y si lo doy todo?

El italiano sonrió con desdén.

—Peor todavía, porque entonces te volverán la espalda con desprecio, y dirán: "El cretino botó todo lo que tenía, y ahora tiene los riñones de venir a visitarnos, y a lo mejor a pedir prestado".

*   *   *

Cuando se bajó del tren, sostenida del brazo por Ballester, Sofía saltó sola en el andén. Con la brisa azul perfumada y los árboles plateados de verde, como un pájaro quería brincar. Ballester contuvo los ímpetus, y le recordó que debía comportarse como una dama. En los siguientes días, la presentó vanidoso a sus amigos en el Central. Así ella pasó a ser la bella y extremadamente joven esposa de Ballester.

A ella le deslumbraron la amplitud del bungalow, las lujuriosas gamas de verdes, los inmensos campos de cañas, los pájaros de colores en el patio cantando entre las matas cargadas de mangos. Aquellos mangos típicos de Oriente: de Toledo, Corazón y Bizcochuelo. Ella hundía sus dientes en su pulpa dulce y exquisita, embriagada de su sabor y olor eróticos. Durante aquel verano no paró de comer mangos hasta que agarró unas cagantinas que la dejaron exhausta y con el ano ardiendo.

Sofía no se acostumbraba a que la llamaran *"la señora Ballester"*. No podía salir sola a ninguna parte. Si quería dar un paseíto a la Estación del Tren, echarle una ojeada de curiosidad al Batey, o al gigantesco Ingenio con las monstruosas máquinas que albergaba en sus entrañas, él la acompañaba y la llevaba siempre del brazo. Ballester le inspiraba respeto, pero su trato autoritario hería su sensibilidad.

—*Me vigilas como a una niña.*

—*Debo cuidar la honra de una esposa tan joven y tan bella.*

—*En Santiago yo podía ir y venir sola.*

—*Pero ahora eres una mujer casada* —le dijo él—. *La reina de esta casa, y una reina que se respete no se pasea sola.*

Los norteamericanos habían organizado geométricamente el Central, sembrando jardines, construyendo carreteras de macadán con hileras de árboles o palmas, los bungalows de madera con sus paredes y barandas pintadas de verde y los techos de zinc todos de rojo. Sólo el Hotel de Ballester, las viviendas de los colonos y los bohíos, rompían la uniformidad que le daba al Central el aspecto de un campamento.

Adonde salieran o viajaran, Ballester, siempre galante y protector, insistía en llevarla del brazo. Una vez en Santiago la ayudó a montar en un tranvía cuyos asientos estaban todos ocupados, y como ningún hombre se puso de pie para cederle su sitio a Sofía, Ballester le tocó autoritario en el hombro al señor más cercano, que se hacía el distraído mirando hacia la calle. Cuando el señor volteó la cabeza, Ballester, más que sugerir, le dio una orden: *"Párese, por favor, y cédale su asiento a la dama"*.

Aunque dijo *por favor*, el tono autoritario y el ceño severo, no dieron lugar a dudas. El tipo se puso lívido ante aquel hombrón con aspecto de general, se levantó rápido y cedió su asiento. Sofía se sentó disimulando las ganas de soltar una carcajada.

* * *

Ella empezó a sentirse vagamente desdichada en sus largas horas de soledad en el bungalow. Se mecía con languidez en los balances, mirando pasar a la gente del Central, alguno que otro jinete a caballo, las carretas tiradas por bueyes, y los escasos autos y camiones con sus motores que dejaban una estela ruidosa de explosiones y de humo. Entre los jinetes había un joven apuesto, pero bajo, feo y de ojos saltones, que paraba de manos su caballo frente al bungalow, y luego picaba espuelas lanzándolo a todo galope, erguido con bizarría sobre su montura.

"¿Quién es ese loco?"

"Es Juan Maura", le dijo la criada.

Ella sonrió por sus alardes de gallito a caballo.

"En mi vida he visto un muchacho más feo", dijo con desagrado.

A los catorce años, Juan Maura ya conocía el trabajo duro del campo, amaba los gallos y los caballos, había descubierto las emociones de las riñas de gallos, los billares, los dados y naipes, y su pasión y destreza unida a su buena suerte crearon la costumbre y el mito del tahúr. Años después, una madrugada oyó ruidos en el sótano de su quincalla, bajó con una linterna, desarmó con audacia a un peligroso ladrón y lo entregó a la Guardia Rural. En otra ocasión se negó a apearse de su caballo paralizado en los raíles del tren a pesar de que la locomotora se acercaba pitando: lo arreó y lo espoleó sin cesar, sin prestar atención a los gritos, salvando su vida y la del caballo por dos segundos. Estos actos le ganaron el mote afectuoso de *"Juan sin miedo"*. Por esa época las muchachas del Central le sonreían y lo miraban con dulzura, pero él jamás se fijó en ninguna.

Juan vivía con el corazón fulminado desde la mañana en que Ballester se apareció en la Estación del Central, casado con una muchacha de belleza deslumbrante. Juan esperaba con sus gallos, cuando esa damisela se bajó del tren y cruzó el andén a solo un metro de distancia. Los ojos castaños de Sofía se posaron fugaces en los suyos y se desviaron sin verlo. Ella se alejó con su silueta ligera, elegante y encantadora. Juan se quedó sin aliento, el corazón herido, y con ganas de arrodillarse.

—*Me pareciste una reina* —*le confesaría él diecisiete años después, usando la metáfora suprema de su repertorio.*

Diecisiete años más tarde ella le insistiría, en la cama de sus amores del segundo piso en la pensión de Heredia, cuando ellos ya eran amantes, que le explicara cuándo y cómo, y lo que sintió. Estaban desnudos en la cama, inmersos en una penumbra semidevelada por el resplandor del sol en las puertas de celosía de los dos balcones. Juan Maura no poseía el don de la elocuencia y no sabía cómo explicar el flechazo que, al verla por primera vez, hirió su corazón de adolescente.

—*La primera vez que te vi fue en la estación de ferrocarril. Tú me miraste pero no me viste* —*dijo, dando palabras a toda una vida de amarla en secreto.*

—*¡Dime, dime! ¿Cómo fue? ¿Qué sentiste?*

—*Sentí..*—. *Juan hizo un esfuerzo supremo por expresarse* —*sentí como una espuela clavada en el corazón, y durante todos estos años, cada vez que te veía, sentía siempre esa espuela clavada. Verte me dolía aquí.*

Sofía se sintió transportada a la fantasía de un gran amor romántico de novela, y se entregó a Juan con pasión, para resarcirlo por los diecisiete largos años que padeció amándola en silencio. ¿Cómo pudo vivir ciega, sin entender que, si aquel mozo se comportaba como un pavo real, lo hacía sólo loco de amor por ella?

—*¡Ay, Juan, si yo lo hubiese sabido!* —*suspiró*—. *¿Por qué no hiciste una seña, o me dijiste unas palabras?*

—*Parecías orgullosa de ser la esposa de Ballester. Eras como una reina a la que yo no podía tocar.*

Juan no habló del dolor de verla preñada por Ballester, pariendo hijos que debieron ser suyos. No le confesó que se revolcó con otras mujeres y cerraba los párpados para imaginar su divina belleza. En contraste, ella nunca se interesó por Juan. Además le caía antipático porque siempre andaba bien vestido y por el pañuelo que él sacaba del bolsillo y sacudía con viril arrogancia en el aire.

—*¡Qué se creerá! ¡Feo, bajito, y para colmo petulante!*

* * *

Ballester la embarazó al segundo mes. Primero el atraso y las náuseas (*entonces, las mujeres no teníamos modo de saber si estábamos realmente embarazadas, hasta que teníamos tres o cuatro meses, y nunca me dejé meter el dedo por un ginecólogo, siempre me atendía con comadronas*). El humo de los tabacos de Ballester le daba asco; para que no vomitara, él salía a fumar a los corredores. Tuvo una pérdida de cinco meses. De un varón. La hemorragia se detuvo y se recuperó con la misma rapidez con la que se recuperaría de todas sus operaciones, abortos y quebrantos. Se demoró cuatro años en salir otra vez preñada.

Cuando Ballester se la presentaba a uno de sus amigos yanquis, Sofía usaba el poco inglés aprendido con su padre. En esos años a veces le atacaba la languidez y la depresión, acompañada sólo por la criada en aquella jaula de madera, encerrada en la penumbra de las telas metálicas que los yanquis colocaban en puertas y ventanas de las casas por su horror a los mosquitos y a las fiebres del trópico.

Sofía se apasionó por la lectura. Los libros, la maravillosa aventura de los libros, llenaron la cotidianidad de sus horas muertas. Aprendió a pensar, y a meditar, a llorar y a reír sola. Aprendió a imaginarse ser otra mujer. Con los libros aprendió que la vida era más maravillosa y el mundo más ancho que la chata realidad que la rodeaba. Creyó que en cada mujer había otras mujeres posibles, y otros tiempos simultáneos. Empezó a oír y a sentir en torno suyo a seres invisibles.

En Santiago, don Rafael desvariaba. Según una carta de su madre, la amenazaba con emprender otra aventura. Si ella no lo seguía, el testarudo y altanero anciano se embarcaría solo a New York.

—*La razón de mis infortunios fue elegir como exilio estos trópicos de negros donde el cerebro se derrite y el alma se nos pudre* —gritaba en sus desvaríos—. *Debemos huir de este sudor infernal y buscar refugio en el Norte; el aire frío del invierno me curará.*

"*Tu padre está loco de remate. Yo estoy vieja y cansada de mudanzas y viajes. Además, ¿con qué dinero vamos a viajar, si no nos alcanza para comer, ni tenemos quien nos ayude?*", se quejó su madre en otra carta.

Sofía, apenada y a la vez harta de las chifladuras de su padre, y de los lamentos de su madre, decidió enviarle todo el dinero que había ahorrado a escondidas de Ballester. *"Quisiera darles la luna y las estrellas, pero esto es todo lo que tengo",* les escribió.

*   *   *

Ella dice que primero oyó las voces y después los vio.

—*¿Qué fue lo que viste?*

—*No puedo explicarlo.*

—*Lo que no se puede explicar no existe* —negó Matías.

—*A veces los ves y otras veces sólo los oyes.*

Matías pensó que una persona puede actuar absolutamente cuerda en todo, ser ingeniosa y reír, ser incluso inteligente y juiciosa como su madre, pero estar parcialmente enajenada.

Ella no se asustó. En sus horas de soledad nocturna en el bungalow, escuchó el restallar de las maderas, el gemir del viento en los techos de zinc, y el susurro de los espíritus en el aire. Leyó libros de ocultismo, su recién adquirida afición literaria la cambió por la investigación esotérica. Abandonó las apasionantes novelas decimonónicas, que agitaban su eros y la embriagaban con sus lances románticos. Cuando leía la Biblia se erizaba como si oyera la voz de los profetas. Con el propósito de buscar su ayuda, o acaso su comprensión, le confesó a Ballester una noche.

—*Esta tarde me habló el espíritu de mi abuela.*

Ballester, que percibió un aire de alucinada en su joven esposa, no le respondió. Sin tiempo para majaderías de mujeres, decidió que sería más saludable invitar a una hermana y a la madre, para que se entretuviera y olvidara aquellas alucinaciones. Vino doña María, la madre de Sofía, acompañada por Micaela, a pasarse un mes en el Central. Pero su madre y su hermana la abrumaron tanto con sus lamentaciones y velados reproches, que Sofía no volvería a invitarlas.

—*No hablan más que del estómago, cuando primero es el espíritu* — dijo, sin percatarse que ahora imitaba a su padre.

Dos veces al año viajaba con Ballester a Santiago, y se hospedaban por una semana en el hotel Venus. Unas vacaciones de paseos y de compras, para envidia de sus hermanas y amigas.

—La semana feliz —la llamaba ella.

Luego de vuelta al aburrimiento del Central, donde el año transcurría entre la agitada "zafra" de pocos meses y el inmenso sopor del "tiempo muerto". Durante la zafra el Central molía furiosamente, de día y de noche, millones de arrobas de caña. Los olores del guarapo y la melaza flotaban en el aire espeso, las moscas zumbaban embriagadas, la chimenea grande (el Central también tenía otra, más pequeña) no paraba de lanzar al cielo una columna de humo que durante el día se divisaba a varios kilómetros de distancia. Después de la alegría y el ruido de la Zafra, volvía "el tiempo muerto", que solía durar de siete a nueve meses, con el descomunal Ingenio paralizado en la languidez de la campiña, sus habitantes entregados al letargo, al chisme y a los placeres carnales.

Al quinto año Sofía quedó en estado y esta vez tuvo un embarazo feliz. Un hambre insaciable se apoderó de su voluntad y la obligaba a devorar dulces y golosinas, aun a escondidas. Antes de parir llegó a pesar 130 libras, y, después, nunca más recuperó su delgadez de muchacha. Su busto aumentó de tamaño, su silueta se redondeó, una sólida encarnadura tensó su piel blanca. Juan enloquecía de solo mirarla.

En las reuniones de espiritismo que había organizado a escondidas de Ballester, los visitantes invisibles le anunciaron una hembrita. A aquellas reuniones asistían una jamaiquina clarividente, Josefina (la esposa de Zulueta), otra señora, la criada de Sofía, y, en ocasiones, participaba una médium de Palmarito y su marido. Las reuniones se celebraban una vez al mes, en su bungalow, o en el de Josefina, quien además de ser su mejor amiga en el Central, pronto se convertiría en su comadre.

Ballester esperaba y ansiaba un heredero, y ella trató de prepararlo psicológicamente para el caso de que fuese una hembra. Pero no hubo modo, y él insistía con terquedad en el varón.

—El primogénito de todos los Ballester ha sido siempre un varón, y se llamará Matías José Manuel. Matías como yo, y José como mi hermano médico que murió en Melilla, en el Servicio, y Manuel por mi hermano menor que murió joven —decía orgulloso.

Ella le había oído hablar de José, su hermano que murió en el Servicio Militar a los veintidós años, recién graduado de médico, herido por los rifeños en una escaramuza en Melilla.

Fue un parto retrasado y atroz.

Ballester sufrió una desilusión. Era una hembra y nació medio muerta, tumefacta, pegándole un gran susto a la comadrona. De primer nombre le puso Gertrudis, en honor a la novelista cubana, cuyo recio carácter admiraba Sofía, y de segundo Cristina, por la madre de Ballester, con la intención de halagarlo y le perdonara que no fuera varón. La niña pesó doce libras y por un minuto se negó a respirar. La comadrona, a fuerza de nalgadas logró que le llegara el aliento, y milagrosamente sobrevivió. Una bebita morena y risueña de pelo castaño, hermosa, alegre, tan tragona chupando que Sofía temía que le arrancara los pezones. Ballester se negó a conocer a la bebita hasta después de ahogar su frustración y su desencanto en una borrachera de tres días.

Un año y medio después nació su segunda hija, a quien le puso Margarita María, el primero por la heroína de Dumas, y el segundo por María, su madre, la bella isleña. Una niña muy blanca de pelo castaño, geniosa y rebelde. Otra vez el sentimiento de culpa de decepcionar a Ballester que quería a toda costa un varón. Ballester agarró otra curda para consolarse. Para colmo le iba mal en el negocio, el precio del azúcar se había desplomado y el Central no molió caña aquel año. Al principio se decía que el desastre duraría sólo esa zafra. No fue así. Para estupor y desesperación de tantas familias, durante tres años la descomunal factoría de azúcar permaneció paralizada, y toda la comarca sumida en la quietud de las grandes catástrofes.

Ballester dio vales, prestó dinero imprudentemente (*"con su palabra basta"*, decía ofendido a los amigos cuando le ofrecían alguna garantía.) La depresión mundial que empezó en el 29, y que Sofía recordaría como el Machadato, aumentaría la inquina entre Ballester y ella. La pérdida de su capital afectó el carácter de Ballester. El caballero de antes, se tornó en un ser hosco. Nunca parecía sentirse cómodo en el bungalow con Sofía, no disfrutaba ni les dedicaba tiempo a sus pequeñas hijas. Su actitud huraña llegó a inspirarle miedo a la menor, a Margarita, a quien en una ocasión le dio un cocotazo por respondona. Jamás le había pegado antes, ni le pegaría nunca a sus hijos. No obstante, cuando Margarita lo veía bravo, se escondía en el baño, adonde tenía que ir Sofía a sacarla.

En tres años Ballester perdió todos sus ahorros. Trató de ahogar sus penas en el alcohol. Enfermó de gravedad. Hubo que operarlo de urgencia, lo abrieron en canal como a un cerdo, en busca de un tumor, y lo tuvieron que coser con treinta y cinco puntos. Su gravedad era tal que le suministraron la extremaunción. Ballester desde siempre tuvo afición por el vino, después por la cerveza y el ron.

"Una lástima, la bebida lo destruye todo, incluso a un caballo como Ballester. Fíjate si era fuerte que el cura vino desde Palmarito y le dio la extremaunción, y yo le puse las cuatro velas. Ya desahuciado por los médicos, la noche que creímos que se iba a morir, el bárbaro se levantó de la cama, todavía con los puntos de la operación, y sin que pudiéramos aguantarlo, agarró la calle bajo la lluvia".

Y él se figuró a su padre, caminando bajo la lluvia, en aquella noche triste, en esta isla tan lejana de su Galicia, y de su juventud de estudiante en Santiago de Compostela.

Sucedió que cuando Ballester agonizaba, atisbó a Sofía colocando con solemnidad las cuatro velas en la mortecina luz. Entonces presintió que ella nunca lo había amado y que anhelaba ser viuda, y su dolor fue más fuerte que aquellos cuatro cirios que anunciaban su muerte. Resoplando como un toro se levantó del lecho en que agonizaba, se deshizo de los brazos que lo retenían, y salió a la calle y se perdió en la hondura de la noche, decidido a echarse unos tragos de ron en el Hotel, para ahogar, en la embriaguez y el olvido, la sensación amarga de no ser amado. Decepcionado de su destino de emigrante y del mundo, el morirse esa noche, o dentro de un año, le daba lo mismo.

—*Pero yo reventaré de pie, y no en un lecho con las velas prendidas, con dolientes de falso luto.*

* * *

Ballester sobrevivió. A partir de entonces la congoja del sexo sin amor. Él llegaba a medianoche después de cerrar el cine y caía con su corpachón en la cama, resoplando como un animal moribundo. Ella fingía que dormía, aterrada de que ese hombre buscara su cuerpo.

—*Una mujer puede complacer, sin ganas, a su marido, por cariño o por pena; pero no a un borracho, porque se vuelven unos cerdos en la cama* —le diría a una amiga, y el hijo, que la escuchó, supo que hablaba de su padre—. *Hasta la manera en que tocan tu cuerpo es diferente. En vez de amor, inspiran repulsión.*

*   *   *

Entre tanto, los años pasaban y Gertrudis y Margarita crecían. Ella reía para olvidar, y aprendía a ser madre; espantaba la tristeza cantando danzones y cuplés, o exorcizando a las auras tiñosas: esos buitres cubanos de cabeza pelada que vuelan muy alto y que comen carroña, aves de mal agüero que se posaban en cruz en la cerca del patio con las enormes alas negras abiertas para secárselas al viento.

Aura tiñosa ponte en cruz,
mira a tus hijos, como tú...

Cantaban y brincaban como hechiceras alrededor de una cruz de cenizas en el patio, ella con Gertrudis y Margarita, agarradas de las manos. O invocaban a la Virgen de la Cueva, para que lloviera o para que no lloviera: *los pajaritos cantan y el sol se levanta.*

En las horas apacibles de la tarde, luego del bochorno de la siesta, se entretenía cepillando los cabellos y peinando con grandes lazos a sus hijas, tormento embellecedor al que ellas se prestaban, Gertrudis dócilmente, y Margarita siempre refunfuñando.

Margarita era muy competitiva, y se la pasaba tratando de superar a su hermana mayor en todo. Pronto la superó en estatura.

—*¡Gertrudis, enana: ya soy más alta que tú!*

Gertrudis se vengó, sacándole la lengua.

—*¿Y a mí qué? ¡Patas largas, nariz de bombón!*

— *¡Y tú: cara de luna!*

Sofía se divertía oyendo sus ingenuas inventivas. Dos criaturas paridas de su vientre, con caracteres tan diferentes, que a Gertrudis la bautizó "Sapín", porque nació simpática, cariñosa, y tenía los párpados gruesos igual que un sapito; y a Margarita la llamó "Lirio", por su blancura, y por su aire arisco y altivo.

—*¡Sapín y Lirio, dejen de pelear y vengan a cenar!* —*las llamaba en las tardes, cuando las sombras de la noche caían sobre el Central.*

* * *

Matías conoció a su madre en esa edad en que los niños descubren a esa Reina bella, a veces dulce y otras caprichosa, que gobierna sus vidas. Entonces él apenas pensaba en sí mismo. Abría los ojos y el mundo que lo rodeaba captaba toda su atención. El patio mágico con los animales vivos, el follaje de los árboles, el sol cegador, la tierra con su olor y sus raros insectos, el cielo azul colmado de pájaros volando. Más allá del portal, los hombres, las mujeres y los niños en la carretera que descendía a la Estación del Ferrocarril. Pero él era un títere que no podía ir muy lejos, atado a esa Reina por un cordón de amores y castigos.

—*Antes de los cuatro años, sólo te vislumbro vagamente.*

—*En cambio, yo te conozco desde mi vientre.*

El niño vivió en el Central los primeros seis años. Los recuerdos de entonces se han hundido como barcos en el mar, raramente los ve, pero siempre están allí, en lo más hondo de su ser. Otros recuerdos emergen con una nitidez dolorosa.

—*En el Central no vislumbro casi a mi padre, excepto por sus manazas: un dedo suyo era casi tan grueso como mi brazo. Luego lo recuerdo claramente en Guantánamo, la cama donde dormíamos y aquel cuarto caluroso, donde mi padre vivía solo. La soledad total en que murió no se borra de mi mente.*

* * *

—*Aprendiste a caminar dos días antes de cumplir el año* —*le contó ella con desdén, como si hubiese sido una pírrica victoria*—. *Margarita lo hizo a los diez meses y Gertrudis a los nueve.*

Noches sugestivas para el niño: el bungalow crujía como un barco; los aguaceros aporreaban el techo de zinc con violencia salvaje; el aire se impregnaba de la fragancia de la lluvia, de la tierra negra, de las lujuriosas plantas tropicales y flores nocturnas embriagadoras; escuchaba la voz del viento bajo el piso de madera montado en pilotes; cuando escampaba, la sinfonía secreta de las criaturas invisibles de la noche.

—*No recuerdo que él me besara. Tampoco recuerdo un beso tuyo.*

—*Entonces a los varones no se les besaba —se disculpó ella.*

* * *

Cuando se apagaban las luces, oía las penúltimas riñas de Gertrudis y Margarita, antes de acostarse. Luego los pasos apagados. Algunas noches escuchaba la voz gruesa de su padre y la voz de su madre. En aquellos meses de su niñez, por primera vez empezó a percibir los enfrentamientos; la crispación y la angustia en las bellas facciones de su madre. Le daba miedo oírla discutir agriamente con su padre. Las risas y las bromas, que fueron siempre un don de familia, ya no se escuchaban en el bungalow, su barco de madera con velas de zinc.

Una noche, muy tarde, se despertó con dolor de vientre, y ella lo ayudó a quitarse los calzoncillos y lo sentó en el orinal. Luego esperó en cuclillas, a su lado, a que él evacuara. Estaban en la penumbra, iluminados por la luz mortecina de una vela, él sentado en su orinal mirando a su madre esperando; ella, postrada del cansancio y el sueño sosteniendo el peso de su cabeza con la mano que apoyaba en su rodilla. Y tanto le impresionó la horrible mueca de sufrido cansancio en el rostro de esa mujer, que su corazón de niño se llenó de compasión. Entonces, estiró la mano hacia esa imagen, la tocó con sus dedos torpes y le acarició la mejilla, tratando de borrar esa mueca de cansancio y el asco de vivir.

—*Mamá, vete a dormir, y no te preocupes por mí, que yo me limpio solo, y yo solito me acuesto.*

Ella lo miró extrañada, como si lo hubiera olvidado, y lentamente su semblante se iluminó, sus ojos se impregnaron de humedad y melancolía, y lo premió con unas palmaditas cariñosas y, con los dedos, le peinó hacia atrás el mechón en la frente.

—No te apures con la caca, que tu mamá te quiere mucho, y se va a quedar contigo toda la noche si hace falta.

* * *

Años más tarde Sofía le contó la escena, innecesariamente porque él la recordaba, admirada de la precocidad compasiva de ese hijo.

—Algo bueno habrá siempre dentro de ti, porque la bondad, como la maldad, nacen con las personas, y tú eras un niño bueno.

Matías cree que su madre cultivaba ideas erradas. Un niño olvida pronto, cada hora contenía centenares de minutos vitales de aprendizaje. Ignoraba la palabra tragedia, pero percibía la atmósfera de violencia y rencor en las voces y las caras de su mamá y su papá. No supo hasta años más tarde que era testigo de esa atmósfera de espanto que precede a las tragedias domésticas, a la ruptura de la familia, cuando el amor y el respeto ya han muerto, y no queda sino el odio.

Sofía se negaba a "estar" con Ballester, según el lenguaje cifrado que utilizaba, y él no comprendía. Ballester solía llegar muy tarde del negocio, la mayoría de las veces borracho. Y el pequeño Matías yacía despierto en la misma habitación, ligado por un cordón invisible a su madre. No sabía nombrarlo, pero su inteligencia impresionable percibía los flujos y reflujos del dolor. Desde donde dormía, a sus oídos llegaban los susurros ásperos, las palabras hirientes, aquella agonía ininteligible que consumía a su madre contra su padre. Como la noche del terror.

Aquella noche, tendido en el olor blanco de sus sábanas, inmerso en sus sueños sin angelitos (porque era mentira que los niños soñasen con angelitos), de súbito lo despertaron, una, dos, tres explosiones aterradoras que estremecieron las paredes, seguidas de alaridos de rabia. De un brinco se paró en la cama espantado por la pelea. La voz de su padre gritó: *"¡Loca!",* y su madre contestó: *"¡Cerdo, te voy a matar si vuelves a tocarme!"* Vio un bulto moverse y oyó un violento portazo.

—*¡Mamá, mamá, mamá!* —llamó asustado.

Su madre acudió agitada, temblando, y le ordenó que se volviera a acostar, que no había pasado nada. En la oscuridad se asomaron, desde el otro cuarto, Gertrudis y Margarita; las dos paradas, tímidas y asustadas, en el marco de la puerta, y a ellas también Sofía las mandó a dormir, sin contemplaciones.

—*¿Qué hacen levantadas? ¡A dormir todos!*

Sus hermanas la obedecieron y él vio en la penumbra los ojos desorbitados de su madre mirándolo sin verlo, ciega por la locura y la rabia, y se asustó mucho. Su corazón de niño sentía angustia.

—*Acuéstate y duerme, que mañana te voy a llevar a la Estación para que veas el tren* —le dijo su madre.

A la mañana siguiente, el dolor se había desvanecido en la claridad del nuevo día. Y su madre cumplió la promesa de llevarlo a ver el tren, esa máquina maravillosa que avanza dejando una columna de humo que se eleva como un rabo en el cielo. En el camino un hombre desconocido se acercó y habló intensamente con su madre. Matías la halaba por la mano, porque había oído el pitazo del tren, y ella se resistía, pendiente de lo que decía aquel hombre.

—*¡Vamos, mamá, apúrate que el tren va a llegar!*

Esa tarde, cuando él se quedó solo en el columpio del portal con Gertrudis y Margarita, volvió a su memoria el recuerdo aún vivo de los disparos, y le preguntó a sus hermanas.

—*¿Qué fue ese ruido anoche?*

—*Que papá se tiró un peo y mató un mulo* —dijo Margarita, que era jaranera, y mala lengua como las tías de España.

A Gertrudis no le hizo gracia y miró con severidad a Margarita. A pesar de que su padre era un hombre enorme, Matías nunca imaginó que con un peo pudiese abrir huecos en las paredes y matar un mulo.

Muchos años después escuchó a Sofía hacer el cuento, y recordó los alaridos, los insultos, y el terror de la noche de los disparos.

—*Ballester se salvó de milagro* —le contaría Sofía—. *Él me había enseñado a disparar el revólver. Aunque estaba oscuro, yo sí disparé a matarlo. Dios debió desviar mi brazo. Pero al fin Ballester entendió y nunca más intentó forzarme a nada.*

*   *   *

Entre los recuerdos de entonces, emerge nítido el de una niña rubia. Ella lo inició en ciertos jueguitos secretos. Él también jugaba con otros niños en el parque, frente al bungalow.

Pero los jueguitos con Lolina, y la muerte del perrito blanco y canela, se grabaron más hondo en su memoria. Su madre opinó que las vecinas envenenaron al perrito. Debieron tirarle un pedazo de carne con estricnina. *"Es fácil matar a un perrito"*, dijo su mamá. Él no lloró, miró con un nudo en el estómago a su perrito. Toby no podía saltar y ladrar. Estaba muy tieso y frío. Sus hermanas estaban furiosas con las vecinas. Pero Sofía era la más indignada por aquel acto criminal y cobarde.

—¡Hay gente mala en el mundo! —dijo, y él comprendió que ella se refería a las viejitas de al lado—. ¡Envenenar un pobre perrito, sólo porque sus ladridos las fastidiaban!

Gertrudis tenía lágrimas en los ojos.

—¿Qué vamos a hacer con Toby, mamá?

—Le voy a pedir a papá que lo entierre en el patio.

—¿Con una cruz?

—No, hija, a los perros no se le ponen cruces.

Matías no entendía por qué las viejitas le habían envenenado a Toby. Las viejas eran feas, pero le regalaban caimitos para que les cantara. A él le gustaba cantar la canción; primero, por darse importancia; luego, por los caimitos, tan dulces y sabrosos, y porque, al final, levantaba la mano, les decía adiós a las viejas y se iba a jugar.

".. y una manita blanca/ que me dice adióooss... "

Tres días después él levantó la cabeza y miró la mata de caimitos al otro lado de la cerca. La mata estaba preñada de caimitos, y a él se le hizo la boca agua imaginando su pulpa jugosa y blanca. Entonces vio entre los árboles, a las dos viejitas que se acercaban a la cerca, sonriéndole.

—¡Matías, buenos días!

—¡Buenos días, Matías! ¿Estás jugando solito?

No les contestó. Le daba rabia y no quería que le hablaran.

—¿Por qué esa cara de bravo, Matías?

—¿Estás bravo con nosotras, que no te hemos hecho nada?

—¿No quieres este caimito, Matías?

¿Por qué le hablaban, si habían envenenado a Toby? Siguió con su carrito de juguete. No quería verlas. Ni oírlas.

—Matías, no seas malito. Cántanos la canción. Y te regalamos estos caimitos. ¡Mira qué lindos y sabrosos están!

Entonces él se volteó muy bravo, y les gritó:

—¡Culón, culón, que no me digan nada!

Y huyó asustado, pero feliz.

*   *   *

La niña tenía siete años y él seis. Ella era rubia con mechones de oro, debajo de las faldidas usaba unos blumers viejos y grandes, heredados de sus hermanas mayores, y se llamaba Lolina, un nombre que evocaría luego otras ninfas precoces. Lo-li-na lo inició a él en los juegos, no de vocales, sino en otros más emocionantes.

La casa de ella comunicaba al fondo, con la de Matías. En aquella parte estaba el platanal donde a veces jugaban las hermanas de Lolina y de Matías. Hay rayos oblicuos de luz a través del follaje y un piso de madera, y ve a la niña sentada a unos dos metros. El sol de la mañana sacaba destellos dorados de sus crespos. Sucedió en el corredor del bungalow de Lolina, en la parte lateral, frente a los árboles frutales cuyas ramas los protegían del sol. Un sitio apartado, verde brisa y canto de pájaros, bueno para jugar. Esa mañana jugaban con dos bolitas de cristal sentados en el piso, las piernas bien abiertas para que las bolitas no se les escaparan. A Lolina se le veía el blúmer y a él, que llevaba pantalones muy cortos, se le salía el pajarito. Las bolitas rodaban de las manos de Lolina a las suyas. El jueguito consistía en hacer chocar a las dos bolitas en el medio, y una cayó en un hueco y se perdió.

Entonces a Lolina se le ocurrió otro jueguito. Se alzó la faldita y con los dedos se apartó el blúmer: *"Yo me hago así"*, dijo ella frotándose la bolita en la hendidura abierta de su pipí, *"y tú haces igual que yo"*.

La bolita rodó por el piso de madera, más cálida, jugosa y olorosa, de los dedos de Lolina a los suyos. Matías la agarró y, apartando el pantalón corto, se la frotó en el pirulí hasta que éste se le endureció.

Lolina lo vigilaba, y sonreía al mirar cómo él se frotaba la bolita en su pipí. Después se la lanzó rodando por el piso. Ella la agarró y se dobló para frotársela con esmero en su hendidura, y luego se la devolvió, y él la imitó, sintiendo un rico cosquilleo en su pipí y una vaga sensación de bienestar.

—¿Te gusta jugar así? —le preguntó ella.

—Sí.

—A mí también.

Ella lo hacía delante de sus ojos. Fue la primera vez que vio esa boquita de labios raros que tienen las niñas debajo, una boca desdentada, cuya posición vertical despertó su curiosidad. Parecía como si le hubieran cortado el pipí y la hendidura del culito se prolongara de la nalga hasta el frente. Cuando más sabroso y divertido se estaba poniendo el jueguito, llegaron las hermanas de ella y tuvieron que interrumpirlo.

Sin ponerse de acuerdo con Lolina, él supo enseguida que era un juego secreto, que sus madres y sus hermanas no deberían enterarse. A los dos les habían prohibido tocarse o jugar con esa cosita que tenían ahí, y sabían que los iban a castigar.

Lolina quería jugar con él todos los días. Cuando no la dejaban, le daban perretas y lloraba. También él quería jugar con Lolina, pero nunca lloró. La casa de Lolina estaba llena de mujeres, porque además de su madre tenía cinco hermanas mayores, que iban desde los diecinueve a los once años. Lolina debió ser la última esperanza de su padre, el Sargento del Cuartel, de tener un vástago varón. La familia bromeaba de "esos novios", y de la pasión de Lolina por el niño Matías.

—¡Se comportan como enamorados! —dijo Sofía.

La madre de Lolina, una rubia grande y vulgarota, de unos cuarenta años, asintió incrédula y preocupada.

—¡Si vieras las perretas de Lolina, cómo grita y patalea, loca por jugar con Matías! ¡Qué barbaridad! ¡Vaya, me da miedo esa manía, y eso que ya le pegué cuatro nalgadas!

—Déjala. Son inocentes. ¿Qué pueden hacerse? —se rió Sofía.

Matías las escuchaba orgulloso de que Lolina llorara por las ganas que tenía de jugar con él. Cuando los adultos le preguntaban si ella era su novia, se ponía colorado y no contestaba. En cambio, ella, moviendo sus angelicales crespos, contestaba decidida que sí, que Matías era su novio.

—Cuando sea grande me voy a casar con él —añadía, con la firmeza de las niñas rebeldes y voluntariosas.

*   *   *

Aquel mediodía hacía mucho calor y los dos niños jugaban en los columpios que colgaban de las matas de mango del patio de Ballester, y habían sudado y tenían sed. Cuando Sofía los llamó a gritos ofreciéndoles limonadas, se apearon corriendo de los columpios. Se tomaron, cada uno, dos vasos grandes de limonada, y él tenía tanta sed que quiso tomarse un tercer vaso, pero Sofía se lo negó.

—Están muy sofocados y tanta limonada les puede dar un pasmo —les quitó los vasos y se los llevó.

Después cruzaron la cerca y se internaron con las barrigas hinchadas en el platanal, esas plantas gigantes africanas cargadas de racimos obscenos. Allí el calor levantaba vahos de vapor y los camaleones verdosos sacaban sus crestas rojas debajo de la quijada. Lolina y él jugaban tirándoles piedras, saltando sobre los troncos caídos. Olía a resina de plátanos, la calina flotaba espesa como un caldo, las moscas zumbaban y las abejas, borrachas de miel, se las sacudían de sus cabezas.

Él tenía muchas ganas de orinar y se apartó el pantaloncito corto, agarró con los dedos el pirulí delante de Lolina y orinó de pie. Ella lo contempló extasiada. Para impresionarla, él apuntó más alto, procuró lanzar el chorro más lejos y con más fuerza, haciendo un arco de orine a la altura de la cabeza de Lolina y de la suya.

—¡Qué pipí más lindo tienes! —dijo Lolina—. Yo quisiera tener uno para orinar de pie igual que tú.

Entonces ella se bajó el blúmer, mostrando la delicada piel lampiña de su abdomen, y abajo el triángulo del pubis gordito como los cachetes de su cara, aunque más blancos, y partidos en el medio por el misterioso surco en su carne que se perdía hacia atrás.

—¿Y tú haces pipí por ese hueco? —señaló él.

—Sí, pero agachada. Tú sí que tienes suerte, que lo haces parado

— 100 —

—dijo Lolina, y de pronto le brillaron los ojos como cuando se le ocurría una travesura, y empezó a buscar algo por el suelo.

—¿Qué buscas?

—Un palito para hacerlo igual que tú —le explicó.

Vio a Lolina buscando entre los matojos y las hojas de plátanos caídas, desechando varios palitos, hasta que encontró uno que le convino. Entonces, arqueada sobre sí misma, se introdujo el palito con sumo cuidado entre los labios de su hendidura.

—Ves, ya tengo un pipí más grande que el tuyo —lo retó orgullosa.

Entonces vino lo más divertido. Lolina intentó orinar de pie, sujetando el palito igual que él, pero el chorro se esparció con fuerza entre sus dedos y sus piernas, como una regadera, mojando la falda, los muslos y los zapatos de Lolina.

Matías no recordaba haberse reído nunca tanto. Lolina separaba las piernas, toda meada, cómica con su cara de estupor; de repente, su estupor se transformó en una mueca de rabia: "¡No te rías!", le gritó, se abalanzó sobre él, y le pegó un empujón violento que lo tumbó al suelo. Pero él no paraba de reír, sentado en la tierra, mientras veía a Lolina que corría toda meada hacia su casa.

*　*　*

Lolina lo introdujo en la intimidad de las habitaciones del bungalow. Allí jugaban *"al escondido"* en la acogedora penumbra detrás de las puertas, donde colgaban los vestidos y refajos de satén impregnados del sudor y los perfumes y los polvos de las hembras de la casa, las cinco hermanas de Lolina. Un aroma a azucenas y a sexo de mujer. Jugaron envueltos en un suntuoso refajo de seda con encajes y ella, por primera vez, lo besó en los labios, pero los tenía mojados de saliva, y a él no le gustó.

—Sécate los labios —le pidió.

Lolina lo enseñó a jugar debajo de las camas; se internaban reptando por el piso cubierto por finas capas de polvo, y ocultos debajo de la cama, Lolina inventó jugar con los pipís a ser *"su esposa";* pero siempre los interrumpía una de sus hermanas. Su madre se ponía furiosa, la mandaba a salir a gritos.

—¡Lolina, salte de ahí enseguida! Las niñas buenas no se meten debajo de las camas. Si no obedeces te voy a dar cuatro nalgadas, y vas a estar un mes sin ver a Matías. ¿Oíste? ¡Cuatro nalgadas bien duro!

Un anochecer, Lolina se escapó por el platanal, y los dos se escondieron a jugar dentro del gallinero, al fondo del patio de Matías. Las gallinas cacarearon alarmadas cuando los oyeron entrar, pero después se callaron. En el patio no había luz y estaba oscuro, y dentro del gallinero apestaba a cagadas de gallinas y a desperdicios. Lolina le agarró el pirulí, ella era la que mandaba en susurros, para no hacer ruido, pero las gallinas dormidas en sus palos protestaron de su presencia cacareando, y Lolina y él no se movieron, para que se callaran.

Allí, en el aire oscuro y sofocante del gallinero, calladitos para que las gallinas no cacarearan, ella le manipulaba el pirulí. Intentó introducírselo y como, por el tamaño y la posición de pie, no fue posible, entonces se lo frotó contra su rajita. Lolina le daba besitos en la cara y los labios, pero sin soltarle el pirulí inflamado. Jugaron excitados quizás diez minutos, ocultos en la oscuridad de aquel gallinero apestoso. Lo de jugar escondidos en el gallinero, haciendo eso, fue invención de Lolina.

De pronto, la puerta trasera de la casa se abrió, un rayo de luz iluminó un pedazo del patio, y ellos escucharon las voces alarmadas de sus madres, llamándolos a gritos: *¡Lolinaaa! ¡Matíaaas!* El gallinero estaba al fondo y a un costado del patio, y los dos salieron corriendo asustados, en medio de los cacareos de las gallinas y los gallos, cada uno por su lado.

—Matías, ¿qué hacías en el gallinero?

—Mirando a las gallinas dormir.

—Entra que ya es de noche.

Matías no recuerda que Sofía lo regañara. Una semanas después, su madre, sus hermanas y él se fueron del Central, y no volvió a jugar con Lolina. Algo grave debió pasar. Fue la madre de Lolina quien lo descubrió todo. Después de darle un par de nalgadas por escaparse de noche, la desnudó para bañarla antes de acostarla. Cuando ya la entalcaba, descubrió aquella irritación en la hendidura de su sexo tierno, la interrogó con tal violencia que, después de algunas evasivas, Lolina terminó, entre hipos y lágrimas, por confesar.

—Me lo hizo Matías, jugando.

Entre la madre de Lolina y la suya debió suscitarse una injuriosa y violenta pelea. Aunque Matías no fue testigo, adivinó el motivo de esa pelea a partir de las explicaciones que su madre le daba a Gertrudis, a Margarita y a la criada. Tal vez Sofía pensaba que él aún no tenía suficiente maldad para entender. Él la escuchó asustado y temeroso, pero se alegró cuando Sofía salió en defensa de los niños. Según su madre, tanto Lolina como él eran criaturas inocentes, unos angelitos incapaces de concebir o inventar por sí mismos nada pecaminoso.

—¡Por Dios! ¿Qué noción del pecado pueden tener esos angelitos? ¡La bruta de Obdulia casi mata a esa niña!

En la casa, sus hermanas y la criada, le daban la razón a Sofía. Y él la recordaba muy enfadada, señalando hacia la casa de su vecina.

—La culpa la tiene esa loca de Obdulia. ¿Cómo es posible que una niña de siete años, todavía duerma en el mismo cuarto con Obdulia y su marido? ¿No se da cuenta que las niñas lo ven y lo imitan todo? Seguramente Lolina la ha visto desnuda, "haciéndolo" con su marido.

Mamá movía la cabeza aún enfadada.

—Yo nunca le he pegado a un hijo mío, y nadie me tiene que enseñar cómo criarlos. Con esa recua de hijas, Obdulia debía tener más cuidado, y darle mejores ejemplos, y no esa paliza que casi la mata.

*   *   *

Matías se fue para Santiago y, en la nueva ciudad, jugando a la pelota, yendo a la escuela, tirando piedras y haciendo maldades, se olvidó de Lolina. Él nunca volvió al Central. Una mañana, cuando ya era un púber de catorce años con algunos granos en la cara, muy pocos en comparación con otros, Sofía le pegó un par de gritos en el portal, y él dejó a sus amigos y salió trotando hacia el Palacio Encantado.

Matías entró sudado y con el pelo revuelto de correr por la loma. En la sala estaban Sofía y la hermana de Lolina conversando. Cuando él entró, vio a las dos mujeres adultas que se voltearon para mirarlo; había una tercera, era una muchacha alta y deliciosamente flaca: una ninfa tropical de cabellos ondulados castaño claro, una cara y unos labios bonitos, ¡pero qué lástima: con ese acné atroz! La dueña de esa cara bonita con granos lo miró anhelante, conmocionada.

Su madre se apresuró a presentarle a las visitantes.

—¿Recuerdas quiénes son? Nuestras vecinas en el Central. Ésta es Rosalba y, ésta, Lolina, ¿la recuerdas?: ella jugaba mucho contigo cuando eras un niño —le explicó Sofía.

Lolina había venido con una de sus hermanas mayores a pasarse un día en Santiago y, según explicó la hermana, había insistido en ir a ver a sus antiguos vecinos del Central. *"En especial a Matías",* dijo la hermana.

Lolina se ruborizó, y bajó los párpados. Sólo por un instante, porque enseguida los levantó y le clavó sus ojos, anhelantes. Los dos se miraron en silencio, con intensa curiosidad. Seguramente tanto Lolina, como él mismo, pensaban en los pecados inocentes de su niñez.

—Hola, Matías —dijo ella, y sus mejillas se encendieron.

—¿Te acuerdas de Lolina? —insistió Sofía, sonriendo maliciosa, seguramente para recodarle, aunque ya él lo recordaba todo.

—Sí. Hola Lolina.

Matías retuvo, por unos segundos, los dedos sudados de Lolina en su mano. Un contacto tímido, discretamente erótico.

—¿Todavía te gusta Lolina? Mira que alta y linda está —le dijo Rosalba, con picardía.

—Sí, está alta y bonita —dijo él.

—Y tú también, ¡qué alto estás! —dijo Lolina, admirada.

—¡Cómo pasa el tiempo! ¡Parece que fue ayer, y mira cuánto han crecido estos niños! —dijo Sofía. Y enseguida se olvidó de ellos, y se puso a hablar con Rosalba de las familias conocidas del Central.

Lolina lucía tan cambiada que, de haberla visto en la calle, no la habría reconocido. Es más, con los años la había olvidado. Ella sonreía azorada, sus pícaros ojos buscaron y rehuyeron los suyos, hasta que se clavaron valientes en los de Matías. Durante el rato que duró la visita, mientras Sofía y Rosalba hablaban sin cesar, Lolina y él intercambiaron sólo unas pocas frases. Paralizados por la timidez, entre ellos dos fluían emociones confusas. Ya no eran niños, y aún tenían ganas de jugar.

—Nos tenemos que ir. Mi marido nos está esperando. Esta misma tarde regresamos al Central —explicó Rosalba ya de pie.

Cuando Lolina se iba, él le tendió la mano.

—Espero verte otra vez, algún día.

—Yo también —dijo ella.

Fue la última mirada. El roce tímido de su mano y una plegaria de no me olvides en su mirada. Aquella fue la última vez que supo de Lolina. De no haber escrito la novela de Sofía, Lolina no habría salido de ese rincón oscuro donde se escondían a jugar.

Durante años, en las habitaciones de nuestra memoria, debajo de las camas donde dormimos y soñamos, se van acumulando las capas de polvo, prendas y juguetes perdidos, una media sucia, besos olvidados y recuerdos inútiles, a salvo de la escoba.

*   *   *

Una mañana Matías se fue del Central y nunca volvió. ¿Qué tontería esa de que tenemos raíces? Un hombre no es un árbol, no las necesita. Tiene un don superior que se llama memoria. Por lejos que lo arrastren los vientos, el pedazo de tierra que alguna vez lo nutrió, lo llevará consigo por el resto de su vida. Matías se iba de viaje, pero no por causa de Lolina. Él ignoraba que su madre abandonaba a su padre por un nuevo amor, de modo que no tenía motivos para sentirse triste. Al contrario, se sentía feliz porque iba a montar en tren.

Gertrudis, Margarita y él viajaban honrosamente vestidos, porque según su madre: *"uno debe enfrentar la desgracia o la derrota, con su mejor prenda y su mejor cara"*.

Al mediodía arribó la locomotora arrastrando los brillantes vagones de madera, y él los miró deslumbrado. El sol caía a plomo, rajando piedras y quemando sus cabezas. Matías subió y se sentó en una ventanilla. Dentro del vagón había sombra, la brisa de la campiña cubana se colaba por las ventanas, y él lo contemplaba todo, excitado. Durante los últimos minutos, su madre estuvo nerviosa pero firme, con la mandíbula apretada (esa hermosa quijada que a él le habría gustado heredar.)

Ballester había subido con ellos al tren y los ayudó a instalarse con sus maletas, dando recomendaciones, autoritario hasta el último minuto; finalmente besó a sus hijas, y le acarició los cabellos a él. Sofía le gritaba nerviosa que se bajara de una vez, que el tren ya había pitado y estaba a punto de arrancar (quién sabe si temía que él cambiara de opinión, y no la dejara marcharse con sus tres hijos).

Ballester, confundido, seguía de pie en el pasillo, atontado por el dolor de la separación, como dudando si bajarse o continuar en el tren con sus hijos y Sofía. Entonces la locomotora dio el primer tirón, tensando los vagones con un golpeteo de metales, y empezó a moverse con lentitud, pesadamente, con Ballester de pie en el pasillo. Sofía pegó un grito.

—¡Ballester, qué se va el tren!

Ballester al fin reaccionó, levantó el brazo con gesto decidido y haló el cordel del freno de emergencia que colgaba del techo a todo lo largo de los vagones. El tren frenó en seco con chiflidos espectaculares de aire y crujidos de metales, sacudiendo a los pasajeros. Sin inmutarse, su padre caminó con gran dignidad y se bajó por la escalera delantera del vagón. Cuando el tren arrancó por segunda vez, desde el andén les dijo adiós a su esposa y a sus tres hijos, con la mano en alto. Tenía el sombrero de paja dura color claro refulgiendo por el sol sobre su cabeza. Un aro de sombra ocultaba su mirada. Un rictus amargo endurecía sus labios.

Ese fue el final para su padre.

Pero el pequeño Matías no lo sabía y se sentía feliz en aquel magnífico tren con sus bonitos vagones de maderas barnizadas, y en las curvas se asomaba por la ventanilla para observar la poderosa locomotora negra que avanzaba pitando y lanzando vapor, igual que un dragón. Viajaban con sus maletas, su madre Sofía Vilarubla, sus dos hermanas y él, en un viaje sin retorno, a vivir en pensiones durante un tiempo, porque su madre había conseguido un nuevo amor.

*　*　*

En Santiago, se instalaron en una pensión en la calle Heredia, en una habitación del segundo piso. La pensión estaba situada cerca del Mercado y a dos cuadras del parque Céspedes, en el centro ruidoso y palpitante de la ciudad, y él salía a explorar ese mundo lleno de maravillas.

Juan Maura venía los sábados o los domingos en las mañanas, vestido y perfumado como un figurín. Sofía y Juan se encerraban en la habitación horas y horas. Sus hermanas y él no podían entrar hasta la noche, cuando Juan Maura se despedía de ellos con timidez, y se marchaba corriendo a agarrar el último tren. Así caminaría toda su vida, como si fuera a perder el tren, o la última partida de naipes.

Tres semanas después Ballester vino a Santiago para entrevistarse con quien todavía era su legítima esposa y la madre de sus hijos. El pequeño Matías asistió a la reunión de su padre y su madre con el abogado; ella lo llevó calculando, con su intuición femenina, que serviría como vínculo de paz en la difícil entrevista. Ballester se presentó sobrio y vestido para la ocasión de cuello y corbata, con su sombrero de paja dura, y fumando como siempre uno de sus enormes tabacos.

Ballester accedió y firmó los documentos. Fue la separación definitiva. Según la propia Sofía, se comportó como un caballero. Incluso la aconsejó sin rencor, como si hablara no con la esposa que lo había abandonado, sino con una hija.

—Cometes un error, Sofía. Tómate tu tiempo y piénsalo bien. Ese hombre no te conviene, ni te merece. Yo conozco de toda la vida a Juan Maura, y no es malo, pero es un tahúr, lleva el vicio del juego en la sangre y jamás lo abandonará.

Ella no se dignó a contestarle. Era una mujer inteligente y no deseaba ofender a Ballester, espetándole en la cara que prefería mil veces un jugador que un borracho. Al menos Juan Maura no fumaba ni tomaba. Además, ella no necesitaba de ninguna razón: actuaba impulsada por la más poderosa de las sinrazones: el amor.

*   *   *

Sofía escondería el secreto hasta el 1983, cuando ya vieja y marchita su gran belleza viajó a Caracas invitada por Matías; es decir, el secreto de cómo sucumbió al hechizo de los ojos de Juan Maura. Entonces por primera vez confesó cómo, siendo una mujer casada con tres hijos, la subyugaron aquellos ojos grises, magnéticos y obsesivos.

—*Me quemaba con sus ojos* —dijo.

Matías esperó a que se explicara.

—*Me vigilaba con los ojos. Cuando salía al patio, yo los sentía clavados en mi piel. Adónde fuera me seguían, fijos en mí. Por las noches, cuando me acostaba, aquellos ojos fosforescentes en la oscuridad seguían clavados en mi carne. No me dejaban dormir. Me quemaban, y empecé a arder por dentro.*

Durante los últimos meses, tal vez años, los ojos saltones de Juan Maura la seguían a todas partes, clavados con tal intensidad en su carne que al fin encendieron en ella las fiebres que él padecía: aquel deseo brutal en el corazón y la sangre. Un deseo que perduraría hasta cuando ya Juan era un viejo sin fuerzas, y la nostalgia de su amor lo movía a abrazarla de noche, intentando revivirlo con su menguada virilidad.

*   *   *

Aquel día en Santiago, Sofía consintió que sus tres hijos se pasaran la tarde con su padre. Ballester fue cariñoso con Margarita y Gertrudis, y con el pequeño Matías. Primero los llevó a pasear y a montar patines al parque Céspedes, y luego a tomar helados. Después pasaron al estudio de un fotógrafo, frente al cine Rialto, en donde entró con sus tres hijos, y les hizo fotos para llevárselas de recuerdo.

Hay una foto en la que Matías Ballester, hijo, aparece con el tabaco de su padre en la boca y su sombrero duro de paja ladeado sobre la cabeza. Tanto el tabaco como el sombrero eran demasiado grandes, y el niño se asemejaba a un payaso con los labios torcidos por el tabaco y un brillo divertido en su cara de cagón de velorio.

Ballester no soportó la humillación, el relumbrón de guasa en las miradas, ser la comidilla del Central. El gallego tarrudo cuya esposa lo abandonó por el tahúr de Juan Maura. Malbarató el hotel, el cine y la casa, y se marchó del Central un cuarto de siglo después de haberse establecido allí. Toda una vida de trabajo y de sueños perdidos. Como traer, movido más por entusiasmo que codicia, el primer proyector cinematógrafo al Central. Quería que los guajiros contemplaran el nuevo arte: "esa linterna mágica" que los transportaría, desde la azorada mediocridad de sus vidas, a las aventuras y a la ficción de otros mundos.

Salió huyendo del Central, de los paisajes de su cariño, con sus colinas verdes y la feracidad inverosímil de la tierra. De toda Cuba, aquellos eran los campos que más le recordaban a Pontevedra, donde según él llovía los trece meses del año. Su hijo no sabe qué razones llevaron a Ballester a Guantánamo, una ciudad aislada y lejana, el último puerto al este y al sur de Cuba. Conjetura que no quería alejarse demasiado. Se sentía viejo, fracasado y enfermo. No tenía razones ni corazón para regresar a España. Y la única familia que le importaba eran sus tres hijos cubanos: Gertrudis, Margarita y el pequeño Matías.

¿Viejo y arruinado, muertos sus padres y sus hermanos, qué objeto tenía volver a Galicia? Para colmo, sus dos únicas hermanas ya no vivían en Pontevedra, sino en Cataluña. En los cinco años que sobrevivió al dolor de la soledad, Ballester viajó en cuatro ocasiones a Santiago a ver a sus hijos, y a pasar unas horas junto a ellos.

En uno de esos viajes, los llevó a Aguadores, un pedregoso balneario, donde el viento hacía estallar las olas con tanta fuerza que los tumbaban contra los peñascos. Matías y sus hermanas rodaban y se golpeaban, riéndose de la emoción. Matías se divirtió, y por primera vez comió unos cangrejos de mar que sacaron de unas jaulas, adonde, según explicaron, los criaban para que se endulzaran. Matías se entusiasmó chupando las muelas de aquellos cangrejos con la fruición de un perro con un hueso.

En otra visita Ballester los llevó a La Alameda, la avenida junto al puerto, donde disfrutaron montando unas bicicletas que su padre les alquiló. De esta visita quedaron unas fotos, las caras felices de un día de fiesta, los cuatro vestidos con colores claros, Matías aún con pantalones bombachos, su padre con su sombrero de paja y su tabaco.

*   *   *

Cuando Matías tenía diez años, a insistencia de Ballester, que anhelaba tener a su único hijo varón un tiempo a su lado, Sofía accedió de mala gana a enviarlo a Guantánamo, a cuatro horas en tren, para que se pasara quince días de vacaciones con su padre.

Ella misma lo puso en el tren. Su padre le había dado instrucciones para que se lo encargara a un amigo, quien resultó ser un negro canoso, de aspecto distinguido, que lo cuidó durante el viaje. Cuando se bajó, cuatro horas después, en el andén de la estación de Guantánamo, su padre lo agarró por los sobacos y lo levantó en alto. Llevaba, como de costumbre, su sombrero duro de paja con la cinta negra, y olía a tabaco y a ron. Su padre vivía solo en el cuarto de un hotel de mala muerte. Trabajaba de viajante de comercio para unos mayoristas de víveres. Siempre andaba con su maletín y su sombrero, sudando, y en plena mañana se bebía, después de un gran vaso de agua, dos líneas de ron seco, y otras dos en la tarde, en las bodegas donde él vendía su mercancía y cuyos propietarios, en su mayoría, eran también españoles.

—Estás flaco. Te voy a engordar. Conmigo te vas a poner fuerte como un toro —bromeó su padre con él.

Ballester bebía a diario, tenía los ojos inyectados ligeramente en sangre, pero nunca lo vio borracho. Se reía y bromeaba con una voz ronca, aguardentosa, tenía amigos y parecía una persona querida. Matías se pasó las vacaciones jugando y comiendo como un descosido en el restaurante de un amigo de su padre. Ballester venía a almorzar y a cenar con él. Por las noches lo llevaba al cine o se iban los dos a dormir a la habitación, que estaba a unas pocas cuadras. El dueño del restaurante tenía un hijo de su edad con quien él jugaba. El dueño era un español simpático, reía todo el tiempo, inventaba groserías.

—¿Es verdad que Ballester se tira pedos en la cama?

—Sí, y dan miedo —contestó él—. Ayer se tiró un peo tan grande que las sábanas se levantaron así de este alto. Mi papá con un peo podría matar a un burro, pero les tiene lástima.

Se rieron de su mentira. Después sintió vergüenza de haber hecho reír a costa de ridiculizar a su padre. Como la vida es una noria, treinta años después uno de los dos hijos de Matías haría lo mismo contra su padre: hacer reír a los extraños, ridiculizándolo. Cuando vio a aquel hombrón, a quien todos llamaban con cariño Ballester, caminando por parques y calles, estrechando manos, derrochando gentilezas con grandes y pequeños, saludando a todo el mundo, recordó que su madre, cuando alguien elogiaba la gentileza de Ballester, sonreía con desdén.

—*Sí, él era candil de la calle, y oscuridad en la casa.*

Sabía que aquel hombrón, con las manazas grandes como ladrillos, era su padre. Pero no le inspiraba cariño. Sólo un poco de pena por las noches, cuando iban a dormir en el cuarto triste y su papá fijaba en él sus ojos cansados de bebedor, sonriéndole con melancolía.

—Hasta mañana, hijo. Que duermas bien. Mañana es domingo y te voy a llevar al Yateras para que te bañes en el río.

Luego veía cómo derrumbaba su corpachón sobre la cama que chirriaba bajo su peso, escuchaba sus resoplidos de cansancio y, minutos después, sus ronquidos macilentos de elefante. Durante quince días durmió en aquella habitación donde vivía su padre, la tercera del pasillo entrando por la izquierda, en aquel pequeño hotel, cuyas habitaciones estaban a ambos lados de un amplio pasillo sin techo donde penetraba el sol a raudales. De noche refrescaba. En las mañanas el sol pegaba duro, al mediodía la habitación se convertía en un horno y el calor los forzaba a dormir la siesta en calzoncillos. Había un lavamanos y un viejo armario. Afuera, al fondo del pasillo, los dos baños comunes.

Una habitación desoladora cuyo único toque humano eran aquellas tres fotografías sobre la mesita de noche: una foto antigua de Sofía, tan joven que le costó reconocer en esa muchacha a su madre; otra de los tres hijos juntos, Gertrudis, Margarita y él. En la última Matías a los seis años con el tabaco en los labios y el sombrero de paja de su padre.

Unas vacaciones felices; su padre lo consintió, le daba dinero y lo embutía de comida, tanto que cuando regresó a Santiago había engordado 9 libras, es decir, a más de media libra por día, para asombro de todos y celos de Sofía. En Guantánamo había gozado y jugado, y se había bañado en el río con el hijo del amigo de su padre. Fueron unas vacaciones tan estimulantes que, cuando regresó al Palacio Encantado en Santiago y tuvo el primer desacuerdo con su madre, reaccionó con furia.

—¡Yo no quiero vivir más aquí contigo! —le gritó a Sofía—. Yo me voy a Guantánamo a vivir con mi padre.

Fue un golpe brutal para Sofía, tal vez temido y esperado. Ella se echó a llorar con la voz quebrada por el desconsuelo.

—¡Yo *lo sabía!* *¡Lo sabía,* que esto iba a pasar! —se lamentó, llorando delante de sus hijas y de la criada—. Por eso no quería que Matías fuera a Guantánamo. Cualquiera hace feliz a un niño quince días, lo duro es criarlo todo el año y hacerlo un hombre.

Jamás había visto llorar a su madre, y verla así por primera vez, llorando por su culpa con tanto dolor y desconsuelo, le dio mucha lástima, y se sintió culpable. Salió en silencio a jugar a la calle. Nunca volvió a mencionar a su padre delante de su madre, ni a amenazarla con irse para Guantánamo a vivir con él.

Pronto esta amenaza se desvanecería porque su padre murió unos meses después. Murió en Julio, justo al mediodía. En una esquina, antes de almorzar. Debió tener, como de costumbre, las dos líneas del ron de la mañana entre pecho y espalda. Hacía un calor monstruoso y su viejo corazón enfermo no pudo sostener más a aquel hombrón. Cayó como un fardo en la acera, y en torno a él se hizo un coro consternado de curiosos. Fue lo último que vieron sus ojos de inmigrante: un círculo de rostros oscuros y el sol cegador del destierro en una isla que quizás alguna vez amó.

Matías no viajó, pero sus hermanas, que tenían quince y dieciséis años, sí viajaron vestidas de luto en el tren de la madrugada que iba repleto de obreros. A Gertrudis le dio temor porque uno de aquellos hombres sentado frente a ella, la rozaba con sus piernas. Cuando regresaron, Gertrudis y Margarita contaron que a su padre lo llevaron a enterrar en una carroza orlada de luto tirada por cuatro caballos que iban levantando polvo por las calles de tierra de Guantánamo. Los masones se ocuparon de todo, atendieron a sus hermanas, y enterraron a Ballester con gran dignidad. El difunto dejó unas fotos gastadas por el sol, 240 pesos que tenía ahorrados, zapatos, dos trajes, unos pantalones enormes y camisas que sus hermanas trajeron en una maleta.

—¿Tú quieres guardarlas para cuando seas grande? A lo mejor te las arreglan y te quedan bien —le preguntaron a Matías.

—No —contestó él, categóricamente.

Le daba dolor mirar esa herencia. En aquellos pantalones, camisas y trajes enormes del difunto, ahora tristes y vacíos, a él le pareció que aún habitaba el espíritu de su padre

Todos convinieron en que la ropa debían regalarla a los pobres.

* * *

Ballester tenía dos hermanas en España con quienes había dejado de escribirse. Sus hermanas habían acusado a Ballester de no haber acudido a tiempo en ayuda de Manuel, el hermano menor que emigró a Cuba y que murió de unas fiebres en La Habana a los veintidós años. Sofía negaba que tal cosa pudiese ser verdad.

—*Ballester tenía muchos defectos. Pero era incapaz de dejar morir, no ya a su hermano, ni siquiera a un perro sin ayudarlo.*

Años antes, cuando Ballester se casó, a exigencias de sus hermanas, éste les envió a España un mechón de la cabellera castaña de Sofía, para así demostrar que se había casado con una joven blanca, hija de españoles, y no con una mulata cubana hereje y fogosa, como sospechaban sus católicas y apostólicas hermanas. Sofía jamás olvidó la afrenta. No conformes con el mechón de pelo, insistieron en que enviara unas fotografías para conocer a la nueva Ballester. Ya resentida por las averiguaciones, y la desconfianza sobre su persona, Sofía estalló al fin.

—*¡Esas hermanas tuyas ni que fueran las duquesas de Alba! ¡Por Dios, que gallegas tan retrógradas!*

La muerte de Ballester propició una correspondencia de Gertrudis con las tías de España, dos viejas solteronas que desde hacía añales se habían mudado de Galicia a Barcelona, donde vivían en un piso de la calle Aribau. Las dos eran maestras nacionales, seguramente franquistas. Matías supone que, terminada la Guerra Civil, las mandaron a dar clases de castellano a esos catalanes vanidosos y arrogantes.

—*Estarán podridas en plata* —dijo Sofía, con rencor.

Cuando se enteraron por Gertrudis que su sobrino Matías era un niño inteligente y un lector voraz que se ganaba todos los premios de la escuela, sus tías de Barcelona contestaron con un refrán español: *"de casta le sale al galgo el ser rabilargo"*. A Matías le dieron la carta como un premio, y él la leyó cuidadosamente; la encabezaba una pequeña cruz hecha a mano, y dedujo que sus tías eran muy religiosas. Las tías pedían que les enviaran fotos de Matías, Gertrudis y Margarita.

Cuando recibieron las fotos y las vieron, a vuelta de correo llegó una oferta terminante.

"Queremos que Matías venga a Barcelona para que estudie Medicina igual que su abuelo". Más que ofrecer, demandaban.

Las tías, asombradas por las fotos, aseguraban que Matías era cien por cien Ballester, y que siendo el único varón que trasmitiría el apellido, debería continuar la tradición familiar de médicos y magistrados. Ellas sufragarían todo: los gastos, sus estudios, incluyendo el pasaje.

A Matías, que a los once años ya soñaba con viajes y aventuras, le entusiasmó la idea de estudiar medicina. Ansiaba cruzar el océano, volver a la tierra de sus padres y sus antepasados, a esa España mítica que todos en Cuba llamaban ostentosamente "la madre patria". No le dieron ni tiempo de demostrar su entusiasmo. La reacción de Sofía fue tan drástica que no pudo expresar su opinión.

—¡Primero muerta —gritó Sofía—, antes que entregarle mi hijo a esas gallegas retrógradas!

Nadie en la casa se atrevió a contradecirla. Margarita, la más atrevida y rebelde de sus dos hermanas, no abrió la boca. En cuanto a Gertrudis, con sus diecisiete años, andaba enamorada, contando los días que faltaban para casarse y marcharse a centenares de kilómetros, a un central azucarero adonde su novio se había ido a trabajar. Todos los días iba al almanaque, le arrancaba una hoja y se volteaba sonriendo hacia ellos.

—Un día más y un día menos —decía emocionada.

*   *   *

Dos años después de haberse negado rotundamente a que Matías viajara a España con las tías, Sofía lo llamó. Él acababa de terminar, a los trece años, el octavo grado, y pensaba en el bachillerato. Pero ella no era mujer que se anduviera con rodeos.

—Hay que ser prácticos, Matías. ¿Para qué te vas a hacer bachiller, que son cinco años perdidos, si luego yo no podré pagarte los estudios en la universidad? Ya eres un hombre, y lo más práctico es que aprendas un oficio y te pongas a trabajar.

Asintió. Comprendía la lógica. Incluso lo veía venir, porque Sofía había preparado el terreno. Desde hacías meses hablaba horrores del bachillerato. El país estaba atestado de bachilleres, o peor aún: por todas las esquinas de Santiago, parados como postes sin luz, había jóvenes con tercer o cuarto año, desertores del bachillerato. Además, los institutos eran nidos de vagos y hasta de delincuentes.

Matías recordó la proposición de sus tías de Barcelona. Si su madre no podía pagarle los estudios, ¿por qué se negó a que él viajara a España? ¿Egoísmo, rencor con las tías? No abrió la boca para no herir a su madre. Ella había sufrido lo suyo, y él no era quién para añadir más miserias a su vida. Además, Sofía lo premiaba de otras formas. Por ejemplo, él gozaba de una libertad ilimitada: siendo sólo un niño podía recorrer toda la ciudad y los pueblos cercanos (el Caney, Boniato, las playas) como un vagabundo. Su madre lo había convertido en su cómplice, y él la retribuía con lealtad, y la acompañaba a las reuniones de espiritismo, no muy feliz, obligado, como otros cómplices, por la fuerza del cariño.

*　*　*

Durante veinte años él perdió todo contacto directo con su madre. Quizás fueron más. Desde temprano se fue alejando, independizando. A los once años, primero a la Colonia del Caney, luego a casa de Gertrudis, a la beca en Rancho Boyeros antes de los catorce, y ya a los diecinueve, vivía solo en La Habana. Ya no regresaría hasta los veintidós años al Palacio Encantado, por dos días únicamente y por última vez.

Cuando salió al exilio, la separación fue total. El capitalismo era una lepra, una enfermedad contagiosa, y había que evitar los contactos con esa gusanera nauseabunda. Excepto las madres, nadie en la isla podía hablar o escribirse con su familia exiliada.

A él, como a todo exilado, lo proclamaron y lo convirtieron legalmente en un apátrida. Creyó entonces que difícilmente volvería a ver a su madre, y a esto se resignó. Aquellos fueron los primeros años del exilio, turbulentos y terribles, en los que tantos cubanos, Elsa incluso, recuerdan haber vivido al borde del hambre. Él no, porque los alimentos profundos que necesitaba su espíritu, no se vendían en los mercados.

Inesperadamente, veinte años después de haber sido despojado de su ciudadanía, a Matías le permitieron ingresar a su país por una semana, y pudo ver a su madre. Aquel viaje, luego de tantos años de ausencia, se transformó en un reencuentro estremecedor, una catarsis explosiva de risas, abrazos, pero no de lágrimas, porque ni siquiera Sofía derramó una. Pero ya en su segundo viaje (*"permiso de entrada"* por una semana), brotaron los fantasmas de antiguas discordias. Sofía se enfureció una tarde al escuchar un sarcasmo de Matías, esa mezcla de sinceridad y de candidez suya de una brutalidad dañina. Ofendida, se enfureció con él.

—Tú no te pareces a tu padre —le gritó—. Ballester era un caballero que no abría la boca sino para hablar bien del prójimo. Tú, por el contrario, sólo la abres para herir, y disfrutas hundiendo tus manazas brutales en las penas de la gente.

Él sintió una ráfaga de mordacidad y por poco la suelta: *"Claro que no me parezco a él: ninguna mujer me dejó nunca por otro hombre, yo las abandoné a ellas"*. Pero en vista del estado de salud de su madre, se arrepintió, y cambió de idea como un relámpago al abrir la boca.

—Tienes razón: él era más gordo y mejor persona.

Sofía lo caló con su aguda sensibilidad, captando la ironía, y no insistió. Ella lucía que daba lástima, probablemente víctima de un diagnóstico errado de los médicos (padecía una metástasis, según ellos.) Le daba dolor ver su madre, esa mujer invencible y optimista, en el estado patético a que la había reducido la maldita quimioterapia.

* * *

Ella le enseñó cómo regatear con el verdulero y el bodeguero. Gran amante de las frutas, ella lo instruyó en el arte de elegir las más pulposas y dulces; en la carnicería, a distinguir las mejores carnes: el jarrete, el capón, el boliche, la redonda, las chuletas de aguja y de lomo, la rabadilla (que en La Habana llamaban palomilla) para los bistés. Jamás compró el filete, que era para los ricos, aunque lo conocía.

—Acuérdate, una libra de filete "mignón" —ella le guiñó un ojo.

—Sí, mamá.

—Peléale al carnicero —dijo en serio—. Que te dé por lo menos nueve bistés. No siete, ni ocho: ¡nueve! ¡Qué los corte finitos!

En el mercado Vidal, después de esperar su turno, el carnicero le hizo una seña, y Matías le señaló la rabadilla a la que le había echado el ojo.

—Quiero una libra de ésa —le dijo, con voz de hombrecito, y enseguida le advirtió—: Córtelos bien finitos, como le gustan a mi mamá. Ella quiere que salgan nueve bistés. ¿Oíste?

El cabrón movió burlón la cabeza: los conocía a los dos, a la madre y al hijo. No era fácil sacar nueve bistés de una libra, pero cuando no estaba apurado lo lograba. Agarró el cuchillo y lo afiló con estudiada solemnidad. Matías observó hechizado la maestría de aquel matarife afilando su cuchillo, primero en la piedra y luego en el aire. El desgraciado amaba su oficio: se sentía poderoso con el arma en sus fuertes manos. Alto, grueso y musculoso, con sus brazos velludos y el delantal ensangrentado, parecía un verdugo. Terminó de afilar y palpó cautelosamente el filo con la yema del dedo. Matías sabía que el carnicero lo espiaba de soslayo. De súbito, éste le lanzó un tajo. Pero él, fuera de su alcance, al otro lado del mostrador, no dio un paso atrás y le devolvió fríamente la mirada. El carnicero le sonrió con sus grandes dientes manchados de nicotina.

—Un día te voy a cortar el pito.

—Y yo te voy a matar de una pedrada.

El carnicero sonrió, aprobando el desplante. Aquel niño era el más pequeño de sus clientes, y entre ellos circulaba una corriente de simpatía. Una vez le había propuesto a Sofía usarlo de mandadero y de aprendiz, pero ella se negó. Hoy él vigilaba al hombrón picando la res, admirando sus manos hábiles y su estilo con el cuchillo cortando lonjas finísimas con la destreza de un cirujano, lonjas que fue colocando sobre la pesa hasta llegar a la libra. Al fin terminó y miró burlón a Matías.

—Ahí tienes los nueve bistés. ¿Qué más?

El pequeño de once años, que había vigilado la pesa pendiente de que no le hiciera trampa, asintió satisfecho.

—Por favor, dame de ñapa unos huesos para la sopa —le pidió, disimulando su vergüenza de mendigar unos huesos.

*   *   *

Matías recuerda cuando nació Juanito. Primero vio cómo a su madre le crecía la barriga. Le creció tanto que temió le explotara. El vientre de su madre parecía un timbal, ella se echaba hacia atrás, y cuando se sentaba abría los muslos para descansar la barriga.

—Aquí adentro viene un hermanito tuyo —le dijo.

De su vientre salió un bebé pequeño y feo. Sofía lo parió justo al rayar el mediodía en el Palacio Encantado, en su propia habitación con ayuda de una comadrona, en la radio los acordes que anunciaban Los Tres Villalobos (un programa de aventuras), y él escuchó los berridos de Juanito, y salió por la puerta de la calle corriendo, loma arriba y loma abajo, anunciando a gritos que tenía un hermanito varón. El milagro, el júbilo y la emoción de un hermanito salido del vientre de su madre.

Juanito pasó a ser el bebito de la casa, y mamá estaba orgullosa de ese hijo porque se parecía a Juan Maura. Había sido un golpe de suerte que, entre tantos embarazos, ella dejara pasar aquél.

—Varón, e igualito al padre —decía.

Ella se sacaba una de sus blancas tetas al aire y, con cierto pudor, se la tapaba parcialmente con un pañal. De sus pezones salía leche y Juanito mamaba como un ternero. A él le daba asco ver a Juanito mamando, y mirar el enorme y rosado pezón, y las gotas de leche que se derramaban. Ella, vanidosa de tener tanta leche, llamaba a las otras mujeres para que la vieran, y se ordeñaba la teta, como a la ubre de una vaca, y de su pezón salía disparado un chorrito de leche.

—Tengo tanta, que podría servir de nodriza —se jactaba.

Oyéndola hacer el cuento, supo que a sus hermanas y a él, ella les dio de mamar hasta los nueve meses, y le repugnó la idea de haber sido alguna vez un ternero mamando de las tetas de su madre. A Juanito sólo le dio de mamar un mes, y él se alegró de que se acabara el turbador espectáculo. Ella temía que sus firmes senos se dañaran, y que Juan dejara de amarla.

Por la diferencia de edad, él jugó poco con Juanito. Entonces andaba en otra onda, en el frenesí de una pubertad feroz y desgarrada. Un hermanito era un niño con quien uno podía jugar al escondido, enseñarle a tirar y batear una pelota, hacerle maldades y reír. A veces, para que lo respetara, tenía que pegarle un cocotazo. Pero Sofía venía a defender al niñito llorón, y regañaba a Matías.

Él odiaba a ese hermanito, o lo quería y lo protegía, según.

*   *   *

Sofía parecía feliz. Sin embargo, a veces él la sorprendía inmóvil y con la mirada ausente, como una estatua. Él se colocaba frente a ella, y le hacía señas delante de la cara con la mano, hasta que los ojos de Sofía veían su mano, y su alma regresaba desde lejanos mundos, volvía a la realidad y se fijaba en Matías. Entonces él le preguntaba.

"¿En que pensabas, mamá?"

"En los garañones de la estancia".

"¿Y qué es un garañón?"

"Un padrote, un semental, un unicornio blanco".

"¿Y en dónde está esa estancia?"

"En el país de las hadas", le sonreía ella, y, cambiando de la nostalgia hacia la travesura, le guiñó un ojo: "¿Qué más, qué más quiere saber el sabiondo preguntón? ¿A ver, qué es un lince?"

"Catorce mojones, y contigo quince".

Su madre no confesaría nunca sus penas. Pero él adivinaba que ella soñaba. Por cinco minutos, el espíritu de su madre se fugaba de la cocina de carbón y cenizas, en aquel nido de ratas. Por cinco minutos solamente, ella soñaba con ciudades maravillosas, se imaginaba en palacios verdaderos y no inventados por su fantasía. Quizás un palacio de mármol y una orquesta de etiqueta, y ella danzando etérea el vals de Johann Strauss *El Danubio azul*, que junto con *Cuentos en los bosques de Viena*, fueron sus preferidos. Ella le enseñó a bailar aquel vals.

"Uno.. dos.. tres.., y un brinquito. Así vas bien:.. uno.. dos.. tres, y otro brinquito... girando siempre, siempre..."

IV

EL PLACER Y LA PENA

En el Palacio Encantado abundó la locura, pero abundó aún más la gracia. Mamá, una mujercita enclaustrada que soñó con ser libre y errante, insufló la fantasía en sus mentes, las ansias de viajar por el mundo, y la semilla primigenia de la inquietud espiritual.

—Yo le reconozco que me enseñó muchas cosas —Gertrudis la defendía, desde la larga distancia—. Cualquier madre te enseña a cocinar y a lavarte los dientes, ¿pero cuántas te enseñan a ser independiente, a luchar, a amar el amor y a vivir con alegría? ¿Cuántas?

En cuanto a él, ella le inculcó su ideal de la hombría. No inventó esa imagen modélica del machismo, la copió de su hermano Rafa, quien a su vez la heredó de su sangre catalana y canaria, o acaso de aquella España ignorante y brutal que le helaba la sangre a Machado, o de esta otra patria antillana que latía en su corazón.

—¿Qué haces metido en la cocina? ¡No te quiero en la cocina! ¡Largo de aquí! ¡Arre, arre, a la calle! Las cocinas son para las mujeres.

O si no, sembraba fantasías en su cabeza.

—Si yo fuera hombre me iría a conquistar el mundo, iría a New

York y a París, y regresaría famosa y rica —decía con un dedo en el aire, señalando el camino y la aventura.

* * *

A los once años vio La Habana por primera vez, viajó desde el Central en Las Villas, acompañando a su cuñado y a Gertrudis en un Ford del 28 que llamaban "de tres patadas", porque para cambiar de velocidad había que patear tres veces el pedal del embrague.

Antes de cumplir los catorce se ganó una beca para estudiar en Rancho Boyeros, una escuela de Artes y Oficios para estudiantes pobres. Para poder participar en el examen de admisión de la beca en la ETI, era necesario presentar un certificado de ser "Pobre de Solemnidad". El certificado lo otorgaba el Municipio de Santiago a los interesados, siempre que fueran familias de muy bajos ingresos. Fue fácil y simpático, porque sonaba a título nobiliario. Sofía lo leyó y lo tiró a relajo.

—No podemos quejarnos. Tenemos título, Matías. ¿"Solemnidad" es una palabra distinguida, verdad?

Él no contestó, aunque creía que sí: que *solemnidad* le daba un toque de quijotesca dignidad a la injuriosa pobreza.

La Habana sería, desde sus tiempos de becado en la ETI de Rancho Boyeros, la ciudad de su amor. Unos años después, la policía de Batista lo torturó y lo encarceló. Luego, su primer exilio.

* * *

Viajó en avión a Miami, cuando esta ciudad era un pueblo de viejitos retirados en bungalows de madera, con una playa donde los judíos y los yanquis se refugiaban en el invierno. Después se montó en un ómnibus, atravesando todo el país desde el sur hacia el norte, hasta New York. Fue un largo viaje, rodando por amplias y espectaculares autopistas. Por la ventanilla veía los paisajes fugaces, el sol avanzando con su luz, y ya, al segundo día, sus rayos se debilitaron y no herían ni quemaban como en Cuba. La visión del paisaje otoñal lo embargó en el placer estético del otoño, en la meditación y la paz de un lento atardecer melancólico en la vastedad de Norteamérica, sus planicies cultivadas, sus inmensos bosques encendidos de colores.

A Manhattan llegó en un anochecer mágico de luces, puentes, ríos y rascacielos. Consiguió una habitación en el YMCA, cerca de la 34 St; una celda monacal, austera como la soledad, pero limpia y ordenada. Se lavó, se cepilló los dientes y salió a la ciudad. Hasta la madrugada, y durante el siguiente día, caminó solo, entre el torrente humano. Levantó la cabeza para ver los rascacielos y, con un plano en la mano, exploró el corazón palpitante de la famosa babel.

Al anochecer del segundo día decidió ir a ver a Tino, la única referencia conocida en New York. Pagó un taxi, vigilando las cifras en el cuenta millas, para que lo llevara a la 86 St., entre el Riverside Drive y West End. Subió siete escalones, y entró en un viejo edificio de aspecto sórdido, cuyos pisos de madera crujieron bajo su peso. Le costó trabajo orientarse, porque el apartamento de Tino estaba situado en el *basement*, y él no conocía el significado de esa palabra en castellano. Una versión menor que su amigo de La Habana le abrió la puerta del *basement*. Se llamaba Tino, y cuando se enteró por la carta que a Matías lo enviaba su hermano, lo hizo pasar.

—Pasa adelante —lo invitó después de apretarle la mano.

Él entró en aquel *sótano*, una especie de estudio donde se vivía en un solo ambiente, excepto por el baño. El juego de cuarto tenía una cortina para taparlo, aunque la cortina se la pasara abierta y la cama revuelta. Bety, la esposa de Tino, lo miró con unos ojos almendrados, desdeñosos y burlones, y movió su culo hacia la cocina. Tino leyó la carta. Luego abrió un par de latas de cerveza y le brindó una.

—Si tú eres un hermano para mi hermano, hermano mío eres —dijo con una cálida y afectuosa sonrisa—. Bienvenido a New York. ¿Tienes a dónde dormir? Si no, puedes quedarte aquí con nosotros.

Tino hablaba con la boca cerrada igual que un *gangster*, y se parecía a Alan Ladd. Le gustaban las cervezas y las portorriqueñas de cabelleras encrespadas (*"en la cama, son las mejores", decía*), cantaba y vivía el mito de los boleros. Tino era el *super* de aquel viejo edificio en la 86 St. (es decir, por limpiar, cobrar los alquileres y sacar la basura, le daban el apartamento del sótano gratis.) Tino insistió en alquilarle, por 7 dólares a la semana, la miserable buhardilla en el cuarto piso de aquel edificio sin ascensor. Insistió en acompañarlo al YMCA, en busca de la maleta.

—Vamos en el *subway*, para que aprendas.

Fue la primera vez que montó el vertiginoso *subway*, y Tino iba a su lado explicando, con un mapa desplegado, cómo podía viajar, por 15 centavos, hasta dos mil millas cambiando de un *subway* a otro, y él, aunque atento, no podía oírlo por el ruido infernal de los viejos vagones del tren. Tino le llevaba siete años, lo ayudó a conseguir su primer trabajo dos días después, y se comportó como su ángel protector en New York durante las primeras semanas. Le daba consejos prácticos para tratar con los neoyorquinos: cómo conseguir trabajo, dónde divertirse y evitar los sitios donde los agentes de inmigración hacían sus redadas.

—Si no abres la boca, no vas a tener problemas: por la pinta, tú pareces europeo o americano —le dijo, porque Matías era alto y tenía todavía los cabellos lacios y castaño claro—. Y acuérdate que éste es el país del *"please"* y del *"sorry"*. Cuando pidas algo, aunque sea el culo a una jeva, le dices *"please"*, y si te tropiezas, golpeas o matas a alguien, le dices *"sorry"*. Los americanos aprecian mucho la buena educación.

*   *   *

Como Tino y Bety (Marcelino y Bernarda en sus pasaportes) insistían en que cenara con ellos todas las noches, él se empeñó en pagar una cantidad fija. Tino se negó, pero Bety, más calculadora y codiciosa, sí la aceptó enseguida. Tenían una hijita de unos meses. Mary era una niña muy linda y tranquila que nunca lloraba. Poseía esa piel fresca y pura de las bebitas recién venidas al mundo. Cuando la bañaban en una ponchera arriba de la mesa, a Mary le gustaba chapotear en el agua, gorgojeaba feliz y los salpicaba a todos. Bety, Tino y él se divertían, bebiendo cervezas y oyendo boleros.

Bety era una habanera de solar, bonita, sabrosa y desprestigiada, que pronto lo tomó de confesor íntimo (*"se lo tengo advertido a Tino y no me cree: si sigue abusando y pegándome tarros, ¡yo le voy a pegar unos bien grandes!"*, le decía, mirándolo retadora a los ojos.) Entre Bety y él se produjo una creciente atracción erótica. Ella exhibía su eros altanero para provocarlo, porque altas eran sus tetas y encumbradas sus nalgas. A espaldas de Tino, le clavaba sus ojos burlones de hembra en guerra, y él desviaba su mirada para romper el hechizo.

A veces Tino se demoraba en llegar, y Bety y él permanecían solos en el *basement*, electrizados por el deseo. Él se aguantaba. Tino era como un hermano, y eso sería una canallada. Una tarde, estando solos, ella bañaba a la bebita y le pidió que la ayudara. *"Aguántame a Mary, por favor"*, le dijo. Él sostuvo por los sobacos a la bebita, que pataleaba y los salpicaba de agua y jabón perfumado, haciéndolos reír. Bety de pie, tan cerca que él podía sentir su aliento y su olor de mujer. La bebita desnuda con su culito y sexo al aire. Él la sostenía con las dos manos y, con el pretexto de enjabonar a la niña, Bety se las agarró y le clavó las uñas. Tenía los párpados bajos para ocultar sus ojos de zorra, y sonreía maliciosa. Esos agarrones enjabonados y esas uñas clavadas lujuriosas, le provocaron un tirón brutal en el pantalón, y él tuvo que sentarse para disimular.

Bety sonreía diabólica, consciente de haberle provocado una tremenda erección. Se miraron unos segundos. Sabía que ella lo retaba. Sabía que ella se dejaría besar y abrazar. Era el juego del gato y el ratón, y él conocía bien ese jueguito. Aquella tarde se aguantó malamente, pensando en Tino. Ella era extremadamente joven, veintidós años igual que él, pero había nacido con el horno encendido. Por esta y otras razones, él tuvo que mudarse y dejar de visitar el *basement* de Tino.

—Me tienes tirado a mierda, *brother* —le decía su amigo, resentido porque él se mudó lejos, en la 116 Street, y no había vuelto a visitarlo.

Tino fue un hermano fiel, y él no podía explicarle las razones por las cuales no podía visitar su *basement*.

* * *

En la calle 42, la vida no se detenía: cines, bares, restaurantes, casa de juegos, abrían las 24 horas. Y él vagaba en medio de aquella multitud abigarrada: drogadictos, homosexuales y lesbianas, ladrones, turistas. Lo atraía la famosa babel, la mezcla de tantas lenguas, rostros y razas, millares de inmigrantes con el fardo de sus sueños. Caminaba por el corazón de Manhattan con la mirada aguda del peregrino. Intuía que en aquella urbe desmesurada debía haber un sabio entre la multitud, como el taxista de *El filo de la navaja*. En silencio, miraba los millones de caras, buscando los ojos del maestro que lo iniciaría en los arcanos del Universo, y lo guiaría hacia la luz *(Tú estás destinado a la luz*, decía Sofía, y él, que se burlaba, soñaba ahora con ser *un iluminado*.)* No obstante, el maestro imaginario jamás apareció, y él sólo vio y conoció mujeres y hombres con sueños brillando en sus pupilas, seres extraviados, almas solitarias, buscavidas sin escrúpulos aprisionados en el dinamismo devorador de la gran ciudad.

En tantos meses de peregrinar sólo conoció dos auténticos eruditos: un rabino estrafalario que dominaba siete idiomas, y un filósofo cubano existencialista que juraba se suicidaría al cumplir los cuarenta años si, para esa fecha, aún no había encontrado la razón de su destino, o *su ser en el mundo*. Como ya tenía treinta y ocho años, él escuchaba con admiración reverencial al futuro suicida. Una noche de lluvia, en que acordaron cenar juntos, Matías pasó a buscar al filósofo suicida por su *furnished room*, pero se lo encontró con catarro, y estaba tan preocupado por su salud, que se negó a salir. Viéndolo acobardado por un simple catarro, tomando tantos jarabes y pastillas, Matías sonrió con ironía.

—No entiendo cómo, si te vas a suicidar, te preocupas por un pobre catarro. La muerte lo cura todo, mi viejo.

Atrapado en la contradicción, los ojos negrísimos del filósofo suicida giraron en sus órbitas, y sonrió con esa chispa de sagacidad.

—Es que yo pienso ser un muerto sano, Matías —dijo—. Suicidarse enfermo no tiene mérito alguno.

Matías conjeturó que su amigo el filósofo jamás se suicidaría, y perdió interés en aquel personaje. A veces, cuando descubría la impostura en quienes había colocado alto en su estima y amistad, sentía un vacío y una decepción que le hacían daño.

Una noche fue al Great's a ver a Tino, que trabajaba allí. El Great's Restaurant servía la comida tan rápido que no había mesas, y se comía de pie frente a unas repisas. El Great's estaba en la propia esquina de la 42 St., frente a la cuña del edificio del *The New York Times,* cerca de la bisectriz donde Broadway corta la Séptima Ave. Allí un tumultuoso río humano convergía, y el salón del Great's se llenaba con aquel torrente de hombres y mujeres. Le pidió a Tino una cerveza y un *hot dog,* y su amigo no quiso cobrarle. Él trataba de persuadir a Tino que no dejara a su esposa y su hija solas por las noches.

—Estás cambiando vida por dinero —lo regañaba.

A su amigo le había dado por la manía de ahorrar. Tino salía de su trabajo de mecánico en una fábrica de ropa en la 14 St., a las cinco de la tarde, y enganchaba aquel turno en el Great's hasta la una de la madrugada. Se estaba matando, trabajando más de dieciséis horas diarias en su obsesión por ahorrar un pequeño capital, para regresar con su hijita y con Bety a Cuba, comprarse una casita y cumplir su sueño de montar un negocio de máquinas de coser. Aquella noche el Great's estaba abarrotado y sucedían continuamente cosas interesantes: broncas, borrachos, carteristas, gente estrafalaria, algunas latinas inmigrantes en busca de amor o afecto, rameras drogadas de miradas torvas vendiendo sus cuerpos arruinados, ofreciendo una mamada rápida detrás de una escalera.

—No te vayas, *brother*, para que veas la pelea —le dijo Tino, detrás de la barra del Great's, con los ojos chispeantes por la excitación.

Un borracho grande, tambaleándose, exigía a gritos en inglés que le sirvieran otra jarra de cerveza, sin pagar el consumo anterior. Se la negaron y el gringo empezó a gritar y a amenazar; pero el *body guard* del Great's, un cubano que había sido boxeador, lo sacó a empellones a la acera, mientras Matías y la multitud se apartaban. Allí el borracho, que insistía en regresar al Great's, le tiró una trompada al *body guard,* éste la esquivó con un movimiento de cintura, y con la zurda le clavó un gancho en el estómago. El grandote ebrio se dobló y entonces el *body guard* le pegó un derechazo bárbaro en la cara y el grandote cayó de espalda desmayado..

—¡Viste, viste qué derechazo! —le gritó Tino entusiasmado.

La multitud, formando un círculo, había forcejeado por mirar la pelea y ahora contemplaba al grandote sangrando, tirado sobre la acera con la boca y la nariz rotas por la trompada. En la escena iluminada por los neones de colores aparecieron rápidamente los policías. Nadie se arrodilló a auxiliar al borracho que yacía en el piso, inconsciente como un muerto, sangrando por la boca y la nariz.

—Esta ciudad es así, *brother*. Nadie toca a nadie, aunque se esté muriendo, porque se puede meter en problemas. Aquí las leyes son muy jodidas. Nunca te metas. Hay que esperar por la ambulancia —le explicó Tino, y añadió con admiración—: ¿Viste qué clase de derechazo? ¡Ese Pablo es un bárbaro, no tiene que trabajar, le pagan sólo por hacer eso!

Tino le pidió de favor que le llevase un dinero a Bety, y estuvo a punto de negarse. Pero de repente recordó las provocaciones de Bety, y la idea de estar a solas otra vez con ella, lo excitó. Ellos se habían mudado de la 86 Street a la 54. Hacía por lo menos seis meses que no la veía, y él subió en un ascensor pringoso y lóbrego, y tocó en la puerta, intrigado por la reacción de Bety cuando lo viera.

Tocó y no abrieron. Esperó medio minuto, y volvió a tocar impaciente, y Bety le gritó: "¡Ya voy!". Pero tuvo que esperar como medio minuto más, hasta que al fin ella le abrió agitada. Bety lo miró con sus ojos brujos, y adornó su cara con un relumbrón malicioso.

—Pasa adelante, Matías, ¡cuánto tiempo!

En cuanto entró, Matías vio al hombre despatarrado en el sofá con la expresión torva de ser el dueño de la casa y de la hembra. Lo comprendió todo, y sintió una ráfaga de rabia y de asco, porque mientras su amigo Tino se mataba trabajando para levantar a su familia, aquella perra se revolcaba en su propia cama, templando con el *foreman* de la fábrica donde ella trabajaba de overlista.

—Siéntate, Matías —lo invitó ella con sus ojos burlones. Luego se apartó y sin ningún pudor señaló al hombre—: Te presento a mi *foreman*. Vino a traerme un trabajo.

Matías se negó a mirar al hombre sentado en el sofá. Con un gesto de frialdad sacó del bolsillo el sobre con el dinero, y se lo dio a Bety.

—Toma, ahí te manda Tino.

Ella agarró el sobre, mirándolo a los ojos con una mueca de zorra astuta en su cara bonita, y volvió a señalarle el sillón.

—Pero siéntate tú, muchacho. ¿Cuál es tu apuro? —le sonreía—. ¿No quieres tomarte una cerveza?

—No gracias, dásela mejor a él —dijo, ya en el umbral, haciendo un gesto hacia donde seguía sentado el tipo.

Ella sujetó la puerta con una mano, la otra en la cintura, y él, sin despedirse, le dio la espalda.

—Eres un mal educado, ¿sabes? —le gritó ella.

Como Bety le gritó, tuvo que volverse a mirarla. Tenía la mano en la cintura y la postura zafia de una habanera de solar; su cara expresaba sus pensamientos: *"¡Ves, yo no necesito a un zoquete como tú! ¡Yo tengo a todos los machos que me dé la gana!"*. La cabrona conocía a los hombres: sabía que Matías no le iría con el chisme a Tino.

Nunca le contó a Tino lo que vio aquella noche, y fue lo más prudente, porque unos meses después, ya su amigo se había separado de Bety. Nunca supo qué pasó entre los dos, ni Tino le contó nada, no obstante daba por seguro que Bety estaría viviendo con *su foreman*.

Cuando se sentaban juntos en un bar, o iban a bailar con un par de puertorriqueñas al Palladium, Tino sólo le hablaba de su hija, una niña nacida en New York que sirvió para que a los padres le dieran la anhelada residencia en USA: la *green card*. Con las cervezas en las manos, el recuerdo de Bety los rondaba, pero nunca la mencionaban.

Fue como si hubiese muerto para ellos.

* * *

En dos años y meses en New York, él vivió muchas aventuras, aunque en realidad sólo dos lo marcaron profundamente: la primera la guardaría como un secreto. La segunda la habría olvidado por esa tendencia del ego a borrar los errores, las derrotas y aun los crímenes que cometemos. Si la ha revivido, ha sido a causa de la novela de Sofía.

Matías se ganaba la vida de lavaplatos, de obrero de mala muerte en factorías. Iba a la inmensa biblioteca pública de New York, cuya entrada la custodiaban dos magníficos leones. En esa catedral de la sabiduría, él leía horas y horas con el fervor de un monje hurgando en la razón, velada para él, de su ser en el Universo. Fue un peregrino en busca de Dios, que a nadie confesaba su solitaria búsqueda. Sus amigos no podían adivinar, detrás de su afable sonrisa, una vanidad tan monstruosa. En su segundo invierno, los judíos de la factoría le ofrecieron trabajar de *watchman* en el Harlem, en un edificio en reconstrucción. Él aceptó.

—¿Estás loco? Esos negros te van a matar, o te vas a enfermar con el frío y la soledad —lo regañó Tino.

No le contestó. Tino no entendería que lo aceptó porque le convenían las largas jornadas nocturnas de quince horas. Le pagaban el doble por lo que más ansiaba: el tiempo y la soledad para meditar sobre la naturaleza vertiginosa de la materia y el espíritu. En aquellas largas noches de vigilia, emprendió la tarea de penetrar en los enigmas que lo atormentaban desde niño. En aquellas semanas en que leía y meditaba, alejado de amigos y amigas, no habló con nadie, con la esperanza de que su Creador le hablara. Una lucidez creciente se apoderó de él, mientras creía avanzar en sus visiones por el túnel de la Creación.

En la palidez amatista de aquellas madrugadas en el Harlem, cuando los obreros negros entraban a trabajar, él regresaba como un monje solitario en el tren subterráneo a su *furnished room*, donde dormía unas pocas horas. En la vigilia y aún en sueños, meditaba sobre el destino del hombre, su trágica condición, sus miserias, vanidad, codicia, egoísmo, lujuria, y en tantas pasiones en que vive sumido, olvidando la fugacidad y orfandad de su existencia, como un grano de arena que viaja perdido en la inmensidad del Espacio, ese vacío sobrenatural sin principio y sin fin. Esa idea, la infinitud, lo torturaba desde niño.

En aquel *ghetto* con todo el esplendor estético de lo desgarrado y lo criminal, noches y madrugadas silenciosas de aquel invierno en que caían copos de nieve sobre el barrio más siniestro de New York, en la soledad del mendigo, al final vivió un trance de clarividencia, uno de esos momentos pascalianos que estremecen el espíritu. Comunicado con lo Eterno, tuvo la sensación de ser una parte ínfima de la Divinidad. Vivió ese momento de felicidad incompartible. Vislumbró la cadena de la causa y los efectos, a semejanza de un Siddhartha bajo la higuera de los astros. Entendió por qué Jesús predicaba que quien peca en pensamiento se condena, porque *somos* lo que pensamos: mente y cuerpo permanecen inseparables, un proceso semejante al enigma del huevo y la gallina.

En esas horas de *"su noche mística"* en el Harlem, vislumbró la armonía de la Creación, traspasó la frontera entre la ignorancia y el conocimiento, el placer del saber inundó su mente y su cuerpo de paz.

Después, con la lucha diaria, el sublime gozo se opacó. Sin embargo, intentó perfeccionarse, pensar y actuar con rectitud y bondad. Había leído que los que han vivido un trance místico semejante, sufren la nostalgia de ese momento supremo. Quien lo ha experimentado, intentará repetirlo, y a veces lo logra, pero nunca con la intensidad original, y jamás se consuela de su pérdida. Él padeció esa pérdida. No lo confesaría jamás. En ocasiones, la recordaría como una alucinación.

Con los años se desgarró: la perfección era un acto ilusorio, contrario a su condición humana. ¿Cómo renunciar a la embriaguez maravillosa de la carne? ¿Cómo desasirse de pasiones y deseos, cuando vivir es hundirnos precisamente en ellos? No había escapatoria, a menos que renunciara a ser un hombre. Transcurrió el tiempo, y "su noche mística" se fue debilitando en su memoria. En ocasiones llegó a dudar que ocurriera. O que la Verdad existiera, o que tuviese sentido.

Años después, amargado, endurecido por la codicia y el egoísmo, se conformaría con la ironía de ser un novelista, a sabiendas de que se trataba acaso de otra quimera.

* * *

La segunda experiencia la vivió con Elizabeth Burton, una amante americana. Una muchacha vulgar de la cintura para arriba, pero espléndida de la cintura para abajo, con una cadera preciosa de trapecio isósceles. La conoció en el *furnished room,* dentro de la cocina que ambos compartían, en la 116 Ave, entre Broadway y el Riverside Drive, adonde se mudó luego de alejarse de Tino y de Bety. Los libros y el sexo los unieron. Sobre todo lo demás, hasta cómo se oía la música, o se aderezaba la comida, peleaban siempre (ella era frugal, le gustaba el sabor natural de los alimentos, y se burlaba de los excesos de condimentos y sal que él solía ponerle a los suyos, incluso cuando ella se los cocinaba.)

Una muchacha inteligente, arisca, independiente y honesta, como aparentan ser algunas norteamericanas, en especial las anglosajonas rubias y medio racistas como Elizabeth, según ella, una descendiente directa de los peregrinos del Mayflower.

—¡Trescientos años! ¿Qué te parece? —lo retó ella.

Él la miró burlón.

—¿Trescientos años, nada más? Yo soy descendiente de los Condes de Barcelona. ¡Seiscientos años! ¿Qué te parece?

Ella tendría tres o cuatro años más que él, y la supuso una muchacha experimentada. Pensó que sería fácil y ardiente. Cuando ella se bajó el pantalón de jean y las bragas de nylon mostrando sus sabroso muslos blancos y la pelusa rojiza de su pubis, el contraste violento entre la ruda tela del jean y los labios abiertos de su sexo, lo excitó tanto que, apuntando como un semental enardecido, trató de penetrarla de un viaje, pero chocó contra una vulva tensa y seca.

Pero él no se detuvo: empujó excitado como una bestia. Ella se agarró a los barrotes de la cama con una mueca de dolor, aguantando con valentía. Primero le empujó la mitad, y, después, rasgando, se la empujó toda. Ya con el miembro apretado dentro de la vulva seca, se tomó un descanso, en busca de un segundo aire, disfrutando el placer voluptuoso de tener a esa americanita bien enchufada. Así esperó a recuperarse, y a que ella se repusiera. Incluso sintió lástima por la americanita (se comportó como un novato, no percibió el miedo de Li, ese terror de la mujer a ser penetrada cuando aún no están preparadas) y, como si el dolor que le ocasionó no fuese culpa suya, trató de disculparse.

—No es tan grande —le dijo, refiriéndose a su pene.

—Lo sé —contestó ella con una mueca de disgusto consigo misma, resollando un poco, como si le faltara el aliento. Ella, aún con la expresión de dolor, buscó acomodo bajo su cuerpo, y respiró hondo.

—No te muevas todavía, *please*.

No estaba apurado, con su miembro apresado dentro, sentía el corazón de ella y el suyo latir juntos, y no se movió. Cuando unos minutos más tarde terminaron, recordó aquel "lo sé", cuando ella aceptó su disculpa de que no era tan grande como para que le doliera tanto, y sintió su vanidad masculina herida. La cabroncita las había visto más grandes que la suya, debía haberse acostado con montones de yanquis.

—Puta —le dijo en español.

Ella le sonrió, sin entender, y luego se acurrucó a su costado, como una niña en busca de protección. Pero aquella noche él necesitaba desfogar su hambre de posesión y poder, y se lanzó de nuevo contra el cuerpo de esa americana desnuda, miope y gemebunda.

*   *   *

Elizabeth fluctuaba entre la pasión y la depresión; sus ojos azules a ratos tiernos y cálidos, otras fríos y sarcásticos. De pronto sus labios se contraían por el deseo, hambrienta de besos y de sexo. Un viernes Matías se acostó sin pasarle el pestillo a la puerta, cosa que a menudo hacía, sin ningún peligro. En la mañana del sábado, ella, que se levantaba temprano para ir a trabajar, abrió la puerta y se coló en silencio a su habitación. Todavía él dormía profundamente cuando la sintió levantando la frazada y entrando en su cama completamente desnuda.

—¡Surprise! —le susurró al oído, feliz por su audacia.

Seguía medio dormido, cuando ella se le montó encima y se acopló a su sexo doblemente erecto, por las ganas de orinar y la reacción erótica al contacto electrizante de la piel desnuda de Elizabeth. Fue un despertar sabroso, ella olía a jabón, tenía los cabellos perfumados y húmedos todavía de la ducha, y su boca sabía a un dentífrico mentolado. Ella fue quien se lo fornicó furiosamente. Cuando quince minutos más tarde ella se levantó de la cama y se puso la bata blanca de felpa, que al entrar había dejado tirada sobre la alfombra, lo miró sonriendo por su travesura. Nunca la había visto tan feliz. Ella se inclinó y lo premió con un beso.

—¿Te gustó?

—No. Los sábados prefiero dormir la mañana. Por favor, no me vuelvas a despertar tan temprano —dijo, para fastidiarla, bostezando con fingido sueño, y tapándose con la frazada.

—Mentiroso —se rió ella, aunque no muy segura.

Ella no volvió a colarse en su habitación para despertarlo. Li era un alma solitaria y susceptible, y él la había herido. Pero no le importó, ni se preocupó. Ella era sólo un juguete desechable.

*   *   *

Ella se jactaba de ser descendiente directa de *The Old Comers* que vinieron en el *Mayflower,* y él nunca lo puso en duda. Había en su rostro y su carácter algo de los retratos antiguos de los primeros colonos, la misma férrea determinación, la misma severidad moral con que al final se juzgaría a sí misma. Vivían en uno de esos hoteles para residentes fijos con derecho a la cocina. Los *furnished room* en aquella época y zona de New York eran un ejemplo de convivencia civilizada y respeto al prójimo. Él había elegido aquel sitio habitado por norteamericanos, o por inmigrantes decididos a adaptarse a los hábitos y al idioma de aquel país, con la intención de alejarse de los latinos y los cubanos. Meditaba y se paseaba por el Riverside frente al Hudson River, por esa época uno de los parques más hermosos y acogedores de New York.

En aquellos tiempos, Truman Capote aún era un mariquita lírico. Eso fue antes que se acostara con Errol Flyn, conociera a Marilyn Monroe, y decidiera "aligerar" su arte, y escribiera aquellos relatos descarnados y densos, precursores del minimalismo.

Aquella, su primera primavera, él contemplaba las aguas del Hudson, el paisaje de New Jersey al otro lado del río, las tardes radiantes y los pájaros volando veloces y cantando, todavía fresca la sensación de haber penetrado en lo arcano y lo secreto. Se paseaba mirando a las estudiantes de la Columbia University: unas nereidas rubias, rosadas y saludables, con sus libros y sus cuerpos atléticos, tiradas como campesinas sobre el césped, de bruces o espaldas. Muchachas bellas y provocativas de su edad. Pero él no se atrevía, y pasaba tímido. ¿Cómo podían fijarse en él, con su inglés incoherente y su abrigo de vagabundo?

Pero él tenía *su* americanita. En el *furnished room* de Altora, pared con pared, él resolvía sus necesidades sexuales con Elizabeth Burton. Sexo gratis y sabroso todas las noches. Nada que ver con el amor, pero él cree que ella cometió la majadería de enamorarse. Él se divertía y la disfrutaba. Estaban a fines de la década del cincuenta, los *beatnicks* estaban entonces de moda, y ella leía los libros de Jack Kerouac y los otros acólitos de la generación *beat,* con su culto a las drogas y a un budismo frívolo. Una noche él le arrebató a Li *On The Road* de la mano, y miró el libro con sarcástica ironía.

—Esto es una pobre novela —le dijo—. La parodia esnob del budismo zen de una generación estrafalaria en un país rico, unos tipos sin humor ni grandeza. Prefiero mil veces a *Huckleberry Finn,* y a *Moby Dick.*

Ella, indignada con su mala educación y su pedantería, le quitó a su vez el libro de las manos.

—¡No seas bruto! Keroauc es un auténtico americano.

Argumentó que, al igual que Thoreau, Keroauc rechazaba la América hipócrita, hedonista y materialista, la cultura del consumo de las grandes corporaciones. Los *beatnicks*, añadió, intentaban revivir la gran tradición americana de amor a la libertad, a los valores espirituales, a la vida sencilla y el contacto sagrado con la naturaleza.

—No me hagas reír, Li. Esos *vagos* le huyen al trabajo. Su rebeldía es droga y sexo; su tragedia, que nadie los toma en serio, y no los persiguen. Dentro de veinte años, nadie los leerá, excepto los académicos.

Discutían constantemente. Ella era fanática del jazz y la música hindú que ponía a cualquier hora en su tocadiscos. Una música misteriosa que parecía surgir de la profundidad salvaje de los tiempos. Al escucharla él imaginaba cuerpos oscuros y ágiles girando; otras, la danza de un tigre al acecho, luego el ataque vertiginoso y mortal; después las ondulaciones aceleradas del placer y la posesión erótica.

—¿Por qué no vamos a la India, Matt? Con un morral; la recorremos en bicicleta; navegamos por el Ganges —ella saltó desnuda y se le montó a caballo—. ¡Yes, yes! ¡Vamos, Matt!

¡Ah, la India, quién pudiera! Pero él no tenía ni documentos, ni dinero. Ella insistió, tenía unos ahorros. Él la ridiculizó: "La clásica gringa en busca de lo exótico, que venera una vaca sagrada."

Ella se resintió. Le llegó la regla y sufrió un ataque depresivo. Aquella semana le subió aún más el volumen a la música hindú, y la pared hueca divisoria de sus habitaciones vibraba como un tambor. Vivían en las dos habitaciones contiguas, las únicas con vista a la calle y al Hudson, las más bonitas y mejor iluminadas, y él no podía leer, ni meditar o escribir con el maldito estruendo. Como no podía fornicársela durante esos días, la trataba con indiferencia o con irónico desdén.

Ella le respondía de igual modo, mirándolo a través de sus gafas con un fulgor de resentimiento. Esa noche ella había puesto el tocadiscos más alto que nunca. Y él golpeó tres, cuatro veces en la pared para que bajara el volumen, y le gritó en castellano:

—¡Americana loca, apaga esa mierda!

Cansado de dar golpes en la pared y del estruendo enloquecedor, salió al pasillo alfombrado, y le tocó violentamente en la puerta. Cuando al fin Elizabeth abrió la puerta de su habitación, la música golpeó a Matías en la cara con su estruendo expansivo. De la furia, amenazó con botarle el tocadiscos por la ventana.

—¡No sé cómo soportas esa mierda¡ ¡Tú no sabes oír la música, lo que te gusta es atolondrarte con el ruido! ¡Te vas a quedar sorda, o loca, carajo! —le gritó en su cara *"el carajo"* en español.

Elizabeth tenía una mano apoyada en la puerta abierta, y lo miraba atontada. De súbito reaccionó con una mueca de rabia, levantó el puño cerrado y amagó con golpearlo.

—¡Cubano estúpido! ¡Yo no quiero *oír la música*, lo que quiero es *sentirla aquí, dentro de mí!* —gritó, y se golpeó su pecho escuálido.

Estaban plantados uno frente al otro en el umbral de la puerta como un par de contendientes. Ella lo retaba desde el fondo de sus pálidos ojos desesperados al borde del llanto, y la rabia de él se disipó. Había estado a punto de maltratarla, de romperle el tocadiscos; y se contuvo al percibir la inmensa soledad de esa americanita empeñada en embriagarse con su ruidosa música, y sintió una ráfaga de lástima.

—Okey, Li, ¿pero no podías bajarlo un poquito, *please*? —le pidió, con un súbito cambio en la voz, amablemente.

Ella, aún con una mueca de rabia y el puño cerrado, aceptó.

—Está bien, lo voy a bajar. Pero nunca, *nunca más*, te atrevas a gritarme. ¿Okey?

Esa noche descubrió el desgarramiento de Li, y sintió lástima por ella, sin familia en New York, viviendo sola en una habitación con su tocadiscos a todo volumen, no para oír música, sino para *"sentirla".*

Fue sólo una ráfaga momentánea de compasión que él, concentrado en la monstruosidad del infinito y los absolutos, pronto olvidó.

*　*　*

Una noche de invierno llegó de visita una amiga de Elizabeth, una perfecta belleza americana, rubia, elegante, tan alta como Matías. Elizabeth le presentó a su amiga, anunciándola con orgullo como una poetisa que trabajaba en una de las grandes editoriales de New York (él no recuerda si en Knopf o Charles Scribner's Sons.) El vestido elegante de la poetisa contrastaba con los jeans y el sweater gastado de Elizabeth. Cuando se quitó el abrigo, surgió un cuerpo esbelto cuyas curvas elásticas y sensuales él devoró con ojos codiciosos. ¡Ésa sí era una hembra como para morirse, no la perra fea y desgarbada que tenía por vecina!

Elizabeth debió conocerla en sus clases de equitación. Era comprensible que Li, menos bonita y elegante, se hubiese jactado de *su latin lover.* Y ahora lo presentó a él como un trofeo a su amiga, la escultural poetisa.

—*The Mad Cuban, a writer* —lo señaló a él, torciendo sus finos labios con una mezcla de ironía y jactancia.

La belleza americana estuvo mirando a Matías con curiosidad y haciéndole preguntas y, a decir verdad, durante un buen rato él tuvo la esperanza de meterla también en su cama. Así que se puso a flirtear con ella descaradamente, sin importarle la presencia de Li, que no pareció celarse. Li lo miraba de reojo y torcía sus labios con sarcástica indulgencia, como si accediera al jueguito.

Cenaron sentados en el piso como hindúes, sobre una alfombra, y tomaron vino. Una cena exótica con candelabros y velas, charlando con Charlie Parker suave en el tocadiscos como fondo musical. Matías se excitó y, con una sed incontrolable, se bebió casi todo el contenido de la botella de vino, y en vez de seducir a la belleza con sus bromas, ésta lo miraba con sus ojos azules asustados, y se asustó aún más cuando él, como por descuido, le colocó la mano resbalosa en el muslo. Elizabeth, que lo captaba con aparente indulgencia, aprovechando que la poetisa se levantó para ir al baño, hizo un mohín de reproche hacia él, y le advirtió.

—Matt, *please*, compórtate.

Al final de la cena, la bella y esbelta poetisa sacó nerviosa unos poemas y los leyó con una voz alta y solemne. Entonces él se comportó peor. Le pidió, *please*, los poemas a la belleza, levantó las cuartillas con una mano y empezó a recitarlos en su horrendo inglés, cambiando algunos versos por otros, burlón y pedante.

—¿No te suenan mejor así? —le preguntó, seductor.

La amiga de Li se puso lívida y, en cuanto pudo, recuperó las cuartillas y las guardó nerviosa en su cartera. Veinte minutos después, aseguró tartamudeando que ya era tarde, que mañana tenía mucho trabajo. Se puso el espléndido abrigo sobre su esbelta silueta, y se marchó dignamente. Elizabeth la acompañó al ascensor.

Cuando regresó miró a Matías con reprobación, y moviendo la cabeza lo recriminó.

—¿Qué clase de educación te dieron? Te tomaste todo el vino, trataste de seducir a mi invitada y te burlaste de sus versos. ¿Es que no tienes educación, no te enseñaron a respetar los sentimientos ajenos? ¿No te da vergüenza, cubano estúpido? ¿Haber humillado así a mi amiga?

—No tengo culpa que sus poemas fueran tan malos.

—No eran *tan* malos. *Tú* los hiciste lucir peores.

En el fondo Elizabeth no estaba disgustada. Ella era una muchacha sencilla y probablemente la idea de la cena con una poetisa en su antípoda, le repugnaba. Su amiga era demasiado bonita, se maquillaba como una artista y se vestía elegantemente, y por su parte Elizabeth, aunque culta, inteligente y con un buen cuerpo, no se pintaba y vestía mal. Seguro que envidiaba o despreciaba la suerte inmerecida de la bella poetisa, y debió disfrutar cuando Matías ridiculizó sus poemas.

Tan cierto era que esa semana escribió un relato sobre aquella noche, y se lo publicaron dos meses después en una revista literaria de su pueblo. En el relato Matías aparecía como un italiano culto (tal vez "un cubano" no le parecería meritorio) que zahería a una poetisa presumida y estirada, y ella misma se describió como una joven sofisticada que amaba los caballos, el budismo Zen y los poemas de Emily Dickinson.

En su cuento, ellos hacían el amor al compás de los jazz de Charlie Parker, y fumaban marihuana. Si lo primero era verdad, lo último era totalmente falso.

*   *   *

Movido por su adoración de la belleza femenina, a él le gustaron siempre las mujeres de cara bonita. Y Li era irremediablemente fea. A él le gustaba nada más de la cintura para abajo, por la cadera acogedora, los muslos poderosos y las piernas torneadas perfectas. Aparte de sus cabellos ondulados color entre rojizo y pajizo, lo demás era insalvable: sus finos labios torcidos, su nariz de gancho, sus ojos de pálido azul descolorido, su pecho huesudo, y sus teticas fláccidas. Como la estudiaba con ese ojo de todo futuro novelista en el fondo de su cerebro, ella percibió algún rechazo crítico en su mirada.

—¿A ti no te gustan *my breast*, verdad?

—Claro que me gustan.

—Mentira, no te gustan. Son feas y pequeñas.

—A mí me gustan así.

Ella movió la cabeza inconforme.

—Me habría gustado tenerlas más grandes.

—Tus *nipples* son muy bonitos —él agarró entre las yemas de sus dedos uno de sus pezones, pero ella apartó su mano.

—A mí gustaría tenerlos más grandes.

Él decidió consolarla, confesando su propio anhelo.

—A mí también me habría gustado tenerla más grande —dijo, y se miró hacia abajo.

Ella se volteó, con su sonrisa torcida, hacia él.

—¿Qué quieres, *Mad Cuban*, un instrumento de tortura?

—Tú no conforme, yo no conforme, nadie conforme.

—A mí gustas tal cual eres.

Como él lució desdeñoso, ella fue más prolija.

—Hay hombres brutos que nunca aprenden a hacerlo. Cuando la tienen muy grande, me golpean y me hacen daño. Tú sí conoces a las mujeres, eres dulce y sabes hacer el amor.

En vez de sentirse halagado, él sufrió, como la primera noche, una ráfaga de celos. ¿Cuántos amantes habría tenido Elizabeth? A juicio suyo, una docena por lo menos. Un mes después de esta conversación, a Elizabeth se le inflamaron y se le llenaron los senos, no mucho, y fue tan inexperta (o tal vez se alegró tanto), que se cegó lo suficiente como para atribuirlo a sus relaciones sexuales. No sabía que el melodrama se cernía sobre su cabeza pajizo/rojiza.

* * *

Elizabeth se lo pidió en la cama, que era, como todas las de Altora, demasiado estrecha para dos, a menos que estuvieran haciendo el amor. Le pidió que comprara unos condones.

—*Please*, que me pongo nerviosa —le rogó ella.

Se conmovió ante la mirada angustiada de esa americanita cuya desnudez, a la vez seductora y patética, movía a la violación y luego a la compasión. Él pensó en comprar los condones. Pero nunca lo hizo. Una vez, entró al *drug store* de la 110 street, ya frente al *counter*, a punto estaba de pedírselos al empleado cuando, en eso, se aproximó una matrona rubia de aspecto venerable, y a él le dio vergüenza.

—*May I help you?* —le preguntó el empleado.

—No, gracias —dijo y se alejó irritado, y decidió mentalmente que no los compraría: "¡A la mierda los condones!"

Aparte de que no le gustaba usarlos, los condones (que por esa época también se llamaban "preservativos") los ocultaban dentro de un cajón en la parte trasera de la farmacia. Para comprarlos había que pedírselos a un dependiente, o, peor aún, a una dependienta con cara de sabihonda cuyos ojos lo observaban como si él fuera un depravado sexual. Y en aquel primer año en New York, él aún sufría con su inglés, y temía hacer el ridículo. Además, no poseía un estatus legal y por su defectuosa pronunciación los agentes del N.I.S. lo podrían descubrir.

Por orgullo nunca le confesó a Elizabeth que lo venció la timidez. Lo intentó tres veces, y siempre había alguna empleada, o mujeres presentes en el *drug store* de Broadway y la 110 St., mirándolo de reojo, con hostilidad o temor. Ella no mencionó más lo de los condones y él pensó que los había olvidado. Aquella misma semana, una noche, después de cerrar la puerta de su habitación con llave (una señal inequívoca de que harían el amor), Elizabeth agarró su cartera, metió la mano y sacó, divertida y sonriente, una bolsita de papel.

—Te tengo un regalo —le dijo, se acercó a él y le entregó la bolsita, con aquella sonrisa sarcástica que torcía sus labios y que esa noche, además, resplandecía por la travesura.

La abrió, y se sorprendió al ver dos cajas de condones. Cuando levantó la cabeza para mirarla, Elizabeth sonreía divertida de su perplejidad, y le contagió la sonrisa. En la cama, después que se desnudaron, ella misma se lo puso con sus deditos y eso lo excitó, tanto por el roce de sus dedos como mirarla desenrollando el condón en su erección, igual que si fuera un guante de goma.

Ella miró su obra, levantó los ojos hacia él y los dos sonrieron. Un pene enfundado es cómico, es como hacer el amor con un gorrito sanitario puesto, un cirujano en su quirófano. Pero de haber sabido esa noche que el gorrito para el cirujano había llegado demasiado tarde, seguro que ni Elizabeth ni él habrían gozado tanto.

*　*　*

Cuando, seis o siete semanas después, Elizabeth le informó con cara trágica que estaba preñada, él no quiso saber nada del asunto. En la niñez había aprendido que los abortos eran un asunto de mujeres. Elizabeth le preguntó qué iban a hacer, y él se encogió de hombros.

—Haz lo que quieras. Es asunto tuyo —le dijo.

No asumiría ninguna responsabilidad, excepto, si ella se lo pedía, la de reconocer su paternidad. Elizabeth lo miró a través de sus gafas, aturdida por esa respuesta brutal. Aunque no derramó una sola lágrima, sí intentó ser persuasiva y juiciosa.

—Podíamos probar, Matt. Alquilar un apartamento y tener el bebé —le suplicó ella—. Podíamos vivir un tiempo juntos. Si no funciona, no hay problema, Matt, yo me quedo con mi bebé.

Pero él guardó un elocuente silencio. Creyó que una explicación de consuelo sería aún más humillante para ella.

Durante una semana vio a Elizabeth caminar con los labios apretados y rencorosos. Se la encontraba en el pasillo, en la cocina que compartían con otros cuatro inquilinos en aquel duodécimo piso y, a veces, al salir del baño. Una tarde se topó con Li en el ascensor y la saludó: "hola". Ella contestó igual, mortalmente seria, sin mirarlo. Cuando se abrió el ascensor en el piso doce, le cedió el paso y ella levantó la cabeza y entró altanera en el apartamento, y se encerró en su habitación. Unos minutos después, puso el puñetero disco hindú a todo volumen.

La cabroncita ni pedía ni daba cuartel.

Al fin, una noche, ella lo llamó a la habitación. Siéntate, le dijo. Le anunció con sus finos labios apretados que estaba decidida a hacerse un aborto. No obstante, consideraba "su deber" dejárselo saber. Él contempló unos segundos a la maldita puritana con su sentido de la rectitud, y lo único que se le ocurrió fue encogerse de hombros.

—Si necesitas dinero...

—No, gracias —lo cortó Li con sequedad.

—Lo siento —se atrevió a decir él.

Ella no le contestó. Fue a la puerta, la abrió, y esperó, con un gesto de arrogancia, a que él saliera. Con aquel gesto, ella lo había invitado a salir de su habitación y de su vida.

Aquella misma semana, en el inicio de la temporada de primavera, Matías recogió parte de sus libros en una caja para dejarlos en casa de un matrimonio cubano, metió los otros en un bulto y se los llevó con él cuando fue a trabajar a Connecticut de ayudante de cocina, en una taberna llamada precisamente "The Inn", es decir, la taberna.

Para acallar su conciencia, le dejó una breve nota con dos billetes de veinte en un sobre cerrado. Le pedía que lo perdonara, pero se sentía obligado a compartir los gastos con ella. En la nota escribió Elizabeth y no Li, aquel diminutivo que él había inventado, y cuyo sonido le resultaba más íntimo y dulce, y que, al parecer, a ella le gustaba. Lo pronunciaba Li, aunque en inglés se habría escrito probablemente *Lee*. Elizabeth era un homónimo de esa dinastía de reinas y actrices, ninguna virgen, a pesar de cómo las llame la Historia, aunque unas fueron más putas que otras. Li, por el contrario, era una muchacha honesta, y él está seguro que habría sido una buena esposa.

*   *   *

New York era, si no la primera, la segunda capital de los soñadores y los artistas. Elizabeth era una americana orgullosa de haber nacido en New England, la tierra natal de Emerson, Melville, Thoreau, Poe y Frost. *"De todas las regiones americanas, la más visitada por las musas"*, diría Borges. A veces ella leía de Emily Dickinson, otra coterránea suya, unos poemas breves y luminosos que a él lo impresionaron mucho, y de los que se burlaba sólo para fastidiarla.

—La monja lírica de Amherst, vestida siempre de blanco, que le escribió una carta al mundo, esperando a ser violada, y nadie le contestó.

Ella quería ser una escritora famosa. En una metrópoli como aquella, a donde iban tantos ilusos con sus cabezas llenas de sueños, hechizados por la fama y el brillo de la ciudad, ella era la penúltima ilusa (acaso el último era él mismo.) Pero la ciudad, ajena al fervor de quienes la amaban, se encargó de aplastar sus sueños.

La inmensa mayoría, como Elizabeth Burton y Matías, regresaban defraudados a sus regiones o sus países. Pero no importa cuán dura fuera la vida en New York, ni la soledad, ni los trabajos, ni las traiciones y decepciones, los que vivieron el esplendor de esa ciudad en los cincuenta la guardaron en su memoria.

Nadie podía adivinar el insólito oficio de Li. Con sus pantalones y botas de montar, lucía muy bizarra y sexy. Se vestía con unos *jeans* desteñidos años antes de que estos se pusieran de moda. Ganaba más dinero que él, que se dedicaba con la mayor arrogancia a los oficios más humildes en Manhattan. Mujer al fin, quiso guiar su vida, darle consejos.

—Eres inteligente. Sabes suficiente inglés. ¿Por qué no buscas empleo en una oficina de aduanas?

—Yo alquilo mis manos, no mi cerebro —le respondió él.

Picado por la curiosidad, Matías fue una vez por el lado este del Central Park, donde está el Metropolitan Museum, cerca de la zona donde había visto caballos. Cuando caminaba por la acera cercana a los establos, se sorprendió al ver a Elizabeth sobre un hermoso alazán, ella delgada y pequeñina sobre el lomo del inmenso, aunque obediente animal. Una amazona altiva, casi una diosa galopando entre los árboles, con los cabellos avellana rojizos batidos por el viento magnífico y estimulante del otoño. Cree que fue la única ocasión en que se sintió orgulloso de que Li fuera su amante.

Padecía una pasión por la literatura, escribía a mano y soñaba con ser una poetisa y escritora famosa. Cuando se separaron para siempre, durante años él miraría en las librerías de inglés, y buscaba entre los autores el nombre y el apellido de Li, pero nunca encontró nada publicado por ella. Aparte del relato donde lo transformó en un italiano, ella le leyó, un domingo, un poema de amor donde mezclaba los versos de Emily Dickinson con los suyos (los de Dickinson sonaban como tallados en el diamante, los suyos en la carne). De los cuatro cuartetos, él sólo pudo retener uno, acaso el que más halagó su vanidad.

With the pen of your body in mine,
you wrote a memorable night;
the heart asks pleasure first,
and then, excuse from pain...
(Con la pluma de tu cuerpo en el mío/, una noche digna de evocar escribiste; / el corazón pide primero el placer / y después, la dispensa de la pena —en versión libre de Matías.)

*   *   *

Cuando Matías regresó de Connecticut, mes y medio después, Li ya se había marchado de Altora Realty. Esta vez tuvo que esperar una semana por la 54 St., en un hotelito siniestro, sin cocina ni nevera, hasta que en Altora le dieron una habitación en el séptimo piso, sin vista a la calle; en compensación tenía el baño al lado, además de ser más cómoda y amplia. En este piso, primero tuvo de vecina a una alemana, de paso por New York, a la espera de que su marido, un diplomático americano quince años mayor, la llamara desde Praga, adonde lo habían enviado.

Ella era rubia y bonita, tenía treinta años, y le confesó que no estaba enamorada de su marido. Cuando se desnudó, saltó a la vista la horrenda cicatriz en el muslo cerca del pubis, recuerdo de un fragmento de granada. Fumaba y templaba con ferocidad, y le contó que había perdido a toda su familia en la guerra. Al mes se marchó, luego de retrasar su viaje por una semana más. Ella no deseaba volver a Europa, le gustaba New York, y se despidió de él con un beso lagrimoso.

Luego la española madura de la puerta de enfrente (la habitación con el baño intercalado) que había sido testigo con ojos astutos y envidiosos de su trasiego con la alemana, lo invitó con el pretexto de una copa de Felipe II. Un año antes, se había venido a New York por despecho, al enterarse que su marido tenía una amante joven a la que no estaba dispuesto a renunciar. La española confesó sólo cuarenta años, pero tenía buen cuerpo; además no había testigos. Con las puertas frente a frente, separadas por un metro, se pasaban de una habitación a la otra sin que nadie los viera.

Cada vez que se encueraban, ella se las echaba de gitana fogosa, pero al final se ponía triste y terminaba lloriqueando por su marido y su casona en Sevilla. Podía ser por las copas de brandy, o los orgasmos, pero resultaba patético verla desnuda con sus grandes tetas caídas y el rimmel chorreado en su rostro marchito, postrada por el despecho.

—Yo no entiendo porque le dejaste si lo querías.

—Uno tiene su orgullo.

—Oye. ¿Por qué no lo perdonas, y regresas con él?

—No puedo. Él ahora vive con *la otra*.

Una noche entró como una loca con una carta. Su hijo de veinte años venía a estudiar inglés a New York. Una madre atacada de los nervios. Ella se disculpó, incoherente. La aterraba que su hijo la descubriera con un amante tan joven: *"tengo que encontrar un aparta-mento corriendo"*. Matías no la vio más. La noche siguiente encontró un cartucho frente a su puerta; adentro había una botella de Felipe II de regalo, y un sobre con una tarjeta de amor en inglés, firmada por, *"Tu gitana"*.

Altora Realty, aquel hotel en la 116 St, siempre le trajo buena suerte. Allí nunca faltó una mujer necesitada de compañía. Trabajar ocho horas diarias en la inmensa ciudad y volver de noche a una habitación solitaria, era duro para una mujer. La soledad les producía un vacío devastador. Y de pronto descubrían, en la cocina de su apartamento, a un joven discreto, atractivo, dispuesto a oírlas y consolarlas.

Fue además una suerte volver a Altora, porque Li no tuvo problemas para localizarlo a fines de julio. Ella lo llamó por teléfono una mañana a la diez, cuando prácticamente daba por descontado que no la volvería a ver. Sin embargo, era la voz de Li que vibraba de la emoción en el auricular por la sorpresa que le daba. ¿Cómo él podía suponer que Elizabeth lo llamara, inesperadamente, un domingo tan temprano?

—¿Me has echado de menos? —preguntó ella.

—Mucho, Li —le contestó, aunque la había olvidado—. Y tengo muchas ganas de verte —añadió, y eso, repentinamente, sí era verdad.

—¿Puedo ir a visitarte?

—Encantado, Li. Ven rápido, por favor.

—Espérame. En una hora estoy ahí.

Matías recogió su habitación apresuradamente, se afeitó y se echó agua de colonia y se peinó, excitado, frente al espejo. De pronto, se preocupó pensando que tal vez Li no se había hecho el aborto, que podía presentarse con una sorpresa desagradable. Una barrigona, un hijo suyo en el vientre. Cuando tocó a la puerta, abrió.

Elizabeth estaba allí de pie, y él la contempló sorprendido: nunca antes la había visto así, con un vestido ligero de verano, de una tela vaporosa de algodón estampado en flores amarillas y azules, y el sombrero de paja color claro con una cinta también azul, como esas americanas románticas del cine. No sólo lucía diferente, sino incluso bonita. Los labios finos de Li le sonreían y, detrás de sus gafas, sus ojos azules brillaban de la emoción. Nunca antes la había visto tan femenina y atractiva.

—Luces realmente bonita, Li —le dijo sonriendo.

Ella le dio las gracias, entró y él cerró la puerta. Los dos sonreían turbados por el deseo y no hablaron nada más. La abrazó y la besó de pie, levantándole la falda tan vaporosa como un tul, buscando su hendidura con urgencia, y ella se dejó empujar hasta la cama mientras los dos se chupaban las lenguas enloquecidos sin dejar de desnudarse.

Para entonces, él estaba persuadido que para las mujeres, mucho más que para los hombres, el sexo es un acto mental. Sus mentes abren o cierran la llave de su eros. Ese domingo ella tenía el chorro abierto, se corrió, gimiendo de gozo, enardeciéndolo a él. Hicieron el amor durante horas, con pequeños intervalos de reposo, adormecidos, hasta que ya no pudieron más. En el momento álgido de su último orgasmo, ella se quedó yerta, él aún encima de ella. Así estuvieron unos minutos, recuperando el aliento, hasta que él se desacopló y se tendió boca arriba a su lado. Liberada de su peso, ella respiraba aturdida por la intensidad brutal de su propio placer. Incrédula y feliz, exclamó:

—¡Wow, Matt!

Pegó un salto y en un arrebato le cayó a besos, en la boca, en la nariz, en el pecho, en el estómago. Él lo tomó como un homenaje y sonrió vanidoso. Luego ella se tendió exhausta boca arriba. También él yacía con el miembro levemente adolorido, sintiéndose vacío, sin ganas de continuar. Si Li lo hubiera buscado, únicamente por vanidad lo habría intentado. Para su tranquilidad, ella se incorporó, buscó sus lentes en la mesa de noche y se los puso. Luego agarró la toalla y, antes de secarse una vez más, la olió con una mueca de asco, y se la ofreció para que él también la oliera; pero la rechazó, apartándola de su nariz. De lejos ya olía horrible.

Después, ella abrió los labios para decir algo, pero se arrepintió, y, con una sonrisa cansada, como quien hace un esfuerzo supremo por recuperar la cordura, suspiró con un gesto voluntarioso.

—¡Es suficiente, *Mad Cuban*, arriba! —le ordenó—. ¡Arriba, que me muero de hambre y de sed!

Se vistieron y salieron. En la calle, los envolvió la tamizada luz del interminable atardecer del estío septentrional, con sus ecos de sol en las altas ventanas. Li caminaba con desgano a su lado, discretamente separada, como dos viejos amigos. Dijo que se sentía cansada, pero él insistió en ir a pie a un restaurante que estaba en la 113 y Broadway. Se sentaron en un pullman, uno frente al otro, e intentaron hablar de literatura, aunque ninguno de los dos tenía ganas. Simplemente, ella lo miraba sonriendo, y él le devolvía la sonrisa. Una vez más, ella movió la cabeza, incrédula de la locura de la carne. De súbito, un recuerdo doloroso ensombreció su semblante. Él temió que se echara a llorar. Sin embargo, Li sacudió la cabeza alejando ese acceso de tristeza o debilidad, y le sonrió.

Ella le preguntó sobre la revolución, y después lo observó distraída mientras él hacía un resumen de la situación. Comprendió que ella no le escuchaba, que tal vez sufría, y otra vez creyó ver lágrimas en sus ojos azules ocultos por los espejuelos. De repente, Li canceló su melancolía con otro gesto voluntarioso de su boca.

—Tengo que irme ya, Matt.

La acompañó a la boca del Metro en la 110 y Broadway. Quería saber dónde vivía ahora, y ella le contestó que en Broadway y la 72 Street; sin embargo evadió darle su teléfono o su dirección. En ningún momento hablaron de amor. Tampoco se besaron o acariciaron. En público siempre se habían comportado como dos amigos. Ella prometió llamarlo la próxima semana. Antes de despedirse lo contempló otra vez con esa mirada indescifrable, como si tuviera algo importante que decirle y su orgullo le cerrara los labios. Al final le dio la mano y le sonrió irónica.

—Adiós, Matt.

—Good by, Li.

*   *   *

Hasta que no llegó el siguiente fin de semana, con su soledad y su ocio existencial, no se acordó de Li. Según iban pasando las horas del sábado y del domingo, lo asaltó la urgencia sexual de tenerla de nuevo entre sus brazos. Esperó a que ella cumpliera su promesa de llamarlo, pero nada. La cabroncita no llamó. El domingo en la tarde, exasperado por el deseo, fue hasta la 72 St. y Broadway, y anduvo rondando por los alrededores con la esperanza de encontrarla. ¿Dónde estaría metida esa loca?

La buscó impaciente en los markets, los restaurantes y las cafeterías. Levantaba la cabeza hacia los altos edificios, espiando las miles de ventanas abiertas por el calor del verano. Caminó y vagó como un idiota. ¿Cómo era posible que, después de haber gozado tanto con él, ella desapareciera? Tendría que estar en alguna habitación, en uno de aquellos enormes edificios de apartamentos, escribiéndole un poema, llorando por él, pensando en su *Mad Cuban*.

Continuó buscándola el lunes y el jueves de la semana siguiente por la 72. Vigiló las salidas del metro y vigiló las paradas del ómnibus a las horas que Elizabeth solía regresar del trabajo. La buscó entre miles de mujeres. Su corazón se agitó cuando creyó verla de espaldas, caminando entre la multitud de Broadway: la misma estatura, el mismo pelo pajizo rojizo, las piernas largas y hermosas, la cadera ancha abajo. Corrió y, qué decepción, la chica era más bonita, pero no era Li.

En la soledad de su habitación revivió, con una lucidez voluptuosa, las horas de amor que pasaron juntos, la rara expresión miope de sus ojos azules entornados por la pasión y el placer, la ironía y la tristeza; las piernotas largas y fuertes como unas tenazas, el arrebato de besos, y aquel grito de felicidad: "¡Wow, Matt!"

Entonces recordó la mirada de tristeza con que le dijo adiós, la imagen como una foto cuando ella le dio la espalda y bajó las escaleras del metro, su pamela poética y la falda de flores flotando en el aire. Ella sólo vino a hacer el amor por última vez, pensó. Se trataba de una despedida, y de ahí la entrega furiosa y desesperada de su cuerpo.

"¿Cómo no me di cuenta?", se preguntó, perplejo.

* * *

Li se había desvanecido en la inmensidad de aquel país y, aunque la supiese en New England, no se hubiera tomado la molestia de ir a buscarla tan lejos. En fin, en New York la gente se desaparecía. Unos meses después, a finales de noviembre, ella reapareció tan inesperadamente como en julio. Con una llamada telefónica. Él no podía creerlo.

—¿Eres tú, realmente, no serás un fantasma?

—Sí, soy el fantasma de Elizabeth Burton.

—¿Y qué quiere el fantasma de Elizabeth?

—Hablar contigo —le contestó ella.

Y le dio una dirección en la Quinta Ave., unas cuadras más al norte de la 59 St., en esa zona de edificios elegantes cuyas fachadas miran al Central Park. Al oír su voz, y al evocar su último encuentro, saltaron de excitación tanto su corazón como su virilidad.

Fue un sábado, a finales del otoño, y él se vistió con cuello y corbata, el sombrero y el *spring coat* nuevo que se había comprado recientemente, porque el fiel y gastado abrigo argentino del Salvation Army lo había guardado para los días gélidos del invierno, cuando los vientos árticos helaban la ciudad, y la nariz y las orejas se congelaban, y él no se las tocaba para no hacerse daño.

Antes de salir, en la duda de que Li lo invitara a su habitación, ordenó la suya. Sobre los libros en el escritorio puso *Breakfast at Tiffany's,* de Truman Capote, recién editado ese otoño, pensando oponer este escritor a la mierda *beatnick* seudo trascendental que ella leía; compró una botella de vino tinto, y alineó las cuartillas escritas al lado de la vieja Underwood, para matarla de curiosidad y de envidia. Al alisar con sus manos la cama, donde hicieran el amor durante tantas horas aquel domingo, el deseo volvió a inflamarlo.

Elizabeth había dicho a las 5.30 PM, y a esa hora a fines de noviembre era ya noche cerrada. Todos aquellos edificios frente al Central Park, con las cortinas de sus ventanas discretamente iluminadas en la oscuridad, rezumaban una elegancia anglosajona. Eso no lo amilanó. Ya había tenido una *girl friend* (por cierto, bella, loca y frígida) en una residencia del *east side* sólo para mujeres, promovida y tutelada también por la YWCA. Subió los cinco escalones y entró directamente a la carpeta y preguntó por Elizabeth. La dama de la carpeta no pudo identificar su acento extranjero y lo miró con severidad. Pero aprobando su aspecto, hizo una llamada; luego se volvió y, cortésmente lo invitó a que tomara asiento, por favor, que la señorita Elizabeth Burton sólo se demoraría cinco minutos.

"¿Señorita?", repitió, y sonrió escéptico, recordando las palabras de Tino: "El día que encuentres una virgen en New York, llévala a la Estatua de la Libertad, y verás cómo ésta baja el brazo y le quema el culo por bobalicona".

Se sentó en los mullidos sillones de cuero del hall, en aquella atmósfera de dignidad y de orden, con esa luz discreta de las lámparas de pie y de pared filtrada por las pantallas, una luz lateral que dignificaba la escena y embellecía los rostros, no como esa otra luz brutal de las lámparas de techos que afean y dramatizan los rasgos. Mientras esperaba, observaba la discreta elegancia de la residencia con el resentimiento de quienes han vivido siempre en la fealdad de la pobreza. Se entretuvo mirando a las mujeres, en su mayoría jóvenes, que salían del ascensor bien vestidas y maquilladas. Una lo miró un instante y pasó de largo contoneando su cuerpo sobre sus tacones.

"¿Qué hará Li en un sitio tan elegante?", se preguntó intrigado, recordando sus jeans gastados, sus chaquetas viejas, su cabeza despeinada y sus botas llenas de barro.

Sin embargo, la muchacha que salió del ascensor y lo buscó con la mirada, nada tenía que ver con la Li de antes. Con un traje sastre, tacones bajitos y los cabellos peinados con una raya al centro, tenía el aspecto horrendo de una pueblerina vestida para el culto dominical. En sus labios, esta noche pintados y apretados por una secreta determinación, no había rastro de su maligna sonrisa, sino una fría severidad. Cuando Elizabeth le dio la mano, él la retuvo eróticamente unos segundos, pero ella se soltó con brusquedad. *"Aún está resentida conmigo"*, pensó. Trató de ablandarla, hablándole con dulzura.

—¿Vives ahora aquí, Li?

—No. Vine este fin de semana a resolver unos asuntos. Y pensé que debía hablar contigo, que tal vez querías saber.

—¿Nos sentamos, o salimos? —le preguntó él.

Ella con un gesto señaló la puerta, y él la siguió esperanzado. *¿Saber qué?*, pensó intrigado. Salieron juntos a la noche de otoño de la

Quinta Ave, y cruzaron la calle, alejándose sin rumbo por la acera del Central Park, ella caminando como distraída, y él haciendo planes.

—Te invito a cenar a la Bilbaína —le propuso, en un arranque de inspiración—. ¿Te acuerdas el invierno pasado, allá en la 14 Street, cuánto te gustaron los carteles de toros, el vino tinto, el entremés, la cena toda?

Ella, al fin, torció sus finos labios. Lo recordaba. La noche que hicieron el amor por primera vez la había invitado a cenar en aquel restaurante de la 14 St, con el decorado y la típica cocina española, barato pero acogedor, al que se subía por una escalera cuyas paredes estaban tapizadas por carteles de corridas de toros. Jamás volvió a invitarla, a pesar de que ella se lo pidió un par de veces. Detrás de sus cristales, los pálidos ojos azules lo miraron irónicos.

—¿Por qué hoy, si nunca me volviste a llevar?

—Para celebrar que me llamaste —le sonrió seductor.

Ella negó con un gesto melancólico—: Prefiero caminar.

Avanzaron por la acera paralela al Central Park en dirección a la 59 St. De los árboles sacudidos por la brisa caían volanderas las penúltimas hojas. Ella habló de la temperatura y el fin del otoño, rehuyendo deliberadamente el recuerdo de sus relaciones. Sin amedrentarse por esa actitud distante, él siguió maquinando cómo meterla en su cama. Desvió el tema hacia un territorio común y querido, la literatura. Entonces le habló de la novela de Truman Capote.

—Es excelente. Estoy seguro que la amarás. En realidad la compré en inglés pensando en ti —mintió, se detuvo como inspirado, y la agarró del brazo para que ella se volteara de frente—. ¿Por qué no me acompañas a mi habitación? Quiero regalártela. Además, quiero que veas los libros que he comprado. ¿Eh? ¡Vamos, sí!

Ella lo miró de frente. Él no pudo ver el azul de sus ojos porque en sus espejuelos se reflejaron las farolas. Ella torció con desdén los labios.

—No, gracias, Matt —dijo con firmeza, y se soltó.

Él insistió. Sin siquiera discutirlo, ella se dirigió a un banco y se sentó sola, envuelta en una cápsula de rechazo. Confuso, él la siguió y se sentó al lado de esa americana que había sido tantas veces suya y que esa noche parecía negada a todo, incluso a que la tocara. Después de una pausa melancólica, rodeados por el olor a hojarascas del otoño, habló con las manos sobre su falda y la mirada perdida al frente. Un monólogo didáctico, un sermón melancólico, algo confuso, pero firme. Por la forma en que Elizabeth se estrujaba las manos, Matías tuvo la impresión de que ella hacía un enorme esfuerzo por controlar sus sentimientos. "Tenía tres meses cuando me hice el aborto", dijo. "De un varón. Un hijo tuyo y mío".

—Yo lo vi —añadió, con la voz quebrada.

¿Lo vio? ¿El feto? ¿Sería posible que se lo mostraran, que ella quisiera verlo?, pensó él, perplejo. No tuvo valor para mirarla. Ella suspiró, después su voz recobró el aplomo discursivo; había quedado bien físicamente, y trató de reanudar su vida de antes. Quería olvidarse de él. "Olvidarlo todo", dijo. Hizo otra pausa, y sus huesudas manos dejaron de torturarse, inmóviles y pálidas sobre su falda. Entonces le ofrecieron trabajo en un *camping*, por todo el verano. Ella lo aceptó y se marchó de New York, prácticamente huyendo de la tentación de Matías.

—Pero pensaba en ti, y me moría de las ganas de verte. Por eso te llamé aquel domingo, en junio —se volteó para mirarlo a través de sus gafas—. Yo sé que no te importa, a lo mejor no me crees, pero yo estaba realmente enamorada de ti.

Mientras más deseaba estar con él, más se despreciaba a sí misma. Porque soñaba con el feto todas las noches. En sus pesadillas, oía a un niño llorar, y volvía a transitar, como si de nuevo lo estuviera viviendo, por el procedimiento atroz del aborto. Suspiró.

—El placer no valía el dolor, la vergüenza. Por eso regresé y te llamé. Necesitaba hablar contigo y que lo supieras. Ahora no sé por qué quería contártelo, si, después de todo, a ti no te importa.

—A mí sí me importa, Li —dijo él.

Ella continuó como si no lo hubiese oído. Ahora tenía trabajo fijo en otro *camping* (ella no aclaró, aunque él supuso que en alguna escuela de equitación, en alguno de esos pueblos aburridos y severos.) En aquel lugar Elizabeth tenía amistades, personas muy diferentes a las que había tratado en New York. Ella no mencionó nombres, pero ésa, o esas personas (¿un pastor, unos amigos tal vez?), la habían estado aconsejando, y ella había visto con claridad que debía cambiar su vida. Durante un minuto se detuvo, evocando sus fornicaciones, y su aborto. Y, como si no soportara el dolor de esos actos, los rechazó violentamente con el brazo.

—No quiero más de *eso*, Matt.

Él no se esperaba esto. No suponía tanto dolor. Detrás de esa voz arrepentida adivinó consejeros persuasivos. Algún hipócrita había tocado la fibra moral en el corazón de Li. Para ella debió ser una catarsis regresar a su fe, y a las rígidas creencias de sus antepasados protestantes, los *Pilgrim Fathers* de quienes ella siempre se había enorgullecido. La imaginó con sus ojos miopes azules en el templo, el himnario en la mano, unida al coro, cantando con sus asquerosos corazones de puritanos henchidos de fervor. El momento era tan tenso que no se atrevió a ridiculizar con un sarcasmo esa visión religiosa. Comprendió que el aborto la había destrozado, y no sabía cómo consolarla.

Estaban sentados en aquel banco, en esa noche fría de otoño, los dos mirando el pasar incesante de los autos sin verlos, y sin mirarse a las caras. Entonces vio otra vez el brazo de Elizabeth haciendo aquel gesto violento de rechazo, apartando con rabia el cuerpo de Matías, rechazando sus relaciones sexuales, el aborto. Todo.

—¡No quiero más de *eso! ¡Nunca!*

Los dos en aquel banco bajo los árboles de la Quinta Avenida, sentados juntos, separados por el dolor. Solos en el mundo, a pesar del tráfico incesante. Ella tenía los labios apretados, la vista perdida, como si no soportara mirarlo, a él, el agente malvado de todo ese sufrimiento. Sabía que si la tocaba, ella lo rechazaría asqueada. Hubo un largo silencio opresivo, que al fin rompió él, penosamente.

—I love you, Li.

No fue una declaración de amor, sino una protesta. Porque lo que ocurrió entre ellos no fue tan sucio ni tan feo, sólo un hombre y una mujer que habían compartido su soledad y la necesidad de amor que sienten todos los jóvenes. Era la primera vez que le decía *"I love you"*, a ella, o a alguna otra mujer en New York.

Pero ese *"I love you"*, Elizabeth no lo escuchó.

Ella estaba obsesionada por el hijo que pudo tener y había matado.

Su noción del bien y el mal provenían de una cultura diferente. Su alma de oveja descarriada se alejaba de su sucia y pecaminosa vida en New York. Ella regresaba a su origen: al aire sano de bosques y praderas, a los campos roturados con sudor, a las casas aseadas de madera, al templo austero construido con sus manos laboriosas, a las campanas que convocaban a la oración en el domingo azul.

Todo eso latía bajo su piel.

V

DESPIADADA REINA DE LA VIDA

Mujeres: dueñas de la sangre, hacedoras de cuerpos,
despiadadas reinas de la vida.
ROSA MONTERO

¿Por qué surge la americanita de New York cuando su intención era contar la novela de Sofía? ¿Qué relación con esa gringa olvidada, por qué capricho de la memoria la había asociado con Sofía, si en nada se parecían? Ah, claro está, por el aborto.

El aborto de Elizabeth y los abortos de Sofía. Uno y otros podían tener un oscuro vínculo en su vida. ¿Por qué se desentendió del aborto de Li? ¿Por qué no dudó, ni sintió remordimientos? De pronto, recordó la escena. Tenía doce años y estaba en la sala del Palacio Encantado, escuchando a su madre conversar vivamente con las hermanas Villalobo. Su madre y las Villalobo, sin tomar en cuenta su presencia, hablaban libremente de un tema escabroso, y él paró sus orejas de púber ávido de sexo, ese móvil secreto que une y separa, en amor y en odio.

La hermana menor se dirigía con vehemencia a Sofía.

—¡Ella nunca debió entregárselo! —dijo, señalando a su hermana, y, furiosa, la regañó—: ¡Pero tú eres loca, Isabel! ¡Todavía no me explico cómo metiste la pata, chica! ¿Qué vas a hacer ahora? ¿Casarte y dejar la Normal en el último año? ¿Se lo vas a decir a Felipe o te vas a hacer el aborto de una vez? ¡Porque estás en un lío bien grande, sabes!

Él percibió en la furia de Mimí, además de rabia, cierto despecho. Isabel, pálida, dobló su cabeza de cabellos negros rizados, y la apoyó en su mano en un gesto de congoja; inmediatamente la levantó buscando ansiosa el consejo de Sofía.

—Entonces, ¿tú crees que si se lo digo, él se case conmigo? ¿No será mejor hacerme el aborto? ¡Yo tengo miedo, no sé qué hacer!

—Yo veo a ese hombre casado contigo —le dijo su madre, sus párpados entornados en la visión del futuro—. Te hagas o no te hagas el aborto, lo tienes amarrado. Los espíritus me lo revelan, y yo así lo veo: Felipe se casará contigo, cuando tú se lo pidas. Ese hombre está loco por ti. El problema, si no te haces el aborto, es que darías a luz para principios de abril del año próximo.

—Entonces, ¿se lo digo y me caso con él?

Isabel se había dirigido a Sofía, pero fue su hermana menor la que reaccionó mortificada: Isabel no se percataba de la gravedad de su situación; el escándalo en la Normal sería inevitable—: *Además, ¿qué dirá papá cuando se entere? ¡La mata!* —le gritó Mimí a su hermana, y ésta, al oír mencionar a su padre, hizo una mueca de horror y se llevó ambas manos a la cabeza—. Aunque te casaras con él —continuó machacándola Mimí—, todos se darían cuenta que metiste la pata y, como mínimo, perderías el año. ¿Te imaginas yendo a clases con una barrigona, y a los exámenes, o cuando estés recién parida? ¡Eso, si te repones rápido del parto!

—Vamos, Mimí, por favor, no mortifiques más a tu hermana —le dijo Sofía a la menor, y luego, le dio una palmadita de solidaridad a Isabel en el muslo—. ¿Sabes lo que yo haría en tu lugar, Isabel?

Isabel abrió sus ojos redondos por la ansiedad.

—Sí, por favor Sofía, dime ¿qué debo hacer?

—Me haría un aborto.

—¿Un aborto? ¡A mí eso me da mucho miedo!

Las tres, absortas en su melodrama, se olvidaban de la presencia de aquel silencioso espía que las oía en vilo. Él, un niño precoz, gozando del excitante y aún inaccesible tema erótico. Sabía lo que era un aborto, y sabía que, cuando una mujer mete la pata, es que su novio le ha metido la verga. Isabel siempre lo había tentado con sus muslos blancos y tersos. Una vez, escondido, la espió cuando se desnudaba, y quedó traumatizado por su pubis tenebroso y peludo. Imaginó su cuerpo pálido, sus cabellos rizados de mulata sobre la almohada, los muslos blancos abiertos, el novio encima entrando en la herida de su ensortijado follaje. Le excitó la visión de Isabel penetrada y al novio dejándole la semilla del niño adentro, porque bajo la ducha ya él se había masturbado, figurándose que, cuando penetraba el hueco de su mano, era a Isabel a quien penetraba. Isabel en ocasiones lo abrazaba y lo besaba como a un hermanito menor, sin percatarse de lo mucho que lo perturbaba con su piel olorosa, la dulzura tibia de sus senos saltarines como dos pelotas de leche.

Pero ahora miró a su madre, la consultora sentimental de las Villalobo. Su madre era una mujer también de muslos blancos, y de cuyas carnes emanaba ese olor a miel y a nata de leche: esa atracción insondable que magnetiza a los hombres, y que a él lo avergonzaba. Su madre intentó borrar, con una sonrisa de desdén, los temores de Isabel.

—¡No tienes que temer nada! ¿Tú sabes cuántos abortos me he hecho? —les preguntó a Isabel y Mimí, quienes la escucharon con atención. Mamá se jactó—: ¡Siete, dos de Ballester y cinco de Juan!

Si Isabel y Mimí escucharon con asombro a Sofía, él lo hizo con el corazón en vilo. Ella explicó en detalle sus abortos. En especial, los cinco que se hiciera de sus amores con Juan. Dos fueron de mellizos, uno de hembra y varón, y el otro de varón y varón. Monísimos los dos varones, dijo, con orgullo, sonriendo nostálgica. ¿Cuántos hijos tendría en total, si hubiera cometido la locura de tenerlos? Demasiados. Y estaría acabada. Entonces vio a su madre describir, con el rostro iluminado por la ternura, cómo eran esas miniaturas de bebitos.

—Es increíble lo rápido que se forman —dijo.

Y emocionada, contó cómo tenían los ojitos, la naricita y las orejas ya formadas, y, con las manos en el aire, describió a toda la criatura mucosa y sanguinolenta, sus cuerpos en embrión pero con sus partes perfectamente discernibles, explicaba su madre, sonriendo con arrobo.

Él, paralizado por el horror, escuchó con ganas de vomitar. Nunca imaginó los fetos de los abortos como bebés en formación; en todo caso los imaginó como un huevo informe, no estos hermanitos nonatos, a quienes su amada madre describía como unos lindos muñecos, muertos antes de nacer. Sintió una ráfaga de horror contra su madre. Él poseía una gran imaginación y una sensibilidad para el sexo, y también para el horror. Ahora, de súbito, esos fetos se transformaron en hermanitos que su madre había decidido que no nacieran. Entonces él era un niño introvertido, virtud que perdería en el forcejeo vanidoso de la adolescencia, y se tragó el horror de aquellos fetos, sin un gesto, ni una sola mueca que delatara su repulsión, su desprecio.

—Si yo fuera tú —su madre le aconsejó a Isabel—. Terminaría mi carrera primero. Una mujer debe ser independiente y las maestras nunca se quedan solteras, porque un sueldo más en la casa es una gran ayuda para el hombre. Entre el embarazo y el parto perderías, en el mejor de los casos, un año. Yo te aconsejaría, cariño, que te hicieras el aborto, y no le dijeras nada a Felipe. Los hombres no entienden de estas cosas, y una, en lo posible, no debe inmiscuirlos...

Salió de la casa. No quería saber más. Afuera la calle era una loma empinada castigada por la luz atómica del sol. En la quebrada frente a su casa había una cuartería de madera y zinc llena de promiscuidad y de miseria. Trató de expulsar de su mente la confesión de su madre, de no imaginar esos fetos. Se metió en los matorrales de la quebrada y el resto de la mañana se dedicó a matar lagartijas a pedradas.

*　　*　　*

Cuarenta años después, cuando al conjuro de la memoria volvió a ser el niño que oía horrorizado los abortos de su madre, sintió lástima de Li y vergüenza por las otras dos mujeres que él embarazó en su vida. Tres mujeres que consultaron su opinión, y procedieron al aborto sin que él moviera un dedo para evitarlos.

En cuanto a Sofía, él opina que su vida no fue un jardín de rosas y jazmines. Que si cometió errores, fueron producto de su desamparo como mujer. Así que también se entristece tanto de sus errores, como de los de su madre y, aunque ella no pueda oírlo, le dice en voz alta:

—Nada importa. Tú eras mi madre, y yo te amaba.

* * *

Todo empezó al cumplir Matías los doce, cuando Sofía lo sacó del quinto grado en la escuela privada, y con un certificado falso lo inscribió en el séptimo. Estaba ahora en la Escuela Pública, con muchachos mayores de catorce y quince años. Aquella laguna de sexto grado descarriló su aplicación, y dejó de ser el primero de la clase. Tenía que enfrentar otras prioridades, la de su incipiente pubertad.

—Tienes cara de pajizo. ¿Tú te haces la paja?

—Claro que me la hago —mintió.

En aquella edad venenosa en que la voz cambia con los genitales, él oía a los otros niños, de trece y catorce, hablar de la paja, un acto del que tenía, con sus once años, sólo una idea aproximada. Se había acercado a sus condiscípulos más brutales y procaces, queriendo ser uno de ellos. Un día a la hora del recreo Matías se revolcó en el polvo con otro muchacho, y luego de verlo pelear no con menos miedo, pero sí con más rabia, los mayores lo aceptaron en la pandilla. Aquellos nuevos amigos de más edad lo sometían a otra prueba de hombría.

—¿Con dos dedos, a la mano completa, o a la rotación?

—Con las dos manos.

El otro lo miró incrédulo, con su cara grasienta llena de barritos con pus y le calculó la edad despectivamente a Matías.

—¿Cuántos años tienes?

—Los suficientes para cagarme en la madre de cualquiera.

—Bah, tú todavía no meas dulce.

—Eso te crees tú, maricón.

Todo aquel lenguaje violento, para ocultar su desconcierto y su miedo. ¿Mear dulce? No lo sabía, aunque lo imaginó. Había oído hablar tanto de la paja que, ya con doce años, intentó una en el palomar. Se desabotonó el pantalón, y se la frotó como cuando se le ponía dura de las ganas de orinar, pero más tumefacta y grande. Primero el placer de miles de hormigas haciendo cosquillas, y más enervación, y de golpe un inesperado vahído glorioso, una, dos o tres sacudidas. No era semen, sólo unas gotas de un líquido aguachento. Una revelación extraordinaria y perniciosa. ¿Conque ése era el secreto de los adultos? A partir de ese momento su pubertad fue más ponzoñosa y anhelante.

Las niñas también sufrían sus desconciertos: Dulce María, la niña que rozó sus labios con los suyos, en un besito ingenuo pero emotivo, y el cual, según ella, los había convertido en novios (asunto que él aceptaba por vanidad), sangró por allá abajo sentada en su pupitre, manchando la falda del uniforme. La maestra acompañó al baño a la aterrada niña. Todos los niños susurraban, agitados. Dulce María salió del baño pálida como un cadáver, con una falda prestada, y la mandaron con una bedel a su casa. Luego, él escuchó a la maestra, quejándose con otra.

—Es responsabilidad de la madre, no nuestra. ¿Cómo es posible que no haya preparado a la hija con tiempo?

A él le dio asco imaginar a Dulce María sangrando por ahí abajo. Qué pena, una niña tan linda. También su madre, la de Matías, aún sangraba. Todas las mujeres sangraban. En el baño de la casa, él había descubierto más de una vez los horribles algodones con gasa ensangrentados.

Cuando Dulce María regresó tres días más tarde, ella no se atrevía a mirarlo. Todos los ojos del aula, clavados en ella. Curiosidad cruel y cuchicheos. Hablaban del "período", de la sangre, y Dulce María, sentada en su pupitre, bajaba los párpados, pálida y aterrada ante la curiosidad de los otros niños, y ante sus burlas.

*   *   *

—¡Ay, Dios mío, por qué no me hiciste hombre, con tantos que hay por ahí que no saben llevar los pantalones!

De haber sido hombre, hubiera querido ser Dios. Pero Dios no podría ser nunca mujer, y a ella no le interesaba ser la virgen María, no le atraía la santidad: ella sólo fue devota de Santa Bárbara, una santa de brazo fuerte y con espada de guerrera.

Ahora era feliz con Juan Maura, a quien había logrado domesticar. Después de rodar por pensiones más de un año con Gertrudis y Margarita en la frontera de la pubertad, y con el pequeño Matías, al fin Juan le había montado casa, una que la propia Sofía buscó y alquiló, seduciendo al propietario, un anciano avaro que no resistió sus encantos. En vez de 14 pesos mensuales, se la rebajó a 13, y mamá regresó eufórica. La casa era laberíntica, no tenía patio y en la planta baja no había ventanas, excepto las que daban al portal; la luz y el aire entraban por unas compuertas altas que daban a los techos de los vecinos, y se cerraban y abrían con unos cordeles sujetos por unas rodinelas al cielo raso.

Ella la bautizó *mi Palacio Encantado*, y también la llamaba la *Casita de la Loma*. Matías fue más realista, y le puso *Nido de Ratas*, o la *Casa del Palomar*. El primero porque la casa, montada en el declive de la loma, tenía un sótano donde Matías encerró una vez al gato que enloqueció rodeado por una turba de feroces ratones; y el segundo, por la amplia y solitaria habitación en los altos, que él llamaba *el Palomar*.

Cuando Matías cruzaba esa edad incierta, entre los once y los trece años, ella le señalaba a las niñas del barrio, en especial una cuyos ojos se posaban tímidos como palomas en Matías.

—Matías, ven, que va a pasar tu novia.

—¡Mamá, *por favor!*

—Anda, Matías, no lo niegues.

—Mamá, ¿pero tú no ves que esa niña es boba?

—Ninguna niña es boba, tontín. Se *hacen* las bobas.

Otras veces le preguntaba si "ya" tenía novia. Un *"ya"* conminatorio, como si no tenerla fuese una derrota. Y él con sus ojos dormidos de zorro, callaba. ¿Cómo confesarle a su madre que ya él tenía una noviecita en la Primaria Superior? Nada menos que Dulce María, la niña pálida que una mañana dejó petrificada a toda el aula cuando vieron el fondillo del uniforme ensangrentado, y supieron que de su sexo manaba una sangre oscura como la muerte.

*   *   *

En esos años de su niñez, él quería ser rico, sólo para hacer una entrada triunfal y materializar las fantasías de su madre: la de tener sirvientes de verdad, un auto con chofer, y la de ir a la Ópera.

—¡Un día me iré a Sebastopol, y no volveré! —Sofía los amenazaba a todo pulmón, como quien anuncia un sueño feliz.

Sofía sudaba a chorros. Padecía tanto con el calor infernal de Santiago que fantaseaba con ciudades más bellas y lejanas. Otras, cuando trajinaba canturreando, tenía fantasías más mundanas: pasearse por la calle de Alcalá, ir a las verbenas del Retiro, y también soñaba con el París romántico y glamoroso. ¡Qué no hubiera hecho él por materializar la fantasía de su madre de tener, al menos, una criada uniformada, y no ésa, imaginaria, que ella llamaba a gritos!

—¡Ningunilla, ven a fregarme los platos! ¿Qué te has creído? ¡Te di un día libre, no toda la semana!

Luego, maliciosa y divertida, lo involucraba en su fantasía.

—Matías, por favor, llámame al chofer y dile que me espere en la puerta, que tengo que ir al mercado —decía ella con su nariz en alto, con el aplomo de una actriz aristocrática.

Y Matías, también a la diabla, le respondía en tono versallesco—: Por favor, madre. ¡Qué desmemoriada sois vos! ¿No os acordáis que le disteis la tarde libre al chofer?

Por esa época, Matías terminó la Primaria, y Sofía lo llamó y le explicó que no podía pagarle una carrera universitaria, por lo tanto ingresar al bachillerato no tenía sentido. Amaba aún a su madre y no se quejó. A nadie en el mundo le confesaría que, por encima de cualquier cosa, ansiaba estudiar en una universidad.

—Ya eres un hombrecito. Aquí tienes las llaves de la casa. Procura no llegar muy tarde. Antes de las once y media de la noche.

¡Ah, ella, con esa sonrisa cómplice alentándolo a los trece años a ser el hombre que ella hubiera querido ser: un aventurero valiente, un galán apasionado, tal vez un espadachín o un soldado!

—No hay como la universidad de la vida —le dijo ella.

Él iba por buen camino, tenía sólo trece años, y ya había participado en una huelga, atrincherado durante tres días (con la tácita aprobación de Sofía), dentro del edificio de la escuela, con muchachos mayores.

La emoción de la rebeldía, caerle a pedradas a los policías, las noches durmiendo en el piso, destrozar en una catarsis de violencia los pupitres y pegarles candela en la puerta del plantel. Pero ya él no sería un estudiante del bachillerato, sino un obrero o un empleado.

*　　*　　*

Retrocedamos en el tiempo, cuando él era un niño de ocho años y pantalón corto. Durante dieciocho meses vivieron en cuatro pensiones diferentes, hasta que al fin se mudaron a la Casita de la Loma. Juan venía los fines de semana a ver a Sofía, pero ella no estaba conforme. A pesar de que Juan había cumplido con su palabra de montarle una casa, ella sabía que a la larga su situación sería insostenible, a menos que Juan se mudara a vivir con ella en Santiago.

Una mañana de sol radiante, a dos o tres meses de haberse mudado, ella abrió la puerta primero que nadie. Allí, ante sus ojos, tirado en la acera, vio un bulto siniestro. Los llamó a gritos, él salió disparado, y sus hermanas corrieron detrás. Encontraron a Sofía en el portal, con el ceño fruncido y la vista fija en un bulto de color pardo oscuro, de aspecto tétrico, tirado en la acera de la casa.

—¿Qué es eso, mamá?

—¡Una brujería! Nos han echado una brujería.

Matías salió a la acera y se acercó a ese bulto de tela oscura cuyo asqueroso aspecto nada tenía que ver con el color original de la tela.

—¡No la toques, Matías! —le gritó Sofía.

Sabía lo que era una brujería; aún así, se acercó para patear el ominoso bulto con el terror de quien patea una culebra venenosa, pero ella lo paralizó con un grito de espanto.

—¡Nooo! ¡Ten cuidado, no te le acerques!

Las vibraciones de peligro lo detuvieron y dio un paso atrás, con sus ojos de niño fijos en aquel bulto diabólico, acaso con una serpiente o una pócima mortal adentro. Tenía el tamaño de una gallina y era de un color raro, como embarrado de sangre coagulada. Algunos vecinos se asomaron, otros espiaban con regocijo detrás de las celosías. Dos curiosos se detuvieron a mirar el infamante bulto. Gertrudis y Margarita habían salido al portal, y lo miraban aterradas y tensas. Toda la familia con los ojos puestos en aquella brujería, como si de ella pudiese saltar un bicho mortífero, acaso un demonio. Sofía, con voz de mando, dirigió la acción con serenidad. *"No podrán hacernos daño con "eso", porque en esta casa estamos protegidos por el Espíritu Santo, y yo perdono a esa enemiga".* Sofía fue y

— 163 —

trajo el palo de una escoba rota, se lo dio a Matías y le dijo que lo botara loma abajo, y lo echara por la cloaca que había en la esquina.

—Pero sin tocarlo —le advirtió.

Matías lo fue arrastrando por la cuneta de las aguas albañales, loma abajo, hasta la esquina, siempre con la punta del palo. Intrigado, lo bajaba a palazos, tratando de abrirlo. La tela parda se rompió y su truculento contenido se desparramó. Algo que debió ser el corazón de un animal, un sapo acribillado con alfileres, trapos ensangrentados que quizás fueron rojos; jamás en su vida había visto nada tan repulsivo. Un manojo de centavos prietos, sin duda un número cabalístico, se regaron por la calle. Había suficiente para ir al cine y una gaseosa.

—Hay unos kilos prietos, mamá. ¿Puedo cogerlos?

—¡No! Cuando termines bota también el palo —le ordenó Sofía, y obligó a sus dos hijas a entrar con ella, avergonzada de que fueran víctimas y testigos de esa asquerosa brujería.

Antes de llegar abajo y botar el bulto en la alcantarilla, él fue dejando esos centavos de dólar en la cuneta babosa. No le iba a dejar ese dinero a otro niño. Apenas se deshizo del contenido del bulto se regresó loma arriba, y con la mano izquierda (alguna vez le oyó decir a Sofía que con la zurda se exorcizaba el daño) fue recogiendo, uno a uno, los centavos de cobre, no sin antes lavarlos con la punta del palo en las aguas albañales que bajaban rápido. Contó dieciséis; el último debió extraviarse. Con aquel botín en su bolsillo, se sonrió: "Que tiren todas las brujerías que quieran, que yo me encargo de botarlas".

*   *   *

Cuando tocaron a la puerta, dio la casualidad que él abrió. Se trataba de un mulato con un recado para la señora Sofía. Su madre acudió, vio al hombre, y le preguntó, cortés, qué se le ofrecía.

—En la esquina hay una señora —el joven mulato hizo un gesto en esa dirección—, que manda a preguntarle si puede subir a hablar con usted.

Sofía salió al portal y Matías la siguió. Vieron a la mujer en la esquina de abajo, frente a la bodega de los Gallegos. A pesar de la distancia y de conocerla sólo por descripciones, su madre hizo una mueca al adivinar de quién se trataba. El hombre esperaba la respuesta y Sofía se la dio con pasmosa frialdad.

—¡Dígale a esa mujer que no tengo absolutamente nada que hablar con ella! ¡Y que no se atreva a venir hasta aquí, porque si lo hace, le voy a tirar un cubo de agua caliente por la cabeza! —dijo con fiereza, y el tipo comprendió que no bromeaba.

Aquello se ponía emocionante, y él se escurrió hacia el solar del frente, como quien va a jugar. Su madre no lo detuvo, tranquilamente entró y cerró la puerta como quien se atrinchera en su casa. En tanto, él vigilaba al hombre. Éste bajó la loma, se acercó a la señora parada en la esquina, y le dio el amenazador mensaje de Sofía, señalando hacia la Casita de la Loma. Debió advertirle que no subiera, si no quería que la dueña de la casa le tirara de verdad un balde de agua por la cabeza.

Conocía de oídas a esa señora parada en la esquina. Había sido la única mujer fija que tuvo Juan Maura, durante todos los años que amó en silencio a la esposa de Ballester. Mamá no la mencionaba, y si lo hacía, la llamaba la mujer de Palmarito, o la bruja, o *la mulata ésa*. Y él siempre imaginó a una de esas mulatas cubanas, si no bella, al menos con el embrujo de su carnalidad, esa forma de ser y caminar eróticas, cómplice del sol y de la brisa vibrante del Caribe. Nada que ver. La señora que levantaba el mentón hacia su casa, escudriñándola con una expresión feroz, no poseía el menor atractivo caribeño. No era una mulata auténtica, sino una "jabá", es decir, una blanca con pasas de negra en la cabeza. Debía ser más vieja que Sofía y que Juan, cinco o siete años.

"¿Cómo pudo haber tenido Juan una amante tan fea?", pensó él. No sólo era fea, sino de piel cetrina y mal encarada. En verdad debió utilizar artes oscuras para retener a un hombre más joven, a un aventurero con dinero y fama. Sabía que vivía en Palmarito de Cauto, a unos pocos kilómetros del Central Miranda. Presumió que Juan visitaba aquel pueblo, a apostar en los garitos o a pelear sus gallos en la gallera, y se quedaba en la cama de la mulata, y le regalaba dinero, porque Juan siempre fue generoso, en especial cuando la suerte lo favorecía.

"Juan no quiere nada con esa bruja, pero ella no lo deja en paz", afir-

maba Sofía, y él había dudado. Pensaba que, tal vez, ella se hacía ilusiones. Esta vez, cuando la oyó añadir: *"La infeliz no puede conmigo, no podrá nunca, por más brujerías que me eche. Juan no fue suyo, nunca le perteneció, pero las hay así de locas y empecinadas. No le deseo mal. Que Dios la perdone. Pero ya es hora de que nos deje vivir en paz",* él la creyó al pie de la letra. Aquella mulata no era contendiente para Sofía. La recuerda desculada, sin ningún atractivo, la expresión torva, mirando hacia el Palacio Encantado con los finos labios apretados por el odio. Estuvo unos minutos más en la esquina, y entonces se marchó, derrotada.

* * *

Él había acompañado a su madre en la batalla contra aquel fantasma. *"Ven conmigo, Matías",* le ordenaba. Tenía ocho o nueve años entonces. Iban casi siempre a pie, después del mediodía, bajo aquel sol despiadado que calentaba sus cabezas, les quemaba la piel y hería sus retinas, bajando y subiendo por las lomas de Santiago. Su madre se secaba el sudor con un pañuelo, y él observó sus bellas facciones.

—¿Es muy lejos?

—Ya estamos llegando.

Él se resignó a acompañarla. En el camino recogía piedras, apuntaba y las lanzaba a los postes de la luz. Falló el octavo. Llegaron. Subieron por una acera convertida en empinada escalera. En Santiago las había por todas partes, porque donde abundan las lomas, para ascender a las casas, habrá siempre rampas y escaleras. Su madre llamó a la puerta, se identificó con una recomendación, y la hicieron pasar.

Él la siguió con timidez dentro de aquella humilde casa cuyo decorado le recordó otras semejantes. Casas misteriosas, donde vibraba lo invisible y se respiraba sensualidad. A menudo, en el primer cuarto, el altar con las figuras en yeso de Santa Bárbara, San Lázaro y la Virgen de la Caridad, esmaltadas en colores. Vio los conocidos girasoles amarillos, las varetas de azucenas, las rosas, los tabacos, ofrendas con dulces, abalorios, collares y otros objetos mágicos. Junto al altar, una mesita y sillas para la consulta. Él observó que aquella espiritista compartía algo en común con las otras: la parquedad de palabras y la escrutadora mirada. Su madre habló en voz baja con la mujer. Después, se volvió y le sonrió.

—Espérame ahí, hijo.

Matías esperó sentado en la sala. Ella vivía con el miedo de que Juan la abandonara. Él la había acompañado otras veces (la acompañaría durante años), caminando por las calles de Santiago, algo avergonzado. Sabía que su madre iba a consultar a los muertos con una médium o una espiritista, según la susodicha decidiera llamarse; para el caso todas eran los oráculos de su madre. A ellas acudía, ansiando saber si Juan se convertiría en su esposo. El destino en la copa de agua, o en la fuma del tabaco. *"Describiré algún día esta locura"*, se prometió en el futuro, cuando ya tenía doce años y todavía acompañaba a su madre, ya convertida en médium, a las sesiones en los centros espiritistas de Sueño.

Aquella tarde la esperó pacientemente. Detrás de la cortina, las voces. El hechizo de la albahaca, la yerbabuena, el mastuerzo, el rompezaragüey que flotaba en el aire mezclado con el humo del tabaco. Espió a su madre de pie mientras le hacían *"un despojo"*, las manos hábiles de la espiritista que sacudían un ramo de yerbas alrededor de su cuerpo, oyó la voz que invocaba a los espíritus, para que la liberaran y la protegieran. En eso, por el pasillo y desde el fondo de la casa, vino una negrita flaca como una vara, desnuda bajo su bata harapienta, y con un par de cutaras de madera que golpeaban ruidosamente el piso: plaf, plaf, plaf.

—¡No perturbes, china! —le gritó la espiritista.

La negrita se inmovilizó como una estatua, sus ojos negros giraron en sus órbitas blancas, y miró a Matías con una mueca graciosa. Luego caminó cómica en silencio, liviana como un pájaro con las cutaras de madera, y los dos sonrieron con la complicidad traviesa de la niñez. A él le hubiera gustado jugar a solas con esa dulce negrita.

—Ven, Matías —lo llamó su mamá.

Se alegró, porque si lo llamaba, ya había terminado. Él fue, y entró, y la cortina cayó a sus espaldas. Dio un vistazo al altar, a la pobreza evidente. Y firme como un soldado permitió que le sacudieran los gajos, que le hicieran un despojo, obligándolo a girar y alzar los brazos.

¿Por qué si era una vidente y podía adivinar el futuro, vivía en esa pobreza? Entonces, la escena final, la remuneración. Sofía abría su cartera.

—¿Cuántos son sus honorarios?

—Yo no cobro, pero acepto su buena voluntad, no para mí, sino para *ellos* —la mujer hizo un gesto humilde hacia el altar.

Observó cómo unos billetes pasaron de las manos tímidas de su madre a las de la vidente, quien los recibió discretamente, sin mirar ni contar los billetes (aunque apenas Sofía le dio la espalda, los contó con rápida codicia, comprobando la cantidad). Vio que su madre salía contenta, y comprendió que la consulta había sido favorable. Ella volvió optimista a la casa, con un brillo de esperanza en la cara. La oyó canturreando. Luego, en el Palacio, lo detuvo antes que él saliera a jugar.

—Acuérdate, es un secreto entre nosotros.

—Sí, mamá.

No la traicionaría nunca. Por esa época, él también leía mucho, cuanto libro caía en sus manos. Leía de todo, indiscriminadamente, aun manuales de meteorología. Incluso, lecturas cuya comprensión estaba fuera de su alcance. Así leyó *La piel de zapa*, una atmósfera con símbolos que no pudo desentrañar. La pandilla lo vio con *La isla de los pingüinos* en la mano, y le pusieron, *"el pingüino"*. El apodo no prosperó, porque no pegó. Por si acaso, no volvió a sacar sus libros delante de sus amigos; los libros serían uno más de sus amores secretos.

No lo arredraba ningún misterio. Ni siquiera el de los astros que veía titilar cuando por las noches oteaba los cielos desde el palomar, con un mapa de las estrellas. Intentó imaginar el fin del Infinito. No pudo. Pudo imaginar la esfera de la tierra girando sobre su eje y viajando en torno a su órbita y el sistema solar, y la galaxia en que se desplaza como una nube en el espacio entre millones de otras galaxias. ¿Adónde? ¿Cuál era la razón y el objeto? Intentó imaginar el espacio sin fin, y no pudo. Debía tener un fin. Imaginó un muro gigantesco al final de la curvatura del espacio. ¿Pero, detrás de ese muro, qué habría? ¿En dónde terminaría todo, y cómo? ¿Empezaría acaso otro espacio igualmente Infinito detrás de ese muro esférico? ¿Seríamos unos átomos girando dentro de otro universo, y éste dentro de otro, y así interminablemente?

Aquel niño no pudo imaginar el Infinito, ni tampoco su fin. Lo peor fue que nunca se dio por vencido. Tampoco se atrevería a confesarle a nadie que la existencia y la idea del espacio Infinito lo perturbaba. Casi tanto como perturbó a su abuelo, y a su madre. ¿No sería acaso el ansia de Dios, un mal congénito en su familia materna?

*   *   *

Sofía pensaba que Juan, con tantas aventuras, con aquellos viajes de gallero y de tahúr, la mulata de Palmarito de Cauto (la ex amante de Juan de tantos años), en fin, que todo eso, más el paso del tiempo, conspiraba en su contra. Se decidió pues a apurar el desenlace. A la hora que Juan llegara de viaje, ella se encerraba en la habitación con él. No había ventanas en aquel cuarto siempre en penumbra, sólo una alta compuerta que se abría y se cerraba con una soga. El sudor no le restaba ni un ápice de sabor al enorme placer del sexo, hasta que se detenían y se secaban. Sofía decidió hablar de sus congojas a su amante.

—Dos años viéndote los fines de semana. No me importó esperar por ti en pensiones, pero me montaste esta casa hace ocho meses, y llevo en mis entrañas un hijo tuyo. Cuando nazca quiero que tenga un padre. ¿Cuánto tiempo voy a tener que soportar esta separación?

—Sofía, entiende —le explicaba Juan—, estoy luchando porque me trasladen mi cuota de la lotería para Santiago.

Ella usaba el poder de su seducción, la carne tentadora que cubría ese cuerpo blanco rebosante de belleza y dulzura.

—¿Hasta cuándo esta angustia de no verte, de tantos días separados? Yo no quiero un amor de fines de semana, quiero verte, estar contigo, tenerte a mi lado todos los días y todas las noches del año.

Juan no había oído palabras más dulces. ¿Qué no habría hecho por esa mujer que había amado en secreto durante tantos años? Cuando tenía a Sofía en sus brazos, le parecía que soñaba. Hubiera comido tierra, cortado caña, dado pico y pala por ella. Liquidó todo en el Central y se vino a Santiago. Como Cortés, había quemado sus naves, y ella no cabía en el pellejo de felicidad, porque ahora, aunque Juan quisiera, no podría volverse atrás, ni abandonarla.

Sofía logró ponerle freno a Juan Maura. A sus hábitos de tahúr que no se preocupaba del tiempo, le impuso el estricto horario de un oficinista, y él terminó por aceptar la rutina de un hombre de hogar.

A los treinta y cinco años, tal como pronosticó Ballester, Juan nunca abandonó, ni abandonaría, el vicio del juego. De modo que, con entereza, y sin temor a una ruptura, a la segunda semana de haberse mudado Juan con ellos al Palacio Encantado, y no presentarse a almorzar en tres ocasiones, y a cenar un par de noches, Sofía quiso acabar de una vez y por todas con el problema, no de hoy, sino del futuro. La primera vez que no vino a cenar, lo esperó tercamente sentada en el portal hasta la medianoche, y Juan se sorprendió de verla allí sola como un sereno. A la segunda, a medianoche se encerró con él en el cuarto.

—No quiero que te acostumbres a llegar a medianoche a esta casa. Tú podrás ser el hombre de mi vida, estaré muy enamorada de ti, pero no voy a permitir ni el desorden ni el abuso.

—Caramba, Sofía, una o dos noches, no tiene importancia — contestó él a la defensiva, con su ronco vozarrón.

—No me importa que juegues de lunes a domingo todo el año. Pero tienes que respetar tu casa, respetar a tu hijo, a mis hijos. No puedes faltar a la hora de almorzar, y a cenar.

Sofía, que solía burlarse de sí misma, con una frase de moda entonces, definió su situación: "que el relajo sea con orden". Siempre respetó a Juan y lo hizo respetar. Cuando Juan abría la boca y metía la pata, ella jamás lo corregía; por el contrario, lo transformaba en una gracia. Al coronar una semana de buena racha, Juan entró a la casa exultante de júbilo por su habilidad y su buena suerte, con los bolsillos repletos de dinero y la muela de oro sonriendo. En la mesa, sin poder contener más su alegría, soltó una frase que lo marcaría para siempre.

—¡Yo soy el León de Antila! ¡Por donde paso, no dejo un centavo! ¡No perdí una en toda la semana!

Sofía y Matías se miraron, y sonrieron cómplices. Por alguna razón caprichosa, Juan había mezclado la fábula del León de Androcles, con el famoso caballo de Atila.

—Ahí viene el León de Antila —decía mamá burlona, cuando sentada en la sala oía el brioso cabalgar de las tapitas de hierro de los zapatos de Juan subiendo la loma, y ella salía feliz a recibirlo. Juan, luego de haber jugado hasta el último minuto, y haber corrido diez cuadras para llegar a la hora, entraba todo sofocado.

—Parece un caballito —añadía ella con orgullo.

Juan usaba tapitas de hierro en los tacones y en la punta de la suela de sus zapatos. Cuando Matías creció, ella intentó imponerle esas chapitas para "ahorrar los zapatos". Matías se negó, porque además de incómodas, la juventud santiaguera ridiculizaba a quienes usaban esas herraduras de "los viejos". Cuando terminaban de cenar, se sentaba un rato con Juan en los sillones del portal de la Casita de la Loma, a la espera de una brizna de viento que la aliviara de aquel monstruoso calor, o abanicándose con una penca. Y Matías, persuadido que la inmovilidad era la mejor actitud contra el calor infernal de Santiago, le advertía:

—Mamá, mientras más te abanicas es peor. La energía que generas con el brazo es inferior al fresco que produce.

—El sabiondo de la casa ignora los poderes de la sugestión, ¿no sabes que si mi mente así lo decide, 2 más 2, pueden ser 5?

* * *

Después que Gertrudis se casó, a Juan Maura le fue económicamente de mal en peor. Hacía ya dos años que se había mudado para Santiago. En cierta forma Sofía fue la culpable de su bancarrota. Cuando Juan abandonó su negocio en el Central, para empezar una nueva vida con Sofía y sus tres hijos en una ciudad que ni siquiera conocía, se lanzaba a un futuro incierto. En el Central, aparte de una quincalla y los billares en el Hotel de Ballester, sus mayores ingresos provenían de vender billetes de la Lotería Nacional al por mayor. Para entonces le tenían asignado nada menos que 35 billetes enteros, de 100 fracciones cada uno, los cuales le dejaban un ingreso semanal considerable. Dejaba detrás algo aún más querido: su cuerda de más de cien gallos finos, aquel deporte sangriento y viril que llevaba en la sangre desde niño. Renunciar a todo eso por el amor de una mujer con tres hijos de otro hombre, no fue fácil.

Cuando al fin liquidó todo en el Central y se vino a Santiago, la lotería Nacional le recortó los 35 billetes semanales, primero a 20, unos meses después a 10. Finalmente en 1946, durante el gobierno de Grau, se los redujeron a sólo 5. Y Juan, sin arrugársele el orgullo, de mayorista se vio obligado a venderlos él mismo por las calles, como un humilde billetero, para poder mantener a Sofía, a su hijo, y a sus hijastros.

Matías conocía todos los detalles: cuánto dejaba cada billete según se vendiera, porque él, desde los once años, iba al correo a comprar los giros y enviarlos a la Lotería Nacional en La Habana. También fue testigo de la desesperación de su padrastro. Observaba cómo movía la cabeza perplejo y levantaba los ojos saltones llenos de angustia.

Su padrastro nunca se quejó de aquel despojo. Juan era un jugador, sabía perder y ganar con elegancia, ahora mandaba un nuevo gobierno y los billetes que le quitaban a él, se los asignaban a los parientes o a los amigos de alguno de "esos políticos hijos de puta".

Que conste, la grosería es de Matías: Juan era incapaz.

*   *   *

Vio los utensilios para pintar los números de la lotería sobre la mesa del comedor. Pudo escabullirse, perderse hasta al mediodía, a mataperrear por ahí, irse al campo de pelota de la Normal, pero sentía pena dejar solo a Juan con todo aquel trabajo.

—¿Quiere que lo ayude, Juan? —se sentó a la mesa.

Juan le dio unas cartulinas y unos números.

—Aquí está la lista. Pinta tú los azules, que yo pinto los rojos.

Matías lo ayudó esa mañana a pintar los números con la ayuda de unos moldes que Juan se había traído del Central, con otros restos de su "Pasada Gloria": dados de marfil, bolas de billar, un aparato para tirar la bolita, espuelas de gallos, de marfil y de acero, etc. A él no le importaba dejar de jugar para ayudar a Juan, consciente que de la venta de los billetes dependía el pan que comían, y los pintaba primorosamente. Juan, que lo observaba, movía la cabeza satisfecho de su destreza como pintor.

—Ese hijo tuyo sabe dibujar —le dijo a Sofía.

—Hijo mío no, también tuyo ahora. Matías llegará a donde se lo proponga —le contestó Sofía.

Juan se iba lejos de la casa a vender los billetes para que Sofía y sus hijos no se avergonzaran. Él lo había visto por los alrededores de la Estación de Ferrocarril, con los números colgados al cuello, y aún más lejos hacia San Pedrito y el aeropuerto, y en cuanto lo veía, cambiaba el rumbo para evitarle la humillación a su padrastro.

También debió ser duro para Juan Maura, aquel orgulloso gallero del Central, después de estar en la cima, el caer tan bajo. El arrogante Juan Maura, que botó y ganó tanto dinero en las riñas de gallos, las barajas y los dados, y que se vestía de dril blanco, sombrero de jipijapa y zapatos de dos tonos presuntuosos, ahora de humilde billetero. Una mañana, Margarita, que cursaba el segundo año en la Normal, entró a la casa como una tromba y estalló en llanto.

—¿Qué te pasa? —le preguntó Sofía asustada.

Margarita contó, entre hipos, que se paseaba por Enramada con dos compañeras de la Normal, cuando se tropezó de frente con Juan vendiendo billetes, con los ridículos números colgados del pecho.

—¡Qué humillación, qué bajo hemos llegado!

—¡Si hace eso, es para que comamos! —le explicó Sofía con rabia—. ¡Así qué sórbete los mocos y levanta la cabeza!

Matías entendió a Margarita. Hasta él mismo se avergonzaba de que Juan fuera un vulgar billetero.

—Las Vilarubla no lloramos: ¡nos reímos del mundo! —mamá aún regañaba con dureza a Margarita—. Vender billetes es un oficio honesto, como cualquier otro. Así que levanta esa cabeza.

*   *   *

Unos meses después, con la crueldad imparcial de los gobiernos, la Lotería Nacional le quitó los últimos cinco billetes. Cuando recibió la comunicación de la Lotería, donde lo despojaban de algo que le había pertenecido durante tantos años, y que, para colmo, era el único ingreso fijo con que contaba, Juan suspiró con resignación.

—Los gobiernos lo dan, los gobiernos lo quitan. Total, lo que me habían dejado no valía la pena. Mejor así, porque ahora tendré más tiempo para trabajar en lo mío.

Sofía se alarmó. Más tiempo, significaba más tiempo para jugar. Ella no se iba a dejar embaucar con eso de que el juego fuese una profesión, y se puso en acción para conseguirle un trabajo real a Juan. ¿De qué podía trabajar un hombre sin oficio, que malamente sabía leer y escribir? Fueron unas semanas de angustia, pero Sofía, con su empuje y su don de atravesar barreras y antesalas, consiguió una carta de recomendación para el jefe local del Ministerio de Obras Públicas. Y acarició la esperanza de un cargo en las oficinas.

—Tú eres un hombre inteligente y de números, y puedes ser útil en una oficina —le dijo para darle ánimos.

Cuando regresó de la entrevista, Juan entró en el Palacio Encantado sonriendo satisfecho, y Sofía, con los ojos iluminados, lo interrogó. ¿Te dieron el puesto? Sí, contestó Juan, y ella pegó un brinco de alegría, lo agarró y lo obligó a un par de vueltas de baile de indios. Juan intentó imitarla con la torpeza de quienes jamás han aprendido ni aprenderán a mover con ritmo los pies. Sofía lo imaginó en una oficina, tal vez de jefe, y lo interrogó impaciente. Cuando Juan le explicó que le habían dado un puesto de sereno de noche, de la seis de la tarde a las dos de la madrugada. Ella calló desilusionada ante aquella burla del destino. ¿Quién hubiese imaginado jamás al bizarro, elegante y orgulloso jinete del Central, de humilde sereno?

—Bueno, al menos tienes trabajo fijo —le sonrió para darle ánimos, sin entender por qué Juan estaba tan satisfecho.

A los dos días, cuando Juan empezó de sereno, lo descubrió. Aquel horario, de seis de la tarde a dos de la madrugada, estaba hecho a su medida. Tenía las mañanas y las tardes libres para el billar o los naipes en el Centro Gallego, o en la Colonia Española, en donde Juan Maura, con los años, se convertiría en uno de los puntos fijos más respetados en las mesas de billar, de dominó y de cartas.

A él, a Matías, le tocaba acompañar a su madre cuando a las siete de la noche le llevaba la cantina con la cena hasta el sitio donde Juan hacía las guardias en las oficinas de O. P. El trecho de veinte cuadras ida y vuelta acabó por desalentar a Sofía, y a Matías le tocó dar los viajes con la cantina, a pie, cuando al oeste el sol incendiaba de púrpura y de oro las altas crestas de la Sierra Maestra. Regresaba ya de noche por las calles iluminadas por las farolas, las familias santiagueras sentadas a las mesas, su intimidad vista a través de las puertas y ventanas abiertas por el calor.

*   *   *

Faltaban unas semanas para que cumpliera los catorce, su sexo le crecía y el deseo germinaba en su carne. Tuvo una pesadilla erótica unos meses después de que descubriera la paja, su placer secreto. Fue en tiempos de la muchacha atlética y de las Villalobo.

Aquella mañana se despertó tan confundido y avergonzado que no se atrevió a mirar a su madre a la cara. Desviaba la cabeza, escondía los ojos, por temor a que ella adivinara el horrible pecado. Debió ser en vacaciones porque estaba durmiendo solo en el palomar. Sus genitales le crecían, le nacían vellos negros en el pubis, las axilas y el pecho; le salía uno que otro forúnculo en la cara, frente al espejo se los reventaba, el pus brotaba, y se los limpiaba con alcohol.

La pesadilla se repitió. Se despreció a sí mismo. Sentía ganas de matar o de matarse. En la calle, se tornó más violento. Gritaba y se fajaba por cualquier cosa. A nadie se las confesó. Una pesadilla diabólica, monstruosa, que le producía espasmos de placer, y lo dejaba aturdido, profundamente avergonzado. Se repitió una tercera vez. Los calzoncillos emporcados por un semen, aún aguachento. Se levantó destrozado moralmente. Los ocultó de su madre.

"Dios mío, perdóname", decía. Pero había dejado de creer en Dios, y se sentía un hipócrita, y no sabía a quién pedir perdón.

Procurará no mirar a su madre. No la tocará. No mirará sus senos, sus muslos blancos, su cuerpo tibio y acogedor, su sonrisa bellísima. Habría matado a quien la ofendiera. Contemplaba su propia cara en el espejo, traumatizado. Se impuso con ferocidad borrar esos sueños degradantes, y lo logró. Los ocultará. Los enterrará.

Su madre se acostaba con Juan, a la hora de la siesta y, para aliviar el calor, dejaban entreabiertas las dos puertas, una a la sala y la otra al primer cuarto. Al pasar evitaba mirar adentro, para no ver a su madre yaciendo con Juan. Ella en bata, él en calzoncillos. A Juan con una pierna montada sobre su madre. Ella se levantaba del lecho, con una expresión voluptuosa, secreta, en su dulcísimo rostro, y cerraba las puertas.

Para no oír, o imaginar, lo que ellos hacían, se largaba lejos de casa. Por la Normal de Maestros, a jugar a la pelota. O peleando a pedradas, la pandilla de la Loma contra la de los Hoyos.

*   *   *

En septiembre llegó Belinda. Tenía catorce años, uno más que él. Clavó sus ojos intensos, burlones, en los suyos. Era un demonio silvestre de provocación y sensualidad precoz. Venía a estudiar en la Normal traída de la mano de su hermana, la pensionista atlética y juiciosa que se había graduado de maestra ese mismo año. Belinda en nada se parecía a su hermana. Sofía le explicaba las reglas. Ella simulaba que la oía, y lo miraba a él y lo vigilaba de reojo con una secreta sonrisa.

Para espiarla mejor, él atravesó la habitación de su madre y salió por la de Juanito. Belinda, sentada en la sala, pendiente de ese muchacho, adivinó la maniobra, y sus párpados sedosos y descarados sonrieron. No era bella, aunque sí seductora. Era aún más bajita que Sofía. Con esa belleza tierna y obscena de capullo en flor. Una ninfa, según el arquetipo que llevaría al crimen y a la deshonra al profesor H. Humbert.

Esa nínfula, mezcla poderosa de ingenuidad y perversión femenina, lo trastornó, se enamoró perdidamente de ella, sin saber lo que era el amor. Unos labios de corazón, pequeños, siempre húmedos, y se los pintaba de un rojo escandaloso, acentuando su forma de diminuto corazón. Muchos años después se asombraría de ver una cara parecida, la foto de una francesa con una boquita y una mirada de putica ojerosa, en Indochina. Para mayor coincidencia, Belinda era descendiente de aquellos franceses que salieron huyendo de Haití y se establecieron en Oriente. Catorce años, y tenía ya la misma expresión depravada, ese magnetismo en los secretos de su carne que atrae a los varones como moscas.

* * *

Jugaban. Jugaron desde el principio. La montaba a caballo sobre su cuello y corría por la casa, sintiendo en el cogote el calor de su sexo, ella arreando y gritando. Sofía los regañaba pero riéndose al mirar a Matías relinchando y pegando brincos con esa chica montada a caballo sobre su cuello. Todos los muchachos del barrio se enamoraron de Belinda.

Un día la montó en su bicicleta, pedaleó lejos con ella para que no los vieran, y se lanzó loma abajo. Ella se aferraba asustada a su espalda con fuerza, presionándolo con sus teticas.

—¡Matías, nos matamos!

—¿Tienes miedo?

—¡No! —dijo, y le rozó el cuello con los labios.

Un domingo en la tarde se quedaron solos en el Palacio Encantado. Cuando él entró en el baño y se metió bajo la ducha, desde afuera ella le gritó amenazándolo con subir y asomarse. No amenazó en balde, lo hizo; la vio cuando asomó su carita divertida por el espacio sobre la puerta que ventilaba el baño; él, no tanto por pudor, sino por la costumbre, se bañaba de frente a la ducha, y por lo tanto de espaldas a la puerta, y también a la ventana por donde ella asomó su cara maliciosa y divertida.

—Vete, o me volteó para que me veas —la amenazó.

—No me voy.

Él ansiaba precisamente eso, que ella no se fuera: quería voltearse y mostrarle su sexo a Belinda, y la amenazó otra vez.

—¡Qué me volteo!

—¡A qué no te atreves! —lo desafió ella.

Entonces se volteó desnudo de frente, chorreando agua, y ella no se apartó. Su cara asomada, arriba en la apertura de la ventilación, con los ojos fijos en sus ingles: ya púber ensortijado, sus atributos colgando. Ella estuvo un minuto mirándolo en silencio, hipnotizada, luego su cara desapareció. Tal vez había visto lo suficiente. Después, cuando ella se bañaba, la misma escena se repitió, pero al revés. Fue él quien se subió y se asomó por la ventana, y la vio desnuda de espalda bajo la ducha, entonces fue ella quien lo amenazó.

—¡Quítate, o se lo digo a tu mamá!

—No, hasta que te voltees —la desafió él.

—¡Qué se lo digo!

—Tú me viste y yo quiero verte.

A él le parecía equitativo. Y Belinda, tremenda y atrevida como era, dio un pasó atrás y se salió de debajo de la ducha y luego, de súbito, se volteó hacia él, con el chorro ahora cayéndole en la espalda. Él miró por primera vez en su vida a una muchacha desnuda, posando para ser mirada por sus ojos. La miró con el corazón atropellado.

Toda la belleza del mundo en la visión de esa nereida menuda chorreando agua, con la cabeza en alto, los brazos a los costados de su cuerpo, brillante y grácil como una nutria. Cinco pies, delgada, cuarenta y ocho kilos de esplendor, los senitos con los pezones inflamados y tensos por la adolescencia; el pubis, una llamarada oscura en el centro de su ser. La miró hechizado. Ella se exhibió con audacia, posando inmóvil como una estatua durante medio minuto; él la devoraba, se la comía en silencio con los ojos. El ruido de la ducha apagaba los latidos de sus corazones, aún inocentes. De golpe, ella empezó a tirar agua hacia la ventana con las manos, y le mojó la cara, los ojos, pero a él no le importó. Ella fingía estar furiosa. Lo insultaba desnuda, con un relumbrón de picardía.

—¡Bobo, idiota! —le gritó—. ¡Vete! ¡Se lo voy a contar a Sofía!

Fue una relación que avanzó lentamente, deshojando la inocencia. Peleas, celos; ella coqueteaba con todos, flirteó con los muchachos, iban juntos a los cumpleaños, y Belinda cantaba con el gracejo y los mohines de una vedette consumada, y él sentía celos de que la miraran. Belinda se hizo novia verbal de otro, al que nunca besó.

—¡Ese tipo es un tonto, un idiota! —le decía él.

—Pero me gusta más que tú —se reía ella.

—Si te dejas besar por él, más nunca te hablo —la amenazó.

En uno de sus regresos de la beca en La Habana, él encontró a Belinda sola en su cuarto de tres camas. Ella nunca fue buena estudiante y aún le faltaba una materia suspendida que debía examinar. Eso fue en la pensión grande, en la hermosa casona con dos patios. En aquellas vacaciones Sofía lo puso a él a dormir en la última habitación, vacía en aquel momento, donde también había tres camitas.

Belinda y él durmieron en habitaciones contiguas esas dos semanas. Las otras estudiantes habían regresado a sus pueblos, y ella sería la última en irse de vacaciones. Sólo quedaban el matrimonio fijo que dormía en la habitación junto a la sala, y el joven vendedor que dormía en los altos. La tarde de domingo, él regresó quemado del sol de la playa. Cuando entró en la pensión, todos dormían la siesta y el silencio era tan profundo que se oía el rumor sensual del aire en los jazmines. Levantó la cortina del cuarto de Belinda y la vio acostada, con los párpados amodorrados entreabiertos. Él entró y se sentó en el borde de la cama, excitado, y sin una palabra, le acarició las orejas, las mejillas, los labios, y colocó una mano en su seno. Ella se dejó acariciar, inmóvil, mirándolo por la ranura de sus ojos, los labios inflamados por el deseo, la lujuria.

"Dame un besito aquí", susurró, señalando su frente.

Y él la besó, y ella sonrió malvada. Entonces, zalamera, le señaló los labios: "Dame otro besito aquí", susurró coqueta, y él besó sus labios cerrados. Ella sonrió lasciva, burlona y cruel.

"¡Bobo, tú no sabes besar!".

"Claro que sé".

"¡Demuéstramelo!"

Entonces ella le abrió la boca, y aquel fue el beso más largo que jamás se hubiera dado con ella hasta entonces. Diez minutos. Por primera vez le tocó el sexo y la masturbó torpemente. Belinda jadeaba, lo abrazaba y lo besaba salvajemente. De súbito, ella se incorporó de un brinco, se bajó la falda y lo botó de la habitación.

"¡Vete, fresco! ¡No te quiero, odioso!", lo empujó, aunque sus ojos eran dos ranuras de malicia: "¡Cómo te atreviste a tocarme! ¡Te prohíbo que vuelvas a entrar en mi cuarto, idiota!"

Aquella noche, él llegó a las doce del parque Céspedes. La pensión a oscuras. Se detuvo como un ladrón frente a la cortina del cuarto de Belinda. Ella tenía la puerta entrecerrada. Dudó pero no se atrevió. Se acostó pensando en el beso que se habían dado, trastornado por la jugosa y tibia hendidura que palpara con sus dedos. Un leve ruido en la puerta que comunicaba ambas habitaciones lo alertó y se irguió en la cama. Por la apertura la vio deslizarse desnuda, sólo con el sostén y el blúmer puestos.

Diez noches de locura.

Belinda y él cerraban por dentro las puertas de sus respectivas habitaciones. Cerca de la medianoche, cuando calculaban que ya todos dormían en la pensión, ella halaba el armario que tapiaba la puerta de comunicación interna entre las dos habitaciones, descorría el pestillo y entreabriendo la puerta sólo lo suficiente para deslizar su menudo cuerpo, se pasaba medio desnuda y descalza a la habitación de Matías, donde se lanzaba como una gatica en celo sobre él.

"Quiero casarme virgen. Aunque te lo pida, no me perjudiques", fue lo primero que le susurró al oído. "¿Me lo prometes?"

"Te lo prometo".

"¡Júralo por tu madre!"

"¡Te lo juro por mi madre!"

"¡Júramelo otra vez por tu madre!"

"Te lo juro".

Desnudos horas y horas en un delirio erótico alucinante, con toda la miel de su boca, de sus senitos, de todo los huecos, labios y pezones de su cuerpo en su lengua, y ella chupando y mordiéndolo por todo el cuerpo, inventando todas las caricias perversas imaginables. De puro idiota, él se aguantaba las ganas de penetrarla para no perjudicarla.

*   *   *

Belinda fue el gran amor tormentoso y punzante de su adolescencia. Él, becado en La Habana, ausente casi todo el año, supo que salía a bailar, que coqueteaba con enamorados. Él también tuvo otras. Eso formaba parte de su juego desde los catorce años. Pero después de aquellas diez noches en que se amaron tan voraz e intensamente, jamás imaginó que ella pudiera traicionarlo. ¿Cómo pudo entregarle su virginidad a otro hombre? ¿Por qué, si él pudo y no lo hizo? ¿Cómo fue tan puta, tan promiscua?

Intentó perdonarla y no pudo. La odiaba. En las vacaciones de semana santa le entregó su virginidad a un mulato allá en su pueblo, en la costa norte de la provincia, un becado igual que él, y éste se lo contó a todo el mundo en la Escuela Técnica. Belinda le escribía tres veces por semana pero él no contestaba sus cartas. Para colmo, antes de que él volviera de La Habana, ella salió una noche en un auto invitada por un médico, con otra pareja. Fueron a Puerto Boniato, donde luego de bailar y embriagarse, ella se entregó al médico en el asiento del auto, según contara la otra pareja, y se jactara el médico con sus amigos. ¿Cómo podía perdonarla, singando con un hombre casado, un viejo de cuarenta años?

—Belinda es más puta que las gallinas —le dijo su amigo.

No un amigo cualquiera, sino el hermano que conoció a puñetazos, el único con quien compartió inquietudes literarias. Ignoraba que con esas palabras lo destrozaba, porque nunca, nunca, le confesó o le insinuó a nadie cuánto se amaron Belinda y él en secreto. ¿Es que no pudo aguantar su ardor? ¿Por qué no esperó por él? La idiota se entregó a otros dos hombres que no la merecían, que no la amaban.

Un día antes que él llegase de viaje para las vacaciones del verano, Belinda intentó suicidarse, escribió dos cartas de despedida, se tomó el veneno del frasco y entonces, acobardada porque se iba a morir, llamó a Sofía, que la llevó en un taxi corriendo a la clínica Los Ángeles. Se salvó con un lavado de estómago. Cuando él llegó, aún estaba ingresada en la clínica. Uno de los sobres iba dirigido a Matías.

No obstante, dada la dramática situación, Sofía no se aguantó, rompió el sobre y leyó, sorprendida y desconcertada, la carta de la presunta suicida. Jamás le había pasado por la mente que los retozos inocentes de Belinda y su hijo, dos adolescentes ahora de dieciséis años, terminasen en una tragedia de adultos. En cuanto él entró en la pensión con su maletica procedente de La Habana, Sofía se la entregó en la mano, todavía perpleja de que todo hubiera ocurrido delante de sus narices.

—Aquí tienes la carta que te dejó Belinda —le dijo, con la mirada todavía desconcertada de quien descubre a ese hijo desconocido—. Tuviste suerte. Te salvaste de una buena.

Fue a la Clínica, entró en su habitación. En la cama, Belinda yacía tirada sobre las sábanas: su cuerpo obsceno como el placer, la mirada suplicante, la boquita inflamada por el asco de su vida, de su deshonra. Matías la contempló totalmente perturbado, confuso, celoso, herido por ella. Apenas cruzaron tres o cuatro frases.

Cuando Belinda salió de la Clínica, su madre no quiso recibirla en la pensión. Discretamente la recomendó a otra pensión a varias cuadras de distancia. Sofía lo ignoró todo hasta el final, y sólo entonces se involucró para evitar el escándalo. Sin embargo, jamás le reprochó a Matías aquellas relaciones sexuales dentro de su propia casa. Incluso él comprendió, por la expresión divertida de la mirada, que Juan Maura se enteró de sus amores con Belinda. Seguramente Sofía debió contarle, con más orgullo que indignación, las bellaquerías de ese hijo.

Lleno de rencor, volvió con ella, en secreto, en las vacaciones de aquel último año en que ambos se graduaron. La citó en un cine un día de semana. Había poca gente y se sentaron arriba en un rincón oscuro y propicio. Cuando le tocó el sexo vio la imagen de los hombres con quienes lo había traicionado: un mulato estúpido y jactancioso, un médico judío, casado y demasiado viejo para ella. A esos cretinos les entregó en diez minutos una virginidad que, durante diez noches, ella le obligó a jurar por su madre, no violar. La besaba y la acariciaba en el cine, pero la llama de su deseo no prendía, mortificado por la injuria y la traición. Una sensación gélida se apoderó de él, y por primera vez aquel cuerpo amado no despertó la pasión, sino el desdén y la tristeza.

—¿Qué te pasa? Ya no eres el mismo.

—Tú tampoco eres la misma.

—¿Por qué lo dices?

—Tú lo sabes.

Ella se echó a llorar, pero no lo conmovió. Los dos terminaron sus estudios aquel año. No la vio nunca más. Supo que se había marchado a aquel puerto de mar en la costa norte de la provincia donde los alisios hacían saltar las olas contra los muros del malecón. Fue la única mujer que lo hirió, y no inquirió por su destino. Un cuarto de siglo más tarde, un amigo le habló en Venezuela de Belinda (mencionó que fue revolucionaria, actriz de teatro, nombró algunos amantes.) A pesar de que él no preguntó, ni mostró interés alguno por la vida de Belinda, su amigo debió advertir alguna sombra en su cara.

—¿Belinda no fue también novia tuya?

—Si lo fue, no lo recuerdo.

*   *   *

A los catorce años, sola ante ese hijo que se convertía en hombre, su madre debió sentirse confundida, temerosa de las enfermedades venéreas, difíciles de curar en aquellos tiempos. Lo llamó desde la puerta de su habitación, con una sonrisa entre turbada y misteriosa.

—Matías, ven acá... Entra, tengo un regalo para ti.

Su madre, con una sombra de turbación en su rostro, le agarró la mano y depositó algo adentro.

—Toma. Ya eres un hombre —le dijo, con la seriedad de un cómplice—. Cuando vayas con *esas mujeres por ahí,* tienes que usarlos, no vaya a ser que te peguen una enfermedad.

Él miró en su palma una cajita de condones, y avergonzado cerró la mano. No sabía quién estaba más turbado, si Sofía, cuyos ojos sonreían azarados y cómplices, o él con aquella caja indecente de condones apretada dentro de su mano. Al fin, liberada de aquel trago embarazoso, su madre dio por concluido el asunto.

—Cuenta conmigo para lo que sea, hijo. No tendrás un padre, pero me tienes a mí, ¿comprendes?

Comprendió dos cosas: Sofía temía que él agarrara una enfermedad venérea, pero aprobaba que se fuera con putas. Conjeturó que su madre debió proponérselo a Juan Maura. Pero siendo éste un pudoroso, que jamás habló o bromeó con nadie sobre el sexo, se excusó de hacerlo. Aquel fue un acto de complicidad de su madre que lo conmovió.

*   *   *

—¡Matías! ¡Matías! —le gritaba a todo pulmón, asomada al portal.

Si él no estaba al alcance de su voz, alguien que pasaba le daba el mensaje más adelante, y él volvía corriendo, a veces con una hora de retraso, y entraba empapado de sudor en la casa.

—¿Qué quieres, mamá?

Un mandado secreto. Un par de pastillas de levadura de cerveza fresca, que él compraba desde niño en el Café Aguilera, el único sitio donde las vendían. Sofía hacía un emplasto con levadura, clara de huevo, etc., y se untaba cuidadosamente una capa gruesa en toda la cara, excepto en los huecos de la nariz, los ojos y la boca. Ella le temía a las arrugas, era dos años mayor que Juan Maura, y eso la preocupaba. Confiaba que esa máscara la mantendría eternamente bella, y se andaba de un lado a otro de la casa con la máscara, que se secaba y endurecía, sin mover un sólo músculo de la cara o el cuello. A él le daba risa.

—¿Mamá, tú sabes lo que pareces?

—¡Matías, si me haces reír, te mato! —lo amenazó ella, hablando sin abrir la boca, como los ventrílocuos—. ¡Anda, lárgate!

*   *   *

—Mamá no quiere admitir que es abuela, no se da cuenta que ya tiene dos nietas. Le da vergüenza que la hija de Gertrudis, tenga casi la misma edad que Juanito —decía Margarita—. Claro, como Juan es más joven, ella no quiere ser abuela, para que Juan no se dé cuenta que ya es una vieja de cuarenta y cuatro años.

Margarita, mala lengua, no podía soportar la coquetería y la gracia femenina de mamá. Ni que amara y fuese amada por Juan. Aunque lo que rebozó la copa fue la camaradería y la complicidad de mamá con las hermanas Villalobo.

—Ella quiere a Mimí y a Isabel, más que a mí y a Gertrudis —decía Margarita, ya en el colmo de los celos, y se lo echó en cara—: Tú quieres y te ocupas más de Isabel y de Mimí que de nosotras, tus hijas. Cualquiera que te viera pensaría que Isabel y Mimí son tus hijas, y no yo.

—Eso no es verdad, Margarita —le contestó Sofía—. El día que seas madre sabrás que, por mucho que uno quiera a unas amigas, jamás será igual a lo que uno siente por sus hijas.

La verdad era la verdad: Sofía mantuvo una relación más íntima y feliz con Isabel y Mimí que con sus propias hijas. A su vez, Isabel y Mimí la retribuían con una especie de adoración, no como si fuese una madre, sino una compañera inteligente y experimentada. Le daban besos y le hacían regalos, perfumes, lápices labiales, los que suelen hacerse las amigas que se quieren. Isabel y Mimí eran alegres, bonitas y simpáticas; con poco más de veinte años, desplegaban en el Palacio esa vitalidad festiva y ese ruido de risas y perfume de la juventud. Mimí poseía una cabellera lacia, negra y brillante como el azabache; Isabel tenía también el pelo negro, sólo que áspero y demasiado ensortijado.

—Hasta son unas mulatas —las juzgó Margarita, despectiva.

—¿Por qué te expresas así? No sé si tendrán una abuelita, eso a mí me da igual. Es verdad que Isabel tiene el pelo un poco malo, pero Mimí, ¿no has visto que cabellos tan lacios y bonitos tiene?

—Sí, pero es muy trigueña y tiene las encías moradas.

Cuando Mimí se reía, y se la pasaba con los dientes afuera, mostraba unas encías con esos matices morados típicos en las mulatas, y Margarita se había fijado hasta en aquel detalle insignificante.

—Margarita lo que tiene es celo —se disculpó mamá con Matías—. A mí me preocupa esa hija mía, porque las mujeres tan absorbentes, que sólo piensan en sí mismas, siempre son desdichadas. Yo no puedo disfrutar de una amiga sin que me critique.

Cuando las Villalobo entraron en el Palacio Encantado ya cursaban el segundo y el tercer año de magisterio, respectivamente. Sofía, que no pudo estudiar, ni conoció en su juventud la emoción de un novio, con sus zozobras y tormentos, ahora podía vivir esas emociones a través de las Villalobo. Ellas fueron las únicas pensionistas a quienes autorizó para que sus novios las visitaran en la casa. Claro, no todos los días, sólo dos veces por semana: jueves y domingo.

Margarita, que vivía ya casada con Jordi en otra pensión, a unas cuadras de distancia, empezaría a alejarse de Sofía, por ésta y otras futuras razones. Matías primero, y tal vez Juanito más tarde, fueron los hijos con quienes Sofía más habló y compartió.

—¡Qué extraña es la vida, Matías! —se le quejó por aquel tiempo—. No es que yo quiera menos a Margarita y Gertrudis, porque la sangre llama y duele con su misterioso poder, ¿pero no es triste que yo tengo más afinidad con Isabel y con Mimí, que con mis hijas?

* * *

Entonces Juan era un vil garrotero (así llamaban a los usureros, porque como en el diccionario de ideas preconcebidas de Flaubert, al sustantivo nunca lo separaban del adjetivo: *"un vil garrotero".*) No obstante, Juan sería cualquier cosa, menos una persona vil.

Por su parte, a Juanito le abochornaban las ocupaciones deshonrosas de su padre; nunca le perdonó su mirada imperturbable y silenciosa de tahúr, ni la absoluta falta de comunicación entre los dos, en los tiempos que más necesitaba su afecto, sus consejos y sus palabras de apoyo: de niño y de adolescente. Matías percibió el enorme rencor en aquél, el único hijo carnal de Juan Maura, en una noche de largas confesiones en Caracas, cuando en un arranque de rabia Juanito lo vomitó.

—¡Yo no recuerdo una sola vez que se sentara a hablar conmigo como un padre! ¡Jamás me dio un consejo! ¡Jamás se interesó por mi vida, en lo que yo estudiaba, o en lo que yo hacía! ¡Y jamás me enseñó absolutamente nada! ¿Tú le puedes llamar *"a eso"* un padre?

Lo dijo con los ojos saltones girando, al igual que solía hacer el hombre contra quien volcaba su rencor. Tenía derecho a hacerlo por ser su hijo carnal. Matías optó por callar, aunque opinaba que hoy se le exigía demasiado a los padres, y nada a los hijos.

Pero Juanito lo retó indignado, por segunda vez, a que opinara:

—¡Anda, dime! ¿Se le puede llamar "a eso" un padre?

Matías, a su pesar, le respondió:

—Y Juan Maura, ¿tuvo él un padre que lo aconsejara? ¿Nunca te has detenido a pensar que él tampoco tuvo un padre, que aprendió a leer malamente y que desde la niñez se ganó la vida solo?

* * *

Juan Maura se inició de garrotero cuando le dieron aquel trabajo de sereno en Obras Públicas. ¿Con cuánto? Con nada, prácticamente. Acaso 200 pesos, lo poco que Juan y Sofía habían logrado ahorrar ahora que ella había tomado dos pensionistas en el Palacio Encantado.

El ministerio de Obras Públicas se atrasaba en los pagos, y les daba a obreros y empleados unos vales de cartulina donde constaba el oficio, las horas laboradas y el monto de lo ganado en la semana. En cuanto llegaba "el situado", estos vales o "tickets", como también les llamaban, eran cambiados por un sobre en efectivo. A veces se demoraba quince días, y más, en llegar "el situado", y aquellos pobres obreros no se podían comer los vales de cartulina y se veían precisados a pedir prestado, dando en garantía aquellos vales, de cuyo valor el prestamista le descontaba el 10 por ciento. A Juan se le abrieron los ojos.

—¡El diez por ciento, Sofía! ¿Sabes lo que es un diez por ciento?

En dos años, el dinero se multiplicó tan rápido que Juan se pudo dar el lujo de renunciar a su puesto de sereno. Había cuatro o cinco garroteros en O.P., todos hombres ásperos y endurecidos. Los obreros preferían a Juan por su trato cortés y su calidez humana. Como tenía menos capital, Juan podía seleccionar a sus clientes. Los días de pago, a la hora de cobrar, los obreros de las cuadrillas se reunían por decenas frente a las taquillas de pago de Obras Públicas. Entonces Juan les devolvía el vale al obrero, y éste, luego de canjearlo y firmar la planilla, traía de vuelta el sobre. De vez en cuando alguno se hacía el loco, y se le escapaba, y al siguiente día le daba una excusa a Juan, o le pagaban con el vale de la siguiente semana, o peor aún, se negaban a pagar la deuda. Esto último pasó sólo en tres o cuatro ocasiones, porque Juan inspiraba respeto.

—Matías, no me pierdas de vista a ése, que es medio pataruco, no vaya a salir huyendo con el sobre —le decía Juan, en su argot de gallero.

Y él no perdía de vista a su hombre, y cuando éste llegaba frente a la taquilla, salía corriendo a avisarle a Juan, que esperaba en el parque de enfrente, o cerca de la puerta, para que no se le escapara. De modo que él fue testigo y colaborador en aquel negocio.

—Juan, por favor, présteme diez pesos, y me lo descuenta del vale de la semana próxima —le pedían, cada cual según su estilo: abochornado, digno, humilde, o el rastrero—: ¡Juan, le juro por mis hijas que la semana que viene le pago sin falta!

Y Juan, dependiendo del caso, daba la cantidad, o la disminuía, para no arriesgar mucho, porque sin el vale no había garantía de nada. Todo aquel trasiego con la miseria ajena, avergonzaba a Matías, que comprendía la explotación involucrada en aquel negocio. ¿Pero qué podía hacer él, si Sofía y Juan le pedían ayuda?

El negocio prosperaba, y él veía cómo Juan se sentaba en la mesa del comedor, la única en la planta baja, y contaba los vales con ojos de codicia, ilusionado con su incipiente capital. Apilaba los tickets como si fueran paquetes de naipes, divididos según la semana, y llamaba a Sofía, y juntos sacaban cuentas y sonreían entusiasmados. Todo iba bien de nuevo, y se estaban haciendo ricos.

Un sábado, en la mañana, frente a O.P., eran ya las once, y nada más les quedaban dos obreros por cobrar. Juan miraba el reloj impaciente por irse a la Colonia Española. Al fin, sin poderse aguantar más, lo dejó encargado de los dos obreros que faltaban.

—Les recoges los sobres y me los llevas a la Colonia Española —le ordenó, y salió disparado a la partida de naipes.

Vino el primer obrero, Matías le dio el ticket. El obrero fue a la taquilla, lo cobró, y le entregó el sobre sin problemas. Con el último, en cuanto vio su cara patibularia, sus monstruosos y largos brazos, y aquellos ojos negros enloquecidos por la pobreza y el ron, él presintió que se le escaparía con el dinero. Le dio el ticket al obrero.

—Toma. Dice Maura que cobres y me entregues el sobre —y como había heredado la agilidad mental de Sofía, añadió—: Me dijo que si necesitas algo, pases mañana por la casa, y él te lo da.

Esta mentira no funcionó. Cuando le entregó el vale, leyó en esos ojos negros frenéticos, que ese obrero tenía ya tomada la decisión de fugarse con el dinero. Sabrá Dios qué miserias lo esperaban en su casa. ¿Tendría hijos, esposa? Matías lo vigiló, vio por la ventana cuando el obrero cobró y se metió con decisión el sobre con el dinero en lo más hondo de su bolsillo. Cuando salía, lo atajó en la acera: "¡Oye, tú!", lo llamó. Pero el tipo no se paró, le clavó el par de brasas negras amenazadoras de sus ojos, y, como una bestia, le pasó por el lado y siguió de largo. Al pasar, vio de cerca la musculatura brutal de aquellos brazos, acostumbrados al pico y la pala, y comprendió que no podía detenerlo.

—¡Mira, tú! ¡Dame el sobre que Maura te va a prestar otra vez! —le gritó a sus espaldas, caminando detrás del tipo.

Sin embargo, el tipo se alejaba con el sobre de la paga, y él no quería que se le escapara. "¡Oye, tú, espérate!", le gritó de nuevo. Y el hombre se volteó y lo miró, ferozmente, con una mueca de asesino.

—¡Dame el sobre! ¡Qué Maura se va a encabronar! —insistió él.

—¡Vete, muchacho, o te...! —alzó los brazos de gorila, como con ganas de destripar a ese mequetrefe que le pedía "su dinero".

Matías se asustó, dio dos pasos atrás, pero cuando el tipo le viró la espalda, no abandonó la persecución. Caminó rápido detrás de esa bestia, que se alejaba a paso firme. Matías no sabía qué hacer. ¿Qué diría Juan si el tipo se le escapaba? Su madre se enteraría y lo juzgaría como un cobarde, el nivel más bajo en la escala de su desprecio. ¿Cómo confesarle que tenía miedo a que esa bestia lo matara, que no era lo suficiente fuerte para arrebatarle el dinero?

"¡Maldito hijo de puta! ¡Todo por culpa de Juan", pensó con rabia, "por culpa del puñetero vicio!" El juego volvía loco a Juan, y él era tan sólo un muchacho que no podía con aquel energúmeno.

Tuvo que apurar el paso, porque el obrero caminaba deprisa. Lo persiguió durante veinte minutos, pensando que si averiguaba dónde vivía, al menos sabría su dirección, y así Juan tendría modo de localizarlo, y podría cobrarle. Ya habían atravesado la parte asfaltada de la ciudad y entraron en las calles polvorientas de los arrabales, y el tipo subía los barrancos a brincos, con la agilidad de un mono, y él detrás, rabiando de impotencia. En el colmo de la rabia eligió con la vista una buena piedra, siempre su último recurso en las peleas, y, sin pensarlo dos veces, se agachó sin detenerse, la agarró, apuntó con un cálculo mental y la lanzó con toda su fuerza al aire.

Matías se ufanaba de tener la mejor puntería en el barrio.

*　　*　　*

Entró en la Colonia, aunque era menor de edad lo conocían y ni siquiera le preguntaron. Fue derecho a las mesas de barajas, y de lejos vio a Juan, sentado en una, jugando. Venía sudado, sofocado por la carrera y la larga caminata bajo el sol, y se detuvo a cuatro pasos de la mesa, esperando a que Juan lo llamara. Cuando barajaron, Juan le hizo seña para que se acercara. Él sacó el sobre que había cobrado y se lo entregó, y le contó avergonzado que el otro no quiso darle el dinero. Juan arrugó el ceño levemente.

—¿Qué dijo? ¿Dio alguna excusa?

—Nada, traté de pararlo, y se me fugó.

Las barajas se deslizaban por el tapete verde de las manos de quien las repartía hacia cada jugador, y Juan empezó a recoger las suyas según las iba recibiendo, le dio un veloz vistazo a su juego, y con un gesto lo disculpó del asunto.

—Está bien. Vete a almorzar, y dile a Sofía que ya voy.

Matías no se movió. Estaba preocupado por la pedrada, no sabía si había metido la pata, y el hombre se agarraría de eso para no pagarle a Juan, y temía que lo regañara. Por eso no se movió. Juan levantó los ojos inquisitivamente, comprendiendo que había aún más, y entonces Matías le explicó el resto.

—Lo seguí hasta Veguita de Galo, pero se subió por una loma. Quería saber dónde vivía, para decírselo a usted.

—¿Sí?

—El tipo se me escapaba, y de la rabia le metí una pedrada.

Ahora los demás jugadores también prestaron atención, cada uno ya con las cartas en la mano. Juan se quedó callado, y bajó sus ojos grises saltones hacia las barajas y sus labios se distendieron, y él adivinó que Juan había levantado un buen juego. Dedujo también que su padrastro iba ganando y por eso se sentía contento.

—¿Una pedrada, por dónde? —preguntó Juan.

Matías vio que el trayecto curvo de la piedra volaba en el aire en la dirección correcta: al encuentro de la cabeza negra hirsuta del hombre en movimiento, y supo excitado, con torrentes de adrenalina en la sangre, que su piedra daría en el blanco.

La piedra pegó en la cabeza dura del hombre y rebotó. El tipo se agachó aturdido por el impacto, llevándose una mano al sitio del dolor, y luego se miró la mano para comprobar si había sangre. Debió romperle la cabeza, porque soltó un rugido bestial y salió corriendo a agarrar a Matías. Pero ya él corría tan rápido como puede hacerlo un muchachote perseguido por un toro salvaje. Corrió cinco cuadras antes de voltearse, casi sin aliento, y ya el hombre no lo perseguía. Había desaparecido. Juan y otros dos jugadores sonreían divertidos con la historia.

—Me vas a prestar a este tira piedra para cobrarle a un desgraciado que me debe unos reales —dijo alguien.

Al año siguiente, a Juan y a Sofía se les borró la sonrisa de la cara. Se sentaban en la mesa del comedor a contar vales, como quien lleva la cuenta de sus infortunios. Poco más de cinco mil trescientos pesos, una fortuna. Pasaban las semanas, y no llegaba, ni parecía que llegaría nunca, la partida de dinero para pagarlos. Sofía trataba de ayudar a Juan con ideas.

—¿Le ofrecieron un porcentaje al jefe de pago?

—Ya lo hicimos —dijo Juan con resignación.

Cuatro garroteros, todos de acuerdo, le habían ofrecido el 15%. Durante semanas, él veía a Juan sentado en la mesa del comedor contando con desaliento y preocupación aquellos vales de cartulina, inútiles a pesar de los sellos y las firmas, un capital que fue suyo, que tuvo en sus manos y nunca le pagaron. A él le daba pena verlo con los vales en las manos, suspirando, contándolos una y otra vez, pero sin soltar un improperio ni hacer gesto alguno de violencia. Alguien en el Gobierno se había robado el dinero, en uno de esos nudos de la burocracia, y como la mayoría de los obreros ya habían vendido sus derechos sobre los vales, no hubo muchas protestas. Finalmente, tres meses después, pagaron una parte de aquellos atrasos, pero de los cinco mil trescientos pesos Juan recobró únicamente mil ochocientos.

—Se acabó el negocio, Juan —le dijo Sofía—. No vale la pena tanto trabajo y riesgo, para al final perderlo todo. No se puede confiar en ningún gobierno del mundo, porque todos son ladrones.

Él nada más tenía trece o catorce años, y ya contemplaba la escena con la mente escindida en dos: por una parte, le apenaba ver a Juan, y a Sofía, afligidos por la pérdida de su capital; y por la otra, la susodicha pérdida transformaba a Juan, a su pesar y por fuerza mayor, de vil garrotero, en una especie de filántropo. ¿Qué otra cosa puede ser quien, con su sudor, había terminado abonando a los obreros unos salarios que jamás el Gobierno pagó? En el fondo, aquella pérdida lo redimía ante sus ojos.

Durante un tiempo estuvo pendiente, por si se encontraba con aquel hombre a quien le rompió la cabeza de una pedrada. Muchas veces actuaría en la vida llevado por la rabia, otras por la codicia, y engañó a más de uno, y luego se sentía mal, y arrepentido.

Mientras, la práctica Sofía, actuando con firmeza, y ante el peligro de que Juan, sin trabajo ahora, perdiera lo que se salvó en una nueva aventura, se apoderó de los 1.800 pesos, y, en una negociación astuta, invirtió aquel pequeño capital en la compra de la pensión grande, es decir, en el traspaso con la autorización del dueño de la casa, de todos los muebles y enseres de aquella hermosa casona, una pensión a poco más de media cuadra del Palacio Encantado. Una ganga, decía Sofía. Seis habitaciones, un comedor con seis mesas, con vajillas, sábanas, muebles de sala y comedor, cocina, todo totalmente equipado.

—Por 1.850 es un regalo. Los muebles, las vajillas y las sábanas, si sales a comprarlos, valen eso y mucho más —dijo, luego de apretarle las tuercas a la anterior dueña, y rebajarla de los 2.200 a que aspiraba.

Y mientras, no queriendo deshacerse del Palacio Encantado, por el bajo alquiler que pagaba, y no botar, o rematar, unos muebles a los que les había tomado cariño, se los dejó a su hija Margarita. Todo calculado con un doble propósito: hacerle un favor a Margarita, y, de paso, cubrirse las espaldas. *"Hombre precavido, vale por dos; y mujer precavida, vale por tres"*, solía decir, guiñándole un ojo.

*   *   *

Sofía era al fin la dueña de la nave de su destino, y se sentía una capitana en aquella hermosa casona que tenía dos patios, un patio de culata antes de la cocina y el comedor, de mosaicos cubanos, y el segundo un traspatio en el fondo de la pensión, mitad de mosaicos, mitad de tierra, donde Juan se puso a criar unas gallinas. En el primer patio había una pérgola cubierta de jazmines y otra enredadera de florecillas rojas que crecían desde un cantero lateral. Sofía Vilarubla eligió para sí la habitación más independiente y amplia, entrando a la izquierda después de lo que antes había sido el comedor formal.

Las otras habitaciones estaban todas a la derecha del largo pasillo, cuatro en total, luego el baño común y después el cuartucho de Pancha, la cocinera negra, una celda oscura y sin ventanas. Pancha tenía un hermoso culón de negra: dos esferas separadas por un hondo surco. Solos en la cocina, se metía con ella, y le cantaba: *"Tiene unas caderas, que parecen lanchas"*. Ella consentía que la manoseara y se le pegara por detrás: *"No, niño, tate quieto, déjame cociná"*, le recriminaba, pero en voz baja y cómplice, y sonriendo lo botaba de la cocina.

En las vacaciones de agosto, con la pensión vacía, una medianoche él se deslizó en el cuartucho estrecho y sofocante de Pancha: su camastro olía a sexo y a sudor de negra. Incierto que la forzó: Pancha protestaba en la oscuridad, *"no, niño, eso no"*, pero tan caliente que apenas se la metió, se meneó brutal. Una negraza salvaje culeando y gozando: *"¡Así, papito, así!"*. Sudaron a chorros. Después, de vuelta en su cuarto, él sonreía pensando que cuando Pancha se calentaba le decía lo mismo a todos los negros con quienes templaba: *"¡Así, papito, así!"*. Después no podía dormirse, dando vueltas incómodo, impregnado en aquel olor tan intenso a sudor y a sexo de negra. En plena madrugada tuvo que levantarse para darse un duchazo y restregarse con jabón. Incluso bañado, la peste a negra persistía en sus poros y su nariz. Esa semana, Pancha abandonó la pensión y anduvo diciendo por ahí que el hijo de la dueña la había "forzado".

Sofía se enteró en el Mercado. No quiso creerlo. ¡Matías con esa negra, jamás! Y vino a escrutar la verdad en los ojos de su hijo. Pero Matías no parpadeó: ni abrió los labios, se limitó a negar con la cabeza, decepcionado por las calumnias. (¡Negra embustera! ¿Quién se templó a quién en aquella batalla de sudor y leche, donde ella no paró de culear un segundo? ¡Negra apestosa, su poderoso hedor a mona, dos días después, aún mortificaba su fino olfato!)

—Pancha dice que no quería líos con un niño blanco. Que las negras siempre son culpables, y los blancos inocentes —insistió Sofía, tratando de leer la verdad dentro de sus ojos. La pobre.

Volvamos a las habitaciones: todas tenían alegres cortinas floreadas (una tela con un espacio arriba y otro abajo) para ventilarlas, y sólo de noche cerraban las puertas. La brisa entraba por los patios y movía las cortinas, y atravesando el pasillo él podía, con suerte, lanzar un vistazo a las estudiantes acostadas en refajo, o en blumers y sostenes. Ellas chillaban: *"¡¡Matíaaas!!"*, pero él ya tenía su foto erótica instantánea.

A la derecha, detrás del primer patio y frente a la cocina, estaba el comedor, muy amplio, y encima del comedor la habitación de los altos, adonde se subía desde el patio de los jazmines por una amplia escalera también con mosaicos de arabescos. Cuando Sofía compró la pensión grande, además de muchachas, para cubrir los gastos en las vacaciones, tendría de pensionistas fijos a un matrimonio en la primera habitación de la derecha, y a un hombre en la habitación de los altos. Aquella siempre se llamó la habitación de los altos; de un metro hacia arriba sus paredes estaban hechas de un enrejado de madera diagonal, como el quiosco de un jardín, para hacerla más fresca y ventilada. Pero en la mente de Matías siempre fue el Sanatorio, o la habitación de la Tísica, porque fue construido por el propietario de la casa un par de décadas antes para una hija tuberculosa, con la esperanza de que el aire más puro la salvaría de la muerte. Matías vio la foto de la joven, muy bella, que murió a los veinte años. En ocasiones él dormía en aquella habitación, donde por la noche se colaba, entre las rejillas, la brisa y el sereno.

Cuando él dormía allí, contemplaba las estrellas y los tejados de los vecinos, pensando en la bella tuberculosa de la foto, en sus misteriosas ojeras románticas, en lo sola y melancólica que debió sentirse, aislada encima de la casona, mirando los tejados y las montañas lejanas. Antes la gente temía la tos de los tuberculosos y su mortal contagio. La pobrecita, tan joven y tan bella, condenada a morir virgen.

—¿Virgen? —Angelita hizo una mueca de desdén—. Tuberculosa sí, pero virgen no. Ésa murió con una barriga que le hizo el Diablo. Ella lo invocaba por las noches, desnuda en su cama y el Diablo venía por los tejados con su rabo encendido, y se acostaba encima de ella.

La digresión salió a relucir por culpa de Angelita (tía de uno de la pandilla), una mulata del barrio con fama de bruja y santera. Pero Matías contará en otra ocasión la historia de Bella tuberculosa y el diablo, porque no se corresponde con la novela de Sofía.

* * *

A Sofía, excelente administradora, le fue bien con la pensión. Aparte de cubrir los gastos, allí ganó y ahorró dinero. Nunca disfrutó de una mejor habitación, trajinaba alegre y feliz al mando económico de la nave, dando órdenes a dos criadas: a la cocinera que dormía en el cuartucho, y a la de la limpieza que venía por las mañanas. Los pisos de mosaicos brillaban, los manteles limpios, y la comida buena, humeando.

—¿Nunca supe por qué, si era un buen negocio, lo traspasaste dos años más tarde? —le preguntaría él, cuando ella le contaba su vida.

—Por problemas y peleas con Juan, hijo.

—Yo nunca te vi pelear con Juan.

—Nunca nos viste, porque una mujer, si se respeta, jamás discute con su marido delante de sus hijos. Pero Juan se me estaba echando a perder. Yo trabajaba como una burra en la pensión, y él dándose buena vida en la Colonia Española. No quería contribuir. Decía que él había puesto todo su dinero en la compra de la pensión, y que no tenía capital para trabajar.

Sofía hizo una pausa, y suspiró aún disgustada.

—Y yo pensé, ¿así que yo me voy a matar trabajando, y él viviendo de chulo, sin aportar nada? ¡Eso no va conmigo! Así que vendí la pensión, aprovechando que Margarita me devolvió la Casita de la Loma, y le entregué los 1.850 pesos a Juan. Le dije: "Ahí tienes tu dinero, así que a trabajar". Y me senté tranquila en la casa, y si admití un par de pensionistas, fue por el cariño y para tener con quien conversar.

* * *

Matías salía de su infancia en un sólo estirón violento de su cuerpo flaco y árido, para entrar en los suplicios carnales y mentales de la adolescencia, y la presencia en su casa de esos lindos capullos de alhelí, enardecieron precozmente su sexualidad. Se levantaba y se acostaba rodeado de esas flores del pecado: ninfas lánguidas en las camas y en las sillas, húmedas del baño y ligeras de risas. Creció aspirando sus olores, gozando de su visión, su amistad y su contacto: divinas y caprichosas criaturas que incitaban sus hormonas. De púber tímido, devino en púber perverso. Sin embargo, sólo con dos se desnudaría. Primero con Belinda, y luego con otra virgen inolvidable, aún desconocida. Con las otras hubo sólo besos y contactos furtivos. Como la muchacha de Palma Soriano, altiva, de unos ojos serios intensos, que en la locura de un bolero se desmadró en sus brazos y le dio la lengua, y luego se arrepintió. Si no tuvo más aventuras fue porque pasó aquellos tres años becado en la ETI, en La Habana, precisamente los que Sofía duró en la pensión grande.

Ellas, poseídas por la música, lo sacaban a bailar, para enseñarle, o practicar algún paso. Pronto Matías aprendió a bailar, en contacto con sus teticas y sus muslos, y ya adolescente, les arrimaba su sexo con diferentes reacciones. Con candor o malicia, ellas consentían el embeleso tras la tela. Pernicioso para él, porque el vicio solitario crecía.

—Matías, no te pegues tanto.

—Yo no me pegué, fuiste tú.

—¡Mentiroso, descarado! —se reían de él.

Jugando de mano (juego villano, decía Sofía), se manoseaban.

—¡Suéltame, no seas pesado, no quiero ahora! —lo paraban de repente, caprichosas reinas de su perfume y su belleza. Había algo dulce y lascivo en esos contactos. El hecho de que se sintieran seguras con el adolescente de la casa, las volvía audaces y las incitaba al morbo.

Sofía lo observaba todo sonriente.

VI

NARIZ DE BOMBÓN

"No la quiero en mi novela", susurra el espíritu.

"Mamá, ella es tu hija, es mi hermana, y no podemos sacar su retrato de este álbum de familia", le contesta él.

*   *   *

Mamá la apodó Lirio, nombre de flor delicada. Sin embargo, más bien debió llamarla Ortiga, por las ronchas que dejó a su paso. Ya de pequeña fue arisca, altiva y rebelde, y se la pasaba peleando con Gertrudis. Tenía una nariz fina y recta, pero se cayó y se partió el tabique, y por eso la llamaron Nariz de Bombón. Cuando las dos hermanas crecieron, Gertrudis se transformó en una linda señorita, en cambio ella sufrió de acné. Fue una chica acomplejada, inteligente y temperamental, y jamás se daba por vencida en nada.

—Es como Jalisco, que cuando pierde arrebata —decía mamá.

A los quince entró en la Normal de Maestros de Santiago, donde fue una alumna brillante y beligerante. Tuvo pocas amigas. Jugó en el equipo de *base ball* de la Escuela en la posición más exigente: de *catcher* y cuarto bate. Matías, entonces un niño, iba a verla a los partidos. Ella lucía bizarra y sexy en su uniforme de pelotera, los cabellos colgando fuera de la gorra. Él se enorgullecía de los tremendos batazos que pegaba su hermana. Cuando ella corría, las tetas le brincaban y se deslizaba agresiva en las bases, derribando a las jugadoras contrarias, se ponía de pie y se sacudía el polvo del uniforme, engreída y desafiante.

Un hijo de catalanes se enamoró locamente de ella. Jordi era atlético y apuesto, de sonrisa y ojos tristes. Ella tenía ya dieciséis años, según mamá, una edad perfecta para casarse. Pero no estaba enamorada. Le halagaba que Jordi le hiciera la corte y la asediara con ojos de cordero. El hecho de que unos meses antes Gertrudis se hubiera casado, a los diecisiete años, se había transformado en un reto en su eterna rivalidad.

—Él me ha pedido en matrimonio, y diez veces le he dicho que no —se jactaba en la Normal con sus condiscípulas, y éstas la miraban con envidia, porque soñaban con el matrimonio.

* * *

Por aquella época el Palomar lo compartían Margarita, una pensionista, y Matías. Margarita dormía en la cama grande con la pensionista, y en la cama pequeña dormía él. Cuando en el palomar apagaban la luz y se acostaban, ellas hablaban en voz baja. Él cerraba los párpados, fingiendo que dormía, para escuchar sus confesiones. Voces soñadoras de muchachas acostadas en la oscuridad: hablando de lo que les pasaba por la pantalla de sus sueños. Aquella noche, Margarita hacía preguntas sobre el matrimonio y el amor, con la ilusión de la felicidad.

—*¿Tú crees que yo me deba casar con Jordi?*

—*Si estás enamorada, sí. Si no, no* —dijo su compañera.

—*¿Y cómo sabe una cuándo está enamorada?*

—*¡Ay, chica, qué pregunta más tonta! Estás enamorada porque te sientes feliz y te emocionas con tu novio, y cuando él te toca, te hace tiqui tiqui el corazón.*

Después de un breve silencio, considerando este manual sobre el amor, Margarita, aún llena de dudas, preguntó:

—*Oye. ¿Tú crees que mi novio sea bonito?*

—*Bueno,... sí... y parece muy buen muchacho.*

Ellas hablaron un rato más, antes de dormirse. A pesar de ser un niño, a él lo embargó una gran pena por Margarita. ¿Si le gustaba Jordi, por qué preguntaba si era bonito? ¿Y eso, qué importancia tenía? ¿Cómo podía casarse con un hombre si tenía tantas dudas?

*   *   *

Si Margarita estaba llena de dudas, mamá, ansiosa por que Margarita se casara y se fuera de la casa, estaba llena de certezas.

—¿Dónde vas a encontrar a otro como Jordi? Un muchacho sano, de buena familia, blanco, buen mozo. ¿A qué vas a esperar, a un príncipe azul? Deberías darte con una piedra en los dientes.

—No sé. ¿No te has fijado en los pies tan grandes, los zapatones que usa y en lo raro que camina?

Jordi trabajaba de cobrador a pie para unos catalanes que vendían telas a domicilio como los turcos, y caminaba con los pies abiertos y unos grandes zapatones, como los de Chaplin, sólo que era alto y fuerte y caminaba con gran vigor. Mamá soltó una risita pícara.

—Hija querida, si yo fuera tú, no me importaría: un hombre con los pies grandes es una señal de otras cosas mejores —sonrió pícara mamá, luego los ojos se le llenaron de ternura—: Claro que si no te gusta Jordi, no estás obligada a casarte con él. Ahora, de que es un buen muchacho y de que te quiere mucho, yo no tengo la menor duda.

Sofía, ya cerca de los cuarenta, vivía una larga y tórrida luna de miel con su joven amante, y le preocupaba la presencia de Margarita en la casa. Seguramente se habría sentido más tranquila si Margarita, ese pimpollo que esparcía un flujo de radiaciones eróticas con su sola presencia, se casaba y se marchaba de una vez.

Juan Maura estaba enamorado de mamá, y no había sido, y no sería nunca, ni irrespetuoso, ni mujeriego. Pero cuando Margarita cruzaba delante de él, los ojos saltones de Juan la seguían: esa muchachona con sus piernotas largas, sus senos pujantes en el corpiño y unas nalgas altas e insolentes, atraía su mirada, a su pesar. Sofía comprendía que Margarita podía despertar en cualquier varón viril, quién sabe qué impuros pensamientos. Y eso la inquietaba.

Mamá actuó según una prédica suya: *"Debemos evitar las tentaciones, porque la carne es débil y el pecado poderoso"*.

*　　*　　*

En aquellas vacaciones hubo boda en la Casita de la Loma y la madre lucía tan feliz como la novia. Luego de casada, Margarita se mudó con su humilde y atlético esposo a una pensión. Dos años después se graduó de Maestra Normalista con el segundo expediente de su promoción, y no fue la primera por una discusión cerrera que no quiso perder con un profesor tan testarudo como ella.

—Cuando Jalisco pierde, arrebata —repitió mamá.

Matías se benefició de esa boda, porque Jordi se convirtió en un amigo y un hermano mayor en el paso difícil a la pubertad. Cuando los de la pandilla veían venir a ese Chaplin corpulento y risueño, le decían a Matías: "ahí viene *el cuñao*", y todos lo llamaban con cariño: *"cuñao"*.

Su cuñado adoraba a Margarita, quien a su vez quería y protegía a Matías. Cuando iban a la playa, su cuñado y él salían de noche a pescar en un bote de madera dentro de la larga y hermosa bahía de Santiago. A veces salían al mar abierto, a remar contra las olas. Noches inolvidables, solos en el mar, oyendo al oleaje que mecía y mantenía un diálogo con el bote, sobre sus cabezas la inmensa oscuridad saturada de estrellas. De súbito, picaba un pez y los dos gritaban como niños halando los cordeles, sacando de las oscuras aguas esas balas plateadas centelleantes que pegaban coletazos: un jurel de dos libras. Una vez localizaron una mancha de pargos, y pescaron más de veinte: sagrados peces rojos y dorados cuya visión hacía palpitar el corazón. Aquella noche, en el apuro, él se clavó un anzuelo en el pulgar al sacarlo de la boca de un pez y Jordi se lo extrajo. En otra ocasión se desató una tempestad, y a luchar contra el oleaje. Embarcaron una ola gruesa que los empapó: apuro, miedo, risas, y el bote lleno de agua, los dos luchando para no naufragar.

—¡Achica, achica tú, coño, que yo remo!

Una amistad purificada por el mar, en esas largas noches compartidas en un bote solitario. Un afecto quemado por el salitre y el yodo. Eso fue Jordi para él.

*   *   *

En su memoria él ha regresado a su pubertad en la casita de la loma. Está en la vieja y ennegrecida cocina, y su madre lo mira con una sonrisa maravillosa. Ella está celebrando su primera cocina de gas, con un vals celestial y etéreo. Una cocina moderna que la librará del arduo proceso de prender los fogones de carbón en las madrugadas, usando papel, alcohol, a veces cáscaras secas de naranja. Su madre se voltea sonriendo hacia él y levanta su puño en señal de triunfo.

—¡Adiós al carbón, y al hollín! ¡Soy una mujer moderna que cocina con gas! ¡Ven acá, Matías, y bailemos! ¡Tú eres mi príncipe azul y yo una cenicienta liberada de cenizas!

Así de explosiva era su fantasía. Todo por una cocina de gas, ese artefacto moderno que su madre pulía, deslumbrada por su blancura de porcelana y su eficacia. Durante una semana no permitió que nadie la tocara.

—¡No necesita ni siquiera fósforo! ¡Porque mira, Matías, aquí abajo hay un piloto! Dicen que no gasta casi nada de gas —ella le dio otra vez media vuelta al botón, con la sonrisa feliz de una niña con un juguete, y la hornilla se prendió sola, como por arte de magia—. ¡Mira para eso, hijo, soy una maga!

*   *   *

Aquél fue un año de prosperidad, gracias a Margarita. Cuando se graduó con honores un año antes, creyó que la premiarían con una plaza de maestra en Santiago. Sin embargo, tuvo que conformarse con lo que le dieron: una escuelita rural, lejos. Durante un año ella trabajó entre campesinos, y los fines de semana, o cada quince días, viajaba a Santiago, o Jordi agarraba el ómnibus para ir a ver a su adorada.

—¡En qué atraso viven! La letrina está detrás de la casa, y si llueve te mojas. Pero eso no es nada —les contaba Margarita riendo—. Yo iba y no encontraba papel. Sólo había una pila de tusas de maíz.

—¿Tusas? —Jordi se extrañó.

Margarita se volteó impaciente por la ignorancia de Jordi, y lo regañó—: Sí, chico, tusas: lo que queda de la mazorca cuando le quitan los granos de maíz —luego le sonrió a Matías, reanudando su cuento—: ¿Será que estos guajiros no se limpian cuando cagan?, pensé yo, y fui a preguntarles. *"Pero, maestra, si hay tusas de sobra",* me dijeron. ¿Comprenden? ¡Se limpian con las tusas!

—¿Y eso no raspa?

—¡Qué va, si son suavecitas! Y limpian de maravilla.

Al terminar el año escolar, ella solicitó un año de permiso, con el pretexto de ir a estudiar inglés a New York. El permiso se lo concedía el Ministerio de Educación, que le conservaba su plaza de maestra, sin sueldo naturalmente. Jordi y ella andaban entusiasmados, pioneros en emprender viajes no sólo al extranjero, sino a New York, la ciudad prodigiosa de los rascacielos que encandilaba las mentes de los cubanos.

Sofía se enteró que, con palanca, se podía conseguir un año de permiso con medio sueldo. Instó a que Margarita lo gestionara: medio sueldo serían sesenta y dos pesos, un dineral. Discutieron, se enfadaron. Según Jalisco, sería difícil, y no tenía tiempo para andar de la Ceca a la Meca. En uno de sus arranques, retó a su madre.

—¡Te regalo el dinero! ¡Si lo consigues, es tuyo!

—¡Ah, sí! ¿Lo dices de verdad?

—Es tuyo. Ojalá lo consigas. Yo me voy para New York y, a lo mejor, no vuelvo nunca más.

Sofía Vilarubla Marcano movió cielo y tierra. Estuvo una mañana entera con Matías en el Palacio Provincial, y a él le daba vergüenza hacer antesala en aquel Palacio. Su madre y él sentados dos horas; él aburrido, ella con una terca determinación: en su cartera tenía una carta de recomendación para el Gobernador, para que éste, a su vez, le diera otra recomendación para Educación. A él le encabronaba esperar, odiaba a los políticos y los laberintos del poder.

—¿Hasta qué hora vas a esperar, mamá?

—No sé —contestó terca Sofía, y le informó—: En Palacio las cosas van despacio. Pero si quieres, vete. Te pedí que me acompañaras porque aquí hay muchos hombres, no se vayan a equivocar conmigo.

Todavía ella era muy bella, y al pasar, los hombres la admiraban, y él entornaba los párpados con rabia, comprendiendo que el mundo es un antro de lujuria en donde ni la madre de uno se salva. Por supuesto, no la dejó sola en el Palacio del Gobernador.

Al fin, Sofía consiguió la licencia con el medio sueldo. Hubo tres meses de ansiosa espera y cuando recibió juntos los dos primeros cheques de Educación, pegó unos gritos de júbilo que resonaron en la casa. Celebró su triunfo sobre Margarita, y administró su pequeña riqueza comprando la cocina de gas, un moderno refrigerador y cambiando las lámparas incandescentes por unas nuevas de luz fría, un invento extraordinario que gastaba la cuarta parte de energía. Y pintó el Palacio Encantado por su cuenta, ya que el dueño, un anciano avaro, inmune a la seducción de Sofía, nunca lo hizo.

De todas estas novedades, el refrigerador fue el preferido de Matías, por que lo dispensó de ir al mercado en busca de los bloques de hielo con los cuales conservaban frescos los alimentos y enfriaban el agua.

* * *

Margarita mandaba postales desde New York. Veía a su hermana y a Jordi retratados en la nieve, y a los pies de la Estatua de la Libertad, y otros sitios de leyenda. Las fotos lo deslumbraron: sus sueños de viajar por el mundo se transformaron en decisión irrevocable.

—Hasta yo me iría, si pudiera —dijo Sofía.

Un año después, su hermana regresó de New York, y Sofía perdió aquel medio sueldo salvador. Margarita había regresado a regañadientes, empujada por Jordi, quien quiso volver empeñado en sacar la residencia y vivir legalmente (ella estaba dispuesta a hacerlo ilegalmente.) Pronto se dieron cuenta que tramitar la residencia en USA les llevaría tiempo, como mínimo un año. Entre tanto, Jordi y ella se reincorporaron a sus trabajos respectivos. En su ausencia, a Margarita la habían traslado a una escuela más lejana, un traslado que ella juzgó afortunado: la nueva escuela, aunque situada en las montañas de la Sierra Maestra, estaba dentro de los límites de la finca cafetalera del primo de Nery, una ex-compañera suya de la Normal de Maestros, y ahora no viviría entre campesinos, sino en una casona con techo de tejas, rodeada de personas más cultas y hacendados con dinero. Nadie imaginó el melodrama.

*   *   *

Mediodía en la provincia de Las Villas, en aquel Central lejos de Santiago, con el sol y la brisa de la campiña relumbrando de oro y verde en las ventanas. Sentados alrededor de la mesa, estaban Gertrudis, su esposo y él, Matías. En una silla alta su sobrina rubia y bonita. Los platos humeaban sobre la mesa cubierta con un mantel almidonado. Gertrudis, una excelente cocinera, les servía, mandona pero risueña, y su cuñado y él metiendo diente al apetitoso almuerzo.

—¡Ah, recibí carta de mamá! ¡Vamos a leerla, a ver qué cuenta! —propuso Gertrudis entusiasmada, y salió a buscar la carta.

Ella la trajo, rompió el sobre y empezó a leerla, mientras su cuñado y él almorzaban. Primero mamá deseando bienes y parabienes, y luego la mala noticia expedita y cruel. La voz de Gertrudis se tornó lenta, vacilante por la sorpresa y la tensión.

"Me avergüenza contarlo, pero creo que deben saberlo, aunque se entristezcan. Ella es mi hija, no obstante ustedes tienen que saber la verdad. Tú eres su hermana, y Jordi ha sido muy bueno con Matías. Yo estoy en la obligación de decirles por la que estamos pasando. Margarita anda como loca, se enamoró del primo de Nery..."

Aquí fue donde Gertrudis se interrumpió, levantó sus perplejos ojos y miró a su marido y después lo miró a él, los tres en suspenso, y luego con voz quebrada, continuó leyendo:

".. allá, en donde paraba, en la casona de esa finca cafetalera en la Sierra Maestra. Se quiere divorciar, y lo peor, lo más penoso para mí, y para ustedes, es la deshonra, porque ella no tiene empacho en admitir que ha mantenido relaciones con ese hombre... Yo lo veía venir, ¿pero qué puede una madre contra el destino? Siempre supe, desde que era pequeña, que Margarita me haría sufrir. Al pobre Jordi, que la adora, el *golpe lo ha destrozado. Yo lo decía: que marido y mujer nunca deben separarse."*

Matías no pudo tragar el último bocado. Gertrudis lo miró consternada, y él bajó la vista. Aunque quería a Margarita, también quería mucho a Jordi. Imaginó la vergüenza y el dolor del pobre Jordi al enterarse que esa mujer, a quien adoraba, le había entregado su cuerpo y su corazón a otro hombre.

*   *   *

Cuando un mes antes partió de Santiago, adivinó que su hermana andaba enamorada como una burra. Margarita, con esa rebeldía y libertad de criterio que mostró desde niña, avanzaba por la senda del adulterio. Lo adivinó no por nada extra sensorial. Sencillamente lo percibió en su rostro y en su cuerpo erotizados, en el estado de exaltación apasionada con que hablaba de aquel machazo, el primo de Nery.

—En la Sierra, los hombres son más viriles: la montaña y la vida ruda endurecen sus cuerpos. Allá, el cielo es más azul y el aire más puro, y yo me siento vibrar cuando monto a caballo —dijo apretando el puño al estilo de mamá, radiante de sensualidad, en uno de sus regresos.

Jordi se quedó callado y se tragó la ofensa. Y él, Matías, que estaba presente, se sintió abochornado por la desvergüenza de su hermana. Adivinó que le pegaba los tarros a Jordi. Cuando él veía a Margarita tratar a Jordi con despotismo, sentía una mezcla de desasosiego y de pena. ¿Por qué humillaba al pobre Jordi, que la trataba como una reina? ¿Qué clase de mujer era? ¿Y por qué Jordi permitía que le faltara el respeto?

Ahora, al fin, ella le había pegado los tarros y deshonrado a toda la familia. Imaginó el dolor de su cuñado. Seguía frente a su plato en Las Villas, y Gertrudis tenía la carta en sus manos, y su marido también guardaba silencio, sumidos todos en la pena. No podía tragar y se le escapó un sollozo, se levantó y corrió al baño. Allí se secó las lágrimas y los mocos, echándose agua en la cara. Después regresó a la mesa, donde lo esperaban Gertrudis y su esposo, con caras de duelo. Se sentó y continuó almorzando en un hosco silencio.

Conocía a Margarita, su rebeldía y su audacia, y siempre supo que su cuñado, el buenazo de Jordi, no era macho para ella. Conocía también a su amante, porque Margarita lo mandó con un recado a casa de Nery. Al tipo lo llamaron y vino a la puerta desde el interior de la casa. Un hombre rudo con unas botas presuntuosas, medio calvo, de unos treinta años, bronceado por el sol, acostumbrado a montar a caballo, a mandar peones y a tumbar a las campesinas y revolcarse con ellas. En cuanto vio las ranuras negras de sus ojos de patrón de finca, su voz y su gesto arrogantes, comprendió que había seducido a su hermana. Un hombre endurecido y sin escrúpulos, envanecido por la hacienda cafetalera que había heredado, ese pedazo de tierra en donde reinaba. Matías lo adivinó todo: en la casona de esa finca cafetalera en la Sierra, en medio del romántico paisaje con sus agrestes montañas, aquel hijo de puta había tumbado de espaldas a su hermana. Margarita, con las ganas que tenía de dar rienda suelta a su fogosidad, debió ser una presa fácil.

—Dile a Margarita que mañana salimos para la finca a la seis de la mañana, que yo paso en el jeep a buscarla —le ordenó como si él fuese un mandadero.

Recibió el recado con una actitud y una mirada hostil. Tuvo ganas de meterle una trompada, pero aquel tipo era un hombre mayor y más fuerte que él. Le puso mala cara y cuando le dio la espalda, le dijo mentalmente lo que no tuvo el valor de decirle en voz alta: *"Me cago en tu madre"*. Aquel hombre captó su hostilidad, y después le dio la queja a Margarita con una mueca burlona.

—Ese hermanito tuyo es medio alzado.

—Todos en la familia lo somos —le contestó ella, retadora.

Un reto intranscendente, como el de las potrancas en celo que lanzan coces antes de entrar al puesto de monta. A él no le interesaba su orgullo, ni su familia, ni su felicidad. Lo único que quería era montarla, persuadido de que, una potra cerrera como Margarita necesitaba una mano recia y una brutal fornicada para ser amansada.

La aventura pasional de Margarita no llegó a nada. La única víctima fue Jordi, el tonto la perdonó, intentando salvar su matrimonio, inútilmente. Tarde, porque Margarita ya le había perdido el respeto, ella quería nuevas aventuras, y Jordi le resultaba insípido y baboso. Cuando se terminó el curso escolar, y el primo de Nery la dejó plantada, Sofía la recriminó por lo mucho que había hecho sufrir a Jordi. Matías estaba delante, y Margarita, en vez de mostrar algún remordimiento o vergüenza, le respondió con uno de sus arrebatos de altanería:

—Fue culpa de Jordi, no mía. ¿Quién lo mandó a volver? Yo le insistí en que nos quedáramos en New York, que los americanos no nos darían la visa de residentes, y él, de idiota, se empeñó en volver.

*   *   *

Después de aquella aventura, Margarita cambió, sus actitudes morales y su vida sexual dieron un giro brusco: descubrió no sólo que le gustaba el sexo, sino la poderosa atracción erótica que ejercía sobre los hombres. Su conducta provocó alarma y escándalo en las mujeres de la familia.

—Yo nunca entendí ese cambio —comentaría Gertrudis—. En Santiago no hacía más que criticarme. Los muchachos me perseguían como moscardones y yo me divertía, pero Margarita me acusaba de coqueta, y le iba con los chismes a mamá.

—Claro, se moría de celos y de envidia —se rió Matías.

Años más tarde, cuando Margarita se transformó en una guerrera que retaba a los hombres y les pegaba cuernos a sus maridos, Gertrudis se alarmaba por la salud mental de su hermana, y se indignaba.

—¡Margarita no sabe lo que hace! ¡Ha perdido la cordura!

Él la escuchaba pensando que, a pesar de los años y el amor que unía a sus dos hermanas, la vieja rivalidad de la niñez seguía latente. Gertrudis, que conoció un solo hombre en su vida, debía sentirse apabullada por los tres matrimonios y los amantes de Margarita. Él sonrió y calmó a Gertrudis con una dosis de cinismo.

—Margarita sabe perfectamente lo que hace. Ella no ha perdido "la cordura", sino "la vergüenza", que son dos cosas distintas.

*   *   *

Después de aquel amante en la Sierra, rompió el molde. Mamá le había enseñado a sentarse con las rodillas juntas, a ser honrada, a comportarse como una gran dama, pero esa hija rompió el molde. Abrió los muslos al sentarse, y se lanzó al ataque contra el sexo opuesto.

—¿Te das cuenta de dónde salimos y lo lejos que hemos llegado? —le diría Margarita, ya en la cúspide, en su lujosa residencia de Pennsylvania, casada con un abogado yanqui, buen mozo y millonario—. ¿Te acuerdas cuando tú eras un muerto de hambre, y yo una maestrica en la Sierra Maestra casada con el infeliz de Jordi?

Claro que lo recordaba (¿qué hombre, o mujer, por lejos que vaya, se libra del tatuaje recóndito de su niñez?). Sí, él recordaba cómo, luego de su locura de amor en la Sierra Maestra, Margarita empezó una nueva carrera: el doctorado en pedagogía. Daba viajes sola a La Habana, donde se hizo amante primero, y esposa luego, del Presidente del Colegio de Pedagogos (ella siempre tiraría alto), un profesional distinguido, diez años mayor, que abandonó un matrimonio triste y sin hijos, por esa alumna vital y deliciosa que escuchaba sus palabras mirando con arrobo sus labios, y se le acercaba temblando de emoción.

—Profesor, por favor, explíqueme..—. venía ella con su aliento de miel, adonde él estaba, arrimándole sus tibios pechos a la cara. El profesor decoroso y tartamudo, al fin se atrevió.

—¿Qué-que tal si salimos a cenar esta noche, y así, pu-puedo, explicarle mejor la Evaluación por el método de Estadística?

Se casaron, y Margarita tuvo dos hijas. Con el profesor compartió el entusiasmo por la revolución y las jornadas de alfabetismo, y más tarde el desencanto, la represión y el miedo. Salieron hacia el exilio en Venezuela, en donde ambos dieron clases en una Universidad, y un año después, a los Estados Unidos. Aún siendo esposa del distinguido profesor, en un viaje de estudios a España, pagado por la Universidad para una tesis sobre el teatro de Lope de Vega, sedujo a un famoso escritor español en Madrid que viajaría medio mundo detrás de Margarita, aunque ella entonces no admitió *any wrong doing*.

Al español izquierdista lo sustituyó por otro amante: un colega universitario, un hermoso ex agente de la CIA de ojos azules, un ejemplar de 6 pies y 4 pulgadas de pura vanidad. Entre tanto, se casó por tercera vez con el abogado norteamericano que la divorciaba, el apuesto millonario de Pennsylvania. Y entre los pleitos que ganó en su vida, figura la demanda a la Universidad para la cual trabajó durante cinco años (por discriminación por ser hispana y mujer), y otro que le ganó al IRS (la temible recaudadora de impuestos de USA), un juicio por *"taxes"* que sentó jurisprudencia y salió en el Wall Street Journal.

Su buena y su mala fama, creció en la familia. Gertrudis, con los años transformada en la gran matrona venerada por sus hijas y sus nietos, decía que Margarita sólo pensaba en sí misma, que dejaba a sus dos hijas abandonadas para irse con sus amantes, y al final pontificó:

—Quien detrás deja amor y cuidados, adelante encontrará amor y cuidados. Quien detrás ha dejado vanidad y egoísmo, al final encontrará una habitación solitaria, rodeada de fantasmas

Aunque a él le irritó aquella prédica moralizante, no le contestó a Gertrudis. Él quiso mucho a Margarita, pero prefería olvidar el amor y dolor de esa hermana. Esta triste conversación con Gertrudis tuvo lugar años después, cuando la curva ascendente de Margarita se volteó hacia abajo y, consumida por el ansia vertiginosa con que ardió en la vida, su largo viaje se detuvo en la habitación de un lujoso hospicio en un pueblito de Pennsylvania, atiborrada de píldoras y de soledades.

VII

LA SERPIENTE EN EL PALOMAR

*"El amor es un algo sin nombre que obsesiona a un hombre
por una mujer... y viceversa".*
YOLANDA PANTÍN

Cuando Sofía vendió la pensión grande y regresó al Palacio Encantado, se trajo sólo a dos pensionistas, retirada prácticamente del negocio. Matías regresó luego de una estancia en casa de Gertrudis, y se encontró a su madre ya mudada, el palomar vacío y a las pensionistas de vacaciones. Sucedió a comienzos de julio, el tan esperado mes de carnestolenda, a la hora en que la luz del amanecer entraba al palomar, y en los mercados de Santiago se oían los cantos de los pregoneros. Matías soñó que oía unos pasos leves en la escalera de caracol, y soñó que una mujer se detuvo en el umbral del palomar; soñó que había una silueta a contraluz tapando el resplandor azul que entraba por la torre de la escalera de caracol, y que desde el umbral, esa mujer lo contemplaba en silencio. Matías dormía desnudo boca arriba y en su sueño sintió la mirada de esa mujer sobre su piel. Esa sensación de ser mirado lo despertó, asustado de que su madre lo viese desnudo y con esa obscena erección. Irguió la cabeza, instintivamente, buscando a ver si la silueta de la mujer era real, si continuaba allí, parada contra la luz, en el umbral del palomar.

Pero no: por encima de su miembro erecto apuntando al techo y más allá de sus piernas desnudas, no vio a nadie, sino el hermoso cielo

— 210 —

azul (la cama matrimonial del palomar tenía la cabecera contra la pared del fondo y los pies hacia la escalera.) Él se encogió de hombros y, sin taparse, se quedó unos minutos más echado en la cama. Se olvidó de la saludable erección mañanera, producto de la voluptuosidad de dormir y las ganas de orinar; sabía que se bajaría por sí sola.

Cuatro días antes había regresado en ómnibus desde Las Villas, con la obsesión del Carnaval en la mente. Un año antes, a los dieciséis, había terminado sus estudios en la Técnica Industrial de Rancho Boyeros, cerca de La Habana. Ahora tenía diecisiete, y vivía un mal momento, sin saber el rumbo que tomaría su vida. No más volver, lo deprimió caminar por los arrabales de su niñez y adolescencia, viendo las mismas caras, oyendo las mismas conversaciones. Esa ciudad era como una trampa, allí lo esperaba un empleo mediocre, en el cual consumiría su juventud.

—En Santiago, no puedo quedarme —meditaba—. ¿Cómo vivir aquí el resto de mi vida, rodeado de tanta mediocridad?

Ansiaba irse. Pero antes quería gozar, emborracharse por última vez con sus amigos, en aquel Carnaval salvaje cuyos tambores sonaban ya. A nadie le había hablado de sus planes, y a nadie se los confesaría.

La noche anterior había hecho un calor monstruoso, excesivo incluso para aquella ciudad, famosa por su bochorno infernal. Se acostó a la una de la madrugada, hora en que se suponía refrescara. Aún así el calor fue tal, que no pudiendo soportar la sábana, la apartó y yació inmóvil en calzoncillos, enervado, cada poro abierto, las gotas de sudor perlando su piel. Hasta los testículos le sudaban dentro de los holgados calzoncillos de tela. Finalmente, contra sus hábitos, aprovechando que las pensionistas estaban de vacaciones, se quitó los calzoncillos y durmió en pelota. Y esa mañana, él había despertado boca arriba, apuntando con su pene cabezón al techo del palomar. Algo absolutamente normal.

Así que se vistió aún amodorrado: calzoncillos, pantalón, camisa de mangas cortas; se puso las medias y los zapatos, y bajó la escalera de caracol. Abajo, al darle la vuelta al cuartucho (la escalera terminaba dentro del cuartico de estar trasero y en dirección opuesta a la cocina), se encontró con Sofía, que lo recibió contenta y sonriente.

—¿Sabes quién acaba de llegar? ¡Raquel! Cuando se enteró que estabas durmiendo, subió a sacarte de la cama, a botarte de "su" habitación

—su madre le sirvió una tacita de café—. Dice que no llegó arriba porque te sintió roncando. ¿Así que ya roncas? ¿Tienes tupida la nariz?

Mientras su madre le sonreía, él lo adivinó todo. Raquel había subido al Palomar impulsada por la impaciencia y lo encontró a él durmiendo desnudo en la cama. Imaginó la escena: los ojos glaucos de Raquel fijos en su desnudez, petrificada de la impresión, viendo algo tan obsceno y erótico que difícilmente olvidaría.

*   *   *

Todo había sucedido tal cual lo imaginó. Raquel había llegado de viaje media hora antes. Ella y Sofía se abrazaron y besaron. Conversaron alegremente cinco minutos, porque simpatizaban y se querían. Raquel, impaciente por acomodar sus cosas y descansar del viaje, habló de subir a su habitación. Sofía la detuvo, aclarándole que Matías estaba durmiendo, provisionalmente, en la habitación de los altos (ella nunca la llamó "el palomar" para no devaluarla.)

A Raquel se le ocurrió una idea divertida.

—¡Anjá! ¿Así que Matías está durmiendo en mi cama? ¡Ahora mismo subo a botarlo de mi cuarto!

Sofía sonrió, aprobando. Raquel, en aquél, su único año en la pensión, había tenido poco trato con Matías, y siempre lo vio como el adolescente de la familia. Un muchacho turbulento, bastante atractivo, pero por su mente nunca pasó un pensamiento impuro. Ella subió al palomar, planeando halarlo por una pata, y sacarlo de aquella habitación que consideraba suya. Ahora, en julio y agosto, no tendría que compartirla con nadie, y allí, en ese mundo aislado del resto de la casa, ella podría estudiar sola, disfrutando de los paisajes y la paz del palomar. Llegó al último escalón y en el umbral estuvo a punto de pegarle un grito a Matías, pero sólo dio un paso y se detuvo con el corazón petrificado.

En la cama grande del fondo, cuan largo era y con los pies apuntando hacia ella, vio a Matías dormido, completamente desnudo. Yacía sobre un lecho revuelto, la sábana a un lado, parcialmente caída en el piso. Los ojos verdes aterrados en la entrepierna del joven, en esa pelambre negra y obscena de donde brotaban sus atributos masculinos. Ella los contempló hipnotizada. La virginal luz iluminaba al joven tendido lánguidamente sobre el lecho desordenado. Más allá de la belleza bucólica de la escena, la visión de ese miembro erecto sobre la negrísima pelambre, la mantenía petrificada. En lo alto del falo se asomaba una obscena cabeza violácea. Ella estuvo medio minuto, acaso más, mirándolo.

Ese medio minuto cambiaría su vida.

Cuando se recuperó de la sorpresa, retrocedió en puntillas, y bajó con sigilo las escaleras de caracol. En su nerviosismo calculó que, si callaba, nadie jamás se enteraría. Y así procedió. Cuando Sofía la vio abajo y le preguntó, ella, haciendo acopio de valor, le contestó que oyó a Matías roncando y se devolvió sin llegar arriba.

—Me dio lástima despertarlo —añadió.

Por suerte, Sofía no se percató de su lividez. Para ganar tiempo y compostura, Raquel le avisó que iba a cambiarse las ropas del viaje. Fue y se encerró en el primer cuarto, el de Juanito, abrió su maleta, sacó un vestido y, mientras se cambiaba de ropa, maldijo a Matías.

—El sucio, durmiendo desnudo en mi cama —dijo con rabia.

Cuando la lúbrica visión asaltó su mente, sacudió la cabeza tratando de expulsarla. Luego intentó serenarse, y persuadirse a sí misma que no había visto nada, que nadie lo sabría jamás, y que muy pronto lo olvidaría todo. Esa noche, cuando la visión volvió violentamente a su mente, la asoció a las ilustraciones de un libro erótico que descubrió en casa de un tío suyo que tenía fama de libertino. A ella la impresionó mucho la de un fauno en un claro del bosque, durmiendo con languidez en un lecho de paja, exhibiendo un descomunal miembro enhiesto que estremeció su sexo, porque ella era honrada y virgen. Era tan sólo una ilustración y no se podía comparar con las vibraciones que sentía ahora ante la visión estremecedora de Matías desnudo, con la cosa real erecta y viva.

Rezó sus oraciones de costumbre, y trató de dormir. Empezó a dar vueltas en la cama, mortificada por la visión. Juntó las palmas de las manos sobre su seno y volvió a rezar con fervor. Al fin se durmió, pero tuvo unas pesadillas eróticas, turbulentas; el falo la perseguía, se le metía entre los muslos para penetrarla. Ella se defendía y el falo se convertía en una serpiente enorme con unos ojos diabólicos en su cabeza violácea. Pasó una larga y mala noche.

Por la mañana se despertó aturdida, pero suspiró con la creencia de que la pesadilla había terminado con la luz del nuevo día. Aún no sabía cuán traumatizada estaba, ni que esa visión trastornaría sus sentidos, devoraría sus entrañas, que sollozaría en sueños y que yacería despierta sobre la misma cama donde viera a Matías desnudo, ansiando morir penetrada por él, deseando el placer, la locura.

*   *   *

Matías imaginó la escena tal cual. Por lo pronto, se dijo, nadie podría culparlo de lo ocurrido. ¿Por qué subió ella al palomar sin avisar, sabiendo que él dormía? Allí, de pie en el pasillo frente a la cocina, esperó tranquilo, tomando a sorbos su café, ansiando que ella apareciera para ver qué podía adivinar en su cara bonita.

—Lo siento, hijo, pero te toca el cuartico otra vez.

—No importa, mamá —le contestó él, mirándola por encima de la taza de café, especulando con astucia sobre lo sucedido.

Sofía salió en busca de Raquel. Entendía el buen humor de su madre. En las vacaciones, las tres pensionistas regresaban a sus pueblos, y no había otras mujeres en la casa. La presencia repentina de Raquel significaba, aparte de un ingreso extra en julio y en agosto, una amiga con quien conversar. Sofía regresó con Raquel, y al fin él pudo escudriñar dentro de sus ojos verdes. Raquel le mantuvo la mirada, aunque una fugaz turbación la obligó a desviarla. Matías juzgó que ella se esforzaba por parecer natural. La imitó con más facilidad, por cuanto ella ignoraba que él "sabía". Se ofreció a subirle la maleta, pero Raquel se negó. Sofía la acompañó: odiaba aquella escalera de caracol y sólo la subía por razones domésticas, como ahora que llevaba un juego de sábanas limpias para prepararle la cama grande a la recién llegada.

Matías salió a la calle, sus labios sonreían con imperceptible malicia. Raquel y él compartían un secreto. ¿Dónde pararía aquello? No lo sabía. Si ella lo hubiese tirado a relajo, si se hubiese reído de Matías y del ridículo incidente, quizás se habría anulado todo. Pero Raquel era una mujer seria, incapaz de una vulgaridad, y eligió el silencio. A la hora del almuerzo (Sofía tenía un estricto horario y no le guardaba el almuerzo a nadie), él vigiló sus reacciones, y percibió la turbación carnal que su presencia le producía. Inició avances sutiles. Con cualquier pretexto, la tocaba en el brazo, en la mano, en el hombro, rozándola con las yemas de los dedos. Ella no protestaba, disimulando la turbación que le causaba su cercanía y su contacto físico.

A la mañana del tercer día, Raquel salió a la Normal, y él subió al palomar, con la esperanza de descubrir algún secreto. Lo registró todo. Cuando tuvo en sus manos los sostenes y los *blumers*, el olor femenino de esas delicadas prendas lo excitaron. Luego registró sus libretas de estudio, leyó su caligrafía firme y bonita, pero no encontró ninguna señal que la delatara. Sobre la mesita de noche había un papel impreso abierto. Ya antes le había dado un vistazo, y como se trataba de unas de esas oraciones para invocar la protección de uno de sus santos, no le prestó atención. Una hoja amarillenta, mal impresa, con la imagen de un Santo. Aquellas oraciones las vendían los yerberos y las tiendas religiosas, y, como no había encontrado nada, al final se decidió a leerla.

A los diecisiete años, él era ya un lector capaz de penetrar en los significados de los textos más arduos. Igualmente, de no haberlo sido, habría adivinado a través de la oración los tormentos de Raquel. Así de explícita y elocuente era la invocación para que el Santo la protegiera contra las tentaciones de la carne y los hechizos de Satanás. La oración se elevaba en una imploración contra las tentaciones, prevenía contra los disfraces seductores del Maligno, describía la embriaguez sexual, el alma devorada por el deseo, los suplicios infernales del cuerpo cuando la carne, débil frente al Pecado, se entregaba a la voluptuosidad y a la lujuria con que Satán hería, hendía y violaba el cuerpo de una virgen.

"Satanás es *su* deseo, ¿cómo yo, inocente de todo, puedo encarnar el pecado? Loca, está loca, pobrecita", se dijo él.

Se figuró a Raquel de rodillas ante al Santo, implorando ser salvada, con una oración cuyo texto más que calmar su pecado, debía avivarlo. En fin, la locura. Cuando terminó su lectura, lo puso en la misma posición en la mesita de noche. Entonces suspiró, embargado por la vanidosa dulzura de quien ha descubierto a una bella mujer perdidamente enamorada de su pinga, y sintió compasión por ella: por su lucha patética contra su eros enardecido. "Pobrecita, cómo sufre", murmuró, dichoso.

Cuando miró sobre la mesita la oración impresa, de súbito sospechó que Raquel la había dejado allí a propósito, con la esperanza de que él la encontrara y supiera. Hoy, tantos años después, lamenta no haber copiado aquel texto. Porque leyendo entre líneas, como lo leyó él, jamás encontraría otro que expresara los tormentos de la lujuria con tanta elocuencia. Bajó excitado del palomar. Ahora sabía por qué a ella se le inflamaba la yugular, se ponía rígida y temblaba cuando él se le acercaba o la tocaba. Sentía que la relación sexual ya existía: en el deseo reprimido de la carne de Raquel, en sus párpados velados, en las radiaciones magnéticas entre el sexo de ella y el suyo.

¿Qué hacer, cómo llegar hasta ella y romper ese muro de prejuicios y de miedo que contenía su deseo? No era un iluso, sabía que cualquier relación visible entre Raquel, una mujer seria de veintisiete años que se graduaba tardíamente de maestra, y él, un turbulento adolescente de diecisiete, sería un escándalo. Lo más difícil sería llegar hasta el cuerpo de Raquel, a pesar de ella misma.

* * *

Para los patrones estéticos de su adolescencia, Raquel ya no era tan joven. A los diecisiete años consideraba que a los veintisiete la juventud se empezaba a desvanecer. A esa edad la mayoría de las mujeres estaban casadas, y muchas con hijos. A las solteras, el miedo a quedarse "pa'tías", las asaltaba. Raquel vivía en esa frontera en donde las mujeres empiezan a sentirse solteronas y a perder las ilusiones.

Raquel callaba una pena de amor, una tristeza: la de aquel novio que la obligó a abandonar los estudios para, después de cinco largos años de noviazgo, dejarla plantada. Sofía se había encariñado con ella por su carácter callado y dulce. A menudo, la obligaba a sonreír, y le daba ánimos para que saliera a divertirse.

—Una muchacha tan bonita y dulce, y con ese cuerpo de sirena, ¡vaya, los hombres están ciegos! ¡Tienes que salir y sacudirte esa tristeza! ¿Por qué no te vas por Enramada, o al Parque a pasear con una amiga? Mercancía que no se muestra, no se vende, hija.

—¡Ay, Sofía, por favor! ¿Cómo quieres que vaya al parque? ¡Tengo veintisiete años, ya no soy una pepilla!

—No importa, eres joven y bella. Y tienes que divertirte.

Raquel sonreía melancólica. En realidad, cuando él la vio por primera vez, le gustó su cuerpo menudo, cincelado con unas curvas deliciosas. Por sus ojos verdes, de introvertida tristeza, la adivinó vulnerable. Pero luego de una inspección más detallada, de calcularle la edad, y adivinar la rectitud en su semblante, pensó que no tenía chance. Admitía que Raquel era una preciosa criatura, excepto por un detalle: una verruga en la mejilla y otra en el mentón: un par de máculas. Y sus cabellos rubios, demasiado ásperos y rizados, no fueron de su agrado. Nada raro en Cuba, donde una rubia con ojos verdes podía ser nieta de una mulata.

* * *

Matías dormía en el ala izquierda del Palacio, en "el cuartico", donde había una camita plegable que de noche se abría y de día se ponía contra la pared. No era propiamente una habitación, sino un recodo frente al baño, un rincón de desahogo al fondo, que se utilizaba también para planchar y guardar la ropa sucia. Allí adentro, oculta a las miradas, estaba la entrada a la escalera de caracol por donde se subía al palomar. La escalera daba la impresión de una torre cilíndrica forrada de madera.

Desde los trece años, él entraba de noche a oscuras, se quitaba los zapatos, entonces de suela dura, y andaba por la casa con la levedad de un gato. Cuando dormía en el palomar, él conocía cada escalón y sólo pisaba donde no crujían. Al principio lo hacía para que su madre no se percatara que él no llegaba a las once, o las doce, como ella suponía. Luego, andar a oscuras se transformó en un hábito. Los ratones hacían más ruidos con sus uñas vigorosas en la madera que él descalzo.

Esa noche se acostó cavilando en su plan de subir y meterse en la cama de Raquel. La imaginó boca arriba en ropa interior, lánguida como una princesa, persuadido que ella también ansiaba sus labios y su cuerpo. Lo obsesionaba la idea de subir las escaleras y deslizarse en su cama. ¿Qué haría ella? ¿Cómo reaccionaria?

La cuarta noche, se levantó sigiloso, subió dos escalones, y se detuvo. ¡Qué locura! No seas bruto. Usa tu cabeza. ¿Qué tal si ella se asusta, o grita? No le importaba propasarse con una muchacha en el parque, en un baile o en el cine, y que rechazara sus avances. ¿Pero en la casa sagrada de su madre? La deshonra sería para toda la familia; delante de su madre, y de todos, aparecería como un loco o un violador.

Al quinto día en la tarde la invitó al cine, ese sitio oscuro en donde él era un lince. En el cine, por alguna razón mágica, ellas perdían el miedo. Raquel dudó un instante, sus ojos verdes pestañearon, y luego movió la cabeza juiciosamente.

—No, gracias Matías. Tengo que estudiar.

Él, humillado, no insistió. Fue un acto desesperado. Ni a Raquel ni a él les convenía que los vieran juntos. Tampoco debían despertar las sospechas de Sofía. Él sabía, por su experiencia con Belinda, que el secreto sería su mejor aliado. Los amores entre Belinda y él surgieron como sucedáneos de sus juegos de adolescentes. Belinda llevaba el erotismo y el ardor a flor de piel. Con sólo catorce años ignoraba el pudor, y fue más audaz que él. En cambio, Raquel era una mujer madura, callada y juiciosa; vivía con sus secretos encerrados en su mirada serena.

El asedio duraba cinco días, y él empezaba a impacientarse.

*   *   *

La propia Sofía, con la mayor inocencia, le inspiró la clave para llegar a la cama de Raquel. Fue por la mañana, al sexto día, durante el espartano desayuno cubano de café con leche y pan con mantequilla.

Sofía, contando algunas anécdotas de sonambulismo, recordó las veces que de noche ella se levantó y vio a Matías andar por la casa dormido, incluso la vez que le habló y él contestó sin reconocerla. En otra ocasión lo encontró a las tres de la madrugada dormido en el balance, y apenada que pasara la noche entera allí, tomó a Matías delicadamente por los hombros y lo condujo a su cama.

—No le hagas caso —le dijo él a Raquel, incómodo con ese cuento ridículo del sonambulismo que menoscababa su hombría—. ¿Tú le vas a creer eso a mi mamá, que se la pasa viendo fantasmas a todas horas?

Sin ofenderse, Sofía le sonrió comprensiva a Raquel.

—Así son los sonámbulos. Nunca recuerdan nada. Matías lo heredó de mi hermano Rafa. En una ocasión Rafa se vistió, salió dormido a la calle y regresó, y al otro día no recordaba nada.

Raquel se dirigió intrigada hacia él.

—¿Pero es verdad que no recuerdas nada?

—¿Qué va a recordar? —contestó Sofía por él—, si camina dormido, y hasta abre la nevera y traga dormido. Aunque sólo se come lo que le gusta —se burló, amenazando a su hijo con el dedo.

—Yo he oído que es malo despertarlos —dijo Raquel.

Sofía se lo confirmó con un gesto definitivo.

—Eso nunca. Despertarlos es peligroso. Pueden quedarse pasmados, lelos, sonámbulos para siempre.

—¿Yo lo que no entiendo es cómo no se caen y se matan si tienen los ojos cerrados? A mí me daría miedo.

No había nada que temer, los sonámbulos, a pesar de que caminan dormidos, poseen un sentido especial de la orientación. Son capaces de hacer cosas que jamás harían despiertos. Son personas inquietas que vagan de noche, en busca de las cosas que han deseado hacer durante las horas del día, dijo Sofía.

A Matías se le acababa de ocurrir una idea audaz, y escuchaba a Sofía con una sonrisa de indulgencia, para ocultar lo que fraguaba. En aquel momento se figuraba a sí mismo subiendo la escalera con los párpados cerrados y acostándose en la cama de Raquel. Si los sonámbulos no son responsables de sus actos, ¿no sería razonable que él subiera y se acostase en la cama en donde antes precisamente dormía?

Esa noche se acostó cavilando en su plan de subir al palomar y meterse en la cama de Raquel. Si algo salía mal, con su sonambulismo tendría un pretexto perfecto. *¿Qué pasó, qué haces tú metido en mi cama?*, se imaginó preguntándole a Raquel, y sonrió excitado por su astucia. Pensó esperar unas noches, para que la proximidad de la conversación no despertara sospechas. ¿Y si Raquel, pasados unos días, se olvidaba del sonámbulo? Tenía que actuar rápido. Hoy no, mañana. Esperó otra noche en ascuas, calculando los riesgos, planeando la locura.

Aquella noche, en el parque, mientras sus amigos conversaban, él permanecía callado con el pensamiento puesto en Raquel, vigilando el reloj en la torre de la Catedral. A las once menos veinte, más temprano que de costumbre, se despidió y caminó las doce cuadras hasta su casa. Cuando subía la loma, levantó la cabeza y comprobó que arriba en la torre de la escalera brillaba la mortecina luz del palomar.

Eso le convenía a sus planes.

No eran aún las once. Pero a esa hora Sofía y Juan, en su habitación, y Juanito en la suya, debían estar ya en su segundo sueño. Entró sigiloso como un fantasma, sin prender ninguna luz, dobló a la izquierda, y fue hasta el rincón, a su cuartucho. Se desvistió y se acostó en su camastro. Raquel solía acostarse a las once. A esa hora bajaba al baño, y para hacerlo tendría que pasar junto a su camastro.

Sabía que Raquel estaba aún levantada por el pálido resplandor en lo alto de la escalera. *"Baja, coñito lindo, para que me veas durmiendo"*, le ordenó a Raquel, ansioso, tratando de dominar su excitación. Entonces oyó el leve crujido de los escalones por el peso de ella bajando la escalera. Él apartó la sábana y destapó su cuerpo, desnudo excepto por los calzoncillos (Sofía insistía siempre en que se tapara: *"Ya eres un hombrecito, y no es bueno que te vean en calzoncillos"*, y, por supuesto, él, dormido, se destapaba.) Cerró los párpados y respiró pesadamente.

Raquel se detuvo un par de segundos, comprobó que él dormía, pasó en puntillas, dobló y siguió hasta el baño, prendió la luz y cerró la puerta. Dos minutos después, salió del baño. La oyó pasar en puntillas junto a su cama, y recibió la oleada de su perfume y el fru-fru sedoso de su bata. Cuando los escalones chirriaron levemente, Matías entreabrió los párpados y en la penumbra alcanzó a mirar las piernas de Raquel perderse en la primera vuelta de la escalera de caracol.

Un minuto después, un clic lejano y la oscuridad total. ¿Cuánto tardaría en dormirse? Si se dormía y la despertaba, sería peor. Si no lo reconocía pronto, ella podía asustarse y gritar de pánico. Sólo un instante vaciló. Entonces, tragó en seco y, descalzo, se puso en pie.

Subió cuidando de pisar los escalones donde no crujían. Las piernas le temblaban, pero continuó subiendo sigiloso, con el corazón desbocado por la emoción. Temía que no lo reconociera y que gritara, o que lo reconociera y lo insultara, o, peor aún: ¡Que llamase a Sofía!

"Se asustará, pero no hará nada. Yo soy un sonámbulo, un sonámbulo, un sonámbulo", se repitió. Cuando pisó el último escalón, en una especie de torre donde estaba la puerta de entrada, tenía las pupilas tan dilatadas que, a través de sus párpados entrecerrados de sonámbulo, pudo ver a Raquel acostada en la cama. La escena iluminada por el resplandor de la luna que entraba por la atalaya de la escalera, ahora a su espalda, y por la ventana en mitad de la habitación.

Tal como supuso, Raquel estaba acostaba al fondo, del lado derecho de la cama matrimonial. La vio incorporarse de un brinco, pero él caminó descalzo, como un sonámbulo con los párpados cerrados, con la pared a su izquierda. Estaba semidesnudo, y temía que Raquel gritara. Mentalmente contó los pasos. Luego se detuvo, se viró de espaldas a la cama y se sentó. Todavía temblaba ligeramente. Aparte del leve ruido de la cama al sentarse sólo oía su corazón y la respiración leve de ella. Imaginó la tensión de Raquel con los ojos asustados clavados en su espalda. Los segundos pasaban y ella debió contener su miedo porque no había gritado. Veinte segundos después, se tendió boca arriba cuidadosamente, hasta que su cabeza descansó sobre la almohada. Tenía los ojos cerrados, pero sabía que Raquel estaba a su lado, pero ignoraba si seguía acostada, o si lo miraba con sus ojos de gata. Trató de dominar su excitación.

"No ha gritado, todo va bien", se dio ánimos.

Hizo un esfuerzo supremo por serenarse. Respiró pesadamente, como si estuviese dormido, los oídos alertas. La sintió respirar inmóvil a su lado. Sabía que ella estaba despierta. Pero suponía que, si no había gritado, ya no lo haría. Aunque tenía una terrible erección contra la tela del calzoncillo, decidió tomarlo con calma. Por lo menos hasta serenarse. De repente se le ocurrió que también Raquel se hacía la dormida. A los tres o cinco minutos empezó un avance muy lento de su mano. Finalmente sintió que rozó una tela sedosa: "el refajo", pensó, y debajo de la tela un contacto tibio que supuso la corva de su cadera.

Con las yemas de los dedos, inició una caricia leve, casi imperceptible, por encima de la tela, un contacto que aumentó sutilmente. Se demoró cinco minutos en colocar su mano sobre el vientre de ella, y otros tres en deslizarla hasta la vegetación que protegía su escondrijo. Para entonces suponía, estaba seguro, que ella se haría la dormida. El refajo corto de satén, lo haló poco a poco con los dedos hasta que la palma de su mano alcanzó el pubis. Dejó su brazo dormido sobre el vientre y su mano en ese vellón cubierto ahora únicamente por la vaporosa tela de nylon de su blúmer. Raquel no se movió ni protestó. Debajo del blúmer, en la palma de su mano, percibía la elevación del plumón ensortijado, y más allá, sus dedos extendidos se posaron en la curvatura donde, presionando con levedad, encontró el divino surco. Allí descansó unos segundos, excitado y feliz de su audacia, sonriendo al imaginarla tendida en la cama, al lado suyo, los dos haciéndose los dormidos, él con la palma de su mano sobre el pubis de ella. "Soy un ángel, perverso y delicado", se dijo con el dedo a lo largo de la ranura vertical, donde el Creador ocultó los genitales de la "varona". Presionó suavemente con el anular extendido a lo largo del cálido surco, sintiendo en sus dedos las tibias emanaciones. Con delicadeza inició un masaje leve sobre la hendidura: el vaporoso nylon se humedeció rápidamente y luego se empapó.

La pobre Raquel ya no podía contener sus resuellos, alterada por el terror y el placer. Actuando con rapidez, él metió la mano por debajo del elástico del *blúmer*, avanzando por la piel del vientre hasta descansarla directo sobre el pubis ensortijado. Si antes se demoró unos minutos, esta vez realizó la maniobra en segundos para no darle tiempo a reaccionar. Ahora tenía la palma sobre el vellón del pubis y los dedos en contacto directo con aquel surco pulposo y húmedo. Registró con regocijo esos labios abiertos y, entre sus delicados pliegues, asomándose insolente, encontró la lengüita vertical. Qué cosa más sabrosa.

Él, en contacto con los largos labios verticales y esa lengüita inflamada, deliraba de gusto. "Qué hinchada, pobrecita", y apiadado, se la agarró con las yemas y la masajeó suavemente. Sintió que sus dedos se mojaban en esos labios lubricados por copiosos fluidos. Oyó gemidos agónicos, sollozos reprimidos, maullidos débiles de un gatico recién nacido. ¿Pero de dónde salían? ¿Del vientre de ella que se estremecía? ¿Del fondo de la garganta de su placer? ¿De la lengua de su sexo ensoberbecida?

También él ardía de exasperación, necesitado de consuelo, y cruzando su brazo libre por encima de su cuerpo, sin dejar de masturbarla, agarró la mano inerte de Raquel y la condujo a donde le convenía. La mano dormida comprendió sus deseos y lo apretó por el medio como un cetro. Entonces él suspiró: tendidos boca arriba, los dos con los brazos cruzados sobre sus cuerpos, y las manos en sus centros mortales.

Ah, vida, ah, locura del placer. Ella seguía apretando igual que una reina con su bastón. Como no la movía, él la instruyó en su deber y la mano de Raquel lo obedeció. Qué divino. Dos sonámbulos jadeando de placer en la oscuridad, los párpados cerrados, sus sentidos concentrados en los sitios de su máximo ardor. Cuando el placer de él hizo explosión, asustada por los espasmos y por la violencia del vómito, ella retiró su manito, aterrada por ese semen tibio y pegajoso. En tanto, él, con la discreción de un sonámbulo, procedió a limpiar la increíble embarrazón, usando sus propios calzoncillos.

Sus respiraciones se normalizaron. Entonces, con un gesto de castidad, ella se tapó con el refajo hasta donde le alcanzó la mano sin erguirse. Él yacía sudando, vacío, satisfecho. Todo había salido de maravilla y estuvo tentado a iniciar otros avances. Enseguida recapacitó. Para ser la primera noche, ya está bien.

* * *

Cuando bajó las escaleras, y vislumbró su cama vacía en la oscuridad, comprendió que no había calculado el riesgo de que Sofía lo descubriera. El cuartico de desahogo tenía sólo media pared y Sofía, aunque no solía hacerlo, podía asomarse y darse cuenta que él no estaba en su cama. Luego recordó a Raquel, la memoria del tacto devolvió a sus dedos el placer del contacto, la suavidad ensortijada de su pubis, la turbadora morfología de su sexo: ese clavel con pétalos de carne y olor a perdición. Sintió un amago en la ingle, y lo ignoró.

Y se concentró en cómo evitar que Sofía lo descubriera. Podía hacer un bulto con las sábanas, como en las películas. ¿Pero acaso no sería peor que su mamá descubriera el bulto y comprendiera el engaño, y sospechara? ¿Qué hacer? De repente se le ocurrió una idea que consideró astuta: no pasar los dos pestillos de la puerta, y dejar su cama intacta, y la ropa y sus zapatos escondidos. En el remoto caso que su madre se fijara en su cama, al verla vacía iría a la puerta a comprobar los pestillos, y si éstos no estaban pasados, pensaría que él aún no había llegado.

Cuando a los trece años le entregó oficialmente las llaves de la casa, ella se preocupaba por la hora en que volvía de noche. En esa época él dormía en el palomar y entraba tan silenciosamente que no la despertaba, y ella, pendiente de su muchacho de trece años, una madrugada tuvo que subir al palomar para cerciorarse de que él había llegado. Entonces, a Sofía se le ocurrió una solución práctica: los pestillos de seguridad.

—Si los pestillos de la puerta están pasados, por supuesto que ya estás en casa, así que no te olvides nunca de pasar los pestillos. De esa forma, sabré que ya llegaste y no tendré que subir esa horrible escalera.

*　　*　　*

A la mañana siguiente, esperó con impaciencia para ver que actitud asumía Raquel. Al rato, ella bajó a desayunar, mortalmente seria. Se sentó y dio los "buenos días" con serenidad, pero rehuyó levantar los párpados y mirarlo de frente. Él salió y no regresó hasta hora del almuerzo. Otra vez ella se comportó con la mayor naturalidad. Nadie, ni siquiera Sofía, habría intuido el secreto que ahora ellos compartían.

Cuando él llegó del parque, a las once y media de la noche, ya todos dormían en la casa. Cerró la puerta y no pasó los pestillos, luego ocultó sus zapatos y su ropa, como lo había planeado. Después subió descalzo y en calzoncillos, como una sombra sigilosa. Un intenso perfume en la escalera, más intenso aún en el aire del palomar según avanzaba en la oscuridad hacia la cama de Raquel. Entonces sonrió.

"Se ha perfumado para mí, ella me está esperando".

Ella yacía boca arriba con la estudiada solemnidad de una princesa dormida. Un perfume embriagador emanaba de su cuerpo, sus prendas, y las sábanas. Repitió el ritual del sonámbulo y la misma estrategia erótica de la noche anterior. Sólo que en vez de media hora, a los cinco minutos ya la masturbaba. La oía respirar agitada, y él irguió la cabeza, ella tenía los ojos y los labios cerrados, pero su semblante expresaba un intenso placer. La besó en la mejilla, en los párpados, y pegó sus labios a los de esa boca cerrada, aspirando su aliento, pero ella no abrió los labios.

"*¿Se creerá realmente dormida?*", sonrió, y se le ocurrió que una princesa dormida no se opondría a que la desnudaran. La despojó del blúmer por debajo de las piernas, luego el refajo sedoso y perfumado por arriba, por último los sostenes. ¿Y ella? Con los párpados cerrados se dejó manipular como una muñeca de goma. Al final la dejó con la cabeza sobre la almohada, iluminada por el resplandor lunar y estelar. Ante su mirada ávida, ella se le ofrecía desnuda, y por primera vez él saboreó la visión de su belleza perfecta. Excitado por el deseo, le aprisionó con sus manos los senos y sintió los latidos desbocados de su corazón.

"*Pobrecita, está muerta de miedo*", volvió a sonreír.

Con los dedos acarició sus pezones empinados, exploró el misterioso dedal de su ombligo, jugó con el vellón voluptuoso, húmedo de sus propios jugos, y más abajo registró el surco aún lubricado y encontró la lengüita inflamada; la tomó entre las yemas y la masajeó morboso. Ella jadeaba, moribunda. Sin soltársela, él se inclinó de nuevo sobre sus labios sellados; esta vez, ella abrió los suyos, y, de súbito, una lengua frenética succionó la suya con un beso voraz.

Un minuto más tarde, él intentó montársele, pero ella cerró los muslos con la fuerza del terror. Insistió, pero, dormida y todo, ella se defendió desesperadamente. Él comprendió. Tal como suponía, Raquel era virgen, y no quiso forzarla, por ahora. Para persuadirla a que abriera los muslos, bajó besándola y mordiéndola por su vientre, y al llegar abajo metió su nariz en el vellón, lamió el jugoso fruto, la lengüita se asomaba y la chupó. Al sentir ese beso en su sitio más íntimo, ella relajó con cautela los muslos; debió adivinar su intención porque, tímidamente, los abrió, dejando al descubierto su más preciado tesoro, de modo que ahora pudo colarse de rodillas entre sus muslos y besarla con lasciva glotonería.

Unos minutos más tarde, cuando quiso sacar su cabeza de allí, ella se la atrapó violentamente con los muslos, para evitar que la sacara. Él entendió el mensaje: ella le *"exigía"* que siguiera.

"¡Ah, cabroncita, te gustó!", se rió, maligno. Cuando ella liberó su cabeza, se esmeró más. Un leve gemido lo compensó. Pero ahora era él quien penaba por consuelo. Sin descuidar lo que hacía, giro 180 grados en cuatro patas sobre la cama hasta colocar sus rodillas a los lados de la cabeza de Raquel, invitándola. Ella comprendió sus deseos, y se la metió con torpeza de primeriza en la boca.

* * *

Oscuro y turbador era para Raquel el placer de esas noches. Con los párpados cerrados, ella entregaba su cuerpo a la lujuria, al descubrimiento estremecedor de la sexualidad del muchacho y de la suya propia. Todo había sucedido fatídicamente, como si desde el primer acto, cuando ella lo admitió en su cama, éste la condujese al siguiente. Ella no pensaba; abierta la puerta, ahora avanzaba por el túnel oscuro de sus sentidos fingiéndose dormida, a la merced de sus manos y su lengua, dejando que él la guiara, obediente, todo su ser concentrado en el sentido del tacto, en los puntos de su voluptuosidad, sus sitios más íntimos violados, su placer agudizado hasta el delirio. Apagaba la luz y se tendía en la cama, lo esperaba poseída por la ansiedad, el corazón se le salía del pecho cuando, apretando los párpados, sentía a ese ángel de su perdición aproximarse. Cegada en sí misma, todo su ser empezaba a arder como un volcán.

Durante cinco noches, ella simuló que sus orgías no eran reales sino soñadas, y como otros sueños, las borraba de su memoria por las mañanas. Ella bajaba, ojerosa, pálida y fatigada, a desayunar; su cara, una máscara impuesta de serenidad; la mente, en blanco. Cuando hablaba con Matías, incluso a solas, ella lo hacía como si nada pasase.

Él torcía los labios con ironía, con esa sensación de poder y dominio carnal que ahora tenía sobre ella. Una sensación muy dulce, y en la cual se regodeaba su vanidad masculina.

*   *   *

Sucedió durante la sexta noche. En la exasperación de un erotismo no consumado por la vía normal, él se aprovechó de la confianza con que Raquel le entregaba su cuerpo. Después de cinco noches desnuda en sus manos, ella estaba persuadida que no le haría daño.

Esa madrugada, al comenzar el segundo acto, la volteó boca abajo como una muñeca dormida, y ella aceptó dócilmente: los senos y el pubis contra el colchón, los brazos doblados contra su cuerpo. Ella yacía de bruces, entregada al delirio de sus dedos, de su lengua que recorría su cuello; se estremeció al sentir las leves mordidas que bajaban por su espalda. ¡Ah, pero cuando la besó en las nalgas, sonrió cautivada! Esperó en ascuas a que él repitiera, montado sobre su espalda, la frotación que la noche anterior. Percibió los dedos de él abriendo sus glúteos y una caricia leve en su ano. ¿Qué estaría inventando, ahora? Esperó excitada, sus sentidos en vilo, y, en el justo instante en que lo adivinó, fue demasiado tarde. Sintió que la empalaban con una estaca brutal, que la estaban matando, y ahogó su grito de dolor con un gruñido.

"Hijo de puta, cabrón, abusador", gruñó apretando los dientes, aterrada y adolorida, penetrada por ese palo duro. Pasó un largo minuto, tensa, con el bruto montado sobre su espalda. El abusador empezó a moverse adentro. Ella gimió adolorida. Creyó que la mataba. Él jadeaba encima, besándola y clavándole los dientes afilados en su nuca y su cuello, enardecido como una bestia. Intentó llegar a su boca de lado, pero ella, furiosa, no se lo permitió. Apartó su cara y la hundió en la almohada. Allí se mordió los labios, aguantando los sollozos y las lágrimas.

Él jura que lo hizo sin premeditación. No lo intentó con Belinda, a pesar de tantas noches. El ano nunca le interesó como objeto sexual, ni siquiera con las prostitutas. Sencillamente le sedujo la belleza arqueada de su espalda, su cintura musculosa, el surco profundo de su columna vertebral. Bajó besándola como un adorador ante una diosa. Bajó hasta sus nalgas bruñidas por el resplandor lunar. Con los dedos separó la hendidura de sus glúteos y adentro vio ese anillo cobrizo. La maldad surgió de súbito. La agarró con las manos por la cadera y empujó brutalmente en un instante de sádica lujuria. Sin premeditación, y sin haberlo planeado. Después, no estaba arrepentido, sino sádico y gozoso dentro de ella.

Esa noche, Raquel abrió por primera vez los párpados, al final, cuando ya todo había terminado. Los dos yacían boca arriba y él se incorporó en la cama para marcharse. Entonces vio sus ojos abiertos clavados en el techo, los labios compungidos, y un resto de lágrimas. ¿Le dolería tanto? Sintió pena por ella y, antes de levantarse, se despidió por primera vez con un beso tierno, como si le pidiera perdón.

Fue como si besara una estatua de mármol.

*   *   *

Cuando él se marchó, Raquel permaneció inmóvil, todavía aturdida, recuperándose. Además de ultrajada, se sentía ardida y descoñetada por detrás. De repente comprendió que sangraba y se asustó, temiendo que Matías le hubiera roto algo por dentro. Bajó al baño a revisarse. Comprobó que se trataba sólo de la regla.

Cuando ella pasó por su lado y se encerró en el baño, Matías ya estaba medio dormido en su camastro. No estaba preocupado o arrepentido en lo más mínimo. Jamás se lo había hecho antes a ninguna mujer, y se sentía orgulloso y viril. Con los años, llegaría a dudar que eso le produjera placer a las mujeres. De todas las que mantuvieron relaciones con él, sólo una se jactó de que le gustara, y de llegar al orgasmo de esa forma. *"Pero antes de padecer de hemorroides"*, aclaró enseguida. *"Ya no puedo. Es una lástima, porque me hubiera gustado que tú me lo hicieras. Lo siento por ti"*.

No le dio mucha credibilidad, porque era una hembra que alardeaba de ser la reina de la maroma en la cama. Además, en sus palabras y en su gesto, creyó percibir que el gozo habría sido más excitante para él que para ella. Esto reforzó su opinión de que algunas diablas lo daban más por astucia que por placer. Una ofrenda en el altar trasero (*"el chiquito"*, le dicen en Caracas), para satisfacer el sadismo y la posesión del macho.

*   *   *

Esa noche, él subió por séptima vez al palomar. Faltaba una semana para que se iniciara oficialmente el carnaval, y de día y de noche resonaban los tambores. África negra convocando a todos los santiagueros a la orgía salvaje y pagana. Él llegó enervado por los tragos, y subió sigiloso la escalera. Envanecido por la violación de Raquel la noche anterior, la idea de penetrar su vulva de virgen lo obsesionaba.

De golpe, se paró perplejo en el umbral: ella había trancado la puerta. ¿Por qué lo haría? ¿Estaría ofendida? La empujó suavemente, evitando hacer ruido, pero la puerta no cedió, tenía el pestillo echado. Volvió a empujar más fuerte, la puerta crujió, pero no cedió. Le provocó forzarla, sabía que el pestillo no era resistente. Sin embargo fue siempre demasiado calculador para dejarse llevar por un impulso estúpido. Bajó la oscura escalera de caracol y regresó a su cuchitril con sus deseos sexuales frustrados, decidido a vengarse de ella.

Por la mañana, la fulminó con la mirada. Ella se fingía serena, y estaba ojerosa, con sus indescifrables ojos verdes velados por sus párpados. Sofía parecía no darse cuenta. Pero a la hora del almuerzo se mostró preocupada por la palidez de Raquel.

—Vamos, hija, come, que tienes que alimentarte —la regañó.

Al segundo día, para castigarla, la ignoró. Cuando esa noche encontró de nuevo cerrada la puerta del palomar, bajó derrotado. ¿Sería posible que, por aquel puyazo inocente, se hubiera peleado con él? ¿Le dolería tanto? A la mañana siguiente, se le bajaron los humos, fue amable y cariñoso, pero ella respondió con frialdad. A la hora del almuerzo intentó, por primera vez, establecer un contacto erótico con el pie de Raquelita; ella lo retiró lejos, fuera de su alcance. Durante la cena, delante de Sofía, la invitó a que lo acompañara a la Quimona, la comparsa del barrio que, desde hacía ya unas semanas, ensayaba de noche a sólo tres cuadras de la casa.

—¡Sí, muchacha, no seas boba! —la animó Sofía—. ¿Por qué no vas con Matías y así te diviertes y bailas un rato?

—¡No, gracias! No me siento con ganas.

Esa noche, él no subió las escaleras. En la oscuridad de su camastro, enardecido por el deseo, se masturbó largamente con el sabor y el olor de Raquel. A la mañana siguiente, después del desayuno y de hacerle unos mandados, se sentó a leer en el balance de lona junto al ventanal de la sala, esperando a Raquel. Después de desayunar, ella había subido al palomar, ese mundo aislado e íntimo, y se demoró en bajar. Luego la oyó hablar en voz baja con Sofía en la cocina. Él se levantó con cautela y fue a tomarse un vaso de agua en el comedor, a la distancia de oírlas.

—¿Cómo te sientes? —preguntó Sofía.

—Mejor, ya casi se me quitó.

—Te lo dije. Con la inyección de vitamina K, que te puse, y con un poco de reposo, se te pasaría. A mí también me pasa. Unos meses tengo más perdida y nunca sé por qué —la tranquilizó Sofía.

Ellas lo vieron acercarse, y callaron con femenina complicidad. "Hablan de la regla, coño", se dijo él, armando como un rayo el rompecabezas. Eso lo explicaba todo.

Cuando unos minutos después Raquel salió hacia la Normal, él subió al palomar. No tenía que dar ninguna excusa. Desde la niñez había guardado sus libros allá arriba. No tuvo que registrar. Tan pronto abrió el vetusto armario, allí, bien a la vista, estaba la caja de las toallas sanitarias. Él sonrió con la caja en la mano y la devolvió a su sitio. ¿Cómo no se le había ocurrido? "Ella pudo ponerme una bandera roja en la puerta", se dijo de buen humor. ¿Cuántos le durará: cuatro, cinco días?

Vivir entre muchachas era instructivo. Había captado, escuchando con disimulo, los mecanismos biológicos de su sexo. La menstruación era un calvario: para algunas venía con mareos, náuseas y dolores de cabeza; a otras les llegaba con días y lunas de retraso, les duraba una semana y más. Más de una vez Matías había encontrado, botados en el baño, pedazos de algodón y paños ensangrentados, testimonio estremecedor e ingrato de su fecundidad. Sin embargo, algunas eran saludables como las campanas de la Catedral, que tocan las horas con puntualidad. Ojalá que Raquelita fuera así. Que se le quitase pronto, pensó él, exasperado. De repente la mente se le iluminó. Ten calma: Raquel tiene carácter. Castígala un poco. Entonces, ella te buscará, y será tuya.

*   *   *

Raquel, por su parte, estaba arrepentida de sus pecados. Siempre había sido muy sana, y andaba preocupada, porque durante tres días sufrió una pérdida mayor que la habitual. Supuso que sus hemorragias eran por sus noches secretas con Matías. Debía tener los ovarios y los nervios alterados. Ese lapso le sirvió para reflexionar. ¿Adónde la hundiría su pasión por ese muchacho? ¿Ese abusador que se hizo el sonámbulo? Y ella misma... ¡Qué loca! ¿Acaso había perdido el juicio? En cinco años de noviazgo jamás le permitió nada a su novio, sólo que la besara y la tocara por encima de la ropa. Y ahora con Matías... ¡Qué vergüenza!

Hacía tres noches que no lo oía en la escalera empujando la puerta y dedujo que se había dado por vencido. Ya se le había quitado la regla, y con la excusa del bochorno, esa noche dejó la puerta abierta. Total, si ya Matías ya no iba a subir, no había razón para cerrarla, y si él se atrevía, lo botaría del palomar, sin contemplaciones. Se acostó y trató dormir, pero dio vueltas en la cama, con una vaga comenzón.

A medianoche pasó una conga por la esquina y ella se levantó para verla, a oscuras, desde el mirador de la escalera. Allá abajo, vio pasar esa multitud mestiza, prieta, movida como una sola masa lujuriosa, arrollando como salvajes, al ritmo africano de decenas de tambores cuyas vibraciones retumbaban en sus oídos, en su vientre y en su corazón. Una conga de dos cuadras de largo, una tropa de salvajes poseídos por el demonio. Cuando la conga terminó de pasar, ella se acostó inquieta, oyendo el eco embrujado de los cueros lejanos en la noche, pensando en el tropel de negros, mulatos y blancos con sus sexos enardecidos por los tambores y el ron, danzando en la promiscuidad, emborrachándose y gozando. Se imaginó en el tumulto salvaje, y suspiró: *"Me moriría de miedo".*

Dio vueltas en la cama, incapaz de apartar de su mente sus noches de placer. Matías andaría en alguna conga, abrazado a otra mujer. Sufrió el escozor de los celos y del deseo. Ella apartó la sábana, deslizó su mano bajo el blúmer, se acarició el clítoris, tal cual hacía él; evocó sus dedos hábiles y su lengua diabólica; se masturbó con su nombre en los labios: *Matías, Matías, mi amor.*

Después se sintió desfallecida, sola en el mundo, con ganas de morirse. Sin saber por qué, estalló en sollozos. El llanto la calmó. Finalmente, se puso a rezar y pidió perdón por sus pecados.

*   *   *

A la mañana siguiente, Matías pasó por su lado y, luego de traerle unos mandados a Sofía, se largó para la calle sin dedicarle una mirada. ¡Odioso, niño presumido! Lo odió con todas sus fuerzas. ¿Cómo pudo perder la cabeza por ese muchacho engreído?

Al mediodía, ante el espejo, miró su cara con desaliento. Todos decían que era bonita, dulce, pero Vicente la había dejado plantada por otra mujer, para mayor humillación más fea que ella, pero mil veces más puta. Enredó al idiota de su novio con zalamerías y dejó que le hiciera una barriga. *"¿Quién sabe si será suya?",* sonrió sarcástica, pensando en la mala fama de aquella mujerzuela.

Durante un año, creyó morir. Aborrecía a sus padres, a quienes culpaba de su fracaso sentimental. Aborrecía su propia vida. No salía de la casa, para no ser el blanco de las miradas y los cuchicheos maliciosos de amigas y conocidas. Pensó en suicidarse. Otros hombres se le acercaron, y los rechazó. Tenía miedo de ser herida, de ser víctima de otro engaño. Al fin, aconsejada por una tía y animada por sus padres, decidió terminar sus estudios. Pero en vez de volver a la Normal de Camagüey, donde antes había estudiado, pidió el traslado a la Normal de Maestros de Santiago, donde no conocía a nadie, y nadie la conocía.

Aquel año en la pensión de Sofía, había sido como una cura para las heridas. Al final, a punto de graduarse, no lamentó que le reprobaran una asignatura; al contrario, le sirvió de pretexto para regresar a Santiago y postergar, por dos meses, el suplicio de vivir en la casa de sus padres. Le deprimía aquel pueblo, la malignidad de la gente, la idea de envejecer sin amor, convertirse en una de esas maestras con ronquera crónica (como su profesora de primaria), solteronas abnegadas y condecoradas, servidoras públicas que envejecían rodeadas de hijos ajenos.

"En diciembre cumples veintiocho años", le dijo a su cara ante el espejo, "¿Vas a ser siempre la decentona? ¿Vas a permitir que la vida pase como una ruidosa comparsa? ¿Que te agarre la vejez sin entregarte *ni una sola vez,* al placer y al amor? ¡No seas idiota, o lo lamentarás el resto de tu vida! ¡Total, no lo sabrán nunca, él no se lo dirá a nadie!

Sofía le había contado lo de la jovencita que se envenenó y le lavaron el estómago. *"Figúrate, que nunca supe exactamente lo que pasó. Si fue él, o fue otro, quien perjudicó a Belinda",* le dijo Sofía, más admirada que disgustada. *"Matías siempre ha sido muy inteligente y reservado, con una rica vida interior. En eso, de todos mis hijos, es el que más se me parece".*

Una decisión audaz aceleró su corazón: Quería los besos, las manos y la lengua de Matías en su cuerpo: saborear de nuevo esa divina locura. De sólo imaginarlo, se sintió mojada. Tendría cuidado. Sí, mucho cuidado. ¡Lo obligaría a que la respetara! ¡Qué lástima que fuera tan joven, que no tuviera ocho o diez años más!

Tomada la decisión, un desasosiego febril se apoderó de su espíritu. Se puso bonita y se perfumó, se probó tres vestidos. Al fin bajó excitada a esperarlo. Matías llegó a la hora de la cena, ella lo saludó, y contra su costumbre, lo sonrió cálidamente, las pupilas acariciadoras, persuadida de que él comprendería. Pero él cenó y agarró la calle.

Sola en el palomar, embargada por la inquietud, intentó estudiar, pero no pudo leer ni concentrarse. Pensando en Matías, se dedicó a perfumar su cuerpo. Al untarse la fragancia, se puso a vibrar imaginando la locura del placer; sus pezones se irguieron desafiantes. Las horas pasaron infinitas, y se asomó al mirador a esperar por él. Desde allí se oían las congas en la noche, el retumbar de esa orgía pagana en toda la ciudad; los tambores selváticos se acercaban o alejaban con su embrujo, exacerbando su deseo. Al fin, cuando de lejos lo vio cruzar bajo farola de la esquina, apagó la luz y se acostó. Esperó impaciente. Pasaron minutos interminables, pendiente de la escalera y el umbral. No había oído ningún ruido. Sin poderse aguantar más, bajó las escaleras a oscuras.

*   *   *

Matías la vigilaba como un depredador a su presa; podía leer en sus gestos, en su lenguaje corporal y en sus ojos atigrados. Un día antes adivinó que se le había quitado la regla. Nunca había dominado a otra mujer con esa lucidez. Creía conocer con una precisión rigurosa sus pensamientos, reacciones, celos, angustias, y temores.

Ésa sería su noche; imaginaba una penetración lenta, rasgando hasta la más profunda oscuridad del ser. Olía su sangre, las secreciones de su sexo, el dolor tibio, el placer supremo. Desde la esquina vio la silueta de Raquel cuando se retiraba del mirador, y que apagaba la luz. *"Me ha estado esperando"*. Entró igual que un ladrón, sin ruido. Se sonreía malignamente al acostarse en su camastro. Decidió no apurarse, dominar sus ansias. *"Ella bajará a buscarme, entonces yo subiré, y la poseeré"*.

Esperó. Yacía medio desnudo. Cinco minutos después, oyó el apagado crujir de los escalones. La oyó detenerse, vacilar, luego pasar hacía el baño, dejando la estela de su perfume. Se extrañó que no lo llamara. ¿No tendría el valor? Ella salió del baño, y la sintió acercarse. Entonces, ella le pegó un tremendo pellizco, de odio, de amor, de rabia.

Matías esperaba que lo llamara, pero no con un pellizco, y brincó con un gruñido de dolor. Y vio a la cabroncita, descalza y en bata, perderse con agilidad en la primera vuelta de la escalera. Se levantó muerto de risa, y la siguió sigiloso. Su corazón latía enloquecido, ante la idea de poseerla. Pero cuando él se deslizó en la cama, ella se incorporó furiosa, le clavó las uñas en el brazo, y le susurró en la oreja.

"¡Escúchame bien! ¡Si te atreves otra vez a... ", sus dientes rechinaron de la rabia, o de lujuria, *"... grito con todas mis fuerzas y le digo a Sofía que yo estaba dormida, que te metiste en mi cama y me violaste! ¿Me oíste bien? ¡Ten más cuidado con lo que me haces!".*

Matías no se esperaba nada semejante, y la amenaza, susurrada con las elocuentes uñas clavadas en su brazo, lo dejó perplejo. Esa noche, hubo un cambio radical en la cama. Ella, antes pasiva, tomaba fogosas iniciativas. Una madrugada divina. Sólo que Matías, intimidado por sus amenazas, reprimió sus deseos de penetrarla. La siguiente noche, ella se mostró más activa, dictando posiciones. Risueño, y curioso, la dejó mandar sobre su cuerpo, al principio complacido, luego con la vaga sensación de que ella se adueñaba de prerrogativas eróticas que antes habían sido sólo suyas.

*   *   *

Vengan mujeres a la Quimona
a guarachear,
Vengan mujeres que sus maridos,
no saben naa...

Rugía la multitud, y Raquel levantaba los brazos arrollando, las nalgas y las tetas saltándole. Ni su propia madre la habría reconocido disfrazada de hombre, danzando frenéticamente detrás de los tambores por las calles de Santiago con la Quimona, el cuerpo cimbreando de gozo, en medio de la multitud enardecida, el aire cargado de impetuosa sexualidad. La rodeaban Matías y sus amigos, todos sin camisas y con quimonos de colores y las caras pintorreteadas como mujeres. Una metamorfosis mágica y misteriosa, un disfraz barato: las mujeres se vestían con la ropa vieja de los hombres y éstos, con los pantalones remangados, llevaban encima un quimono viejo de una de las mujeres de la casa.

El relajo empezó desde que se reunieron unas horas antes. Uno de los amigos de Matías, con una quimona y los labios pintados como una mujer, se acercó a Raquel que se había disfrazado de hombre, y, proyectando sus labios con zalamería, se los ofreció.

—¿Ay, papito, no me das un besito?

Ella se rió, pero no se lo dio en los labios, sino en la mejilla.

—¡Ay, qué rico! ¿Quieres ser mi novio, papito? —preguntó el amigo, pestañeando como una mujer y "partiéndose" todo.

Raquel, aún intimidada, sonrió divertida. Matías, a quien la coquetería y el besito de ella le picó los celos, se burló de su amigo—: Ten cuidado, no te agarre un aire, y te quedes partido.

Al principio, ella se notaba amedrentada, rodeada de esos muchachos agresivos y viriles. Pero después de llegar a donde se reunía la Comparsa, y ver la cantidad de mujeres y muchachas con disfraces, incluyendo a las que había uniformadas y pintadas para el desfile, se sintió más cómoda. Una hora después y un par de tragos de ron la hicieron perder el miedo, y se soltó a bailar imitando a las otras mujeres. Cuando con el tronar de los tambores (más de dos docenas), la Comparsa arrancó desde Calvario y San Germán, Raquel avanzó en el centro de la tropa, arrastrando los pies, moviendo su cintura con ritmo, gracia y sabrosura. Iba delante de Matías que la protegía con sus brazos y su cuerpo.

"¡Bárbara, ni tú misma te conoces!", se agachó él, al oído.

¿Qué sería? ¿El ron, los tambores, el frenesí del carnaval, o el disfraz? Esa tarde Raquel le sacó su lengua al novio que la abandonó, a sus penas y sus temores. Sin una palabra, en la magia de su antifaz, le sacó la lengua a quien la mirara, o le gritara. La comparsa formal de la Quimona abría el desfile adelante, la batería de tambores y flautas iban en el centro, al final la tropa informal, en donde Raquel y él arrollaban rodeados por la multitud enloquecido. Cuando la comparsa se detenía, mujeres y hombres giraban, agarrados por la cintura o los hombros, bailando sin parar. Matías siempre pegado a sus nalgas, la protegía y la disfrutaba; ella se defendía por delante apoyándose en las espaldas de los que la precedían. Parecían una horda de africanos que bailoteaban erotizados por la música, embriagados por el ron, el hedor y el sudor de sus cuerpos.

Era el carnaval de Oriente, y los santiagueros se jactaban de que *"aquello era el acabose"*; el de Río de Janeiro podía ser más lujoso y grande, *"pero en Santiago se goza más"*. Cada año el carnaval dejaba su saldo de muertos, de puñaladas, de venganzas y de adulterios, de sangre y pasiones brutales. Siete horas *echando candela,* y Raquel seguía bailando sin parar, excitada por la promiscuidad, sudando a chorros, siete horas echando candela. Luego de comprobar con sus ojos cómo las mujeres se meneaban impúdicas, y se dejaban abrazar, manosear, sin importarles nada, Raquel las imitaba. Ahora los amigos de Matías agarraron por las cinturas a dos muchachas que se incorporaron de súbito en un grupo, y las muchachas se reían y se dejaban gozar. En ese momento Raquel se le soltó, y uno de sus amigos la agarró por la cintura y le pegó el bulto; ella se volteó, lo reconoció, y siguió bailando.

—*¡Cojones, respeta!* —gritó él, apartó de un empujón a su amigo y se colocó detrás de Raquel—. *¡Qué ella es de la familia!*

—*¡Mi hermano, estamos en carnaval!* —se disculpó el amigo. Sin dejar de arrollar le puso el brazo por encima del hombro, y en señal de desagravio le ofreció la botella. Matías empinó un trago, luego le ofreció otro a Raquel, ella aceptó un buchito, todo el tiempo avanzando, sin dejar de arrollar.

"¡No te me separes más, coño!", le dijo él en la oreja.

"¡Ay, por tu madre, hoy me matan pero yo gozo!", se volteó, con sus ojos verdes fulgurantes bajo el antifaz. El grupo de Matías iba en la quinta fila detrás de la batería de tambores, y ella sentía cómo el tronar de los cueros la golpeaba en los pechos y retumbaba en sus vísceras. Se movía culebreando su cintura, como una negra poseída por el bam-bam.

"A ésta se le salió la abuelita africana", se sonrió él. Nunca imaginó en la mujercita callada y juiciosa, esa vocación de rumbera. La agarró por la cintura y se le pegó a las nalgas, ella las meneó más sabroso, consciente de aquel rabo encendido. ¡Ah, loquita, cuánto has cambiado! Dos noches antes, la cabroncita lo había sorprendido con su malicia.

Fue en el palomar, ya de madrugada. En el primer placer, sudaron de locura. En el segundo, luego de tantas calenturas, él no podía venirse, le dolía la verga, y anhelaba desesperadamente penetrarla. Le prometió que tendría cuidado. Se lo pidió, se lo rogó. Ella se negó. Trató de compensarlo con sus manos y sus labios. Pero él la rechazó furioso, y se dejó caer de espaldas en la cama, mirando violento al techo.

Ella lo contempló, apiadada por su exasperación, como si aún durara. De pronto, tomó una decisión. De reojo, Matías la vio levantarse ágil, y buscar en la oscuridad. Ella regresó a la cama con un pomo que desenroscó, metió sus dedos y luego lo untó amorosamente con una crema fresca y resbaladiza; él comprendió que era vaselina. Se excitó, deduciendo que ella lo preparaba para el acto supremo. Antes de que ella terminara, se irguió a su lado. Ella terminó, y entonces se tendió en la cama, pero boca abajo, esperándolo de espaldas: la cara de lado en la almohada, los brazos doblados contra sus costados, tensa y sumisa como una mártir, sus bellas nalgas al aire, en una invitación muda.

Para él fue una sorpresa enorme. No era lo que ansiaba, pero si se lo brindaba, no iba a rechazarlo. Media hora más tarde, cuando bajó y se acostó, se sonreía de la rápida perversión de Raquelita. ¿De dónde sacaría la bendita vaselina? ¿Qué otras fantasías eróticas urdirían aquellos ojos verdes, ya para siempre pérfidos?

* * *

La idea de llevar a Raquel a desfilar con la Quimona partió de Sofía, y a él no le hizo gracia. Raquel se echó a reír. ¡Ay, Sofía, que cosas tienes! ¿Yo metida en una comparsa, disfrazada de hombre? ¿Y qué tiene que ver? Vas con los muchachos, y ellos te cuidan. ¿No es verdad, Matías? Raquel movía la cabeza incrédula, ante esa nueva locura.

—Vamos, bobita, yo te disfrazo, que ni tu madre te conocerá. ¡Arriba, a divertirse! ¡Tienes que darle alegría a la materia, hija! —la animó señalando su graciosa figura—. ¡Ay, Raquel, si yo fuera tú, soltera y sin compromiso, cómo me iba a divertir!

Él las miró escéptico. ¿Si la tenía en la cama por las noches, para qué meterse en compromisos fuera de la casa? Sofía insistía, y excitada por la aventura, Raquel aceptó. Fue divertido. Sofía se entusiasmó pintándole el bigote y la barba. Quedó que parecía un adolescente bajito y delgado con el viejo pantalón y la camisa grande. Se hundió hasta las orejas la gorra de pelotero de Matías. Disimuló, con un moño, su cabellera. Una barba y los bigotes pintados. Dentro del antifaz negro tipo zorro, brillaba el esmeralda juguetón de su mirada. Pero al observar su cintura, los senos y ese culito provocador, curvo hacia atrás, se descubría a las claras que se trataba de una hembra. Sofía miró su obra con una sonrisa tierna.

—¡Estás monísima! ¡Ay, quién pudiera!

Ocho horas después, se les había hecho de noche en las calles y Raquel ya no llevaba antifaz. No creía que la reconocerían. En última instancia, no tenía familia en Santiago, y no le importaba. Con la gorra de pelotero metida hasta las cejas, vestida de hombre, la cara tiznada y las ropas empapadas de sudor, tenía la pinta de una bandolera. Nada que ver con la señorita tímida y juiciosa que fuera toda su vida. Llevaba horas arrollando por las calles, ahora a oscuras, ronca de tanto cantar y gritar. Unas cuadras antes se habían unido a otro grupo mayor donde había media docena de muchachas disfrazadas, todos iban de regreso al barrio al ritmo de las latas y botellas que les servían de instrumentos. Danzaban arrastrando los pies al compás de la música, y cantaban un estribillo santiaguero para mantener alejados a borrachos y a indeseables: *"Esto es particular/ que la tortilla se ha vuelto pan de maíz otra vez. Esto es particular/ que la tortilla se ha vuelto pan de maíz otra vez. Esto es particular..."*

Raquel le hizo una seña para que se retrasara: *"¿Vas a salir otra vez?", le preguntó. "¡Claro!",* contestó él: *"¿Quieres venir?"* Ella negó con la cabeza: *"Estoy muerta",* tenía una llaga en un pie y le dolían las piernas. Ya había tenido bastante, además una idea audaz hacía latir su corazón; lo agarró por el brazo y, halándolo, le acercó sus labios al oído: *"Vente temprano esta noche, que te voy a dar lo que tú... "*

Él no pudo oír sus últimas palabras, pero sintió sus uñas clavadas en la piel y el susurro suicida en su oreja.

*   *   *

Dos semanas después de carnavales, en pleno agosto con sus calores infernales, Sofía, Raquelita y él se sentaron a tomar la última tacita de café de la tarde. Sofía llevaba la batuta de la conversación y, como a menudo hacía, se puso a fantasear sobre sus otras reencarnaciones.

—Mi padre fue un hombre muy fino. Nosotros nos burlábamos de él. Le decíamos *"el conde de la bonaplasta",* aunque mi padre decía Bonaplata o algo parecido. Yo he soñado que en una reencarnación anterior fui una condesa. Una vez vi unas fotos de Barcelona y me ericé toda. De golpe tuve la sensación de conocer esa ciudad, de haber vivido allí antes.

—Yo no dudo, Sofía —Raquel le sonrió complaciente—, que hayas sido una condesa, porque a ratos, cuando hablas, lo haces con un conocimiento y una elegancia increíbles. Yo no me explico cómo, habiendo hecho sólo un cuarto grado de primaria, como dices, puedes saber tantas cosas del mundo y de la vida.

—Ay, hija, yo antes leía mucho. Cuando estaba en el Central, a las once de la noche quitaban la luz y yo seguía leyendo con una vela. No hay como leer en el campo a la luz de una vela. Yo viajaba con un libro en la mano, en compañía de los personajes; tenía aventuras románticas en París, Londres y Madrid, imaginaba los copos de nieve...

Matías escuchaba aburrido. Había entrado en esa etapa, que sufren todos los hijos, de oír a sus madres repitiendo decenas de veces la misma historia. Si él estaba allí, y no callejeando con sus amigos, era para poder espiar a Raquel, cuya conducta últimamente lo asustaba. En cambio, Raquel no estaba nada aburrida, al contrario, escuchaba a Sofía con arrobo, y al final, le dijo en un tono nostálgico:

—A mí me hubiera gustado haber tenido una madre como tú. No es que la mía sea mala, es que no sueña, su mundo es la cocina, la limpieza, mis hermanos, y en cambio, tú me haces reír cuando me siento triste, y hablas de la vida con alegría, y me haces sentir... ¡vaya!, como si yo pudiera ser la princesa de un cuento.

Sofía desplegó su maravillosa dentadura, agradecida por el elogio, y acarició la mejilla de Raquel con un gesto dulce.

—Tú puedes ser una reina, si lo deseas. Eres una mujer linda y bella, Raquel, y te mereces lo mejor. Yo también habría dado cualquier cosa por tener una hija como tú, o porque Matías tuviera tu misma edad, o le llevaras uno o dos años, para que se casara contigo.

Raquel se ruborizó hasta la raíz de los cabellos, y el corazón de Matías se aceleró. Los dos se miraron de reojo un instante, y él notó una agitación en ella que no le gustó nada, como si lo que decía Sofía se correspondiera con alguna loca esperanza, incubada por Raquel, vinculada a sus últimas audacias en la cama.

Pero Sofía aún no había terminado.

—Lástima la diferencia abismal de edades. Figúrate, él es sólo un muchacho de diecisiete, y tú ya una mujer de veintisiete —lanzó un suspiro como apenada ante la imposibilidad absoluta de que tal cosa ocurriese, y continuó—: Es una lástima que él no sea ya un hombre de veinticinco o veintiséis por lo menos, ¿no es verdad? ¿Dónde conseguiría otra mujer como tú, y además maestra?

Viendo la palidez y la conmoción que produjeron las palabras de su madre en Raquel, él temió que ésta rompiera en llanto. La vio recuperarse a duras penas, y defenderse.

—Yo no creo que diez años entre una mujer y un hombre, sea una diferencia tan grande. Mi papá le lleva nueve años a mi mamá.

Sofía aceptó con un gesto que eso fuese normal.

—¿Nueve años? Ballester me llevaba dieciocho. Yo sólo tenía quince y él treinta y tres. Además, aquellos eran otros tiempos, yo no me casé, a mí prácticamente me casaron. Y al final no resultó.

—Pero en mi pueblo —dijo Raquel—, yo conozco el caso de una mujer casada con un muchacho al que le lleva como doce años, y parecen muy felices. Él la quiere y es muy bueno con ella.

—Seguro que ella mantiene al muchacho, ¿no es verdad?

Los ojos de Raquel pestañearon.

—Bueno, sí. ¡Pero vaya, él es muy bueno con ella! ¡Fíjate si la quiere que se lo hace todo en la casa y le lava hasta la ropa!

Sofía, con otro gesto, dio por sentado que así lo había supuesto: que la mujer mayor mantuviera al muchacho y, si éste no trabajaba, la ayudara en las labores domésticas.

—Deben ser la comidilla del pueblo, ¿no es verdad?

Raquel volvió a parpadear, y no respondió.

—Además, hija —continuó Sofía—, cuando una mujer se casa con un muchacho diez años menor, se mete en un infierno. ¿Imagínate las burlas y las habladurías? Dirán: ¡qué descarada, si puede ser su hijo! Cuando ese hombre tenga treinta años, y ella cuarenta, él va a estar mirando a las muchachas de veinte en la calle, no a la cuarentona en la casa.

Al fin Sofía pareció darse cuenta, por el estupor en la cara de Raquel, de lo devastadoras que eran esas opiniones para la joven, y, cambiando el tono de su voz, intentó consolarla y darle ánimos.

—Ay, hija, no te pongas pesimista. Sólo tienes veintisiete años, y entre los veinticinco y los cuarenta hay montones de hombres, y contigo se ganarían la lotería. Incluso desde los carnavales, no sé, pareces otra: más seductora y bella que nunca.

Raquel ya no la escuchaba. El golpe recibido, la había dejado atontada. Ella había acariciado un sueño de amor, y ahora despertaba a la realidad brutal. Por decisión propia, se había entregado a Matías. Pero ahora, dos semanas después, Sofía destrozaba sus sueños de mujer, como un florero de porcelana arrojado contra el piso.

*　　*　　*

Tan delicado como el pétalo de una rosa, semejante a la sangre que brota de una herida en un dedo, así de frágil fue la virginidad de Raquel. ¿Cómo lo urdirían sus ojos verdes secretos? ¿Cuánta angustia y ansiedad al planear aquel acto iniciático?

Tal como Raquel le pidiera, él intentó regresar temprano. Después de parrandear y bailar en los quioscos de la Trocha, él intentó irse a las dos. Sus amigotes de juerga protestaron, y la novia en ciernes le rogó, se puso bembona. El reto, para los entusiastas y jactanciosos santiagueros, era esperar el amanecer echando un pie. Primero un rato, luego otro, y no pudo zafarse hasta las tres de la madrugada. A esa hora caminó veinte cuadras bajo un cielo de nubes bajas enrojecidas por las luces de la ciudad, esquivando a los borrachos y a los grupos que tocaban con botellas y latas.

Cuando entró en la casa, se deslizó en la oscuridad con las cautelas de costumbre. Subió la oscura escalera, y se acercó al lecho. Raquel dormía como una niña abrazada a la almohada, tan rendida por el cansancio que no lo sintió cuando él se recostó a su lado. Dormía con el puño cerrado, el gesto infantil de impaciencia con que ella debió esperarlo durante horas; yacía rendida, tibia, indefensa, su piel intensamente perfumada. Cuando empezó a acariciarla, ella se volvió boca arriba aún dormida; él aprovechó para meter su mano en el blúmer. Amodorrada, ella se movió voluptuosa al sentir sus dedos.

De súbito, se irguió excitada, y lo besó apasionadamente. Quince o doce minutos después todo se había consumado. Fue más sencillo y menos doloroso de lo que imaginaba. Raquel lo había esperado impaciente, con todo preparado. En cuanto se despertó, se levantó con agilidad en busca de algo: un hule con un paño encima que puso debajo de sus nalgas, se tendió de espaldas abriendo sus muslos, y lo invitó a él, por señas, a que se le montara encima.

"*Ven*", le susurró.

Ella lo esperó. Cuando lo vio encima, cerró los párpados, todo su ser concentrado en lo que iba a experimentar por primera vez dentro de su sexo virgen. Él se colocó en posición, empujó con suavidad y la penetró despacio. Ella hizo una leve mueca de dolor, luego, jadeando, buscó su lengua. Así fue de simple, sólo una leve resistencia. Nada trágico, ni tan violento, como lo otro. Al final, él se desmontó con la sensación mágica del acto carnal consumado, consciente de haberla desvirgado, y quedó boca arriba al lado de ella, los dos recuperándose de la conmoción confusa y voluptuosa de la desfloración.

De repente, ella se incorporó de la cama llevándose en la mano el paño de tela que había puesto debajo de sus nalgas, y lo colocó, para mirarlo atentamente bajo la pálida luz de la luna que entraba por la ventana. Él también se levantó y se colocó detrás de ella, a mirar el paño, lleno de unas manchas sanguinolentas, no más que las que produce la cortadura de un dedo. Ella las observaba con atención, le pasó la yema del dedo y se lo acercó a los ojos. Cuando se dio cuenta que él metía la cabeza, apartó el paño y lo escondió detrás de su espalda, para evitar que mirara su sangre. Los dos estaban desnudos y la actitud de pudor y desamparo de ella lo impulsó a abrazarla.

"¿Te duele?", susurró.

Ella negó con la cabeza. Cuando la miró a la cara y vio que Raquel tenía los ojos cuajados de lágrimas, se sintió apenado, y temió que lo acusara. Ella le sonreía serena, pero lágrimas patéticas rodaban por sus mejillas. Después de veintisiete años de virginidad, Raquel le había entregado esa ofrenda tan significativa en aquel tiempo, y él comprendió que no era de dolor, sino de tristeza. Ella levantó su rostro bañado en lágrimas y lo miró con tanto sentimiento, que él se conmovió, y quiso consolarla.

"No llores, por favor", le susurró, y con las manos le secó las lágrimas que corrían por sus mejillas. "Tanto sufrimiento por algo que es más fácil que sacarse una muela", la regañó.

Una idea ridícula que debió liberarla de su pena, porque una sonrisa triste iluminó su semblante. Desnuda se apretó contra él, se empinó en la punta de los pies para darle un beso y susurrarle al oído:

"Me alegro que hayas sido tú, y no otro."

*   *   *

Sofía y Raquel estaban sentadas a la mesa del comedor con las tazas de café vacías delante, como si conspiraran. Al abrir la puerta y entrar, él las encontró con esas caras. Preocupado, Matías agarró una silla y se sentó a acompañarlas. Ellas no se movieron, mortalmente serias las dos, como si estuvieran compartiendo un asunto grave.

—Y ustedes, ¿qué están tramando?

Sin prestarle atención, su madre se dirigió a Raquel.

—Necesito un tabaco, para verlo mejor. Siento un espíritu que quiere hablarme, y el humo me va a ayudar —se levantó y fue hacia la cocina, donde escondía un tabaco para ocasiones como aquella.

Matías se asustó todavía más. Sabía lo que haría su madre, y no le gustaba nada. Sufría al ver a su madre en esos trances ridículos y siniestros. Miró con rencor a Raquel, ésta hizo un mohín de inocencia, como si fuera cosa de mamá: *"Me estaba consultando"*, se disculpó.

Él tragó en seco. Inquieto, nervioso. ¿Qué estaría pasando? ¿Acaso la cabrona de Raquel le habría confesado a Sofía lo de sus relaciones? *"¿Le dijiste algo?"*, le susurró, pero Raquel negó con vehemencia, y se calló, porque Sofía venía de la cocina con un tabaco prendido en los dedos, y en la otra mano un ramo de albahaca con yerbabuena.

—Ven para acá, Raquel —le ordenó, llamándola al espacio delante de la cocina, donde no les verían si alguien entraba, aunque nadie a esa hora debía entrar a la casa.

Raquel se levantó, obediente. Y él también, pero con la intención de largarse a la calle. A pesar de su enorme preocupación, no deseaba ver, ni saber nada de aquello. Al ver que Matías se marchaba, Sofía lo llamó con un gesto autoritario:

—Ven para acá tú también, que hace tiempo no te hago un despojo.

Sofía le pegó unas chupadas al tosco tabaco, y echó grandes bocanadas de humo al aire. De pie, frente a ella y de su misma estatura, Raquel se paró muy derecha, como una doncella que ofrece su cuerpo. Sofía había cerrado los párpados, le daba chupadas al tabaco, y las bocanadas de humo flotaron en aquel aire de presagios propicio a los muertos. A continuación, se produjo una escena que Matías conocía bien. Si de niño se impresionaba, y con los años le daban risa, últimamente le producía vergüenza y tristeza el ver a su madre con aquel horrendo tabaco en sus labios, chupándolo y echando humo como una negra.

Sofía entreabrió los párpados. Primero invocó a los espíritus, mientras le daba unos pases con el ramo de albahaca por encima de la cabeza y alrededor del cuerpo de Raquel. De pronto, Sofía sufrió una convulsión, como atravesada por un corrientazo eléctrico, hizo una extraña mueca, y luego, poco a poco, se repuso; entonces, su cara adquirió una expresión extraña y de su boca salió la voz cascada de una negra africana. (Matías podría intentar, reproducir esa voz, pero le daría dolor. Teme incluso hacer una parodia irrisoria, y prefiere resumir lo que las voces de los presuntos espíritus —fueron dos— le auguraron a Raquel, y que ahora ella escuchó aterrada, con sus ojos verdes muy abiertos.)

"Un hombre te abandonó por otra mujer, y ella quiere que tú te mueras. Te tiene mucho odio, y celos. Pero ahora ya a ti no te importa esa mujer, porque tú estás enamorada de otro hombre, tú estás loquita ahora por él, pero ese hombre no va a ser para ti. No va a ser tuyo. Tú has sufrido mucho por aquel otro hombre, pero ya te libraste de él, ya tú no sufres más por él, tú eres libre ahora, y todos los caminos se abrirán a tu paso, sí señor, sí señor... "

¡Alabao, sea Dios!, dijo la voz de Sofía, y se sacudió y levantó los brazos, y agarró los de Raquel y la obligó a levantarlos y sacudirlos como si

se despojaran, las dos, de corrientes invisibles. Y pasó el ramo de albahaca por su cuerpo, *"despojándola, liberándola"* de todo lo malo.

Sofía se detuvo, envuelta en el humo de su tabaco, Raquel aguantó
la tos que le producía el humo. La voz africana volvió a la boca de Sofía: *"Tú vas a ser la dueña. Los hombres se van a arrodillar delante de ti,
ahora tú eres otra mujer, más mujer que antes, y se van a arrodillar, ¡sí
señor!, a besar tus pies, tú vas a ser como una diosa, ¡ sí señor!"*...

Al oír esto, Matías soltó una risita inaudible, estomacal.

*.. y cuando regreses para tu pueblo, los caminos se abrirán a tu paso,
un hombre va ser tuyo, uno bueno y bonito, de mucho pelo y bigote negro,
que te va querer, y tú te vas a casar con él, te vas a mudar para una casa
tuya, y vas a parir una niña rubia como tú".*

Eso fue, en resumen, lo dicho por la voz africana. La otra voz imitaba la de un hombre, y era más fluida y articulada; la llamó, *"mi niña";* una voz elevada y triste que le auguró un desengaño, pero sería
sólo pasajero, porque muchos hombres pasarían por su vida, y la ama-
rían, aunque aún veía brumas en su futuro. Anunció que se graduaría
de maestra, y *"un señor bajo y gordo, un hombre que te quiere y se preocupa por ti, te va a conseguir una escuela, y tú estarás muy contenta".*

—Mi papá —murmuró Raquel.

La voz prometió protegerla de todos sus enemigos; una mujer quería hacerle daño, y le había hecho un *"trabajo",* pero la voz había
"deshecho" ese *trabajo",* y estaba al lado de Raquel para protegerla de
aquella enemiga, y cuidar que nada malo la tocara.

"No temas, mi niña, todo saldrá bien al final", anunció.

Al principio, Matías escuchó tenso y preocupado, luego se tranquilizó ante las vaguedades, donde el segundo hombre acaso podía ser o
no ser él, los otros no (al menos no el de bigotes y pelo negro.) Todo
aquello era vago y confuso, y podía interpretarse según los deseos de
quien lo oyese. Sofía *"bajó el muerto"* y sacudió su cuerpo igual que los
perros cuando están mojados. Después se serenó, recuperó su aliento
normal, botó el tabaco y se volvió hacia ellos extenuada por el trance,
pero aliviada.

Raquel había escuchado hierática, inmóvil, aguantando el aliento.
Él observó cómo en dos ocasiones se estremeció, sus vellos rubios eri-

zados por corrientes eléctricas invisibles. Matías se movilizó para largarse rápido, dando la consulta por terminada. Pero Sofía, mojando el ramo de yerbas, lo detuvo con una orden terminante.

—¡Espérate, Matías, que quiero hacerte un despojo!

Sofía se volvió hacia Raquel, hizo una última invocación para liberarla de los espíritus bajos y malignos, de maleficios y de daños, y le sacudió el ramo de yerbas por el cuerpo, y por encima de la cabeza, con gran pericia y arte. Al final, la tomó por los hombros y la obligó a dar tres vueltas sobre sí misma y a levantar los brazos en alto. Raquel, obediente, los sacudió sobre su cabeza, con los sobacos al aire, las teticas erguidas, la cintura arqueada y el culito parado. Muy sexy ella.

—¡Qué la luz sanadora de los espíritus superiores se derrame sobre esta muchacha, y que todos los caminos se abran a su paso! ¡Aleluya! ¡Alabado sea el Señor, amén! —finalizó Sofía.

Raquel se persignó devotamente. Entonces Sofía se dirigió a Matías, que la retó con una mueca burlona. Ella conocía bien a su hijo y sabía que no tenía el menor deseo de participar.

—Ven acá, Matías, que percibo corrientes negativas en ti. Y necesitas un despojo, porque tú estás destinado a la luz.

Él suspiró resignado, y se puso en manos de su madre.

*　*　*

Ahora, como él la penetraba, en ella surgió el temor. *"Acuérdate de salirte"*, le exigía al oído. Pero, en el frenesí del placer, el primer espasmo lo sorprendía adentro, y ella lo desmontaba con un salto brusco.

En las mañanas, ella se desayunaba en un silencio lleno de melancolía, como si presintiera el dolor de ese amor condenado a un final desdichado. En los raros momentos en que Sofía no estaba presente, Raquel le sonreía con amorosa ternura; otras le clavaba suplicantes sus ojos verdes, como si sufriera o le suplicara. Y Matías se sentía culpable, y su deseo erótico se mezclaba con la compasión. Esa misma noche, luego de hacer el amor, él la sorprendió con las mejillas bañadas en lágrimas.

"No llores, por favor. Yo no quería hacerte daño".

"No eres tú, es mi familia y la gente".

"Si quieres, me voy y no vuelvo más".

"¡No, eso nunca!", ella lo abrazó posesiva.

Aquella madrugada Raquel lo trabó con sus dos piernas y lo retuvo, furiosamente; él lo tomó como un arrebato de lujuria, un esfuerzo supremo por arrancar, a su ardor, otro orgasmo. Esos minutos de gloria extra, bien valían el riesgo de hacerle una barriga. Pero lo que juzgó un instante de rabia y de locura, ella lo repitió posesiva y fogosa una y otra vez las noches siguientes, como si no le importaran las consecuencias.

A la hora de la cena, cuando la observó, ella le lució insondablemente bella, y en ese instante se sintió enamorado y agradecido por el milagro de su sexo. En aquellas dos semanas de delirio final, por momentos acarició la idea loca de *"casarse con Raquel"*, para gozarla todas las noches, por el resto de su vida. *"No seas mentecato"*, se arrepentía luego, en cuanto volvía a la lucidez. ¿Casarse, tener hijos, vivir la misma rutina? Le daba horror. Debía huir lejos, escapar de la dulzura imantada de su vulva.

Sofía no pareció darse cuenta de nada. Raquel la cortejaba, la ayudaba en las labores domésticas, hacía lo indecible por complacer a su hipotética suegra. Sabiendo lo mucho que le gustaban, le regaló un lujoso abanico. Sofía poseía una colección de pencas y abanicos, pero ante aquel bello abanico de nácar se entusiasmó como una niña, lo abría y cerraba con estilo, luego se echaba fresco con aristocrática elegancia. Sofía premió a Raquel con un gran abrazo y dos besos.

—¡Qué lindo, hija! ¡Cuánto te lo agradezco, mi amor! ¡Ahahaa! —se abanicó suspirando teatralmente, como si echarse fresco fuese la gloria—. Yo algún día me iré a vivir a Alaska. En mi próxima reencarnación seré una esquimal. Yo no soporto este calor.

Sofía, alrededor de los cuarenta y seis años, podía estar sufriendo los sofocones de la menopausia, y en esa época no había tratamientos para aliviarlos. Pero su entusiasmo no decaía, y como la actriz frustrada que siempre fue, se paseaba como una condesa en el minúsculo escenario del Palacio Encantando, dándole clases de amor a Raquel.

—Mi hija, no te cases nunca por dinero. No cometas jamás esa locura. Tampoco te vayas a casar con un viejo. Cásate sólo enamorada.

El dinero no es la vida, aunque a veces lo parezca —cantó, risueña—: Mírame a mí con Juan, *mi feo, mi ojúo*, pero enamorada.

*   *   *

A veces, la vanidad juvenil de *su secreto*. Estaba de pie con unos amigos en el parque Céspedes, riendo, bromeando, viendo pasar a las muchachas, y de repente, en el bullicio iluminado por las farolas, el recuerdo de Raquel: ese latigazo de orgullo y vanidad machista. Engreído, miró con desdén a esa pandilla de pajizos. Ah, ¡si lo supieran, se morirían! Matías casado con una maestra diez años mayor, y con un hijo. ¡Del carajo!

—¿De que te ríes, mi hermano?

—Nada. Una paja mental.

No, de ninguna manera, él no se casaría ni con la reina de Inglaterra. Esa noche entró en la casa con la intención de no subir al palomar, de empezar una retirada gradual. Mientras se desvestía, imaginó a Raquel desnuda y perfumada, sus senos turgentes, su vulva tibia, el recuerdo del placer lo abrasó, y ya no tuvo voluntad. No era él, sino un falo erecto subiendo las escaleras como una bestia en celo, en busca de su hembra. Ahora ella siempre lo esperaba desnuda bajo la sábana.

Cuatro días después, en la tercera semana de agosto, cuando esa noche subió al palomar y se deslizó en la cama, se extrañó encontrarla con el refajo puesto; la tocó y tenía el cuerpo yerto, los ojos clavados en el techo. *"¿Qué te pasa?"*, la miró, apoyado en un codo. Raquel parecía abatida por una gran tragedia. Asustado, él repitió la pregunta. Al fin ella movió los labios y susurró: *"Me llegó la regla"*.

Matías sintió un gran alivio. La consoló con unas palmadas y un beso. Enseguida bajó. La entendía. No había que ser inteligente. Su decepción y autocompasión develaban sus planes. De la que me salvé, pensó él. Quizá Sofía hubiera tapado el escándalo, pero, aunque hubiese persuadido a Raquel de un aborto, igualmente habría sido un melodrama feo. Tenía que salir huyendo. Total, en dos semanas Raquel se examinaría y regresaría a su pueblo. A menos que... ¡Ni pensarlo! Tenía que huir sin demora. A casa de Gertrudis, en Las Villas, donde su cuñado le había prometido darle trabajo en el piso del Central. Ahora Raquel estaba por segunda vez con la regla, y ya él había conseguido lo que tanto ansiaba.

Tendría que viajar sin despedirse, para evitar las recriminaciones, y las lágrimas. Mañana o pasado mañana, a más tardar, porque si esperaba cuatro o cinco días a que se le quitara la regla. ¿Cómo podría él aguantar la loca pasión, el deseo de ese cuerpo maravilloso?

*　　*　　*

Treinta y tres años después, Matías se paseaba por el Aeropuerto Internacional de Miami, observaba la infinita variedad de razas y colores de hombres y mujeres que pululaban por los pasillos en el confortable frío artificial. El rebaño humano en las colas, con sus maletines y maletas, en las tiendas de turistas, en las cafeterías, masticando, tragando. De buen y de mal humor, aburridos, cansados, echados en los sillones.

Entretenía su ocio en clasificar las parejas en armónicas y desarmónicas, según su apariencia y sus actitudes. Se fijaba en esas parejas que, en su empeño de imitarse, caminaban de forma igual o parecida, se vestían con las mismas prendas, matrimonios o amantes que, para colmo, compartían el mismo fenotipo, hasta el punto de parecerse como hermanos. Las clasificaba como parejas narcisistas. A través del otro sexo, sólo amaban su propia imagen. Imitaban a su Creador, que se amó tan infinitamente a Sí mismo, que hizo al bípedo a su imagen y semejanza.

Por otro lado, aún no entendía cómo entre tantas caras y cuerpos de mujeres (sí, todavía no había perdido la manía de disfrutar la divina dulzura de sus cuerpos), no se diera el caso de que hubiera dos caras iguales. Se maravillaba de cómo el Creador amara la individualidad en la belleza o la fealdad, cuánto se esmeró en multiplicar infinitamente a las mujeres sin crear dos exactamente iguales. El descubrimiento no era suyo, sino de un biólogo francés leído treinta años antes. Éste mostraba su asombro como biólogo de que, con los pocos elementos de que constaba un rostro humano (boca, mentón, frente, ojos, nariz, etc.), no existieran dos iguales. Tampoco lo eran las huellas digitales a pesar de los miles de millones que habitaban el planeta.

A Matías el pensar, o la angustia, le daba hambre (en esto era hijo de su madre.) Así que se metió en una cafetería y se sentó en la barra. La vieja gruesa y culona que lo atendió quizás fue alguna vez una belleza, pero la acción implacable del tiempo la había transformado en un espantapájaros con unos cabellos tiesos teñidos de azafrán. La mesonera se le acercó con una sonrisa de desdén, y unos ojos glaucos, exageradamente maquillados, lo miraron distraídos mientras limpiaba maquinalmente con un paño y recogía el mostrador.

—*May I help, dear* —ella le preguntó en inglés, aunque por su acento juzgó que tenía delante a una paisana suya.

Le pidió un *apple pie* y un *coffee*. Pero la camarera se le quedó mirando a la cara, paralizada, abrió los ojos con el asombro de quien ve un fantasma, y, agitada, se llevó una mano al pecho y lo señaló incrédula con el dedo, segura de haberlo reconocido.

—¡Pero virgen santa, si eres tú, Matías!

La camarera esperó tensa por la emoción, aún con los ojos abiertos por el asombro, segura de haberlo reconocido. Él sonrió burlón.

—Supongo que lo seré hasta el día que me muera.

—¿Pero tú no me reconoces, desgraciado?

—Claro que sí, mi amor, estaba esperando a ver si tú te acordabas de mí —mintió con su cara dura, preocupado por la familiaridad. ¿Quién diablos sería aquella vieja loca?

Enseguida lo supo. Ella, en su exaltación, se lo dijo.

—¡Soy Raquel! ¡Raquel López!

—Lo sé, te reconocí enseguida —volvió a mentir él.

Necesitó aún diez segundos para identificar, en ese rostro devastado, las facciones de Raquel, aquella estudiante de magisterio que fuera su primer virgo, de los dos que le tocarían en la vida, porque el tercero lo perdonó. ¿Cómo podía haberse puesto tan vieja y tan gorda, una mujer cuyo cuerpo recordaba menudo y escultural?

Fue un encuentro inesperado y conmovedor, sobre todo para Raquel. Treinta y tres años son demasiados para el corazón de una mujer, ni siquiera un caballo vive tantos años. A él, que se había olvidado por completo de Raquel, le resultaba algo incómodo verla tan conmocionada. Gorda y todo se movió con ligereza, y buscó a una compañera de trabajo para presentarlo, como si ya le hubiese hablado antes de él.

—Éste es Matías, mi primer novio —dijo orgullosa.

"¿Su primer novio? ¡Esta vieja debe estar loca!", pensó él. La amiga le extendió la mano con una de esas sonrisas de quien lo conoce a uno de oídas, y él se la estrechó. La amiga debió imaginarlo más apuesto, acaso más alto aún de lo que era, porque después del examen lució como decepcionada. Después que se alejó su compañera, Raquel le dedicó todo el tiempo que pudo. Rápidamente empezó a hacerle el resumen de su vida, en voz alta, sin sentir el pudor de que otros la escucharan, yendo y viniendo de un cliente a otro, afortunadamente pocos a esa hora.

Matías la contemplaba admirado de cuánto cambian las mujeres, según se van poniendo viejas. No sólo cuánto cambian físicamente (en aquella gorda nadie podía imaginar la joven escultural que pesaba 115 libras), sino su conducta, porque de la joven introvertida y pudorosa que fuera su amante, ya no quedaba nada.

"Ésta es una vieja alebrestada", pensó.

El resumen de su vida le resultó patético. Raquel era otra cubana más destrozada por la Revolución y el exilio. Con su primer marido, tuvo a su hija Sofía. ("Sí, le puse igual que tu madre, y le escribí una carta donde se lo contaba".) A su primer marido, continuó Raquel, se lo fusilaron en el 62 en La Cabaña. "Con mi segundo tuve otra hija", (él supuso que se refería al segundo marido). Pero se vino en bote a Miami y la dejó embarcada en Cuba. "El desgraciado", se echó otra mujer aquí, y, hasta el Mariel, no las mandó a buscar a ellas, y eso lo hizo por ayudar a su hija, "porque ya de mí, no quería saber nada, embaucado por una *nica* de veinte años". Ahora, desde hacía dos años, Raquel vivía con su cuarto marido (¿y el tercero, lo olvidó?, pensó él), "porque, tal como pronosticó Sofía (¡qué clase de visión tenía tu mamá!), yo he sido una mujer a la que siempre le han sobrado los enamorados".

—¿Parece que te ha ido bien en Venezuela? —le preguntó ella con interés, en una de sus vueltas, con un gesto astuto.

—Más o menos bien.

—Se te nota que bien. Te conservas muy bien, Matías

—Tú también luces estupenda, Raquel.

Ella se arregló instintivamente los cabellos y se alisó el uniforme. Luego de esta pausa y el cruce calculador de miradas (según la cuenta de él, ella debía tener sesenta años), Raquel retomó el hilo de la historia de su vida. La hija mayor se había enamorado de un gringo y se había ido con éste para Los Ángeles: "Ella, que es rubia y tiene los ojos verdes igual que yo, parece una americana. Imagínate, me dejó a la niña, dice que la va a mandar a buscar más adelante, pero yo encantada con mi nieta bella. Tiene nueve años, y se parece a mí".

Había despachado al último cliente, y durante un minuto se paró a hablar en voz más baja y confesional frente a su cara.

—Mírame, Matías: yo, una maestra, trabajando de dependienta —se lamentó con amargura, acariciando la mano de él con esa impudicia de las mujeres que han compartido su desnudez con uno, y también con otros hombres—. ¿Te imaginas? En Cuba los comunistas me quitaron mi plaza de maestra, yo llegué tarde a este país, hace siete años, con dos hijas y una nieta pequeña, y no pude rehacer mi vida. ¿Cómo podía estudiar, si tenía que alimentar y cuidar una muchacha y una niña, porque el desgraciado de mi segundo marido, ni se ocupó de su hija?

Matías la escuchaba con afectuosa tristeza. En quince minutos, una vida entera y, sin embargo, ¿cuántas alegrías, engaños y lágrimas, cuántos meses y años, y hombres que la fornicaron y la abandonaron, para transformar a la joven delicada y vulnerable que fue su amante, en esta vieja parlanchina y descocada, que aún luchaba y sudaba?

—Me tengo que ir ya, Raquel, tengo que tomar el avión.

—Chico, no me has contado. ¿Por qué no sacaste a Sofía?

—No quiso —él se encogió de hombros, y, a propósito, cambió de onda—. Me alegro que no me hayas guardado rencor.

—¡Mira, carajo —lo amenazó riéndose—, si te hubiese agarrado! ¡Ay, Dios mío, creo que te mataba! Durante tres meses por poco me muero. Pero tu mamá tenía razón. Lo nuestro, entonces, no hubiera funcionado. Tú eras demasiado joven, un cabroncito y un loco, ¿sabes? —se alejó con una sonrisa pícara.

Cuando regresó su sonrisa se transformó en nostalgia.

—Ya ves, cuando una descubre el amor, ya no puede vivir sin él, y al año de lo nuestro, me casé con mi primer marido.

Matías asintió con la cabeza. Cuando se fue a levantar, ella le dio otras palmadas íntimas en la mano, lo miró con un arrobo repentino y se le quebró la voz.

—¡Nunca, nunca te olvidé, Matías! ¡Te lo juro!

—Yo tampoco, Raquel...

Se apartó huyendo de esos ojos verdes empañados, de esa boca surcada por profundas arrugas verticales. Cuando pagó el ticket en la caja, el ramalazo de dolor se había desvanecido, la compasión no. Esa nieta de Raquel podía haber sido nieta suya. Recordó incluso (había olvidado la cara, nunca sus palabras de lisonja) cómo ella lo absolvió de culpas aquella noche: *"Me alegro que hayas sido tú, y no otro"*. Se detuvo y pensó en hacerle un regalo. En el maletín cargaba tres mil dólares. Pensó primero en mil. Se sentó en una de las sillas del aeropuerto, abrió el maletín. Cuando metía los billetes en un sobre, cambió de opinión: consideró que mil era demasiado: con quinientos sería suficiente.

Al volver a la cafetería, Raquel conversaba con su compañera de trabajo. Por sus miradas significativas, comprendió que hablaban de él. Raquel se separó de su compañera y se le acercó desplegando una sonrisa servil. Él le alargó el sobre por encima del mostrador.

—¿Qué es esto? —ella agarró el sobre.

—Un regalo para tu nieta.

Se marchó rápido, oyendo las gracias a sus espaldas. Supuso que se lo enseñaría a su amiga, y acaso se jactaría de haber sido su amante. Treinta y tres años atrás, Raquel hubiera preferido morir a revelar el entonces deshonroso secreto. Al final, pensó él, la vejez nos arrebata la belleza, y entonces tenemos que acudir a glorias pasadas, abrir la caja fuerte de nuestros pecados, y lo que antaño fue "deshonra", con el paso del tiempo se ha tornado en "gloria".

SEGUNDA PARTE

I

CARTA, TOCATA Y FUGA

Mi querido hermano:

Te extrañarán estas letras mías, pero como me dijiste anoche que estabas escribiendo una novela acerca de la vida de nuestra madre, y estás escribiendo acerca de las cosas tristes que tú sabes en los últimos años de ella, yo te voy a contar de los años que tú no sabes.

A ella la casaron a los quince años de edad con papá, que tenía treinta y tres años, ella medía 5 pies y dos pulgadas de estatura, y pesaba 100 libras, él tenía 6 pies y dos pulgadas, y pesaba doscientas veinte libras, él no era, ni fue nunca, un hombre de familia, la llevó para la casa y no la dejaba salir ni socializar con nadie, él estaba todo el día en su negocio, y ella encerrada en la casa y no podía asomarse ni a la puerta porque él era un celoso egoísta, y autoritario, a ella le dio por leer, y casi enseguida salió en estado, pero abortó. El niño era varón. Después demoró cinco años en volver a quedarse embarazada, yo nací cuando ella tenía veintiún años, a los diecisiete meses de nacer yo, nació Margarita. Cuando yo nací, mi padre dijo que yo no servía, y no fue a conocerme como hasta tres días después, porque él quería un varón. Mamá nunca fue a fiestas ni a viajes, no tenía amigas y casi no tenía contactos con su familia en Santiago.

Papá tenía un buen negocio, era dueño del único hotel del Central Miranda y del único cine, daba películas una vez a la semana, el cine estaba al aire libre y nada más tenían un proyector, así que cuando se acababa el rollo había que esperar a que pusieran el otro. Me imagino que las cosas iban bien.

En el 1931 empezaron los problemas del machadato y la depresión mundial, y el central azucarero estuvo cerrado dos o tres zafras. Papá perdió todo el dinero que tenía, pues le fiaba a la gente y la gente jamás le pagó, había hambre y no había nada qué hacer, y papá empezó a beber más y más. Cuando el ingenio empezó a moler y hubo otra vez zafras, el negocio volvió a prosperar, papá mandó el cine para el comedor grande del hotel, compró otro proyector, y por primera vez vimos las películas de corrido. Por entonces papá puso una fonda en un salón atrás del cine y parecía que todo iba a ir mejor, pero él desatendió el negocio, así que mamá empezó a cocinar en la casa comida para la fonda.

En ese tiempo naciste tú, Matías.

Mamá aprendió sola a cocinar, a coser y a luchar para que Margarita y yo tuviéramos lo necesario, y fuéramos a la escuela, nos puso a aprender inglés, y nos puso en un colegio privado, pues el colegio público era malísimo y no se aprendía nada. Mamá era el todo, ella nos llevaba al río para que aprendiéramos a nadar, nos daba dinero para que alquiláramos bicicletas y nos enseñó a montarlas. A todas éstas, a espaldas de papá, porque él creía que las mujeres no debían hacer nada de eso. Además, mamá nos cosía la ropa y nos vestía decentemente.

Papá jamás nos besó ni acarició, apenas nos dirigía la palabra, yo no recuerdo una comida familiar con él. La situación económica se iba poniendo cada día peor, y él se la pasaba bebiendo. Yo, que era muy despierta, lo oía cuando llegaba por las noches bebido a acostarse con mamá. Ella fue muy desgraciada y llevó una vida muy sola y trabajó y luchó excesivamente.

A pesar de todo, mamá era muy alegre y fantasiosa, jugaba mucho con nosotros. Cuándo y cómo ella aprendió a cocinar, coser, bordar, no lo sé; pero sí creo que ella lo hizo sola, como te dije tenía quince años cuando se casó, y por ella misma supe que su niñez no fue nada abundante y que pasaron hasta hambre. Mamá era una mujer de inteligencia natural, le gustaba leer mucho. En el Central, cuando no había Zafra apagaban la electricidad a las once de la noche, y ella seguía leyendo con una vela, porque papá venía tarde, después de cerrar el negocio.

Yo siempre pensé que ella tenía una gran personalidad, y cuando era una niña sentía orgullo de ser su hija. Dentro de las circunstancias en las que se desenvolvió hizo lo mejor que pudo.

Cuando encontró un hombre que le habló cariñosamente, seguro pensó que era mejor para ella y para nosotros irse a vivir a Santiago, y esperar a que Juan pudiera ir también. De más está que te diga que en el Central había escuela únicamente hasta el 5to grado, había dos maestras, una daba clases en un salón al primer y segundo grado, y la otra del tercero al quinto. Malamente aprendimos a leer y a escribir.

Cuando fuimos para Stgo, enseguida mamá nos puso en el colegio Spencer y por primera vez en la vida tuvimos escuela real, a ti te puso en una escuela privada, primero fuiste a La Salle y, después, cuando nos mudamos a San Jerónimo, fuiste al Instituto Barrios.

Los mejores años de mi niñez fueron los pocos que pasé en la Casita de la Loma de San Jerónimo, llevamos una vida normal de familia, aunque Juan nada más venía los fines de semana, hasta que al fin pudo mudarse también para Santiago. Después que me casé la vi poco, quizás una vez al año. Después de lo del Moncada no volví más a Santiago, así que esos años tan negros de que hablas no los conocí; la vi otra vez en Caracas, después de un cuarto de siglo, y no pude apreciar más que era una anciana, y no la super mujer que yo recordaba.

Quiero que sepas que siempre fuiste su preferido, desde que naciste. Al principio te tenía lástima, eras un niño extraño, callado, y muy apocado, y entre ella y Cesita, Margarita y yo, pasaste los primeros añitos, no había quien te dijera ni pío, porque salíamos como unas fieras a defenderte. A mamá le divertía ponerle nombretes a todo el mundo, y a ti te puso Cagón de Velorio, me imagino por lo mucho que cagabas, y como ya sabes, Margarita y yo éramos Sapín y Lirio. Eso nunca se me olvidó, así que no tenías que recordármelo, porque yo fui quien te lo contó a ti.

Mamá tuvo muy poca escuela y a pesar de eso tenía buena letra y escribía muy bonito. Ella siempre me decía que jamás en la vida fue feliz y que había sufrido mucho. No estoy disculpándola, pero sí creo que en los últimos años de su vida no estaba en sus cabales.

Realmente ésta no es una carta sino un borrador, pero si la paso en limpio no te la mandaría nunca. Tengo otros recuerdos que no quiero ponerlos en el papel... Total, después de todo, tú has hecho ya tu juicio sobre mamá, y sabrá Dios cómo interpretes esta carta mía, no muy benévolamente, me imagino.

Te quiero,
Gertrudis

* * *

Matías se detiene sobre la carta de Gertrudis, sobre lo que dice de su madre. *"¿Juicio?"* Esa palabra lo sorprendió, y volvió a leer el párrafo final. Gertrudis parece haberla usado en la acepción de opinión. En ese sentido, la aceptaba. ¿Se había hecho "un juicio" anticipado sobre su madre? En absoluto, él empezó a contar la historia de Sofía, pero ahora escribe en busca de su madre. Pero esa búsqueda se oscureció, se curvó, y él se encuentra ahora en territorio desconocido. En busca de su madre, él se ha perdido en una galería, y entre los rostros espectrales ha visto el retrato de Dorian Matías Grey. De repente duda: no sabe qué otros monstruos se ocultan en el fondo sombrío de esa galería.

* * *

"Ella siempre me decía que jamás en la vida fue feliz y que había sufrido mucho", escribe Gertrudis. Pero él no recuerda haber oído nunca a Sofía decir semejante cosa. Jamás oyó la palabra sufrimiento en los labios de su madre. O más probable aún: Gertrudis habla de otros tiempos, los de la crisis sentimental de mamá. La memoria de Gertrudis, con doce años de edad entonces, cubre zonas dramáticas del Central Miranda, antes de la ruptura y la fuga de mamá, un tiempo que él sólo puede evocar en imágenes brumosas, casi oníricas.

Las trampas de la memoria. Zonas oscuras y claras pintadas por el pincel nostálgico. Ahí se yerguen, inmensas, las anacahuitas (así llamaban a los enormes árboles que le daban sombra a la carretera de macadán que bajaba hasta la estación del tren), el niño que oía el viento en sus ramas, incluso cuando el viento no soplaba, vive aún en Matías.

Las aguas dulces del río, la familia acampada a la sombra, amparada del sol cegador por la quietud vegetal de los árboles. Sus hermanas y él, entre risas y chillidos, saltando en las aguas frescas del río. Su madre joven, cocinando un arroz con pollo en un gran caldero negro, el humo de la leña se eleva en el aire iluminado por los rayos de sol que atraviesan, como reflectores blancos, el verde follaje. Su padre se ha quitado el sombrero y la camisa, se seca el sudor y sonríe. La pintura de su familia en el bosque en un remanso del Cauto, una escena campestre iluminada como un Brueghel de terciopelo, antes de la tempestad.

* * *

Planeó una novela cronológica. Pero la percibió artificial. La única arma válida para viajar hasta el fondo, donde yace lo oculto, y *"desenterrar el daño, sacarlo a la luz"*, como decía ella, era zambullirse en las aguas acrónicas de la memoria. La propia Sofía lo proclamaba, con su nariz de Greta Garbo, retándolo a que la contradijera.

"Mi memoria viaja a treinta años por segundo".

* * *

—*Yo nací mucho hombre para ser una mujercita* —*dijo* ella, cuando en el Central leyó una biografía de la Avellaneda.

Pero el azar biológico determinó que naciera mujer. Matías está vivo por otra modalidad del azar. Ballester, que nunca volvía antes de la hora del almuerzo, se regresó ese día a las once de la mañana. Encontró a Sofía en la cama, la comadrona en la habitación, todo listo para el aborto. La reacción de Ballester fue de perplejidad y de tristeza.

—¿Por qué? Eso no se hace, Sofía —la regañó suavemente—. Cometes un error. ¿Quién sabe si es un niño, si es un varón?

*   *   *

En 1940, Sofía quemó la nave de su matrimonio, para lanzarse a una nueva vida. Una fuga hacia un incierto futuro, decidida a vivir el sueño del amor junto a Juan Maura. En opinión de Matías, fueron sus años más felices. Los tiempos de su fantasía del "Palacio Encantado", vinculados a la niñez y la adolescencia de Matías.

"¡Esos años negros!": la metáfora se la atribuye Gertrudis a una etapa económica, cuando en realidad Matías hablaba de pobreza, y no de desdicha. ¿Por qué ese empeño en atribuirle infelicidad a la pobreza? Nada que ver una con la otra.

*   *   *

Ella se envanecía del amor fiel y constante de Juan.

—Juan sólo tiene ojos para mí —decía.

Pero no se dormía en sus laureles. "El amor es un arte y un oficio permanente", dijo una vez. Hablando del fracaso de otras mujeres, su éxito con Juan lo atribuía no sólo a su belleza y a su coquetería, sino a otras virtudes aún más profundas y secretas.

—Hay mujeres que tienen gancho, pero no retén —decía, y con un mohín de vanidad, se jactaba—: Yo tengo gancho y tengo retén.

*   *   *

Veintiún años después, el delicado andamiaje de su felicidad, el Palacio Encantado de su amor, se derrumbó. Sin avisar a nadie de su viaje, agarró el tren y se presentó con su maleta en casa de Gertrudis en La Habana. Quince horas viajando toda la noche en un tren, por primera vez en su vida, a los cincuenta y dos años, completamente sola. A Gertrudis la dejó fría de la sorpresa: abrió la puerta y vio a mamá con su maleta y oyó su voz dura, entragediada.

—He abandonado a Juan. No quiero verlo en el resto de mi vida —dijo y entró agitada, ante la cara pasmada de Gertrudis.

Cuando se abrazaron, mamá estalló en sollozos y Gertrudis, todavía sin palabras, la apretó fuertemente, y como era muy sentimental, de sentir a su madre sollozando desgarrada en sus brazos, a ella también se le salieron las lágrimas. Luego, durante el resto de aquel día, sin derramar más lágrimas, con esa fortaleza de carácter que nunca la abandonaría, entre vasos de agua y tazas de café, mamá, a retazos, le contó su historia.

—Nadie tuvo que decírmelo, yo lo adiviné —se jactó—. Sentía por todas partes la presencia de esa mujer: en su mente, en su cuerpo, y en él.

Mamá se escondió en la esquina de la Colonia Española. Esperó con paciencia y fiereza. Vio a la mujer llegar y, en la puerta, mandar un recado. Un minuto después, salió Juan. Ella los siguió de lejos, y los vio entrar en la "casecita" (contracción de *casa de citas,* como llamaban en Santiago a esos hotelitos del amor furtivo.) Comprobada más allá de toda duda la traición, mamá se alejó ciega de dolor.

Su madre en 1961 en La Habana, tan desolada en su tragedia, que no oía el estruendoso ruido de la Revolución, el cataclismo en que se hundía una nación: el paredón, los encarcelamientos, la insania. Tan desolada que no se dio cuenta de la angustia en que vivían sus tres hijos.

Margarita y su segundo esposo, un pedagogo culto y liberal, presionado y humillado por los comunistas, había renunciado a su cátedra en la Universidad, y se aprestaba con Margarita a salir en secreto hacia un exilio incierto en Venezuela.

El esposo de Gertrudis había sido despedido de su modesto empleo, y parecía una sombra sumida en el estupor, espantado de lo que sucedía en su pequeño país. Era un hombre alegre y cariñoso, uno de esos seres excepcionales que no envidian nada, que no desean nada ajeno, pero no saben odiar, ponerse un uniforme, empuñar un arma y disparar. Tenía miedo. Sencillamente no había nacido para la violencia y la guerra.

—Él es así, no soporta ver sufrir. Cuando ve sangre, se desmaya —lo disculpó una vez Gertrudis, la más fuerte.

Gertrudis esperaba las visas *waiver* para sacar primero a sus dos hijas del país, previendo una ley draconiana, sin saber cuántos años estaría separada de sus pequeñas. Pronto Cuba se cerraría como la cárcel de Alcatraz, aislada por las rejas y las aguas del fanatismo. Matías, después de haber participado en la Revolución, todavía dudaba en el 61; esperaría hasta mediados del 62, entonces se embarcaría en la última motonave de la Trasatlántica Española que tocaría el puerto de La Habana.

Sin embargo, los tres hermanos Ballester tuvieron suerte, perdieron sus pocos bienes (él sólo lamentó sus libros) y el pedazo de tierra que llaman "patria"; pero no sufrieron cárcel, ni perdieron sus vidas, como tantas decenas de miles de otros cubanos menos afortunados.

Pero a mamá le acababa de caer el cielo en la cabeza, y no atinaba a entender la tragedia colectiva que afectaba a sus hijos.

* * *

Veinticuatro horas después llegó Juan, de rodillas, pidiendo perdón. Mamá se mudó para el apartamento de Matías, por razones obvias, y allí fue Juan a pedir perdón, a esperar, y a convencer a Sofía Vilarubla que él jamás volvería al Palacio Encantado sin ella, que prefería morir a perderla. Daban ganas de reír verlo sentado, con el semblante contrito de un niño castigado. Una semana duró el melodrama. Al final, Juan pudo persuadir a Sofía, que, resentida y de mala gana, vacilaba aún en perdonarlo.

Eran tiempos tan dramáticos y trágicos que la infidelidad de Juan y el despecho de mamá parecían un incidente trivial.

—Vamos, mamá, ya está bien. Esa mujerzuela sonsacó a Juan, lo sedujo para sacarle plata —la regañó él—. Míralo como anda: da pena verlo, arrepentido, pidiendo perdón.

Sofía no entendía que esas cosas pasan. En opinión de Matías, Juan estaba en la frontera de esa edad, en que un hombre es más susceptible a ser seducido por una mujer más joven.

* * *

En los años maduros de su belleza, mamá había vivido la ilusión de ser la única mujer en la vida de Juan. Lo excusó de sus vicios y su ignorancia; sin una queja, había renunciado a ir al cine, a la playa, ir a fiestas, incluso a la distracción de la lectura. Una vida entera junto a un hombre que jugaba los trescientos sesenta y cinco días del año, porque los jugadores no se dan tregua ni los domingos, ni los días festivos.

—Es tan absorbente, que ninguna otra cosa los distrae, ni ocupa sus mentes. El juego anula el alma —le diría mamá, después.

En el largo y solitario viaje en tren, de Santiago a La Habana, tuvo de compañero a un diplomático ("todo un caballero", lo definió mamá), cuya conversación culta la devolvió a sus lecturas en el Central. A Elsa le contó la aventura de su viaje en el tren, el interés que el diplomático mostrara por ella, la gentileza de sus modales.

—Yo creo que estaba interesado en mí —sonrió con nostalgia—. ¿Tú crees que yo todavía estoy a tiempo de empezar una nueva vida? ¿Que otro hombre pueda aún enamorarse de mí?

Elsa la escuchó entristecida, sin saber qué contestarle. Mamá no repitió la pregunta, sabiendo que sus ilusiones eran vanas. A los cincuenta y cuatro años estaba consciente del envejecimiento irreversible de su cuerpo. El iniciar una vida con otro hombre, era sólo una vana ilusión.

Sofía regresó a Santiago, pero nunca perdonó a Juan. Su corazón entró entonces en ese jardín gris donde las ilusiones mueren, y las suplanta el ruido rencoroso de los días y la costumbre de envejecer.

A partir de entonces se le montó encima a Juan, y se puso caprichosa. Entonces se dio gustos que jamás habría soñado. Irse de vacaciones con Juan una o dos veces al año. Pero como la cabra tira para el monte, incluso en esos hoteles para el recreo o la salud, él encontraba siempre alguna partida de dominó o de barajas. Sofía se enfurecía con él.

—¿Pero es que no puedes descansar del maldito vicio? Nada de cartas hoy. Esta noche te sientas a conversar —le ordenaba.

*   *   *

Matías salió al exilio, y sólo de tarde en tarde recibían cartas de Sofía. A fines de los sesenta, él vivía acelerado a 130 kms por hora y

15.000 kms mensuales por estrechas carreteras llenas de serpientes, en los confines de Venezuela, hasta las fronteras de Brasil y Colombia.

De día, un mercenario en la carretera. De noche, los garitos y el burdel. Cuba estaba al otro lado inalcanzable de la Historia y, para sobrevivir, bloqueó su memoria.

Ahora, en retrospectiva, al recordar la conducta extravagante de Sofía en aquellos años, comprende que su madre vivió un tiempo tan desgarrado y doloroso como el suyo. Peor aún, porque ella sufría en directo la Historia, aislada en la intolerancia, condenada para siempre a no ver, nunca más, a sus tres hijos condenados al exilio *("¡Jamás volverán a pisar la tierra Sagrada de la Patria!",* repetían los periódicos, televisores, radios, mítines, cantantes, pioneros, maestros, babalaos, santeros, etc.)

En una carta, él atisbó el desgarramiento y el aislamiento de mamá (Juanito hacía teatro entonces en La Habana.) En otra carta, ella negó sus dones de médium y el espiritismo; *"fueron sólo extravíos de mi mente".* Al leer aquel abrupto rechazo a la pasión de su vida, él se rió solo, pero Elsa levantó perpleja la mirada, sin entender nada.

—¿Pero tantos años, afirmando una mentira?

—Ella antes no mentía, y tampoco miente ahora.

Elsa lo miró sin entender ni la paradoja ni su risa. Pero él sabía que, cuando enloquecemos de dolor, renegamos rabiosamente de lo que somos, incluso de nuestra verdad más querida.

Por aquella época, Mamá había retornado, con el fervor de antaño, al estudio de la Biblia, pero no en busca de la verdad histórica, de moda entonces entre esnobistas y oportunistas, sino la trascendental. En la cresta de aquella crisis espiritual, se convirtió a los Testigos de Jehová y repartió la *Atalaya* por las calles, anunciando la llegada del Juicio Final. Un acto temerario en aquel país ateo donde aquella religión era un delito. Una detención de la policía y las súplicas de Juan calmaron sus extravíos.

Matías esta vez no sonrió, el dolor de imaginar a su madre en un acto grotesco y enajenado, lo hundió en la tristeza. ¿Qué podía hacer él, si tenía prohibido regresar, y ella no podía salir entonces de Cuba?

* * *

Con los años la crisis de mamá cedió, y el tono de sus cartas retomó "su anormal normalidad" de paranoia con humor y su valentía. Cuando, a principios de los ochenta, Elsa y Matías pudieron al fin volver a Cuba, y dieron tres viajes, encontraron a mamá enferma, y además mortificada, persuadida de que Juan, ese caballo de hierro, la sobreviviría y se juntaría seguramente con otra mujer.

—Es un animal que no puede vivir sin mujer —decía furiosa—. El día en que yo me muera, se apencará con la primera que le pinte monerías, y se olvidará de mí.

En aquellos viajes, tanto Elsa como él, fueron cargados de dólares para comprarle a Sofía la nevera, la cocina, los ventiladores para las horrendas noches de calor de Santiago, etc. Pero mamá estaba dispuesta a llevar su rencor más allá de la tumba. A espaldas de Juan, les advertía con inquina que no compraran nada a nombre de ella.

—Pónganlo todo a nombre de Juanito —les decía—. No vaya a ser que, cuando yo me muera, Juan se eche otra mujer y ésta venga a quedarse con todas las cosas que ustedes me están regalando.

Pero la vida te da sorpresas, como en la canción.

II

MUERTE EN LA HABANA

El saber se hace más intenso
en el momento de la muerte.
MAIMÓNIDES

Juan Maura murió en La Habana, dos años después de su estancia en Caracas como invitado, y varios años antes que mamá. No sólo murió de una forma estúpida, sino triste.

A Matías no lo tomó de sorpresa. Cuando viajó a La Habana por tercera vez, meses antes de su muerte, la imagen que recordaba de Juan Maura era la de un hombre débil y resignado, los ojos saltones apagados por la melancolía. En su opinión, Juan estaba consciente de que tenía *"puesto ya un pie en el estribo, con las ansias de la muerte"*.

*   *   *

Cinco años antes, en el primer viaje, la conmoción alucinante de poder volver, después de veinte años de exilio, lo golpeó en el alma. Pero ya era la tercera vez que volvía a la Patria Prohibida, y sólo sentía una ligera tensión, la ponzoña de la tristeza, el dolor de ver a su país en ruinas. Ahora sabía que el *jamás volvería a pisar el suelo sagrado de la Patria"* fue otra baladronada más, para consumo de los líricos que recitaban: *"Cuba es una rosa y una roca"*. Se colocó en la fila, hasta que llegó frente a la mirada del policía del Ministerio del Interior, con su feo uniforme color ruso, quien revisó de mala leche su pasaporte venezolano.

—¿Matías Ballester Vilarubla?

Asintió. El policía confrontó, con un vistazo receloso, la foto con su cara, hojeó el pasaporte y se lo devolvió. En la aduana reinaba cierta confusión y desorden; luego de una cola, una miliciana le mandó despótica.

—Abra la maleta.

Nada ocultaba, excepto su vieja y asquerosa memoria. Lo que le traía a su familia, mezclado entre sus enseres personales, estaba dentro de los "parámetros" permitidos. Obedeció con frialdad a la hostilidad de la uniformada que lo registró, despechada por esa maleta repleta de ropa y zapatos que sabía le dejaría a sus familiares, envidiosa de los privilegios que gozaba aquel viajero proveniente del capitalismo. Cuando salió del opresivo trance, respiró aliviado.

Afuera lo esperaban, entre la multitud que se daba empellones, Juanito, acompañado por Oscar, su hijo menor, ya transformado en un muchacho con los ojos honrados de quienes aún mantienen intacta su decencia. Su hermano lo abrazó con su apasionada emotividad. Cuando se separaron, pensó que, aparte del físico, la voz y los ojos, Juanito no se parecía en nada a la bondad distante y viril de Juan. *"A quien se parece es a mamá. Es apasionado como ella"*, pensó.

Hubo un forcejeo con los taxistas por la maleta del pasajero; del cual despreocupó él, dejando a Juanito y a Oscar a cargo. Contempló el cielo azul inmenso de una isla adonde creyó que jamás podría volver, y a la que regresaba por tercera vez en cinco años. Un cielo igual a todos los cielos del Caribe, y sin embargo, lo emocionó. Olfateó los olores y aquel sol cincelado en su sangre, levantó la nariz como un viejo lobo a punto de aullar. Había caminado decenas de veces la avenida arbolada: él estudió allí cerca, en la ETI, becado. En aquel pueblo había tenido una noviecita. Y en una finca cercana le dispararon unos perdigonazos por robarse unos mameyes. Otras canalladas cometidas, prefería olvidarlas.

—Vámonos, mi hermano —lo despertó Juanito.

*   *   *

En el segundo piso de la casa del Vedado, donde ahora vivía toda la familia, su madre lo recibió con un abrazo conmovedor. Hubo gritos y risas. Juan Maura también sonreía con la muela de la alegría, pero lo notó acabado, sin su vigor legendario, los ojos más desorbitados que nunca. La familia cariñosa. Su cuñada: dulce, obsequiosa, aparentemente calmada, a fuerza de pastillas, según Sofía.

En este, su último viaje, le asignaron el Hotel Capri (como miembro de la *Comunidad* en el exilio, él no tenía derecho a elegir hotel.) Todas las mañanas iba en taxi a F y Calzada, y sacaba a Sofía a pasear por el Vedado. Su madre se sentía orgullosa y encantada de pasearse de su brazo, y de las atenciones que él le prodigaba.

El recuerdo de sus desavenencias, en Caracas, un año y medio atrás, se había desvanecido. Mamá se colgaba de su brazo, vital y feliz, y se reía de cualquier nadería. Sólo cuando empezaba a hablar de Juanito se ponía brava por las extravagancias de ese hijo, como aquella de criar perros en la azotea, y le echaba la culpa de todo a Aída.

—Aída es muy buena, pero no tiene carácter. Juanito hace lo que le da la gana con ella. Por eso todo anda al garete en esta casa. Una mujer puede ser dulce y buena, pero debe tener temple y usar toda su autoridad para imponer orden y disciplina. Como hizo Elsa contigo.

Matías aceptó en silencio el malentendido. Su madre había idealizado las incuestionables virtudes de Elsa, a quien atribuía en gran parte haber puesto orden en la vida turbulenta de su hijo Matías. Por uno de esos caprichos selectivos del alma, entre sus dos hijas y sus dos nueras, mamá encontró en Elsa ese paradigma de mujer con quien ella misma se identificaba: el de ser presumida y coqueta, y la inteligencia de medir su poder sobre el hombre para imponerle una disciplina económica y moral, incluso el carácter enérgico para tomar el timón de la nave cuando fuese necesario.

*   *   *

Un año y medio antes, en su casa de Caracas, una mañana Juan salió a jugar dominó y él se quedó a solas en el salón de la planta alta conversando con mamá, o más bien oyendo sus largos monólogos.

Aquella mañana ella alabó tanto a Elsa, celebró tanto su inteligencia, su buen gusto al diseñar la ropa, y el éxito de la fábrica, que Matías creyó que tantas alabanzas a Elsa, y ninguna para él, venían en desmedro de su persona. Por supuesto que él había propiciado aquel malentendido. Una vez, dándose tragos con unos amigos españoles, hizo un comentario jocoso al respecto, pero no lejano de la verdad.

—De no haber sido por Elsa, yo sería un vagabundo, un perdido, un novelista muerto de hambre —confesó, y exageró aún más, dándole una nalgada a Elsa—. Yo, sin esta mujer, no sería nada.

El matrimonio protestó, Elsa protestó, el perrito sato ladró, porque el cabroncito estaba empeñado en masturbarse con el pie de Elsa, y ella lo pateó. Elsa odiaba a los perros lujuriosos; con su marido tenía de sobra. Él aceptó las protestas. Nadie lo entendió, y sonriendo ladino se guardó su verdad: que hubiera preferido ser un novelista muerto de hambre, a éste próspero pequeño industrial que ellos admiraban.

Pero aquella mañana en Caracas, él creyó oportuno, al menos delante de su madre, poner los méritos de cada cual en su sitio, por más que él mismo no los valorara.

—Mamá... ¡¡Mamá!! —él la interrumpió, entonces—. Yo inventé *este tinglado y puse el dinero* —le aclaró, usando el peyorativo contra el dinero y la fábrica—. Yo *le enseñé* a Elsa. ¿Comprendes?

—Lo sé, hijo. Pero detrás de todo gran hombre hay una gran mujer, y Elsa tenía el espíritu y la madera. Tú le trasmitiste tu inteligencia, y ella a ti su gran amor y su cordura.

Él aceptó lo del amor y la cordura.

* * *

—No le compres nada —le ordenó mamá, furiosa—. No le vayas a decir que yo te lo pedí. Pero no le compres nada.

Estaban sentados en un banco de G, cerca del Malecón. Juanito le había pedido que le comprara un betamax en la Tienda de Turistas, y él, que en aquel viaje se empeñaba en hacer feliz a mamá, se lo consultó. Y mamá reaccionó hablando pestes de ese hijo, de su enorme irresponsabilidad, del dinero que botaba en locuras y fantasías, como esa de criar perros en la azotea.

—¡Total, se robaron los perritos y se los comieron!

—Pero un betamax es diferente, mamá.

—¡No se lo vayas a comprar, por favor! Se va a gastar todo el dinero en películas. Es como un niño con un juguete. Luego invita a sus amigotes, se beben la cerveza, se toman el café que no alcanza ni para nosotros, fuman, tiran colillas, y la casa apesta.

Su madre tenía razón, en parte. Una persona de su edad necesita un mínimo de paz y privacidad en su casa. Sin embargo ella decidía desde su egoísmo. El corazón de mamá era duro como una roca, y él lo disfrutaba. La comprendía. ¿De qué le servía a ella un betamax, si ya no podía ver la televisión? El betamax fue lo primero que le pidió su hermano, y él, por complacer a mamá, tomó la responsabilidad de decirle que no.

—Es un lujo, no una necesidad —se excusó.

La cosa no quedó ahí. Juanito era una ladilla: cuando deseaba una cosa se valía de mil estrategias para conseguirla. ¿Qué hizo? Mandar a su esposa de mensajera, pensando que la dulzura de Aída ablandaría al tacaño de su hermano.

—¿Por qué no nos compras un betamax? —le pidió Aída. Y repitió como un loro las razones que esgrimía su hermano—: Para nosotros, los actores, ver una película es una forma de estudiar y superarnos.

Le costó un buche de amargura decirle que no a su cuñada, una mujer bondadosa. Para cortar, le sonrió.

—¿Y antes, cuando no existían los betamax, cómo hacían los actores? ¿Acaso los actores de antes, eran más malos que los de ahora?

Este razonamiento sorprendió a Aída sin un libreto. Juanito se quedó sin betamax, pero no por mucho tiempo. Dos meses después Matías mandó mil dólares a Sofía con un venezolano. Y Juanito, con engaños, compró el maldito aparato, para disgusto de mamá.

* * *

En éste, su tercer y último viaje, él no buscó a los sobrevivientes de

La Habana. No deseaba ver sus ojos de náufragos. En el primer viaje había tenido que volar a Santiago, y a Kakania, en aquellos aviones rusos de hélice, ruidosos como tractores, echando humo negro como la Revolución. En aquella ocasión, se reunió con tres viejos amigos. Bebieron, cenaron, se tomaron unas fotos. *"Por la posteridad"*, brindó uno. Unos meses después uno de ellos salió al exilio, y en Caracas le contó que entre los reunidos aquel día, había un confidente de la Seguridad, y que sus conversaciones habían sido grabadas.

Él no pudo reprimir su asco y su asombro.

—¿Por qué, si hablamos pura mierda?

—Nos hirieron hondo, Matías. Somos poetas y escritores devastados, nos arrancaron la piel, y hemos sobrevivido en el cinismo, en la inmundicia de un sueño fracasado. Somos balseros, escoria, balas perdidas.

En aquel primer viaje, él había recorrido La Habana en un intento por revivir la nostalgia de su juventud. Caminaba por la ciudad que había atesorado en su memoria. Recorría conmovido sus calles y maravillosos lugares, pero por más que se esforzó no pudo sentir la pasión febril de antes. Al final comprendió que su tiempo había pasado. Juventud: la estela alegre de un barco, esas olas espumosas que se alejan y desvanecen en la inmensidad del mar.

Por eso no quiso buscar a los pocos amigos que sobrevivían entre las amarguísimas ruinas de sus sueños, y se dedicó sólo a dar largos paseos con Sofía del brazo, y a bromear con Juan. Disfrutó en hacerlos felices, al menos por última vez.

*   *   *

A nadie, ni a mamá, le explicó que aquel sería, con toda seguridad, su último viaje. Guardó silencio sobre el libro de poemas suyo que saldría publicado en España en uno o dos meses. Sabía que, después de publicado, no le permitirían volver a Cuba. De los setenta y siete poemas (las muletas de San Lázaro, según la charada), unos diez serían considerados "propaganda enemiga", un delito castigado entonces con ocho años de prisión. Unos meses después, un venezolano pasó el libro de poemas de contrabando por la aduana. Sofía no podía leer y le rogó al venezolano que le leyera, al menos, unos versos. Éste la complació y Sofía escuchó, con el corazón en suspenso, los poemas de su hijo Matías.

Al final reaccionó con estupor.

—¿Por qué Matías cometió esta locura? ¡Ahora nunca podrá volver a Cuba, no lo veré, ni él me verá más!

Sus palabras serían proféticas. El librito lo leyó la familia en secreto, con la tensión del crimen o la blasfemia, y como tal se ocultó. En fin, él lo había publicado consciente que se condenaba de antemano a no volver a su tierra natal. Aunque su madre lo ignoraba, aquel era el viaje de la despedida. Difícilmente volvería a verlos. Por eso los contemplaba con la mirada aterciopelada de la compasión: la vieja seguía entera, con su mala vista y sus achaques, pero rebozaba energía y vitalidad, y podía durar cien años, como dijo el médico de Caracas. A Juan lo encontró mal, no más verlo adivinó que le quedaban pocos meses de vida.

—¿Qué quiere que le compre, Juan?

—Nada. Muchas gracias, pero tengo de todo.

Él sabía que a Juan le fascinaban los buenos zapatos.

—¿Un par de zapatos?

—¡Qué va! Los dos pares que me compraste en Caracas están como nuevos. ¡Qué bárbaros son esos zapatos! ¿Y cómo voy a gastarlos, si ya no camino tanto como antes?

En honor a un tahúr elegante, acostumbrado en los buenos tiempos a vestir como un dandy, a usar los zapatos más caros, Matías le había enviado zapatos Rossi desde Venezuela, y Juan, maravillado por su calidad y su belleza, no encontraba palabras con qué agradecerlos. "Estos zapatos venezolanos se parecen a los Bulnes de antes".

—¿Unas zapatillas, Juan?

Estaba sentado en el sillón, y Juan se inclinó hacia sus pies huesudos y llenos de callos, pies de andarín incansable con los que caminó miles de kilómetros, sin auto y sin montarse en ómnibus, en Santiago, durante los últimos cuarenta y cuatro años. Unos pies que ahora se pudrían lentamente en La Habana, aquella ciudad desconocida en donde Juan no tenía amigos, salía poco, y se sentía como un extraño.

—Estas zapatillas aún están nuevas. Gracias, ya bastante plata vas a gastar con Sofía y los muchachos —le sonrió.

Había una lista grande de zapatos, pantalones, café, enlatados, etc., pero mientras en la *Tienda de Turistas* Juanito elegía para sus hijos y para sí, y se daba una vuelta por donde estaban los televisores y los betamax, mirándolos con ojos codiciosos, él buscaba un regalo para Juan. Entonces, las vio entre otras: unas zapatillas italianas forradas en piel, finísimas, suaves como un guante. Las compró a pesar del elevado precio: ni para sí mismo habría gastado tanto dinero. Valió la pena. Las zapatillas italianas fueron una sensación, el regalo más admirado y celebrado. Juan le dio las gracias, mirándolas y palpándolas con el arrobo de la incredulidad. Todos las celebraron. Juanito bromeó con las zapatillas italianas de su papá.

—¡Vaya, ese viejuco va a lucir como un príncipe!

Y luego, volviéndose hacia Matías, le lanzó un anzuelo cebado con la lombriz de la risa: no en balde era un comediante.

—¿Por qué no me compras otras a mí? Aunque, por supuesto, si tú insistes, yo me transo por un betamax, ja, ja.

No le respondió en voz alta. Juanito tenía toda la vida por delante, en cambio, a su padrastro, ¿cuántas afeitadas le quedaban? El viejo había aceptado mudarse para La Habana, perdiendo no sólo su casa de Santiago, sino la ciudad donde tenía sus amigos, contactos, o, si prefieren, su pandilla de escoria. Aquella mudanza para La Habana, cuyos beneficiarios fueron sus hijos y sus nietos, si para Sofía, una mujer de su casa, no significó un cambio brusco en sus costumbres, a Juan lo separó de todas las actividades que lo mantenían vital y ágil, y acortó su vida.

Juan aceptó aquel sacrificio, sin un reproche ni una queja. Con las partidas de dominó, y las timbas de dados y de barajas que montaba en su casa o en otros sitios, para "meter la uña" (la cantidad que cobra quien monta el garito) con un coraje digno de admiración, y una caballerosidad poco corriente en un tahúr, había ganado dinero para toda la familia, y entre Sofía y él poseían dos cuentas bancarias, otra a nombre de Aída, todas pequeñas, y tres mil pesos escondidos en la casa.

En aquel viaje, como en los anteriores, Juan le insistió para que no cambiara dólares para los gastos que en Cuba pudiera cancelar en pesos cubanos. En cuanto estuvieron a solas, Juan se lo llevó aparte, y le entregó un fajo de pesos cubanos, ansioso y feliz de devolverle, con esa fórmula, las atenciones y ayudas recibidas.

—¿Qué es esto, Juan?

—Yo no tengo dólares, pero tengo pesos. Por favor, es lo único que te puedo dar. Y si necesitas más, dímelo sin pena.

Unos pesos que no necesitaba, ni quería. ¿Pero cómo rechazar ese gesto de Juan, la dignidad y el tímido pudor de su voz?

*　　*　　*

Unos meses después, Juan tuvo una infección por culpa de un callo en un dedo del pie. Sofía insistió en que viera al médico. Éste le mandó unas pastillas y Juan se regresó a la casa. El pie y la pierna empeoraron. Volvió al hospital. El médico le mandó otras pastillas, y lo mandó para la casa. Una semana después, vio al mismo médico por tercera vez, quien recetó otra vez pastillas. Dos días más y hubo que ingresarlo de urgencia.

—El cretino lo mató —le contaría Juanito a Matías—. Papá tenía una gangrena que le llegaba ya más arriba del tobillo, y el cretino no se dio cuenta, y lo mandaba para la casa.

Le echaron la culpa a Juan por cortarse el callo con una cuchilla. Matías prefirió no aclarar que él había visto venir esa gangrena. Juan se había cortado toda su vida los callos y nunca tuvo infecciones. Lo había visto desde niño con el talón del pie sobre una silla y una cuchilla de afeitar en la mano, con la cabeza doblada, concentrado en cortar en lascas los dolorosos callos de sus pies.

Dos años antes, con su ojo de novelista, había visto a Juan en Caracas agachándose y bajándose las medias: en donde antes lo presionaba el filo del elástico había una marca morada. Ya él había observado que Juan les cortaba el elástico que las sostenían, y pensó que eran manías de viejo. Para entonces, Juan tenía el retorno sanguíneo tan malo que, aun así, el borde elástico de las medias le producía un profundo surco amoratado en sus canillas blancas y pálidas.

Sin duda que aquel surco constituía un problema de salud. Juan levantó la cabeza y se percató de que Matías lo observaba. Los dos se miraron en silencio, y Juan dejó caer el pantalón con un gesto de dignidad, como si no deseara testigos de su miseria. Entonces se irguió en el sillón, y abrió las manos y levantó las cejas en un gesto de resignación. *"Qué puedo hacer: nada. La vejez es una deshonra".*

Si Juan no lo dijo con palabras, al menos ésta fue la lectura que Matías hizo de ese gesto orgulloso del viejo tahúr. No lo comentó con nadie. Sin embargo, cuando supo lo de la gangrena, recordó el surco amoratado en la pálida pierna de Juan.

* * *

Hubo que operarlo de urgencia, la pierna apestaba, la tenía negra y para salvarle la vida se la cortaron casi a ras con la cadera. En los dos años que vivió en La Habana sedentariamente, Juan debió sentirse inútil y vacío. Las fuerzas y los ánimos lo abandonaron. Incluso, hasta la costumbre de desear a Sofía se transformó en una inmensa humillación. Nunca se quejó, continuó sonriendo, pero una total indiferencia por su vida y su salud se apoderó de él.

—¡Deja la sal, que te hace daño! —lo regañaba Sofía.

Juan le echaba más sal a su comida, y la desafiaba con una sonrisa socarrona, sin parar de sacudir el salero.

—Para lo que me queda en el convento, me cago adentro.

De ese modo se inició la que sería la última disputa entre los dos. Sofía estaba habituada a manipular a Juan, y tanto la actitud de desafío como la grosera respuesta, la enfurecían.

—¡Ya, no comas más chicharrones!

Juan se hacía el sordo, y seguía comiendo.

—¡Qué te vas a matar, Juan!

Juan se encogió de hombros, indiferente.

—Para lo que me queda en el convento, me cago adentro.

Sabe Dios de dónde sacó la grosera cantaleta, un hombre tan poco aficionado a las groserías. A Sofía, una maniática de la salud y una veterana de cien enfermedades, imaginarias y reales, la soberana indiferencia de Juan por su salud, lo tomaba como una burla, o peor aún, como un desprecio dirigido en contra de ella. Su irritación era tal que, cuando Juan volvió en sí de la anestesia, lo primero que hizo fue gritárselo en la cara. Luego de una operación de horas, Juan despertó en el lecho del hospital, exhausto y con una extremidad cortada de cuajo.

Todavía perplejo por la mutilación, aturdido ante la magnitud de su desgracia, vio el rostro de Sofía acercarse, pero no para consolarlo o compadecerse, sino para mirarlo con rabia dentro de los ojos, decidida a recordarle cuál de los dos había tenido la razón.

—¿Tú no me decías que te cagabas dentro del convento? ¡Bueno, pues, ahora *SÍ* que te cagaste! ¿Sabes?

Juanito y Aída estaban presentes, y no pudieron creer que mamá fuese capaz de tal crueldad. Cuando se la reprocharon, ella justificó su exabrupto con lágrimas en los ojos: "La verdad es que me sentía tan nerviosa, que no sé por qué lo hice".

Juan no se recuperó, ni se levantó de aquella cama. En sus últimos días no hacía más que pedir que llamaran a Matías, que necesitaba hablar con él. ¿Qué quieres que le mandemos a decir?, le preguntaron, pero Juan no contestaba. Insistía, una y otra vez, que llamaran a Matías, quería hablar personalmente con su hijastro.

En realidad, entonces no había modo de llamar a Matías. Y aun en el caso de que hubiesen podido avisarle, Matías no habría llegado a tiempo ni para su entierro por culpa de los engorrosos trámites policiales para entrar a su país, esto, suponiendo que el gobierno cubano hubiese autorizado una visa humanitaria.

*   *   *

Matías lo imagina: Juan abre los ojos, aún aturdido, en la cama del hospital. Primero se siente perplejo. ¿Qué le ha pasado? ¿Qué hace allí, en esa cama, rodeado de caras llorosas? De repente comprende que le faltaba una parte inmensa de su cuerpo: donde antes había una extremidad, ésta había desaparecido. Nadie le había advertido que se la iban a cortar. Quizá no podía creerlo: "sentía" su pierna como si aún la tuviese; pero cuando intentaba moverla,... no estaba allí.

"¿Que pasó? ¿Y mi pierna?", los miraría desconcertado.

Entonces vio la cara de Sofía que se asomó sobre él, la cara de la única mujer que había amado, y esa mujer lo miró duramente, sin compasión, y le anunció vengativa que ella tenía la razón.

—¿Tú no decías que te cagabas dentro del convento? ¡Bueno, pues ahora *sí* que te cagaste! —le gritó en la cara.

A Matías le intrigaban los pensamientos, el dolor, acaso las dudas de Juan. ¿Sería posible que ella se alegrara de su tragedia? ¿Lo odiaría? ¿No se daría cuenta de que él iba a morir, y que ya no tendría quién la amara? ¿Pensaría Juan que todo su amor por esa mujer había sido una broma inútil? ¿Qué la vida a su lado fue un sueño?

Angustiado por la lucidez, Juan yacía en su lecho de muerte. Matías opina que éste es el momento de nuestra verdad. Los creyentes creen ver a Dios que se les aproxima, y cierran los párpados en la paz de Su consuelo. En cambio Juan nunca tuvo fe en Dios, ni creyó en nada, y sólo tenía dos opciones: o maldecir el día en que nació, o seguir con su costumbre de proveer a quienes había amado a su manera. *"¿Quién proveerá de dinero a Sofía, a Juanito y Aída, y a mis nietos?"*

Matías supone que el día en que Rafa Vilarubla, su tío, se pegó candela en aquel hermoso mirador, que él mismo construyó, encima de su casa de Kakania, le mandó un mensaje de desprecio al mundo: *"¡Yo maldigo el día y el planeta de mierda en que nací!"*

Juan no. En cuanto Juan se repuso un poco del dolor de la lucidez (sí, esos momentos de extremada lucidez son muy punzantes), pensó en las personas que amaba. ¿Qué sería de Sofía, y de Juanito, y de sus nietos, atrapados en Cuba? ¿Quién los protegería cuando él faltara? Entonces se acordó de la única persona en quien confiaba. Y, obsesionado por no dejar a los suyos desamparados, con la voz angustiada de los que abandonan este mundo, repetía una y otra vez:

—Llamen a Matías. Díganle que quiero hablarle.

De más está decir que, aunque no pudo hablar con Matías, éste adivinó el mensaje que deseaba trasmitirle. Lo que no implica que fuese aceptado. *"Yo no soy un ángel protector"*, le respondió él, al viejo tahúr, *"sino un hijo de puta; pero cuando veo un náufrago, le lanzo un salvavidas"*.

*   *   *

A Juan lo enterraron, y la vida en Cuba no se detuvo, siguió su agitado curso. Mamá y Elsa mantenían un constante diálogo por cartas, que se traducía en envíos de paquetes y de dólares a Cuba, y de medicinas para Sofía y para el resto de la familia. Desde la bella ciudad de Atlanta, Gertrudis nunca dejó de escribirle largas cartas a mamá y, en la medida de sus posibilidades, de enviarle uno que otro paquete de ropa y de medicinas a toda la familia, tanto a la suya como a la de su esposo.

Un año y medio después de la muerte de Juan, y como cuatro después de su estancia en casa de Matías en Caracas, Sofía insinuó en sus cartas sus deseos de irse a vivir con ellos, una idea nada grata para Matías.

—¿Qué le contesto? —le preguntó Elsa.

—No te des por entendida. Espera a que se manifieste —contestó él, usando el propio lenguaje de su madre.

Mamá, tal vez esperanzada por las atenciones y el amor que él le mostrara en su último viaje a La Habana, soñaba desde la muerte de Juan con irse a vivir a Caracas. Comenzó con el chantaje de la nostalgia y el cariño de Elsa, y de "su hijo preferido"; después usó el de la lástima. Habló de la soledad de la vejez y las miserias de la longevidad, y que le gustaría ingresar en un asilo para ancianos.

"No quiero ser carga para mis hijos, ni para nadie. Prefiero que me ingresen en Santovenia", escribía.

Allá en el Vedado, en La Habana, en alguna que otra ocasión, cuando se disgustaba con Juanito y con Aída, los amenazaba con lo mismo: con irse para Santovenia y no volver nunca más.

"Genio y figura hasta la sepultura", pensó Matías, recordando los tiempos en que su madre, todavía joven, amenazaba con marcharse para Alaska o Sebastopol, y no volver nunca más. Finalmente, llegó una carta donde pedía que la sacaran de Cuba.

—Mi amor, debes leer esta carta de Sofía.

Elsa le extendió otro de aquellos sobres toscos y amarillentos por el atraso y la apatía de la industria comunista. Leer las cartas de su madre lo entristecía hasta los huesos. Su letra, antaño estilizada y firme, ahora, como escribía casi a ciegas, parecía los garabatos de una analfabeta, y tenía que esforzarse para descifrarla. Cuando terminó su lectura, levantó la vista y se encontró con los ojos angustiados de Elsa.

—¿Qué piensas hacer?

—Dame tiempo para pensar.

—¡La pobre, a mí me da tanta lástima!

—De lástima se murieron los Calderines, y era una familia grande —dijo él, usando de nuevo la filosofía de mamá.

—¿Qué, te vas a negar? —Elsa preguntó aterrada.

Matías suspiró y contempló a Elsa con tristeza.

—Esta es una decisión muy difícil, importante para mí, y necesito pensar. No se trata de lo que Sofía quiera, sino de los límites de mi propia conciencia. Si decidimos traerla, será para ocuparnos de ella, no para meterla en un asilo, ¿comprendes?

* * *

Bajo los efectos del whisky o de la pasión, esa otra ebriedad, Matías solía ser impulsivo y generoso; tenía muchos defectos, pero cumplía sus promesas. Una promesa, una palabra dada, era una obligación para él, no porque se considerara a sí mismo un caballero, sino por los prejuicios heredados de sus padres, inmigrantes españoles que le inculcaron esta idea y otras no menos extravagantes sobre el honor y el coraje.

"La traigo o no la traigo", era su dilema.

Matías pensó que debía endurecer su corazón, para no ceder al vicio de la compasión. Unos planes vanidosos de escribir novelas, acaso de dar a la posteridad una puñalada mortal, y anotar su nombre en el Hall de la Fama de la Literatura, lo impulsó a actuar con egoísmo.

"¿Debía complacer la última voluntad de su madre?"

La felicidad de ella ocuparía gran parte de una libertad por la que había cambiado parte de su vida. Es decir, su precioso tiempo. Y si ella en una ocasión, fue tacaña con su libertad y su tiempo, había una misteriosa justicia bíblica en pagarle con la misma moneda.

Pero de repente los remordimientos.

¿Qué le importaba y qué no, en la vida? Sus propósitos le dieron asco. Él no era un André Gide, y aquel acto apestaba a vanidad y frivolidad. Él había trabajado como un cretino y, al fin, se había hecho rico. Para tal logro había violentado su alma y su amor a la literatura, y tomó la fatal decisión de cambiar años de su vida por dinero, persuadido que si llegaba a ser rico, al final sería un hombre libre.

¿Qué idea tan ingenua, verdad?

*　　*　　*

Al fin, su egoísmo se impuso. Sin importarle para nada la opinión de nadie, ni la decepción que le provocaría a Sofía, fue duro, fue mezquino, y se negó a cumplir unos deseos que debieron ser sagrados. Para acallar su mala conciencia, fraguó un plan, y astutamente trató de traspasar su responsabilidad con su madre a su hermana Gertrudis.

Fue brutalmente franco con Elsa. A la propia Elsa, luego de la visita de su suegra, le aterraba la idea de hacerse cargo de aquella vieja cegata y medio hipocondríaca (durante los tres meses de su estancia en Caracas, tuvieron que correr con ella cuatro veces de urgencia al médico, por enfermedades que resultaron ser más imaginarias que reales), capaz de escaparse de la casa, zamparse cinco comidas diarias, criticarlo todo con su aguda inteligencia, escupir la comida en el plato, posesiva y celosa como una amante, y, para colmo, fuerte como una vaca.

—Escríbele y dile que nosotros no podemos. Que yo me la paso de la Ceca a la Meca, que mi mayor anhelo es emprender un largo viaje a España, y después una vuelta de dos años al mundo, y que ella se quedaría sola aquí en Caracas.

—¿Eso es todo? —preguntó Elsa, aterrada.

—No. Explícale que, en cambio, Gertrudis no se mueve nunca de Atlanta, que yo la llamé por teléfono, y que está encantada con la idea de que mamá vaya a vivir allá.

—¿Y tú hablaste ya con Gertrudis?

—No importa. Gertrudis no va a decir que no.

Elsa lo miró disgustada, dudando entre su inclinación al ejercicio de la bondad, su sentido del deber y la compasión con el prójimo, y su temor a que, si cargaba con mamá, el peso de esa responsabilidad arruinara el descanso por el cual ella se había matado trabajando. Por otra parte Elsa lo conocía bien. Sabía que Matías había pasado noches de insomnio luchando con sus escrúpulos de conciencia. También sabía que cuando él tomaba una decisión, no le importaba el qué dirán.

—¿Y cómo sabes que Gertrudis va a aceptar a Sofía?

Él desplegó una sonrisa mefistofélica.

—¿Acaso ella no es la mayor de sus hijas? Gertrudis cree en Dios, ella tiene que joderse y sacrificarse por mamá.

Elsa lo miró asustada por su cinismo.

—¡No me mires así, que no es tu madre, sino la mía! ¡Ella me botó prácticamente de la casa a los trece años, y no voy a permitir que venga, al final, a arruinar los últimos años de mi vida!

*   *   *

Manejó la situación con la astucia ladina con que hacía un negocio. Gertrudis, toda una dama de acendrados principios cristianos, aceptó sin vacilar la carga de la vieja. Reaccionó tal como él había supuesto. Por supuesto, tuvo que darle algunas explicaciones, porque su hermana no era tan fácil de manipular, y fue prolijo en excusas.

—Mamá quiere que la saquemos de Cuba y yo no puedo hacerme cargo de ella —le dijo, y adujo lo de sus viajes, etcétera.

Y de paso le doró la píldora. Por su trabajo de *assistant buyer* en Macy's, Gertrudis no se movía de Atlanta, y mamá, que amaba tanto los jardines, las colinas y los árboles, se deslumbraría con la belleza de esa ciudad sureña. Por delicadeza, no le mencionó a Gertrudis que su casa de Atlanta era más amplia y apropiada para cuidar a mamá que el apartamento al cual él se había mudado actualmente en Caracas por razón de sus proyectos de viajar por el mundo.

—Tú eres la mayor de sus hijas —le dijo a Gertrudis, por teléfono—. Yo no puedo, así que a ti te toca cuidar a mamá.

Su hermana no era estúpida, sabía que oía excusas, verosímiles, pero egoístas en el fondo. Tal como él supuso, Gertrudis reaccionó, asumiendo sin vacilar sus deberes de hija.

—Si tú no puedes, o *no te da la gana*, yo *sí* estoy dispuesta a hacerme cargo de mamá —dijo, llena de soberbia.

Él pasó por alto el reproche. Por la voz trémula imaginó su rostro, el ceño fruncido, lista para recibir en su casa y meter en su vida la nada liviana presencia de su madre. Matías le explicó que él recogería a Sofía en Miami, y la llevaría a Atlanta. Gertrudis hizo una aclaración, con la voz apenada de quien trata un tema desagradable.

—Yo no tengo ningún inconveniente, Matías. Con mucho gusto la tendré en mi casa. Sólo que tú conoces la vida en este país, lo que cuesta todo: los médicos, las medicinas y los hospitales, y yo no tengo medios de cubrir todos los gastos de mamá en Atlanta.

Claro, Matías sabía de antemano que Gertrudis necesitaría su apoyo económico, porque incluso los soldados de Dios necesitan los dólares en aquel gran país donde el dinero es el rey.

—No te preocupes por el dinero, yo resolveré cualquier gasto que la vieja te ocasione —la tranquilizó, dispuesto a sangrar su pequeño capital con tal de librarse de mamá.

Una pausa en el teléfono, y la voz cabreada de su hermana.

—Créeme que si tuviera cómo resolverlo sin tu ayuda, no aceptaría tu dinero *de mierda* —desahogó su rabia, al fin.

Él amaba a su hermana Gertrudis, y su mala lengua le divertía. Era tan honesta y escrupulosa que cuando unos años antes le ofreció regalarle la cuota inicial de una casa en Atlanta, tuvo que insistirle, explicarle las ventajas de capitalizar lo que pagaba como alquiler, etc., y aún rogarle para que aceptara el dinero. Hasta que al fin ella lo aceptó, y él le envió una gruesa suma para que la mensualidad de la hipoteca fuese igual al alquiler que ella antes pagaba.

En el siguiente viaje a Atlanta, se encontró a Gertrudis viviendo en aquella soñada residencia de tres niveles y cuatro habitaciones. Se había asesorado y con su buen gusto había realizado una magnífica compra en uno de esos barrios construidos entre los altos árboles en las colinas del perímetro, de modo que en vez de una ciudad uno cree vivir en medio de un bello bosque encantado y, sin embargo, estaba a diez minutos del *down town* por una impecable autopista. Cuando Gertrudis le mostró toda la casa y le explicó la forma inteligente en que manejó la compra, él no pudo evitar una ironía afectuosa.

—Los soldaditos de Dios saben velar por su futuro.

—¡Coño, tú no puedes hacer una buena acción sin arruinarla con tus sarcasmos! —le contestó brava, aunque sonriendo, y lo amenazó con una bofetada.

*   *   *

Entonces Elsa le escribió a mamá y Gertrudis también le escribió. Matías le proponía recibirla en Miami, pasearla una semana por esa ciudad, y luego llevarla en avión a vivir definitivamente a Atlanta. Sofía no respondió en tres meses. Nada extraordinario porque el correo cubano era infame y las cartas se perdían a menudo en el trasiego de la censura, quién sabe si a propósito.

Matías esperaba tranquilo, conocía a Gertrudis lo suficiente para saber que, al revés de él, se moriría antes de desear, hipócritamente, que mamá contestara con una negativa. La trampa estaba montada, él conocía a su madre y suponía su reacción. Si deseaba *de verdad* salir de Cuba, él le brindaba una oportunidad. Incluso, si su madre aceptaba vivir con Gertrudis en Atlanta, se habría alegrado y sentido en paz con su conciencia. Pero dudaba que aceptara.

Finalmente, en una tardía carta, mamá rechazó olímpicamente la solución de ir a Atlanta. Tal como él supuso, se negó a vivir en la casa de esa "capitana", como llamaba a Gertrudis (años atrás, se lo había dicho a Matías, en broma y en serio: "Yo no viviría nunca con Gertrudis. ¡Qué va, le gusta dar órdenes como una capitana! La última vez que pasé unos días en su casa, me hizo pasar hasta hambre.") En aquella carta tardía, lo expresó con una elipsis irónica: evitando ofender a Gertrudis, pero lanzando una flecha venenosa contra él.

"*He decidido que estoy muy vieja para ir a un país cuyo idioma malamente conozco. En todo caso, cuando le moleste también a Juanito —*ese *también* era de pura mala leche—, *yo me ingresaré a mí misma en el asilo de Santovenia*".

Ante el orgullo herido y la arrogancia de mamá, no pudo menos que sonreír. En cambio no se sintió feliz. Con el tiempo, en las noches lo asaltaban los remordimientos, esa sensación de que nuestro corazón es una casa en ruinas, carcomida por el comején y las ratas.

*   *   *

En 1992, Juanito vio los cielos abiertos, es decir, la oportunidad para huir de un sistema que odiaba. Con la caída del comunismo, Cuba perdió los cuantiosos subsidios que recibía de Rusia y de los países del Este. Para sobrevivir a lo que se denominó *"el período especial"*, y conservar el Poder, entre incertidumbres y amenazas, hicieron unas mínimas concesiones, como la de viajar al extranjero con un *"permiso".*

Juanito terminaba por entonces una novela de gran éxito en la TV cubana, un culebrón que lo hizo más famoso que una vida entera dedicada al teatro. Lo saludaban en las calles, sus admiradoras lo "priorizaban" en las colas, y recibía por correo cartas de amor de mujeres enloquecidas por la reciedumbre de su personaje, algunas con proposiciones tan explícitas y vergonzosas que escandalizaron a Aída.

A pesar de disfrutar aquel momento de renovados éxitos en su vida artística, y saborear no el aplauso elitista del teatro, sino la abrumadora fama que propicia la televisión, en cuanto Juanito supo que podía salir del país, normalmente, sin ser procesado como una escoria o un apátrida, ni ser víctima de un acto de repudio, no vaciló en escribirle a Matías, y pedirle que lo invitara a Caracas.

Matías aceptó encantado, y le envió la invitación oficial. A vuelta de correo, Juanito le informó: *"Ya tengo la tarjeta de inmigración cubana aceptando mi viaje por treinta días. Una vez que llegue la visa, debo reservar pasaje, mejor dicho, fecha de viaje, porque el pasaje debes reservarlo y pagarlo tú. Luego inmigración me autoriza la salida y... veremos si se produce el milagro, pues todo aquí es muy cambiante."*

Venían fotos de su hermano, datos, etc. Hacía ocho años que no veía su cara, ahora con unos bigotes por su papel de gallazo vernáculo en la novela de la televisión. Le pasó las fotos a Elsa, que se echó a reír.

—¿Viste los bigotazos de Juanito?

—Cada vez se parece menos a Juan —comentó él.

—Sí, se le parece, sólo que Juanito es más buen mozo.

—Claro, Sofía me contó que se operó la nariz. Yo se la noto distinta, aunque Juanito lo niega. Dice que mamá inventa, que es una mitomaníaca. ¿Quién tú crees que diga la verdad?

— 284 —

—¿Entre Sofía y tu hermano? Yo creo que Sofía. A mí también me parece rara su nueva nariz.

Después de unos trámites que duraron unos tres meses, agilizados en Caracas por Matías, y en Cuba por la fama de Juanito (hasta el vicecónsul de Venezuela en La Habana admiraba su talento de actor y director, y lo ayudó con el visado), al fin el viaje se materializó.

III

LA TÓRTOLA Y EL FÉNIX

Que se inclinen sobre esta urna
los que se precien de constancia y belleza
y suspiren una plegaria
por estas fallecidas aves.
WILLIAM SHAKESPEARE

Juanito llegaba al fin esa noche. Venía quince años después del Festival de Teatro de Caracas, pero sobre todo desde el pasado de Matías, a remover recuerdos, viejas ilusiones, remordimientos lacerantes que Matías prefería enterrar en el cementerio de su alma.

Matías estuvo cuatro horas leyendo o dando vueltas por el aeropuerto medio vacío a esas horas fantasmales de la noche, esperando el maldito Iluschin de Cubana, cuyos vuelos llegaban retrasados y no había nadie capaz de informar. El único empleado que salió desde adentro, le clavó unos ojos desconfiados, le dio una respuesta hostil y desapareció por la puerta trasera.

"La paranoia", pensó él. Todo lo procedente de Cuba venía así en el 93, envuelto en el secreto y la paranoia. Y esa espera revivió en su mente la pesadilla burocrática y represiva de la que se había escapado, cuyo recuerdo le produjo una ráfaga de asco. De nuevo se juró a sí mismo no volver jamás a ese maldito país.

"¿Volver a qué?"

"Yo soy un apátrida", se dijo después. Esta palabreja, que antes car-

gaba como un estigma, ya no le producía dolor ni vergüenza. *"Mi patria es la lengua castellana"*, se dijo, parodiando a Pessoa. Pero tampoco eso definiría por entero su ser. El lenguaje en lo esencial utilizaba sólo dos sentidos, aunque a través de él se expresaran todos los otros. Desde hacía años él creía vislumbrar la existencia de dos funciones mentales dominantes en la novela: la visual y la oral. Visión y audición creaban el lenguaje, pero había el ojo que subyugaba al oído, y viceversa. En ese laboratorio de la memoria se gestaba la escritura. *"Recuerdo el restaurante con exactitud, lo tengo en la punta de la lengua"*. *"O lo recuerdo todo, su cara, sus gestos, menos su nombre"*, ejemplos típicos de posesión visual y olvido oral. *"Vivió bien el que se escondió bien"*, sí, es de Ovidio, aunque no hay una imagen precisa que "visualice" ese aforismo. Grillet, creación a partir de un ojo implacable que describe. En Dostoievsky: la creación oral fue avasallante (¡sí hasta *dictó* algunos de sus culebrones metafísicos!)

De súbito empezó a dudar. Había taumaturgos inclasificables. Flaubert y Tolstoi *cruzaban* la frontera visual y la oral constantemente. Descifrar a Cervantes sería como descifrar a todo un dios. Un trallazo de escepticismo lo detuvo, aterrado de que su vanidad lo impulsara a un trabajo estéril. El acto creativo era una mariposa volando. Viva, la magia y el movimiento; disecada, un fósil polvoriento y triste. Recordó que Canetti dedicó un cuarto de siglo a *Masa y Poder*. Toda una vida de desvelos y trabajos, obsesionado en una investigación que iluminase al hombre a partir de la conducta de su alma diluida en la masa, y a ésta transformada en una entidad con su sicología y conducta propia.

De modo que desechó el ensayo. Pero esta noche en el aeropuerto, la idea lo visitó como un pordiosero solicitando su tiempo. De súbito, la melancolía. ¿Por qué este empeño en escribir novelas deshonestas? ¿Por qué esta desolación de vagar sin rumbo? ¿A qué patria perteneces, si ya no tienes deseos de volver a ninguna?

"La patria de un hombre es su memoria", se dijo; pero el aforismo lo decepcionó de inmediato. Como consuelo, intentó unos versos:

Soy un viejo albatros volando
sin fe los cielos del exilio;

lejos de mi isla y mi juventud,
me sostienen
el amor al viento
y las alas de la memoria.

Sofía una vez quiso ser un delfín, ahora él un albatros. ¿Viviría ella también esa sensación de soledad? De súbito escuchó el rugido de un avión al aterrizar que lo despertó de sus cavilaciones y, preocupado de que hubiese llegado el avión de Juanito, se apresuró.

—El colmo sería que no me encontrara.

*   *   *

—¡Hermano, he venido a abrirte el corazón! ¡Basta ya de hipocresías y de mascaradas! —gritó Juanito con una mueca dramática, y, agitado, se golpeó por segunda vez el pecho desnudo—. *¡Yo ODIO a ese hombre:* me enferman su barba asquerosa y sus pésimas actuaciones! ¡Ya no lo soporto más! *¡Odio* ese maldito sistema con todas las fuerzas de mi corazón¡ ¡No puedo más! ¡Si sigo simulando, voy a enloquecer!

Ahí, frente a él, tenía a Juanito con la camisa abierta, en aquella actuación desorbitada y enloquecida. Juanito poseía un torso largo y poderoso que, en escena, solía estirar dando la apariencia de que se erguía sobre sí mismo. Lo tenía ahora enfrente, y él lo escuchaba impresionado, pero no convencido. Estaban a media luz, solos en la sala, porque Elsa, con ese sentido sutil de la discreción, después de abrazar y darle la bienvenida a su cuñado, con el pretexto de que eran las dos de la madrugada, se fue a dormir y los dejó solos. Debió adivinar que, seguramente, Juanito y él tratarían problemas muy personales.

—¡Ya no lo soporto! —gritó Juanito, clavando sus ojos desesperados en él, y contó la opresión humillante en que vivía—. Ya no puedo tragarlo más. ¡Es horrible! ¿Sabes lo que es vivir con unas ganas perennes de vomitar? ¡Así vivo yo!

A menudo Matías se comportaba como un exaltado, pero, en aquel momento, por uno de los desdoblamientos de su personalidad, se distanció de Juanito: y lo observaba con esa frialdad forense que, en ocasiones, se apoderaba de su alma.

—¡Yo no puedo aguantar la náusea! —continuó Juanito—. Yo no puedo más. Más temprano que tarde, me van a meter en la cárcel.

Matías pasó por alto esa confesión de Juanito que demandaba una reacción de apoyo. La juzgó excesiva. Pero había algo que no entendía: la ambigua pasividad de las nuevas generaciones.

—¿Por qué no se rebelan? ¿Qué hacen los jóvenes?

—Yo no sé. Por miedo. O peor aún: la sensación de indefensión ante la monstruosa maquinaria del Gobierno. La juventud vive sin esperanza. Nos han robado el futuro. Entre los ensayos los ves tirados en los sillones. No creen en nada, ni en nadie. Beben y tiemplan como suicidas. Da dolor ver como venden sus cuerpos por unos dólares. A mí me aterra mi hija, con tanta prostitución. Ella también quiere irse.

Tras un momento de cálculo y reflexión, imaginó a Juanito con su familia en Caracas. Le gustaba la idea: poseía los medios para ayudarlos a instalarse. Sería simpático tener a su familia cerca. De repente, recordó a Sofía. ¿Sofía, qué sería de ella? ¿Quién se quedaría con su madre en La Habana? ¡Ah, no! ¡Juanito no podía dejar sola a mamá!

—Yo no pienso volver —suspiró finalmente Juanito. Movía la cabeza creyendo haber persuadido a su hermano—. Voy a quedarme y conseguir trabajo en Venezuela.

—¿Y Sofía? ¿Tú vas dejar sola a *tu mamá, y a tu familia*?

Juanito sonrió como si Matías no comprendiera, como si aún faltara la noticia más importante de su viaje.

—Mamá también quiere venir...

Juanito hizo una pausa, y como Matías acogió la noticia con frialdad, continuó, pero más despacio.

—... Mamá te manda a pedir conmigo que la saques de Cuba... Ella quiere venir a vivir contigo y con Elsa, aquí en Caracas.

Matías miró a Juanito en silencio unos segundos. Fríamente pensativo. Amargado. Seis o siete años atrás, Sofía había intentado venirse a vivir con ellos, y a él le costó días y noches de angustias y remordimientos. En aquella ocasión, él fraguó una solución, la de mandar a mamá a Atlanta con Gertrudis, y ella se negó a ir a vivir con esa hija en los Estados Unidos. Si en aquella ocasión, él se demoró dos semanas en tomar una decisión, esta vez le tomó dos minutos.

—¿Por qué ese empeño de mi madre en vivir conmigo? ¿Por qué no con Gertrudis? Yo no voy a castrar mi vida por esa vieja testaruda. ¿Es que no entiende que ya le dije que no?

Era de madrugada, la ciudad y sus montañas los rodeaban con ese espeso manto de sombras, propicia a los amantes y los asesinos. Su propia voz le sonó sombría. Su hermano lo oía inmóvil como una estatua. Pero él percibía la decepción que lo embargaba. Observó cómo sus ojos saltones giraban buscando una salida (en realidad, Juanito tenía mala visión, y sin los espejuelos, dependía más del oído), y él, Matías, continuó con la misma voz sombría, encabronado y triste a la vez.

—Ya es tarde para ella y para mí. Tarde para enmendar nuestras vidas de mierda. Aparte de que allá, *ella* está con sus hijos y sus nietos (a los que más quiso), y que allá, en la Habana, tiene sus médicos. Y tiene a Aída, que la atiende con una abnegación y una dulzura admirables. Ni yo, ni Elsa, podríamos dedicarle tanto tiempo.

Juanito no se amilanó.

—Bueno, eso no importa. Yo pienso buscar trabajo, quedarme de todos modos en Venezuela... Supongo que no te opondrás a eso.

De súbito se sintió irritado con su hermano, con el mundo entero, con la vida de la puñeta, y consigo mismo. Habló con frialdad.

—Haz lo que te dé la gana. Pero no cuentes con mi ayuda.

Juanito pegó un brincó, gesticulando.

—¿Por qué? ¡Ah, no, no, no, yo no voy a volver! ¡Ya no soporto *aquello*, me voy a volver loco en Cuba!

—No lo soportas ahora. Sin embargo, durante treinta años no quisiste salir. Y en el 78, cuando estuviste aquí en Caracas en el Festival, *te propuse*, te *insistí* para que te quedaras en mi casa. ¡Y te negaste! ¿Dime también que te lo propuse hipócritamente? —de golpe, la ira—: ¡Te lo pedí, te dije que todos desertaban! ¡Que a lo sumo, en cinco, ocho o diez años, tu familia saldría de Cuba! ¡Coño, o es que no te acuerdas! ¡Aquél era el momento, tenías treinta y seis años!

*　*　*

Recuerda a Juanito más joven y buen mozo, quince años atrás, en su inesperado y sorpresivo viaje a Caracas, al Festival Internacional de Teatro. Elsa y él le insistieron para que se quedara con ellos. El asilo entonces lo otorgaban con facilidad. Juanito debía recordarlo, pero nunca se había hecho una autocrítica.

—Eso pasó hace quince años, y entonces yo tenía mis razones para no asilarme —dijo Juanito, anulando aquel acto con un gesto—: Además, ¿qué importancia tiene? Eso pasó hace ya muchos años.

—Hay un momento en que, con un *sí* o un *no,* cambiamos nuestro destino. Y tú decidiste el tuyo en aquel entonces.

—Anjá, ¿y por eso tú no me vas ayudar ahora?

Miró cansado a Juanito, y negó con la cabeza.

—No por eso, sino por Sofía.

Hubo una larga pausa. Él vio cómo el rostro de Juanito se transformaba en una máscara delineada por la resignación, la amargura, el cansancio, y escuchó cómo su voz reflejaba con exactitud estos sentimientos.

—¡Mamá, siempre mamá, hasta cuándo mamá! ¡Cuánto ha pesado mamá sobre mi vida! —suspiró—. Ni siquiera ha sido una buena abuela. Nunca se ha llevado muy bien con mis hijos. Se la pasa regañándolos. ¿Tú sabes lo que le hizo a Sarita?

Sara era la hija de quince años de Juanito, y él, Matías, no tenía la menor idea de las relaciones de Sofía con sus nietos, aunque, por los años de su niñez y su adolescencia, la suponía una abuelaza.

—Mamá la encontró dentro de su habitación, y la botó a gritos: *¡Qué haces metida en mi habitación! ¡Qué, estás esperando a que yo me muera para quedarte con ella!* —Juanito se había erguido sobre su torso, imitando los gestos y la voz de Sofía, indignado por aquella acusación—. Sarita vino llorando destrozada a donde yo estaba: *"¿Cómo mi abuela puede decir algo tan horrible, papá? ¿Cómo abuela puede pensar que yo quiero que se muera?".*

La indignación de Juanito era auténtica. Matías pensó que, tal como había opinado Gertrudis en su carta, era posible que Sofía ya no estuviera en sus cabales. También a él le resultaba difícil creer que Sarita, una adolescente afectuosa y dulce, quisiera que la abuela se muriera, sólo para gozar de la privacidad de un cuarto. No obstante, prefirió dejar que Juanito descargara todo el rencor que envenenaba su corazón. Y su hermano, después de aspirar una profunda bocanada de la brisa nocturna que entraba a sus espaldas, continuó.

—Hay algo que nunca te he contado. Hace muchos años, después que ustedes se fueron de Cuba, yo quería también salir al exilio, seguir los pasos de ustedes. Pero mamá me engañó. ¿Te acuerdas que te escribí a ti y a Gertrudis?

Sí, lo había olvidado, aunque ahora lo recordaba vagamente. Aquellos fueron los tiempos más turbulentos y duros de su exilio, y sí, recordaba que Juanito les pidió ayuda. Juanito les escribió y fue Gertrudis la que se encargó de contestar solicitando sus datos y los de su esposa para iniciar las gestiones para la visa *waiver* que daban entonces en USA a los cubanos que huían del comunismo. Gertrudis nunca recibió respuesta. Tanto Gertrudis como él presumieron que a Juanito, un actor privilegiado, le faltaron cojones. En los sesenta y los setenta se necesitaba de cojones para señalarse como *"un gusano"*, y enfrentarse al largo proceso de vejaciones morales a que eran sometidos quienes se atrevían a salir al exilio.

—Sí. Gertrudis y yo pensamos que te habías arrepentido.

—Lo sé. ¿Sabes lo que hizo mamá? Me ocultó la carta en que Gertrudis me mandaba a pedir los datos para la visa. No lo supe hasta muchos años después. Mamá me hizo creer, durante años, que yo no les importaba a mis hermanos. Que esa carta no existía. Que ustedes no me querían.

Hizo una pausa, con una mueca de amargura.

—¡Mamá me separó de ustedes, yo pensé que no tenía hermanos! Me sentí muy solo. *Ella* me engañó. *Ella* eligió mi destino sin consultarme. ¿Cómo quieres que yo le perdone esa canallada?

Su hermano parecía tan sinceramente amargado, que Matías pensó: *"Ahora no está actuando, aquella acción lo llenó de rencor contra su ma-*

dre; aunque él no es un hombre rencoroso; al contrario, es compasivo". Y de repente sintió lástima de su familia separada y divida desde hacía tantos años; lástima de su hermano y de Sofía; sobre todo de *ella*, su madre, y creyó oportuno excusarla de sus errores, y aliviar aquel rencor que los torturaba a los dos: a su hermano y a él mismo.

—Mamá tenía miedo de quedarse sola. Y en aquellos tiempos, Juan se habría negado a irse de Santiago —le dijo.

—¿Entonces, por qué no me habló con sinceridad? ¿Qué derecho tenía a engañarme, a separarme de mis hermanos? No sabes el daño que me hizo. Me envenenó el alma en contra de ustedes. Mamá me decía: *"ellos tres son los hijos de Ballester, y por eso se quieren tanto entre sí y se protegen. Tú eres tan sólo su medio hermano, el hijo de Juan Maura. Tú nunca les importaste a ellos"* —Juanito lo miró perplejo por la traición de mamá, y añadió con rabia—: ¡Eso no se le hace a un hijo!

Después aspiró aire profundamente, y sus ojos giraron como en busca de su pasado perdido. Poseía una voz con un timbre cultivado de actor, conocía todos los secretos de la respiración, y sin esfuerzo podía proyectar la voz en un teatro. Hasta sus susurros se podían oír con claridad en las últimas lunetas. Ahora hizo otro gesto mudo de desesperación contenida, al estilo brechiano, pero auténtico.

—Y yo se *lo creí,* ¿te das cuenta del daño que me hizo? *Creía* que tú, Gertrudis y Margarita, mis hermanos, a quienes yo siempre quise tanto, no querían saber de mí. Para mí fue otro infierno, me sentí muy solo.

"Otro infierno", pensó él, *"otro infierno dentro de un infierno".* Por esa época Juanito no tenía hijos. Ahora tenía tres, y su esposa, una familia que proteger y cuidar, rodeado de confidentes y vigilado, fingiéndose solidario de un régimen que ya su estómago no soportaba. En realidad, la amnesia parcial que sufrió no fue su desgracia, sino su salvación: el subterfugio de su mente para desconectarse antes de fundirse. Juanito olvidó para sobrevivir. Y él lo entendía.

—Me lo supongo —dijo.

Juanito lo miraba aún perplejo, concentrado en él, y a la vez con la mente vuelta hacia los tiempos pasados, aquel año en que su vida pudo tomar otro rumbo, y su madre lo impidió al ocultar la carta de

Gertrudis. ¿Cómo mamá fue capaz de semejante canallada? Finalmente, sin salir de su estupor, interrogó a Matías.

—¿Cómo pudo hacerme eso a mí, que la quería *tanto?*

* * *

Matías se creyó obligado, como el hermano mayor, a una explicación misericordiosa de la conducta de su madre.

—Mamá hace unos años le escribió una carta a Elsa. Le aconsejaba que no permitiera que sus hijos se fueran a otro país, si no iba con ellos. Que la familia no debía separarse. Usó una frase que le he oído a otras madres en el exilio: *"Yo he vivido con el corazón dividido".* Una frase cursi, pero real, y la he usado en la novela que estoy escribiendo —hizo una interrupción, al comprender que se salía del tema, y añadió—: Tú fuiste su último hijo y quiso retenerte a su lado. Eso fue el egoísmo del amor.

Vio a Juanito ahora en silencio, sentado en la penumbra de la sala. Vio cómo sus ojos giraron en busca de algún argumento a su favor. Los ojos saltones volvieron y se fijaron, decepcionados, en él. Matías pensó que aquello no cambiaba nada. Por más duro que fuera, el deber de Juanito, a su entender, era estar con mamá, cuidar de ella hasta el final. Y siguió, tratando de persuadir a su hermano.

—La tuviste toda la vida a tu lado. Te ayudó en todo, hasta a criar tus hijos —no añadió que mamá y Juan lo habían ayudado económicamente para no ofenderlo—. Cuando yo le propuse a tu padre que se quedara en Caracas, se negó. Dijo que no podía abandonarte a ti y a sus nietos. Juan se tuvo que joder y volver a Cuba por ti, y por tus hijos. Ahora te toca a ti joderte y estar junto a *tu madre* hasta el final.

El mandato moral debió parecerle injusto a Juanito. Sonrió con desdén. Ya no tenía mucho que perder. Y decidió que había llegado el momento de revelarle a Matías el desprecio con que Sofía juzgara su conducta. Sus párpados se entrecerraron con una sonrisa de insidia.

—Mamá dice que tú eres un hipócrita —dijo suavemente. Hizo una pausa, y como Matías no reaccionó ante el insulto, continuó—: Dice que tú le propusiste eso a Juan, a sabiendas que se negaría a quedarse en Caracas. Pero que con ella no te atreviste, porque sabías que ella te iba a decir que sí.

Matías imaginó a Sofía expresando aquellos juicios despectivos contra él, juicios que su hermano usaba ahora para herirlo sin el peligro de dar la cara por ellos. Una ráfaga de ira lo invadió.

—Te voy a decir algo, Juanito, para que sepas a qué atenerte conmigo. ¡A mí me importa tres cojones lo que piensen de mí! ¡ Hace años que liberé mis actos del juicio de los demás! Si Sofía pensó eso, ¡peor para ella!

Juanito no se impresionó. Sin embargo, Matías no había terminado, todavía tenía que añadir más amargura.

—Da pena que, siendo mi madre, no me conozca. Cuando le ofrecí a tu papá que se quedara, lo hice de corazón. Así que métete esto en la cabeza, Juanito: yo, Matías Ballester Vilarubla, podré ser un hijo de puta, pero un hipócrita, ¡jamás!

Juanito escuchó el desplante sin inmutarse. Sus ojos saltones giraron y se decidió a herir el orgullo de Matías.

—Supongo que tendrás miedo a que, si me quedo en Caracas, me convierta en una carga económica —dijo, irónico.

Matías lo observó con ferocidad.

—Veo que tú tampoco me conoces. Escúchame bien, Juanito: ¡*Nadie*, absolutamente *nadie*, se va a convertir en una carga económica para mí, a menos que *a mí me dé la gana!* Al igual que tu padre, yo *jamás* he sido una carga para nadie. Y considero que *un hombre*, con *dos brazos*, y dos piernas *fuertes y saludables*, como las tuyas, no tiene excusa alguna para convertirse en una carga para mí, ni para nadie.

Matías creyó que ahora, al menos, su hermano sabría a qué atenerse respecto a él. Juanito lo escuchó estático, sin reflejar desagrado alguno. Su rostro: la misma máscara neutra que debía haber usado miles de veces para sobrevivir en Cuba.

* * *

A la mañana siguiente, la tempestad había pasado y se trataron con la mayor naturalidad. Esa misma tarde, mientras compartían un whisky, cordial y armonioso, su curiosidad de hermano y novelista, lo indujo a interrogar a Juanito sobre su aventura en la cárcel.

—Cuéntame, ¿cómo fue que te detuvieron?

—¿En Kakania?

—Sí, en Kakania, cuando te encerraron en Olla de Presión. ¿Y por qué ese nombre tan espeluznante?

—Porque allí todos cantan.

—¿Cómo que cantan? —preguntó él, extrañado, sólo un segundo, y ya antes de que su hermano lo aclarara, él empezó a reírse—: ¿Quieres decir que todos confiesan, verdad? ¡Cantan, jum, hacía tiempo no oía eso!

—Yo también me reí cuando me lo dijeron.

Antes que lo encerraran allí, Juanito había oído hablar de Olla de Presión. Fue su alumno más talentoso y leal, quien, en voz baja, como si se tratase de un delito, le contó de un pariente que estuvo detenido tres meses en esa unidad de la SE.

"Allí todos cantan, aunque no se sepan la letra", le dijo.

"Entonces, tienen un apuntador", se burló Juanito.

"No se ría, profe. No es cosa de risa. El que entra en ese infierno, canta lo que sea, confiesa cualquier cosa, con tal de que lo saquen de esas celdas tapiadas".

Había oído hablar de las celdas tapiadas, de las famosas "gavetas" de la SE., del horror a estar encerrados entre cuatro paredes con una bombilla prendida las veinticuatro horas, sin saber la hora, ni respirar aire fresco, ni ver la luz del día. "Allí no sólo cantan, la gente está dispuesta a jurar crímenes con la convicción de haberlos cometido", añadió el alumno.

"Qué bien", bromeó Juanito, que lo relacionaba todo con el teatro, "actores como esos son los que yo necesito".

"No se ría, profe, que a cualquiera nos puede pasar", le dijo aquel joven que él había transformado en un excelente actor.

* * *

—¿Es verdad que encontraron un papelito escrito por ti que decía: "El 26 es el día"? —le preguntó Matías.

—¿Quién te dijo eso? ¿Qué papelito?

—Sofía. Ella me contó que te encontraron un papelito que decía: "el 26 es el día", pero que tú no te acordabas de haberlo escrito.

Juanito hizo un gesto de desdén.

—Mamá es una mitomaníaca. No le hagas caso.

—¿Entonces, qué pasó? ¿De qué te acusaron?

—De ser agente de la CIA, de prepararle un atentado a Fidel.

Ahora fue Matías quien sonrió incrédulo. Juanito Maura sería el último hombre en cometer no un magnicidio, ni siquiera un *perricidio*.

Pero fue el propio Jefe de SE de la provincia de Kakania quien entró sonriente seguido por tres agentes en el teatro, y le informó a Juanito que quedaba detenido por ser un agente de la CIA y prepararle un atentado al Líder. Juanito también se sonrió creyendo que se trataba de una puesta en escena, el ensayo de una detención. Por la sonrisa y por la forma descuidada en que cargaban las armas, y por la magnitud de la acusación (una acusación no sólo estúpida, sino surrealista), creyó que se trataba de una broma pesada.

"¿En qué puedo servirles, compañero?"

"¡Maricón traidor, no te atrevas a llamarme compañero!"

El grito brutal de *"maricón"*, lo asustó. Y a empujones lo despertaron en algo que se transformó en pesadilla.

—Me llevaron a mi casa. Cuando Aída me vio entrar escoltado por la Seguridad, tenía a Sara en los brazos. Asustada se levantó y preguntó de qué me acusaban. Le dijeron que de ser un agente de la CIA y de prepararle un atentado a Fidel Castro. ¡A Aída casi le da un infarto, y se desmayó! —y su hermano, con un gesto, ilustró la escena de cómo Aída se desmayó en el mismo sillón del cual se había levantado.

—Hubo que quitarle a Sarita para que no la golpeara.

Registraron la casa, pero no encontraron nada, salvo unos cartuchos de salva que él utilizaba para montajes en el teatro, y una bala oxidada que uno de los hijos de Juanito había recogido entre los matojos del parque. Se las llevaron como pruebas. Para Aída fue terrible, porque llegó a dudar de la inocencia de Juanito.

—Allá se cree que nada funciona bien, excepto la Seguridad del

Estado. Pasan programas por TV, de cómo sus héroes se infiltran durante años, y cómo al final siempre descubren a los enemigos de la Revolución. Así que, en un principio, hasta Aída tuvo sus dudas.

A Matías no le extrañó. Las almas bondadosas, cándidas y lerdas como Aída, son precisamente las más fáciles de manejar por la propaganda masiva con su capacidad de amedrentamiento y sugestión.

—Aída tuvo dudas. Después, cuando hablamos, comprendió que yo era inocente, y todo aquello una intriga.

—¿Y quién inventó esa patraña?

—La envidia, mi hermano, la envidia es muy siniestra.

Unos años antes, a él lo enviaron desde La Habana con poderes para fundar y organizar un Grupo de Teatro en la provincia de Kakania. Cuando entre otros privilegios le otorgaron un apartamento (pequeño, pero que ni ellos mismos conseguían para sus familiares), todos presumieron que Juanito Maura venía apoyado con palancas poderosas desde *"arriba"*. El Director de Cultura de Kakania y otros jerarcas del Partido en la provincia lo trataron con respeto, y *"priorizaron"* por un tiempo sus actividades. Esto produjo malestar y envidia. A Juanito envidiaron su profesionalismo y su cultura, la rapidez inaudita con que adiestró, preparó y enseñó al grupo local de aficionados, transformándolo en un excelente grupo teatral. Ya el primer año, montó con éxito seis obras y dos espectáculos, que incluso presentó en las provincias vecinas.

—Imagínate que, cuando monté "Magia Roja", la obra más difícil de Ghelderode, los críticos que vinieron desde La Habana aseguraban que yo estaba loco, que sería un fracaso. ¿Si tantos directores con más experiencia habían fracasado con esa obra, cómo yo me atrevía con unos actores inexpertos? —Juanito se irguió orgulloso, su torso se agigantó en su asiento—: Fue un éxito escandaloso. Un crítico la llamó: *"El hechizo de Magia Roja en la lejana provincia de Kakania"*

El Ministro de Cultura lo llamaba desde la capital, y fue a Kakania para ver un estreno y aprobar la construcción de un teatro para la ciudad, en lo que había sido una antigua iglesia expropiada. En tanto, a Juanito lo enviaron a dos Congresos en el exterior, el máximo honor con que premiaban a los intelectuales y a los burócratas; incluyendo el del Festival Internacional de Teatro de Caracas. El Director de Cultura de Kakania veía con irritación y envidia los éxitos de aquel advenedizo que ni siquiera era miembro del Partido.

—Cuando me insinuaron que considerarían con agrado mi inscripción en el Partido, les contesté que no tenía tiempo para eso, que igualmente le servía a la Revolución trabajando en el teatro —Juanito hizo la mueca de un error fatal—. En sus caras, como en una escena, se les retrataba: *ellos* me odiaban, mi hermano, y yo, de idiota, los ignoré.

—¿Quiénes eran *ellos?*

—El Director de Cultura y el Secretario del Partido, y un íntimo de ellos, el jefe de la Seguridad en Kakania. Todos ellos kakaneses de origen, compañeros o amigos de años, y yo un extraño venido de afuera.

Para colmo, en un golpe de suerte, Juanito Maura logró permutar el pequeño apartamento por una amplia casa con un portal, frente al Museo de la Revolución en Kakania, pagando por el traspaso cierta cantidad de dinero, un acto ilegal, aunque usual en aquellos años. Por supuesto, la fuerte suma de dinero provenía de Santiago, de las actividades también ilegales de Juan y Sofía. Pero eso Juanito no lo mencionó.

Para mayor malestar y envidia, ahora Juanito recibía, en su flamante casona, a sus hermanos provenientes del exilio: a Gertrudis, Margarita, y a Matías (esos "gusanos", privilegiados ahora por sus dólares), y todo el odio se materializó al fin. El propio jefe de la Seguridad en Kakania encerró a Juanito en sus dominios de Olla de Presión. Todavía él recuerda la mueca de desprecio y soberbia con que, luego de llevarlo escoltado por un pasillo con sórdidas puertas de hierro a ambos lados, abrió una, y con un empellón lo metió dentro de una celda.

"¡De aquí no te saca ni Dios, Juan Maura!".

*   *   *

En la primera semana sólo vio y habló con sus interrogadores, el jefe de Olla y otro oficial. Éstos intentaron obligarlo a confesar con presiones, chantajes, y amenazas. Las acusaciones eran preocupantes y peligrosas, aunque burdas, como esa de ser un agente de la odiada CIA. Él sí estaba muy asustado y tenso: relacionarlo con la CIA sería el equivalente a ser un agente de Satanás en los tenebrosos tiempos en que Torquemada dirigía la Inquisición.

Juanito no se dejó derrotar por sus interrogadores. Estaba aterrado, sí, pero asumió su terror como un reto teatral, y concentró su mente en esa prueba suprema que, como actor, tendría frente a esos mediocres policías. Usaba la dura cama de concreto adosada a la pared para tenderse boca arriba y recapitular cada interrogatorio, cada escena, cada gesto suyo o de sus enemigos, para penetrar en sus cerebros y planear su defensa. De nada le valía no ser culpable, a menos que pudiera persuadirlos de su inocencia. Después de horas y horas, de interrogatorios interminables, había sacado la conclusión de que, a parte del informe de aquel viaje a Caracas, donde constaban sus desapariciones misteriosas y unas compras en dólares, cuya procedencia sospechosa ya él había aclarado, no tenían nada sólido de qué acusarlo.

"Sí, es verdad", admitió él. "Yo me desaparecía del hotel, pero era para ver a mi hermano Matías Ballester, no a la CIA, como ustedes dicen. Matías es rico, tiene una fábrica en Caracas, y me dio el dinero para todo. Incluso me propuso que desertara, y yo le dije que no, que por nada del mundo traicionaría a la revolución", les confesó con energía y franqueza.

"Conocemos a Matías Ballester, es un traidor y un agente a sueldo de la CIA", fue la respuesta desdeñosa del jefe. "Lo tenemos vigilado desde hace tiempo. Es mejor que hables, porque lo sabemos todo".

Juanito comprendió que había sorprendido tanto al jefe de la SE local, como al otro oficial. Tampoco estaba establecida, en el expediente de la Seguridad del Estado en La Habana, su relación filial con Matías. Por razones obvias, Juanito nunca mencionaba la existencia de aquel hermano contrarrevolucionario residente en Venezuela. Después de veinte años, y con apellidos diferentes, se olvidaron de Matías Ballester. De lo contrario, difícilmente lo habrían invitado a viajar a Caracas.

Al fin, una semana después, a Aída le permitieron verlo, en una oficina cerrada. La primera vez fue un encuentro emotivo, y tenso. Aída estaba aterrada. La detención de Juanito había desencadenado unos rumores y actitudes de miedo y repudio en torno a ella y sus hijos. Incluso a éstos, "sus compañeritos" de la escuela empezaron a rehuirlos. A Aída, sus compañeros y su Director, la trataron como a una mujer en desgracia, y le recordaron su deber de revolucionaria de colaborar con la SE, aun en el caso de que Juanito fuera culpable. En aquella primera visita, ella hizo exactamente eso, creyendo que ayudaba a Juanito.

"Por favor, mi amor", le rogó Aída, conteniendo las lágrimas. "No les ocultes nada. Diles *todo* lo que sabes, y *ellos* serán comprensivos. *Ellos* me han prometido que, si confiesas, te ayudarán".

Juanito usó toda su elocuencia para persuadir no sólo a Aída, sino a los "micrófonos" que los escuchaban, de su inocencia. A pesar de su confusión, su esposa finalmente creyó en su inocencia. Después de veinte años de vivir y trabajar con Juanito, en algo que fue más que un simple matrimonio, por el compañerismo y el amor compartido por el teatro, comprendió que todo aquello era un error, acaso una intriga. Por supuesto, los "micrófonos", incrédulos por oficio, presumieron que el sagaz y astuto actor, seguramente entrenado por la CIA, le mentía hasta a su propia esposa. Y continuaron interrogándolo, y acosándolo.

—Mi suerte fue que me acusaran de algo tan grave —le dijo ahora a Matías—. Unos cretinos sin imaginación, si no me hubieran hundido.

—¿Por qué lo dices?

—Imagínate, un atentado contra el Líder, el propio 26 de Julio en Kakania. ¡Aquello fue un escándalo! —Juanito sonrió burlón—: ¡Unos imbéciles! Si me hubieran acusado de propaganda enemiga, o de diversionismo, me habrían jodido. Diez años de cárcel, por lo mínimo. Los imbéciles inventaron algo tan grande, que los oficiales que vinieron de La Habana se lo quitaron de las manos. ¡No iban a dejar un atentado contra el Comandante en Jefe en manos de esos idiotas! ¡Y yo tuve la suerte de que el Capitán Contrera se encargara de mi caso!

—¿Suerte?

—Claro, porque era un tipo inteligente. Desde el principio vio claro. Querían hundirme y se dio cuenta. Por supuesto, él no me iba ayudar así como así, antes debía asegurarse de mi inocencia.

Seis meses antes la SE, a raíz del aniversario del 26 de Julio, que aquel año se celebraría en Kakania, empezó un censo de presuntos enemigos, o gente peligrosa en la provincia. Cuando en sus diligencias recibieron el informe de las extrañas desapariciones de Juanito en Caracas, vieron la oportunidad de fraguar su perdición. Alguien se había robado un viejo fusil del Museo de la Revolución que estaba frente a la casa de Juanito. Según *ellos,* él asesinaría al Comandante en Jefe con ese fusil. No obstante, la bala que apareció en su casa no le servía a ese fusil.

—Todo era muy burdo, muy estúpido, para que un tipo tan listo como Contrera no se diera cuenta —sonríe ahora Juanito en Caracas.

El cansancio y la tensión, habían empezado a producirle lapsos y vacíos en su memoria. Contrera se los hizo notar. Entonces Juanito, en un acto de inspiración repentina, decidió sufrir otro ataque de amnesia, semejante al que doce años antes sufriera en La Habana, aunque esta vez lentamente. Una acción desesperada que luego estudió minuciosamente. En su celda, comenzó a nombrar en voz alta a su esposa, sus hijos, sus padres. Repetía sus nombres como un loco. Cuando le preguntaron el porqué de *"aquella payasería",* contestó que "él nombraba a su familia, porque el nombre es el principio de la identidad en la memoria", que lo hacía para no olvidar, que temía que le diera otro ataque de amnesia.

"Mira, Juan Maura", lo amenazó Contrera, con el gesto brusco de quien está perdiendo la paciencia. "No trates de engañarme con esa sicología barata. Esa amnesia boba te puede costar el paredón por bobo".

"Por favor, Capitán", le habló con angustia. "Yo estoy aterrado. No por el paredón, sino porque he empezado a olvidar, dudo de mi propio nombre. ¿Usted nunca ha sentido miedo a olvidar quién es, a no recordar siquiera su nombre? Yo temo que me pase otra vez, quedar con un hueco en el cerebro, sin recordar a mi mujer y mis hijos. Es peor que la muerte, mirarse en el espejo y tener dudas de quién eres".

El capitán Emiliano Contrera estuvo medio minuto mirando dentro de los ojos, y Juanito soportó esa mirada liberando su inconsciente de todo contenido, de toda culpa, dejándose llevar por el papel que había diseñado y estudiado. Él sí sentía el pánico de esos huecos en su memoria —se repetía—, él sí era inocente, víctima de un complot urdido por la envidia. Los interrogatorios continuaron, y él fingía estar medio ido, se angustiaba cuando olvidaba fechas y nombres, ponía cara de hacer un esfuerzo por recordar nombres, actos, etc.; el resto, el agotamiento y la angustia eran reales, no tenía que fingirlos.

*   *   *

Al fin, un psiquiatra de la Seguridad vino a examinarlo, y él no recordaba casi nada, o se confundía. El plan de Juanito era que lo sacaran de Olla, y que lo trasladaran a un Psiquiátrico. Sin embargo, aquel psiquiatra de la SE, un canalla, ya tenía el dictamen predeterminado por su jefe de Kakania.

"Lo finge todo, no tiene nada, sólo está agotado y asustado".

Estaban a principios de junio, él llevaba más de dos meses encerrado en aquella celda/gaveta extenuante, enloquecedora, durmiendo en la plancha de concreto adosada a la pared; pero ni el olor a excrementos y orina ("el olor del miedo", dijo Juanito), ni los alaridos de los presos, ni las amenazas y fatigas en las horas interminables y alucinantes, sin saber si era de noche o de día, habían derrotado su espíritu.

—Yo estaba dispuesto a salir o a morir —dijo ahora en Caracas.

"Si lo confiesas todo, y nos dices quiénes son tus cómplices, vamos a ser generosos, podemos incluso perdonarte", le proponían. Una sola vez, por unos minutos, consideró la posibilidad de inventar una patraña, donde él hiciese el papel de un incauto manipulado por otros, incluso engañado por su hermano, Matías Ballester. Pero desechó esa idea por estúpida. La amnesia, con antecedentes comprobables doce años atrás, era el mejor plan. Ya habían pasado, quizá, dos meses. Sabía que Contrera hacía, afuera, una investigación minuciosa. De súbito, el jefe de Olla lo amenazó con un acto de repudio.

Juanito imitó, ahora en Caracas, la mueca despectiva y odiosa del policía: *"Te vamos a preparar un acto de repudio en tu casa, a tu familia, antes del 26 de Julio, para darle una lección a todos los traidores".*

—¡Imagínate a esas bestias reunidas frente a mi casa, pintando letreros ofensivos, gritando, tirando piedras y porquerías a Aída, y a mis hijos! ¡Yo sentí pánico! ¡Qué va, me dije a mí mismo, tengo que apurar esto! Tengo que salir de aquí antes del 26 de julio. Lo único que se me ocurrió fue hacerles una huelga de hambre.

Cuando lo sentaban en los largos interrogatorios, tensaba su boca, todo los músculos de su rostro en un esfuerzo dramático como recordando, y de súbito se doblaba hacia el piso y se tapaba el rostro con las dos manos, jadeando, como si contuviera un sollozo. Cuando Contrera regresó a Olla de Presión, luego de unos días de ausencia, y se enteró que su prisionero los retaba con una huelga de hambre, lo mandó a buscar a su celda, lo escrutó burlón un rato, y, en un tono jocoso, le preguntó: *"¿Es verdad que estás haciendo una huelguita de hambre?*

Juanito ahora, delante de él, se puso el dedo índice en el pecho con gesto de angustia—: *Yo, ¿quién le ha dicho eso?*

Contrera lo examinó con sus ojos penetrantes, sonriendo sardónico, divertido, y, de golpe, una mueca de arrogancia.

"¡A esta revolución nadie le hace huelguitas de hambre!

Después dejó de sonreír, se adelantó y le gritó en la cara:

"¡Nadie, entiendes, Juan Maura! ¡Absolutamente NADIE!

—¿Yo? No puedo tragar... quiero y no puedo —Juanito, ahora en la sala con Matías, se llevó la mano temblorosa a la garganta, puso una cara de auténtica desesperación, casi de llanto.

*   *   *

En Caracas, en la sala del apartamento, Juanito Maura representaba para él toda la increíble historia de su detención, de cómo había logrado salvarse del paredón o de una condena a treinta años de cárcel. En aquel momento, la sirvienta trajo unas tacitas de café que ellos bebieron: una pausa que sirvió de intermedio en la actuación de Juanito.

"Nació para actuar, incluso para representar su propio personaje. ¿Pero cómo saber, detrás de tantas máscaras, y de tantas alteridades asumidas, cuál sería la verdadera identidad de mi hermano?", pensó él.

*   *   *

Sentado frente a Juanito en Olla de Presión, en Kakania, Contrera lo miraba burlón, sonriendo, como si una huelga de hambre fuese un acto surrealista, un insulto a la revolución y a su inteligencia.

"*¿Y tú sabes, Juan Maura, por qué jamás nadie ha podido hacerle una huelga de hambre a la revolución! ¿Tú sabes por qué?*"

"*Yo le juro que no estoy haciendo ninguna huelga*", negó él, sin necesidad ya de fingir su desesperación, su terror.

Contrera seguía divertido, con aquella sonrisa sardónica en los labios. "*Escucha bien, Juan Maura*", le dijo, y esta vez se le salió toda la soberbia que da el poder: "*Nadie le hace huelgas de hambre a la Revolución, porque se mueren, ¿sabes? Y si no se mueren, los matamos, ¿entiendes?*"

"*Créame, se lo juro, no me pasa la comida...*

Contrera lo observaba con frialdad.

"*Se lo juro*", insistió Juanito, ahora realmente aterrado, "*me la pongo en la boca, y me dan arqueadas*".

Contrera sonreía escudriñando, buscando la mentira en sus ojos, moviendo la cabeza como si aquello lo divirtiera.

"*Yo sólo quiero averiguar qué hiciste. Ahora sé más de ti que la propia madre que te parió. Pero nada de huelgas de hambre conmigo. Yo no soy tu enemigo, pero no te vayas a equivocar: ¡yo soy implacable con los enemigos de la Revolución, y ninguno, hasta ahora, se me ha escapado!*"

A pesar de la fatiga, y la tensión, Juanito había percibido en aquel hombre momentos de simpatía hacia él. Contrera continuó:

"*Dicen, desde La Habana hasta Santiago, que eres un gran actor, y un gran trabajador, pero nadie dijo que fueras un revolucionario*", le dijo Contrera, y luego volvió a mofarse: "*¿Sabes una cosa, Juan Maura?*", señaló con el pulgar a sus espaldas y añadió irónico: "*Tus amiguitos de aquí te llaman El Camaleón; están convencidos que tú quieres tomarnos el pelo con ese truco de la amnesia, aseguran que la CIA te enganchó en Caracas, que tú finges todo eso para salvar el pellejo*".

"*Ojalá eso, al menos, fuese verdad*", contestó Juanito, "*soy un actor, y mi memoria vale para mí tanto como mi vida. A veces no sé quién soy, o por qué me quieren hacer daño. Voy a terminar loco. Yo sólo les pido que llamen a unos... psiquiatras de verdad, no a ése de la Seguridad que va a repetir lo que le convenga a esta gente; unos..——.* Juanito movió los labios, giró los ojos, cerró adolorido los párpados como quien no encuentra la palabra—: *unos... siquiatras competentes, y entonces, si he mentido, si yo he fingido esto...*

Hizo otra pausa, y con cara genuina de mártir, añadió:

—*... si he fingido esto... entonces, ¡qué me fusilen!".*

*   *   *

Durante días sólo tragó buchitos de agua, revolvía la comida con la cuchara, (siempre el único cubierto), probaba un bocado, y dejaba el resto de la comida en el plato de latón. Lo sacaban a interrogar, cada vez más débil, y él fijaba sus ojos vacíos en sus interrogadores, y respondía cerrando los párpados, abrumado por la fatiga, y el olvido.

Al fin trajeron a los psiquiatras. Cuando chirrió la puerta de hierro y el guardia lo llamó, no tuvo que fingir: estaba casi sin fuerzas para ponerse de pie y caminar. Custodiado por el soldado que iba dando pitazos por los pasillos (acaso una contraseña), esta vez lo llevaron a un salón más grande, frente a un tribunal, formado por seis personas: tres psiquiatras, además de Contrera, el jefe y el otro oficial de Olla de Presión. Estaban sentados en la actitud expectante de quienes interrumpen una reunión de trabajo en el momento justo que entra el objeto de la discusión.

Contrera presentó a los psiquiatras, le explicó que estudiarían su caso, ordenó una silla al guardia para Juanito, éste la trajo y la colocó en el centro bajo la lámpara; no obstante, Juanito, aunque débil para mantenerse de pie, no aceptó la silla. Miró a sus seis jueces, incluidos el jefe de Olla, que lo observaba con desdén, y el otro oficial, cuyas hondas de malignidad él percibió, y, como tantas otras veces en la escena, reaccionó desde el fondo de su subconsciente. Miró a los médicos y señaló a los tres oficiales de la SE, incluyendo al capitán Contrera:

"¿Y ellos van a estar presentes mientras ustedes me examinan?", les preguntó a los médicos, con ese vozarrón que, a pesar de la fatiga, se oía claro y bien articulado. Los seis hombres lo miraron en silencio. El

capitán Contrera, la máxima autoridad de aquel tribunal, contestó que sí, que ellos también observarían el examen de los siquiatras.

—Entonces, por favor, quiero que me lleven a mi celda —suspiró Juanito, repitiendo para Matías en Caracas, el gesto de desaliento que hiciera en Kakania—. ¿Cómo puedo yo abrirles mi mente a los médicos, con ustedes ahí sentados? No, por favor, llévenme mejor a mi celda. Esto no va a ser un examen médico, sino otro interrogatorio policial.

Los sorprendió. Hubo negaciones, y desdén. Finalmente, Contrera accedió a que Juan Maura se enfrentara solo a los psiquiatras, a pesar de la desaprobación de los otros oficiales.

Hoy, tantos años después, en Caracas, Matías juzgó con admiración la audacia de su hermano, totalmente solo frente a sus enemigos.

—Te la jugaste —le dijo.

—No creas, aquello se me puso difícil. Primero me hicieron un examen físico breve. Luego, aquel largo interrogatorio no avanzaba a mi favor. Yo sabía, sentía, que dudaban de mí, que no estaban convencidos, y entonces se me ocurrió tirarme al suelo con convulsiones.

—¿De verdad? —sonrió él, asombrado.

—Lo hice tan perfecto que me rompí la cabeza, y los médicos se levantaron a ayudarme. ¡Imagínate, yo estaba tirado en el piso con un ataque de convulsiones, sangrando, con un pedazo de lengua afuera y los ojos en blanco, y eso los convenció!

*　*　*

"Al día siguiente, me trasladaron custodiado al Hospital Psiquiátrico de San José de las Lajas, cerca de La Habana. Por fin, estaba fuera de las manos de los policías de Kakania. El primer día fue terrible, peor que la celda, porque me metieron en un pabellón de locos de remate que daban alaridos. La primera noche, uno atacó a otro, y un negrazo se paseó desnudo, frente a mi cama, mirándome enloquecido con una erección enorme. Yo estaba cagado, me senté contra la pared, y no dormí en toda la noche. Luego, me trasladaron a un pabellón más tranquilo. Dicen que en esos psiquiátricos hay pabellones de la Seguridad, donde encierran a los disidentes. Yo creo que aquel era uno. A mí me pusieron un tipo que me sonsacaba, un supuesto enfermo. Allí le estaban dando electroshocks a un tipo por repartir unos panfletos comparando a Fidel con Satanás. Yo tenía miedo, y empecé a recuperar mi memoria rápido, no fueran a darme un electroshock.

"El director del Psiquiátrico, un argentino culto y extravagante, tenía dentro de sus dominios, en unas oficinas enormes, una especie de jardín tropical con pájaros enjaulados, guacamayas, cotorras, y peces de colores. El director se interesó personalmente en mi caso, y tuve la suerte de que era un gran aficionado al teatro. Le apasionaban Shakespeare, Ionesco y Eugene O'Neill, y se enfrascaba en interminables charlas conmigo".

"Un lacaniano brillante. Que me contó que había estudiado en Londres y se hizo comunista por lo que pasaba en su país. En Cuba lo consideraban una autoridad y lo respetaba hasta la Seguridad. Un lacaniano brillante y conceptual, pero con unas ideas extrañas. Quiso que yo le montara una obrita de teatro con los locos. ¿A que no adivinas qué obra eligió? *¡Las sillas,* de Ionesco! ¿Te imaginas? Los locos eran tremendos actores, pero metían morcillas, y nos reímos más que el carajo".

Juanito guió las cosas con sagacidad, hacia la solución que le interesaba: la de su inocencia, y la rápida recuperación de su memoria. Finalmente, mes y medio después, luego de una conversación entre el psiquiatra argentino y el capitán Contrera, no sólo le dieron de alta del Hospital, sino que lo dejaron en libertad para regresar a Santiago a casa de Sofía.

—Antes, el capitán Contrera quiso reunirse a solas conmigo —en Caracas, Juanito le cuenta ahora aquella conversación—: Me dijo que yo era uno de los hombres más inteligentes que había conocido. Lo de la amnesia nunca se lo creyó. Que si había dado la orden de liberarme, no fue por capricho, sino porque me había investigado desde el día en que mi madre me parió, y estaba seguro que yo era inocente.

—¿No te propuso que trabajaras para él?

—¿Cómo lo sabes?

—Porque lo hacen a menudo, y tú serías un confidente de lujo.

—No me lo propuso de forma explícita, sólo me insinuó que si alguien con mi talento aceptaba trabajar con ellos, podría serles muy útil. Claro, sin interrumpir su profesión como director y actor. Que "ese compañero" podría viajar a menudo al extranjero y ganar más prestigio.

—Entonces, ¿ sí trató de reclutarte?

—Pero sin presionarme, ni chantajearme.

—¿Y tú que le dijiste?

No le contestó. O sí le contestó: le dijo que aún se sentía muy enfermo de los nervios. Al oír eso, el capitán Contrera le soltó una carcajada en la cara. A Juanito se le contagió, y por primera vez los dos rieron juntos, igual que dos cómplices que compartieran una misma travesura.

—Para mí, Contrera será un oficial de la Seguridad, sin embargo yo creo que es un hombre decente, y le estoy agradecido.

—No importa que lo sea, Juanito. ¿Tú has visto algún mecánico que no se embarre de grasa? Todos terminamos, a pesar de nosotros mismos, contaminados por el oficio que ejercemos.

Matías opinaba desde su experiencia (se dedicó al dinero para ser libre, y al final quedó atrapado en los mecanismos del dinero.) Pero Juanito no le prestó atención, ensimismado en su relato:

—Cuando salí, Contrera me fue a ver a Santiago (eso fue lo que mamá debe haberte contado.) Hablamos allí, sentados en la propia sala de mi casa. Me dijo que yo estaba libre, que él había cerrado el caso. Aunque los de Kakania podrían reabrirlo.

"Nunca vayas a Kakania, no vayas por allí ni de visita. Esa gente te odia más que la muerte, inventarían un delito para encarcelarte otra vez, y, entonces, yo no podría ayudarte", me advirtió.

* * *

Juanito estuvo un mes en Caracas, y regresó a La Habana con dos maletas, un bulto enorme y un maletín grande de lona en la mano. Había venido con una maleta vieja que desecharon, y se iba cargado como un turco. Llevaba incluso, en dos cajetillas de cigarrillos, mil quinientos dólares ocultos. En aquella época, introducir dólares en Cuba era un delito grave. Cuando Matías le dio ese dinero, le preguntó:

—¿Cómo piensas esconderlos?

Juanito lo miró con un relumbrón de sagacidad.

—¿Acaso no soy un actor? Dame tiempo para estudiar la escena —dijo. Y al día siguiente lo llamó con una cajetilla de Malboros largos en la mano, sacó uno para sí y lo invitó a él—: ¿Fumas?

Matías agarró el cigarrillo y fue a prenderlo.

—¡Espérate! —Juanito se lo arrebató, lo partió en dos, y le mostró triunfalmente lo que había adentro: un billete de cien dólares enrollado—: Qué te parece, ¿tú crees que me descubran?

Muy difícil, admitió Matías. Juanito le enseñó cómo los preparaba. Le sacó la picadura a un cigarrillo y le dejó el filtro, metió un billete de a cien, y luego rellenó la punta con la picadura. El día de su partida, le mostró las dos cajetillas abiertas, una iba cargada con cigarrillos rellenos con billetes de cien y tres o cuatro normales. Tenía, además, otras dos sin abrir en el bolsillo delantero.

—Fumaré y brindaré de éstas, y me guardaré la otra, en el bolsillo derecho.

—Ten cuidado no te vayas a equivocar.

Juanito, siempre teatral, hizo una mueca patética.

—Si me pasa, me echaría a llorar.

Matías tuvo que cancelar en Cubana, por el exceso de equipaje de su hermano, una cantidad de dólares mayor al pasaje; pataleó, se encabronó, hubo un amago de soborno (es decir, pagarle la mitad a un funcionario de Cubana.) Matías pagó lo que consideró un robo de la línea aérea, y un abuso de su hermano, sobrecargado, en su opinión, con un montón de objetos innecesarios y extravagantes: se llevaba, incluso, una docena de barajas Fournier 818, para póker, que le regaló el hijo de Matías.

—¿No ves que pesan como dos kilos? ¿Qué carajo vas a hacer con tantas barajas? —lo había regañado.

—Para entretenernos por la noche.

—¡Pero llévate dos pares, con eso es suficiente, y me dejas las otras a mí! —le propuso (en el fondo, él codiciaba para sí aquellas Fournier 818, que eran sus preferidas en el póker.)

Los ojos saltones de Juanito giraron también codiciosos, como un perro defendiendo su hueso.

—¿Tú sabes cuánto me dan los viciosos por uno de esos juegos de barajas en Cuba? ¡Una fortuna! ¡No hay, nadie las tiene!

Matías miró irritado a su hermano, tenía para todo una explicación. Pero ¿quién era el paganini?: él. En el aeropuerto, otra ridícula discusión por dinero. En cuanto Juanito vio las máquinas de plastificar equipaje, deslumbrado por la novedad, insistió para que Matías le mandara a plastificar el suyo. Matías le explicó juiciosamente:

—Es un gasto inútil. Un snobismo de ricos. Yo me paso la vida en los aviones y jamás he plastificado mi equipaje.

Juanito miraba con codicia infantil cómo salían las maletas y los bultos de la máquina de plastificar: relucientes como un regalo de cumpleaños, y le cayó arriba como un niño delante de un mantecado. Matías intentó ridiculizar el asunto, pensando que era botar el dinero (y él jamás botaba "su" dinero.) De nuevo Juanito argüía, como si en plastificar su equipaje le fuese la vida: Que si las maletas y el bulto se los podían romper, que si dos veces en Cuba se las habían abierto y le habían robado, etcétera. Dale que dale, tratando de persuadir al tacaño de Matías. Con el plástico no podrían robarle en Cuba, le repetía.

—¡Ya! —lo paró él, harto—. ¡Plastifícalas y no jodas más!

Juanito no se inmutó con el exabrupto. Excitado como un niño dio la orden para que le plastificaran sus dos maletas y su bulto. Mientras, Matías observaba la escena irritado. Razón tenía Sofía cuando afirmaba que Juanito no apreciaba el dinero, ni el suyo ni el ajeno. Juanito se movió feliz y entusiasmado. Al mirarlo tan feliz, de repente a él se le pasó la irritación, y empezó a reír de esa niñada.

—¿De qué te ríes, mi hermano?

—De nada, de nada.

—Ya sé, te estás riendo de mí —sonrió Juanito, sin ponerse bravo, con ese candor inteligente con que había sobrevivido a todos los horrores—. Piensas que soy un loco, y a mí no me importa. Yo sé adónde voy, y lo que hago. Créeme, mi hermano.

El maldito avión parecía que iba a salir con cuatro horas de retraso. Daba la casualidad de que en el aeropuerto, procedentes de un festival en Colombia, había un grupo de teatro cubano esperando abordar el mismo avión. Su hermano lucía más ansioso de sumarse a esa pandilla bulliciosa de actores (el director era un viejo amigo suyo), que compartir en su compañía. Así que él también aprovechó la oportunidad, y se despidió de su hermano. Éste le dio uno de esos abrazos fuertes, efusivos y exagerados, a los que él ya empezaba a acostumbrarse.

Cuando salía del aeropuerto, desde la planta alta vio a Juanito gesticulando y conversando con entusiasmo con los otros actores, una tropilla de cubanos flacos, vitales, una mezcla de razas y colores. De golpe sintió una ráfaga de compasión por su hermano. Recordó sus palabras: "Yo odiaba todo aquello, y tenía que fingir que lo amaba, me moría de asco en ese papel, tal vez el más agotador que he hecho en mi vida. El teatro me servía para escapar de la opresión: en esas dos horas en un escenario yo lograba evadirme. Como actor o director, el teatro ha sido para mí una especie de alfombra mágica: a ella me subía y me iba a disfrutar de la libertad que en Cuba se me negaba, podía ser *"el otro"*, podía incluso, *"en tribuna"*, criticar y censurar todo lo que detestaba en el ser humano, y en sus acciones despreciables".

Fingir para subsistir. Perder la memoria para no enloquecer, o para no pegarse un tiro. ¿Por qué había sido duro con su hermano, un hombre cariñoso, inofensivo, una víctima? ¿Qué culpa había tenido de vivir en la mentira, si esa fue su única opción?

*   *   *

—¡Dile a Matías que no quiero su dinero! ¡No quiero esos dólares! ¡Devuélveselos! —gritó Sofía, furiosa.

Mamá no se entusiasmó con las blusas y las faldas que Elsa le enviaba. No metió su nariz en el café, para aspirar con arrobo su perfume. No quiso mirar los regalos, ni revisó la caja con sus medicinas. Nada le importaba, excepto la respuesta de Matías.

Todo empezó media hora antes, cuando Juanito entró triunfalmente con sus maletas de Caracas en su casa del Vedado. Apenas se sentó, sacó un cigarrillo, prendió un fósforo y lo acercó a la llama para pegarle fuego, montado uno de esas escenas que tanto disfrutaba.

—¿Pero qué hago? —abrió los ojos y miró perplejo el cigarrillo—, ¡si por poco quemo cien dólares! —y con la misma, rompió el cigarrillo, extrajo el billete de cien dólares, lo desenrolló y lo mostró en el aire como el mago que saca un conejo de su sombrero.

Lo palparon y lo miraron, asombrados del truco, y Juanito les explicó su hazaña, extrayendo los otros cigarrillos.

—¡Papá, tú si eres! —se rió la hija de quince años, dándole divertida un manotazo—. ¿Y si le pegas fuego?

Con la excepción del hijo mayor, toda la familia estaba reunida en la sala. La atmósfera era festiva, con la emoción adicional de lo prohibido y lo ilegal. Juanito había regresado con las maletas llenas de regalos, y una caja de cigarrillos con dólares de contrabando.

¿Pero era eso lo que esperaban Sofía, su hijo menor y su hija Sara? De ninguna manera. Las expectativas de su viaje a Caracas, se basaban en la obsesión que tenían de irse de Cuba. Sofía, que anhelaba vivir con Elsa y Matías. Oscar, un joven de veinticinco, cuyas ansias de huir y los amigos lo empujaban a lanzarse al mar (el último recurso de los desesperados), a esa aventura de libertad o muerte de "los balseros". Si no había cometido la insensatez, era porque su esposa le rogaba, en sus dulces noches de amor, que tuviera paciencia. "No te vayas sin mí", le susurraba, "yo no podría soportar tu ausencia". Por último, Sara, la hija de quince años, una "ex pionera", ahora otra decepcionada de la esperanza.

Los más cautos: Aída, a quien la aventura del exilio la intimidaba, y el hijo mayor de Juanito, un médico con alma de investigador, casado con una colega hija única muy apegada a unos padres que no quería dejar abandonados en Cuba. "Sólo me tienen a mí", decía.

Sofía se movía inquieta alrededor de Juanito—: ¿Qué te dijo Matías? ¿Qué te contestó? —preguntaba anhelante. Pero Juanito se hacía el sordo, repartiendo los regalos en un ambiente festivo. Hasta que al fin, Sofía le pegó un grito de impaciencia, que paralizó la escena.

—¡*Yaaa!* ¡Por favor, *yaa!* ¿Dime qué te dijo Matías?

Aída, sus dos hijos y la nuera guardaron silencio y contemplaron, alternativamente a Juanito y a Sofía. Juanito odiaba ser el portador de malas noticias, a pesar de que era un experto en darlas sin inhibiciones, ni envaguez. Sabía que llegaría ese momento: el de decirle a mamá que Matías había dicho que no. Un NO rotundo y brutal de *"su hijo preferido"*, seguramente dañino para ella. Veía a mamá impaciente y en la medida que se prolongara esa impaciencia, el pesimismo crecería, y, por lo tanto, estaría mejor preparada para la mala noticia. Ahora intuyó que ya era el momento y se decidió a revelarle a mamá la respuesta de Matías, con la naturalidad de un mensaje intrascendente.

—Matías dijo que no podía mandarte a buscar.

Todos guardaron silencio, en espera de la reacción de Sofía. Todos sabían el significado de ese inmenso NO para mamá. El hijo menor de Juanito bajó su mirada al piso, apenado por su abuela y decepcionado por sus propios planes. Aída contrajo levemente los ojos en un gesto de condolencia; su hija y su nuera esperaron, tensas, la reacción de Sofía, cuya expresión cegata se había tornado sombría y feroz.

—¿Qué más dijo Matías? ¡Di exactamente lo que dijo! ¡No me dores la píldora! —le exigió majestuosa.

Juanito sintió la satisfacción de vengarse de mamá. Durante años ella ponía a Matías de modelo de todo lo que debía ser *"un hombre de verdad"*; valiente, exitoso y aventurero; lo hacía incluso delante de Aída y los niños, sin percatarse de cuánto lo humillaba al convertirlo a él, por contraste, en la imagen opuesta, es decir, en lo débil, inútil y cobarde. Aquel paradigma de hijo del que ella se enorgullecía y que ponía de ejemplo, no quería la compañía de mamá. De modo que, con penosa, pero oculta satisfacción, Juanito le trasmitió a su madre el resto del mensaje.

—Lamentablemente, se negó a complacerte. Matías me dijo que no podía mandarte a buscar. *Dice él* —Juanito enfatizó su desdén irónico—, que no puede ocuparse de ti porque tiene que viajar muy a menudo. Pero te mandó mil quinientos dólares. Va a mandar trescientos dólares todos los meses para que Aída no tenga que salir a trabajar y pueda dedicarse a cuidarte.

Sofía lo presentía, pero igualmente ese *"no"* se le clavó en el corazón. Desvió el rostro y enmascaró su dolor como una esfinge, irguiendo con dignidad el mentón. Matías le regalaba esa última humillación en la vida, la de sentirse rechazada y abandonada. Sofía poseía el instinto dramático de la escena, sabía que Juanito, Aída, Sarita, Oscarito y la esposa de éste, estaban pendientes de su reacción.

—¿Qué más dijo Matías?

—Eso es todo, mamá —y Juanito, añadió burlón—: *Él piensa* que a tu edad, y con tus problemas de salud, vas a estar mejor cerca de los médicos que te han tratado aquí. Dice que nosotros te podemos acompañar y cuidar, y que, en cambio, él tendría que dejarte con una criada por "sus viajes". Te mandó mil quinientos dólares.

Sofía movió la cabeza como quien, al fin, ha recibido y entendido el mensaje. Lentamente dio media vuelta, aún traumatizada, como yéndose hacia su habitación, pero a medio camino se volvió con una actitud de soberbia, gritando órdenes con un dedo en alto.

—¡Dile a Matías que no quiero sus dólares! ¡Devuélvele su maldito dinero! ¡Yo no se lo acepto!

De nuevo les dio la espalda como una reina, caminando con gran dignidad hacia su habitación, donde se encerró con un portazo. Fue como si se negara a oír más de Matías, o de este ingrato mundo.

Juanito se acordó de *"Casa de muñecas"*. A Ibsen le atormentaba cómo terminar la obra, y luego de vacilar entre cinco versiones diferentes, al final eligió el más dramático de los finales: el marido se lamenta, le implora a Nora, pero ella no lo perdona; resuelta, abandona su hogar, y se oye, en *off,* que cierra la puerta de la calle. Una cubana nunca sería tan comedida. Cuando Juanito montó la obra, mandó a dar un portazo.

—El portazo es una bofetada. En tiempos de Ibsen era demasiado escandaloso que una mujer abandonara a su marido y a sus hijos. Él no pudo dar ese portazo en sus tiempos, yo sí puedo en los míos.

A él le fascinaba que la vida imitara al teatro, de modo que disfrutó la actuación de mamá. Estaba persuadido que, de haber conocido el teatro en su juventud, Sofía Vilarubla habría sido una Greta Garbo, una Sarah Bernhardt, o, simplemente, una magnífica actriz local como Raquel Revuelta o Miriam Gómez.

En los próximos días, Juanito mareó a su esposa y a sus hijos con su entusiasmo por Venezuela, los contactos que hizo, las proposiciones que había recibido para actuar, dar conferencias, dirigir talleres, grupos de teatro, etc. (no conocía el mundillo cultural venezolano, y ya aprendería que con el mismo afecto que prometían, después le darían igualmente afectuosas excusas). Pero esa noche, ya a solas con Aída, le explicó lo que Matías le había dicho: que no lo ayudaría a salir de Cuba y establecerse en Caracas o en otra parte, en tanto mamá estuviera viva.

—Jamás imaginé que Matías se comportara con tanto egoísmo contigo, y menos aún con Sofía, ¡su mamá! —dijo Aída.

—A mí me dejó perplejo. Yo tenía mis dudas con mamá, porque él ya se había negado antes. Pero nunca supuse que se negara a ayudarme. Se le ha metido en la cabeza que yo estoy en el deber de cuidarla.

—Sofía está fuerte, puede vivir cien años —dijo Aída.

—Eso sólo Dios lo sabe —Juanito suspiró, luego, optimista—: Bueno, no todo salió mal.

Aída convino en que trescientos dólares mensuales era una ayuda apreciable. Ella podría igualmente cobrar su sueldo de actriz con un certificado médico y cuidar de su suegra.

*   *   *

Mientras, a esa hora, en la lejana Caracas, Elsa y Matías opinaban sobre los hijos de Juanito. A ellos les simpatizaban esos sobrinos.

—Son excelentes muchachos, no se parecen en nada a Juanito —opinó Elsa—. ¡Qué suerte han tenido!

Su madre nunca le dio crédito a Juanito, en la buena crianza y las actitudes morales de sus nietos, y pensaría que ella misma y el viejo Juan Maura, incluso Aída, tenían más mérito. Sin embargo, Matías valoraba las cualidades paternas de su hermano.

—Juanito es un loco, puede haber cometido errores en su vida. Pero les ha dado amor a esos muchachos y les ha dedicado tiempo. Creo que ellos han sido su mejor obra en el teatro de la vida.

Elsa movió la cabeza con escepticismo.

—Yo cada día estoy más convencida que las personas nacen como son, y que, aparte de una buena educación y principios morales, no podemos cambiar, en mucho, su modo de ser.

Matías entrecerró, irónicos, los párpados.

—¿No dijiste ayer que el amor hacía milagros?

Elsa se sintió atrapada en su contradicción, sabía a qué se refería Matías, y reaccionó con su manual recién aprendido de carismática.

—El amor sí hace milagros, pero nosotros no tenemos el poder de hacerlos, sino el Espíritu Santo a través de nosotros —dijo, y como él la miró con escepticismo, ella añadió una frase de su inspiración—: Un milagro es como un beso de Dios.

Él ya no discutía de religión o política. Se había convencido que cuando las almas se atrincheran en una idea, no lo hacen movidas por la razón, sino por sentimientos complejos y subjetivos. Pero lo hechizó la metáfora: *"como un beso de Dios"*. ¿De dónde la sacaría Elsa? Le sonaba, la había leído antes. ¿Dónde? ¿En qué poeta?, se preguntó con desaliento. Ahora tenía esas lagunas en su memoria. Un minuto más tarde lo recordó: fue Maimónides quien dijo que el saber se hacía más intenso en el momento de la muerte, entonces desaparecía el obstáculo que separaba lo conocido de lo por-conocer, y el hombre persistía en este gozo sublime, pues el conocimiento de Dios es como un beso.

Matías sonrió con pesimismo: toda trascendencia era siempre lírica, ya fuese judía o cristiana. El hombre, ese bípedo advenedizo que recién aparece sobre la tierra y toma posesión del tercer planeta en los últimos minutos de los tiempos cósmicos, ¿no es el colmo que en su egocentrismo y su vanidad se crea el ombligo de la creación?

*   *   *

—¿Cómo se me ve hoy el ojo? —le preguntó mamá.

Juanito miró el ojo de vidrio en la cara de Sofía, estremecido por la aflicción. Aquel ojo le producía horror, y evitaba que su madre se diera cuenta. Estaba sentado junto a la ventana, de frente a ella, y en el amado rostro de su madre, donde antes había un ojo vivaz, sonriente y expresivo, había ahora un ojo de vidrio, fijo, alucinante y atroz. Tragó en seco, trató de dominarse, y que su voz sonara lo más natural posible.

—Se te ve mejor que ayer.

—¿Se nota mucho la diferencia?

Juanito comparó un ojo con el otro. El ámbar atigrado y cristalino en su mirada, tan bella en otros tiempos, ya había desaparecido. Él había sido testigo de cómo, con la aparición de las cataratas, un velo blancuzco los invadió lentamente, opacando el fulgor en la mirada de su madre. Ahora, para colmo, por culpa de "un clavo de ojo" (el dolor más enloquecedor que un ser humano pueda sentir, según mamá), es decir, por un ataque agudo de un glaucoma que padecía ya hacía años, y que hizo crisis, habían tenido que sacarle el ojo izquierdo. Y Juanito era el único en la casa con el estómago para colocarle a su madre, en la cuenca de membranas sanguinolentas, el falso ojo de vidrio.

Los oftalmólogos habían insistido en que usara la prótesis desde el principio, porque, de lo contrario, la cavidad se estrecharía. Juanito se lo quitaba y se lo ponía, una operación que él realizaba conmovido, haciendo un esfuerzo por dominar la náusea y la pena.

—Ya te expliqué que se te ve más pequeño, sobre todo por culpa del párpado, que está más caído que el otro.

Mamá intentó levantar el párpado y, dentro de la cavidad de su ojo, la prótesis de vidrió lució peor, más horrenda. Allí, a solo unos centímetros de ella, con la luz proveniente de la ventana iluminándola sin piedad, el rostro de su madre le resultó patético y conmovedor.

—¿Y ahora cómo me veo?

—No fuerces tanto el párpado —le aconsejó él.

Mamá relajó algo el párpado y trató de mover su ojo de vidrio, moviendo el otro, tal como la instruyeran.

—¿Se mueve? ¿Se nota mucho?

La falta de coordinación entre el ojo ciego y el de vidrio hundido en su cuenca, le daban una apariencia deprimente. Mamá insistió en aquel horrible ejercicio. Él la detuvo, apenado.

—¡No, no, no, por favor, es peor si tratas de forzarlo!

Por la expresión de repentino desaliento de mamá, Juanito comprendió que había cometido un error. Ella se echó hacia atrás y suspiró con amargura. De pronto hizo una mueca de soberbia y le ordenó:

—¡Quítame el ojo!

—Tienes que usarlo, mamá.

—¡Quítamelo! Prefiero usar los espejuelos oscuros. Los ciegos han usado toda la vida espejuelos oscuros. Yo recuerdo la angustia que me producía mirar los ojos de un ciego.

—No te lo voy a quitar, mamá.

—¡Quítamelo! O yo misma lo hago. No soportaría producirle horror a la gente. No quiero que nadie me tenga lástima.

Juanito intentó recuperar su serenidad.

—¡Vamos, mamá, no te me caigas ahora, tú siempre has sido una mujer de temple! Acuérdate que el oftalmólogo aseguró que en poco tiempo te adaptarías al ojo de vidrio, que no dejaras de usarlo un solo día. Prometieron, más adelante, conseguirte uno más grande.

Mamá cerró los dos párpados, resignada momentáneamente, y él aprovechó para insistir.

—Yo una vez trabajé con un actor, y sólo después, cuando comenté que miraba raro, vine a saber que tenía un ojo de vidrio.

Sin embargo, ya su madre no lo escuchaba. Su memoria se retrotrajo en el tiempo, sesenta y nueve años en dos segundos, cuando tenía dieciséis, y llevaba unos meses casada con Matías Ballester. Vivía en el bungalow del Central Miranda, y tenía todas las horas de su soledad de adolescente, y le sobraba el tiempo para contemplarse su cara bonita en los espejos, con los ojos radiantes de su juventud. Aunque aseguraban que ella era la mujer más bella del Central, nunca se lo creyó ni le dio importancia. Pero ahora, sonriendo desde sus remotos dieciséis años, la anciana le preguntó a Juanito con la voz de la nostalgia:

—¿Crees que yo haya sido tan bella como la Garbo?

A Juanito lo agarró desprevenido. Miró a su madre y sintió lástima. En aquel rostro devastado por el sufrimiento físico, y por los estragos de la vejez, restaban sólo rastros de su consumida belleza; no obstante, trató de ser amable.

—No sólo fuiste bella, lo eres aún cuando sonríes. Tus pómulos y tu frente son altos y luminosos como los de Greta Garbo, los arcos de tus cejas son hermosos como los de una princesa egipcia, y tienes una nariz recta y una mandíbula recia. Nunca perderás esos atributos. El secreto de un rostro bello está en su osamenta.

Mamá escuchó con atención a Juanito, su faz iluminada por la sonrisa. A su mente había venido el recuerdo de los piropos de Ballester. La pasión, el arrobo con que la contemplaba, y el piropo más bonito que oyera de los labios de hombre alguno, aunque entonces se burló: "¡Solavaya, nada de urnas ni de jaulas!". Pero ahora, el recuerdo de aquel extraño homenaje a su belleza, la embargó de nostalgia. Juanito vio cómo su cara se iluminaba, y la oyó hablar como si soñara:

—Él me dijo que yo era tan linda, que quería encerrarme en una urna de cristal donde se paralizara el tiempo, para poder contemplarme así el resto de la eternidad.

—¿De quién hablas, mamá?

—De Ballester, él era un hombre muy fino.

"La pobre, se está volviendo loca", pensó Juanito.

* * *

18 de Noviembre de 1993
Queridos Matías y Elsa:
El pasado lunes 22 de noviembre a Aída y a mí nos sorprendió que a las ocho de la mañana mamá siguiera durmiendo (roncaba incluso), pues, desde su operación del ojo, no había podido dormir bien noche alguna, debido a que el dolor le persistía.

Me fui a trabajar y al poco rato me mandaron a buscar urgentemente: resultó que Aída, intrigada por el profundo sueño de mamá, entró en su habitación, vio la cuña sin orine y descubrió en el suelo los restos de un paquete de Gardenol (el fenobarbital de 100 que ustedes mandaron) totalmente vacío.

Efectivamente, la noche anterior mamá, tanteando, encontró la cajita y se tomó las veinticinco pastillas que todavía le quedaban con la intención de suicidarse... "

Juanito detuvo el bolígrafo y pensó si debía contarle a Matías que en el mismo armario, junto al Gardenol, había otras dos cajas que mamá guardaba del fenobarbital genérico cubano. El hecho que ella eligiera precisamente el Gardenol que Matías le había mandado desde Caracas, teniendo a mano las otras cajas de fenobarbital, lo intrigó y despertó su suspicacia, y se lo hizo notar a su familia. ¿Habría querido mamá enviarle un mensaje póstumo a Matías, incriminándolo por su suicidio, o fue una casualidad? Suspiró, y continuó escribiendo tal cual, separando los párrafos para que Matías leyera el mensaje entre líneas.

Inmediatamente la llevé al cuerpo de guardia del Calixto García, le hicieron un lavado de estómago y comenzaron a ponerle sueros para eliminarle el tóxico de la sangre, pues se presumía que hacía ya alrededor de diez horas que se lo había tomado.

A partir de ese momento cayó en coma y la subieron a Cuidados Intensivos, entubada y con oxígeno artificial. Así se pasó diez días, al cabo de los cuales mamá comenzó a mejorar. Cuatro días después recayó de nuevo y luego de mucha lucha por parte de los médicos, decidieron practicarle la traqueotomía. Por su empeoramiento paulatino, los médicos me informaron que el caso era irreversible pues sucedía, además, que ella no quería hacer nada por vivir.

Ante esto, dieciocho días después del intento de suicidio, me decidí a mandarle un cable a Gertrudis y otro a ustedes informándoles del estado en que mamá se encontraba. Si había esperado tanto era porque los médicos mantenían esperanzas de mejoría y no quería preocuparlos de antemano, enviando un cable hoy diciéndoles una cosa, y otro mañana diciéndoles otra.

Sorprendentemente mamá mejoró, y un día nosotros la encontramos sentada, semi-inconsciente y respirando normalmente. Ya respondía a los estímulos y los médicos la sentaron para obligarla a reaccionar. Esto coincidió con la llamada del dramaturgo Mario Durán avisándome que venía a Cuba, y yo le pedí que los llamara comunicándoles del cambio de estado de mamá.

Así fue, incluso el pasado jueves 16 la pasaron a la sala de cuidados intermedios. Pero de repente, el viernes 17, en la mañana, le falló el corazón y murió. La enterramos hoy en la mañana.

Aprovecho el regreso de Mario Durán a Venezuela para que les entregue personalmente esta carta, o, en su defecto, se las envíe él mismo desde Venezuela. Lo prefiero, pues es una vía rápida y puedo explicarles lo sucedido mejor que mediante un confuso y frío telegrama.

Esta es la tercera que les hago desde que llegué para mantenerlos al tanto de mamá; todo este tiempo ha sido agotador y muy doloroso, no sólo por la tensión física de tener que permanecer junto a ella las veinticuatro horas del día en el hospital, sino por la tensión emocional inevitable. En este momento no me siento con ánimos de repetir otra carta a Gertrudis y no tengo la dirección de Margarita. Les ruego por favor que se lo comuniquen a ellas pues a ustedes les es factible llamarlas por teléfono, y desde aquí no se puede. Aída dice que en estos momentos se siente mal y que les escribirá luego.

Es una muy triste noticia en los finales del año.

Espero carta de ustedes.

Los quiere siempre,

Juanito

IV

EPÍLOGO

Unos meses más tarde, Matías bajó por la autopista hasta Maiquetía, importunado por la melancolía. Para colmo, ese bolero infame en la radio del auto: *"Sombras nada más, entre tu vida y mi vida"*, vinculado a lejanas noches de locura erótica y alcoholismo.

Esta otra larga noche en el aeropuerto, se la pasó acompañado por el espectro de su madre. Fue y pidió un whisky en la barra, y cuando levantó el vaso se materializó en su mente el rostro de Greta Garbo. Sacudió la cabeza para deshacer esa presencia espectral y se bebió el resto del whisky, pero al colocar el vaso vacío sobre la barra una poderosa corriente lo estremeció: sintió que esa presencia derramaba una luz benéfica sobre su cuerpo y se erizó: *"Que la paz sea contigo, madre"*, susurró, a lo que fuese. Luego conjeturó que los genes de su estirpe gravitaban contra su cordura. ¿Estaría enloqueciendo? ¿O acaso sería su inconsciente con sus mecanismos de autocastigo y expiación?

Para distraer la viscosa melancolía, caminó observando a las personas que deambulaban a medianoche por el aeropuerto. A su lado presentía el espectro invisible de Greta Garbo, y se sonrió sarcástico: *"La*

Reina bruja ha venido también a esperar el avión". Juanito volvía otra vez a Caracas, pero a quedarse. Su hermano regresaba a emprender, discretamente, la aventura del exilio; detrás dejaba a su familia en La Habana, y como en secreto todos planeaban exiliarse, Juanito debía abstenerse de hablar mal del Gobierno cubano, al menos en público.

—¡Mi hermano! —lo abrazó fuertemente Juanito, cuando salió de la aduana, dejando caer la maleta a sus pies, con tal emotividad por la muerte de mamá que soltó un inmenso suspiro.

Matías se sintió de nuevo como un alma muerta, incapaz de expresar sus sentimientos. Su hermano traía una maleta, signo de que no planeaba volver, y la llevaron al auto. Subieron la cuesta de 900 metros que los condujo, pasando por dos túneles, al hermoso y largo valle de Caracas rodeado de colinas al sur y una vigorosa cordillera al norte. Entraron ya de madrugada en el apartamento de Matías.

Elsa se levantó de la cama con una bata de casa para darle el abrazo sincero de bienvenida a Juanito, y luego se retiró, para que los dos hermanos pudieran hablar a sus anchas. Sentados en los mismos sillones, parecía la continuación de una escena del drama del año anterior, excepto que el cuerpo de mamá ya no pesaba sobre sus vidas. Pero su espíritu sí, flotaba en el aire de la noche, invocado por sus pensamientos. Después de las noticias sobre la familia en Cuba, los dos volvieron al tema más lacerante: a los detalles de la muerte, al extraño suicidio de mamá (aquella noche la palabra suicidio nunca se pronunció.) Juanito utilizaba siempre el "mamá", por su contacto diario, y en cambio él usaba más el "Sofía", por la lejanía instituida por la distancia y el desamor.

—Entonces —dijo Juanito disgustado—, ¿no recibiste el telegrama?

—Nunca, ni Gertrudis, ni yo, recibimos nada.

—En aquel maldito país, pasa todo el tiempo —se encogió de hombro—: No llegan las cartas, y se pierden los telegramas.

Miró a Juanito; tenía fama de mentiroso, aunque esta vez no tenía motivos para dudar de los supuestos telegramas.

—Nunca supimos nada, hasta que Mario Durán llegó de Cuba, y me llamó aquella noche. La noticia nos sorprendió.

Aquella noche, Matías estaba en la biblioteca, a la hora que más la disfrutaba: cuando la tierra ha girado hacia la faz oscura del universo, el músculo reposa y los pensamientos alzan el vuelo. El teléfono sonó tarde, rompiendo el silencio, pero él lo ignoró.

Al rato, Elsa vino por el pasillo ya en ropa de dormir y se detuvo en el umbral. Matías levantó la vista del libro. Ella lo miró paralizada, con una expresión perpleja de dolor y de compasión.

"¿Qué pasa?", preguntó él.

"Un amigo de Juanito acaba de llamar", Elsa se detuvo, las aletas de su nariz se dilataron y la conmoción humedeció sus ojos. Antes que la dijera, él presintió la infausta noticia: "Dice que Sofía murió y la enterraron hace tres días..—. Elsa hizo una pausa tensa, y siguió—: Me dijo que trae una carta de Juanito. Dice que ha llegado muy tarde de viaje. Que está muy cansado y no tiene modo para venir hasta aquí. Que si pudieras ir a buscar la carta, te lo agradecería... "

Ella se empeñó en acompañarlo. Fueron a uno de esos barrios del norte, en las estribaciones del Ávila: calles estrechas y empinadas, altos edificios de apartamentos, miles y miles de familias renovando la pasión de vivir y morir. Él no había derramado una lágrima. Tomó precauciones: todos los barrios de Caracas a medianoche son peligrosos. Tocó en el directorio electrónico de un edificio, y esperó al Emisario de la Muerte. Un aire desgarrado barría las tenebrosas calles, vacías a esas horas; las farolas fantasmales le parecieron espíritus en pena, brillando con su débil luz en la oscuridad.

Mario Durán bajó y le entregó la carta de Juanito: casi un muchacho imberbe (después descubrió que sólo en apariencia), un colombiano locuaz, inteligente y educado, seguramente un izquierdista, un admirador más idiotizado por el mito de la revolución (después descubriría que también en esto se equivocaba.)

Mario Durán le contó lo del funeral sin afectación, con una sencillez y plasticidad que le permitió visualizar el dramático trance. El traslado del cadáver de su madre a la funeraria. El solemne salón en la penumbra mortuoria con el ataúd desolador en el centro, unos pocos familiares y amigos, conversando en voz baja. A Durán le extrañó la ausencia de símbolos cristianos y de coronas de flores, y le preguntó a Juanito si Sofía era católica. Cuando confirmó esto, gestionó una corona y buscó un cura. Al final le trajeron un ramo de flores marchita y a medianoche apareció el cura con cara de sueño.

—Pero nadie sabía rezar el rosario —aclaró, divertido.

También compró unos sandwiches, café y una botella de ron para poder pasar la noche en vela (¿dijo ron, una botella de ron, o lo imaginó Matías en su confusión?) "Lo tuve que pagar todo en dólares", dijo Mario Durán sin jactarse, más bien perplejo de las cosas tan inverosímiles que ocurrían en aquel país comunista. "Es horrible, no se consigue casi nada si no lo pagas en dólares. Hasta hay dos clases de panes: el racionado, malo y duro, y otro mejor que venden en unas dulcerías, pero sólo en dólares", dijo, sonriendo desconcertado por aquel país.

Él visualizó un velorio triste, el ataúd desolador con el cadáver de su madre tendido ("¿se dice tendido?"), en una de las antiguas funerarias habaneras de aspecto sombrío, empeorada por la decadencia y el abandono. Mario Durán contaba las extrañas experiencias del funeral y el entierro de mamá, los tres de pie sobre la acera rodeados por el temor a los crímenes de la noche. Esas dos figuras que pasaron amenazadoras y luego un carro con tres hombres adentro (¿acaso policías, asaltantes?), lucían sospechosos, y cuando pasaron por segunda vez, Mario Durán de reojo los miró, y comentó que le habían advertido que Caracas, de noche, era más peligrosa, aún, que Bogotá.

Matías entendió y le dio las gracias, le estrechó la mano para despedirse y lo invitó a que lo visitara en su apartamento. Luego se montó con Elsa en el auto llevando la carta en el bolsillo. No la sacó esa noche. No tenía valor para abrirla y leerla.

Serían la una y media cuando entraron en el apartamento sumidos en pensamientos tristes. Elsa lo vigilaba, solícita y apenada, a pesar de que él no había derramado una lágrima.

—¿Quieres una manzanilla, mi amor?

—No, gracias.

"Los hombres no lloran", le repetía Sofía desde niño.

Ahora, unos meses después, tenía delante a Juanito y le explicaba que nunca recibió los telegramas de la gravedad y la muerte de mamá.

—De lo contrario habríamos llamado a La Habana. Tal vez Elsa hubiera viajado, si es que le daban una visa humanitaria. La última vez le pidieron doscientos dólares por un pasaporte en el consulado. Después de varias gestiones y evasivas, nunca le dieron el pasaporte, y se quedaron con los dólares.

No habló de sí mismo. No le gustaba mentir. Ya todo había pasado, y sería una hipocresía darse golpes de pecho, cuando en el caso de haberse enterado a tiempo, él no sabía cuál hubiera sido su reacción. Sin embargo, daba por seguro que Elsa, con su sentido religioso del deber, al menos habría intentado ir.

* * *

Han pasado cuatro años y ya viven en Caracas la esposa de Juanito, dos de sus hijos y una nuera. Durante estos años, cada vez que los dos hermanos se reunían a conversar, entre otros temas cotidianos, surgía, inevitablemente, el tema de Sofía. Matías había publicado una novela y saboreado la vanidad de un éxito inesperado. Elsa, a quien su vocación de novelista le inspiraba desasosiego, no había visto amenazados su matrimonio ni su hogar. Incluso estaba contenta, porque al volcar la bilis en la escritura, el humor de él se había endulzado algo. Naturalmente, ella hacía reparos, y objeciones, discretamente.

—Yo quisiera que en la novela de Sofía no hubiera tantas malas palabras, ni tanto sexo. Que de alguna manera, la bondad triunfara sobre la maldad, y el amor sobre el odio...

Elsa se detuvo prudentemente, porque vio el centellazo de ironía feroz en la cara de su marido. Matías adivinó que la haría feliz con un texto altruista, una novela ejemplarizante de madres y padres que criaron a sus hijos en el amor a Cristo, la compasión por el prójimo y la salvación del alma. ¡Cómo tendría que inventar y mentir para complacerla!

Trató de controlar la impaciencia y esa violencia que se agolpaba en su corazón; desearía hacer feliz a Elsa, pero entonces no sería un novelista. Le dieron ganas de recordarle las intrigas de que habían sido víctimas ellos mismos. De cómo acababan de traicionar al pobre Juanito en el Canal de TV, de donde lo botaron sin una explicación, por culpa de ese hombre poderoso que amenazó con hundir a su hermano. Un asunto de faldas, una ex reina de belleza, actriz de TV, a quien el tipo maltrataba. A Juanito lo amenazaron con asesinarlo, sembrarle droga en el auto, o mandarlo a La Habana en un avión para que "el barbudo en jefe" le diera por el culo, según las palabras de aquel hombre.

¿Cómo llamar "hombres" a esas bestias, modelos paródicos de una TV y un cine de matones seductores, atroces e implacables?

*   *   *

Una larga distancia, desde Pennsylvania, lo interrumpió. Era la voz de Margarita, pastosa por la lentitud con que articulaba las sílabas. Sabía que sus hijas la habían recluido en un *Home* de lujo, donde vivía rodeada de enfermeras, en su mayoría negras. Las enfermeras le decían que ella era, *también,* una negra, porque Cuba era una isla de negros.

De alguna forma Margarita había adivinado, o se enteró, que él escribía una novela sobre Sofía Vilarubla. Había llamado por esa razón, pero ella a quien quería reivindicar era a su padre.

—*Óyeme, Matías. Yo quiero contarte la historia del lado de papá, porque tú nada más la oíste del lado de mamá y de Gertrudis. A mi papá le gustaba la ópera, y él la ponía a todo volumen desde la cabina del cine. Yo creo que lo hacía para mandarle un mensaje a mamá. Él estaba muy enamorado de mamá. Óyeme, Matías, ¿tú sabes que a mi papá le gus-ta-ba cantar muiñeiras y que le gusta-ban mucho las zar-zuelas?*

—¿Tú sabes que papá te dio un cocotazo, y que te encerrabas en el baño porque le cogiste miedo?

Escuchó a Margarita otra vez por el auricular.

—*Sí, porque le contesté mal. Yo quería mucho a mi pa-pá. Para mí yo era la hija de mi pa-pá y Gertrudis la de mamá. Recuerdo que pa-pá ve-nía durante el día y se sentaba en el portal en uno de los balances verdes, y me sentaba en sus piernas. Papá me prometió que cuando yo cumpliera veinte años, me llevaría con él a España, y yo se lo creí. Yo estaba orgullosa de su cas-te-llano.*

Estuvo un rato dejándola hablar, escuchando en el teléfono su voz distante, imaginándola de niña con un lazo rosado en sus cabellos castaños, sentada en las piernas de Ballester en un sillón del bungalow. El tiempo había pasado y *Lirio/* Margarita ya no era una niña, y Ballester no la podría sentar jamás en sus piernas para cantarle en gallego y hablarle de España. De golpe, el comején de la nostalgia (*la morriña,* según papá) embargó su corazón: su hermana vivía sola en aquel pueblo bonito de Pennsylvania, y allí seguramente moriría rodeada de extraños que se burlaban de ella, en ese gran país que la acogió, pero que nunca fue el suyo.

—*Óyeme, Matías, ¿tú sabes que oyen todas mis conversaciones por teléfono? ¿Y qué creen que yo soy negra porque soy cuba-na?*

—Te envidio. Tienes el honor de que te escuchen, como a Clinton. A mí nadie me escucha. En cuanto a ser negra, no les hagas caso. A mí me gustaría ser negro: son más bonitos que los blancos. Y tú serías una negra bellísima.

La sorprendió. Ella no supo qué responder, y lo pasó por alto.

—*Óyeme, Ma-tías, ¿Tú sabías que cuando éramos pequeños mamá nos hacía vestiditos blancos de piqué, a los tres? ¿Tú sabes lo que es el piqué? Mamá cosía muy bonito. A ti te hacía unos trajecitos corticos, tan corticos, cor-ticos que se te salían el pipí y los hue-vi-tos.*

Su voz, años atrás inteligente y cortante, ahora parecía la de una niña torpe. Oírla le producía dolor en el corazón. Sabía lo que era el piqué de algodón y recordaba los trajes cortos, por debajo de los cuales se le veían el pipí y los huevitos.

—Sí, y tú me cantabas: "*que se sube el palo /que se bambolean /agáchese un poquiiito / para que los vean...* Y yo me ponía bravo contigo, corría detrás de ti para pegarte. ¿Te acuerdas, mi hermana?

Al fin escuchó su risa en el auricular. Cuando, minutos más tarde, Margarita colgó, él sintió su corazón corroído por el comején. Se sirvió un whisky y se lo bebió de dos tragos. El whisky le calentó las vísceras, matando el comején. Se sirvió otro whisky y lo levantó en el aire.

—*Por Margarita Ballester Vilarubla, una muchacha que entabló una batalla contra el mundo, y la perdió* —brindó en voz alta, y se bebió la mitad.

Su hermana, la muchacha rebelde, segunda en su promoción en el magisterio, *cum lauden* en el doctorado de Pedagogía, hablando con la lengua pastosa, por las medicinas que combatían su mal. Después de tantos maridos y amantes, sola en un maldito *Home*, reglamentado y esterilizado. La vio de niña vestida de piqué blanco, encajes y cintas rosadas, un lazo en los cabellos y un olor a agua de violetas. La vio reír y correr con sus piernas ágiles y la falda al viento. Una noche la oyó en la oscuridad preguntando como una tontuela si su novio era bonito. Terminó el segundo whisky, y pensó en todo lo vivido y lo pasado, cómo sus vidas se habían dispersado y acabado, y sonrió con feroz amargura.

"¿Qué luz, dónde? Una mierda. Una reverenda mierda".

El tercer whisky se lo bebió a sorbitos, disfrutándolo. El corazón ya no le dolía un carajo: de nuevo latía frío y científico, como un médico forense. Entonces se sentó a terminar sus notas necrológicas.

*   *   *

—Entonces, ¿a quién de nosotros quería mamá?

Nunca se ponían de acuerdo en esta cuestión, irrelevante en sí misma, y, sin embargo, insoluble, un enigma más que les dejara Sofía, una mujer y una madre enigmática, cuyo suicidio aún pesaba sobre él.

Caminaba esa noche junto a su hermano Juan Maura a orillas del mar Caribe, en una pequeña caleta del litoral venezolano, y la brisa y las olas los obligaban a hablar en voz alta; pero, apenas pronunciadas, sus palabras se disolvían en el viento. Las palabras siempre están condenadas a que se las lleve el viento, a menos que uno las escriba. Entonces, con suerte, viven hasta que el papel o los hombres se pudren.

A él le costaba mucho encariñarse con la gente; peor aún, no deseaba ya encariñarse con nadie. Y ahora, cuando empezaba a sentir cariño por Juanito, nuevamente el destino de sus exilios los alejaba. Juanito sabía que él escribía una novela sobre Sofía. Esta noche, junto al fragor del mar, su hermano le contaba anécdotas de su madre, con la intención de ayudarlo con la novela.

—En la década del 70, cuando ya mamá tenía sesenta años, oyó por radio que estaban buscando una actriz de su edad. Fue y se presentó, sin decir que era mi madre. Le hicieron unas pruebas, y la aceptaron enseguida. Mamá renunció. Le rogaron que se quedara, pero ella, riendo, dio las gracias y se marchó. Yo me enteré después que pasó todo. Me aseguraron que daba el personaje, que tenía talento. Yo lo sabía. "¿Por qué no aceptaste?", le pregunté, y ella me respondió muy vanidosa: "Sólo quería saber si yo servía, saber que mi vida pudo ser distinta".

—Ella me contó esa historia.

—¿Sabes que mamá, durante unos meses se unió a los Testigos de Jehová, y estuvo repartiendo *Atalayas* por la calle? No se la llevaron presa, pero la gente se burlaba y le gritaba vieja loca.

—También lo sé. Aunque nunca me lo dijo.

Él había tratado de imaginarla por las esquinas de Santiago, repartiendo La *Atalaya* y anunciando el fin del mundo. ¿Cómo una mujer inteligente y alegre pudo caer en esa "crisis apocalíptica"? Pensar en su bella madre, ya vieja y alucinada, vagando por las calles de su ciudad, le producía tanta tristeza y dolor, que lo borró de su mente.

Juanito continuaba con sus memorias

—A mamá después le dio vergüenza. Nunca se lo dijo a ustedes. Pero ella fue presidenta de un CDR, que fundó en La Casita de la Loma a principios de la Revolución, cuando nombraron a papá en el Ministerio de Hacienda. Eso duró sólo dos meses. En cuanto comprendió que se trataba de denunciar a sus vecinos, fingió una enfermedad y se retiró.

Él lo supo, aunque ella nunca lo contó. Supuso que le daría vergüenza. No podía imaginarse a Sofía de cederista.

—En los últimos días, antes que se tomara las pastillas, una noche me dijo una frase misteriosa: *"Yo soy la ciega que más ve; puedo ver muy lejos, a ti, y a Matías hablando de mí, y yo oyéndolos"*. Pensé que mamá estaba loca, sus palabras no tenían sentido entonces.

—Sofía siempre creyó en el espíritu. Yo no creo en nada. O mejor dicho, creo en la Nada. Aún así, hay noches, cuando sus recuerdos me rondan, que elevo mi plegaria de ateo:

"Dios, si Tú existes, si eres una luz de bondad omnisciente en lo más alto, tal como creía mi madre, haz que el más ferviente de sus deseos se cumpla: haz que su espíritu se eleve, en forma de una paloma blanca fulgurante, hacia las altas esferas donde moran los espíritus superiores, y acógela en Tu Reino".

Al confesar este secreto, tan íntimo, tan lacerante para él, se sintió inerme, como si se desnudara en una plaza pública.

Juanito caminaba a su lado. Matías sabía que era un creyente (creía en demasiadas supercherías), pero —cosa extraña en un ser tan imaginativo y locuaz— por una vez su hermano Juanito no le contestó. Seguramente se le atravesó la preocupación de su viaje a Bogotá, adonde le habían ofrecido trabajo como actor y director.

—¿No le habrás dicho a nadie lo de Bogotá?

—No, ni loco. Seguí tu consejo y le he dicho a todo el mundo que voy a Los Ángeles, que unos compatriotas me invitaron a hacer un papel en una obra de teatro. ¿Qué te parece?

—Muy bien. Mientras más lejos, mejor.

Le había advertido a su hermano que si ese hombre poderoso que lo amenazó de muerte había sido capaz de pagarle a un policía para que se metiera en su casa como estudiante de teatro y le plantara droga, si llegaba a enterarse que se iba para Bogotá, le ponía la vida en una bandeja.

"Allí, con cinco o diez mil dólares, contrata un sicario, y te manda a matar con menos riesgo que aquí, donde ya ha habido rumores que lo pueden señalar".

*   *   *

Fue una suerte que las tías, esas gallegas desconfiadas y racistas, exigieran no sólo un mechón de pelo, sino también unas fotos de Sofía. Así él podía contemplar ahora a su madre en 1922, una adolescente de dieciséis años, en la fragilidad química del papel. La última vez que vio esas fotos anticuadas, sintió un vago desasosiego. Esta noche, en el apartamento, al sacarlas para mostrárselas a Juanito, no más las tuvo en sus manos, sintió la misma sensación de tristeza.

—Mira esta foto —le mostró una a Juanito—. ¿Ves qué mirada tan seductora, y esa actitud sugestiva de taparse con una manta, como si estuviese desnuda? Te apuesto a que tenía la ropa puesta.

Juanito contempló la foto de Sofía y no pareció gustarle.

—¡Luce un poco caretona! ¡Mamá era más fina de cara!

—¡Dieciséis años y ya sonreía como una Gioconda!

—No creo que fuese una señoritinga. Mamá fue media marimacho. Le gustaba escaparse con Rafa en bicicleta. Fíjate si era tremenda que una vez se tiró por la escalera de Padre Pico y casi se mata. Oye, ¿por qué no metes también eso en la novela?

Matías no lo escuchaba. Contemplaba las viejas fotos, meditando en la efímera juventud de esa mujer que fue su madre. Las románticas ojeras y la pose deliberadamente erótica, le dio risa.

—¡Ah, la cabroncita, aquí parece una vampiresa!

Juanito miró la foto y la devolvió afirmativamente.

—En las fotos de esa época, las muchachas parecían flores perversas. A mí me fascina ese sepia enfermizo y romántico, la pátina de nostalgia que ilumina esos viejos daguerrotipos. Las fotos a color de ahora han perdido dignidad. Aquellos fotógrafos de antes, con sus cámaras chaplinescas, eran auténticos artistas.

—¿Tú crees que fuera tan bella?

Juanito sonreía recordando a Sofía Vilarubla.

—Mamá me contaba que ella dejaba hechizados a los hombres. Decía que un tal Lopebravo, el dueño de una imprenta en Marina Baja, perdió la cabeza por ella. ¿Conoces la historia?

Matías conocía la historia, le había comprado libros a Lopebravo, fue a su casa colonial, con balcones de madera, cerca del Museo Bacardí, a llevar y traer sobres de su madre. Su hermano continuó hablando.

—Después, en el Central, un tal Pepe Zulueta decía que se parecía a Greta Garbo. Yo vi la actuación de la Garbo, en los papeles de Margarita Gautier y de Ana Karenina, y me subyugó. Tal vez a sus actuaciones le faltó un toque de autenticidad, por ejemplo la sonrisa espontánea y contagiosa que tenía mamá. Sin embargo, su visión física en la pantalla me dejó hechizado. La Divina, la llamaban y con razón. Y sí, el parecido entre la Garbo y mamá era evidente.

Él movió la cabeza con escepticismo, descreía de aquel mito: que Sofía fuese tan bella como Greta Garbo.

—No quiero mitificarla. Yo no creo que fuera tan bella.

—No es que mamá fuera tan bella, la Garbo tampoco lo era. Pero las dos poseían ese leve encanto, esa mirada de súbito enigmática, una aureola luminosa y sugestiva, un no sé qué... como la misteriosa gracia del eterno femenino.

Juanito hizo una pausa, suspiró inconforme de no poder explicar la belleza de mamá. Entonces, con la alegría repentina de quien le viene a la mente un recuerdo revelador, prosiguió.

—Te voy a contar uno de esos incidentes que uno nunca olvida, por la sorpresa y el personaje: "Me sucedió estando yo de gira con el grupo de Kakania. A la salida de una función, no sé si fue en Banes o Gibara, aunque sí recuerdo que fue en un viejo cine adaptado para la ocasión. Cuando yo salía, se me acercó un hombre mayor, que peinaba canas, de ademanes anticuados pero con una mirada honesta, y me preguntó: "Disculpe, ¿no es usted el hijo de Sofía Vilarubla, la señora que vivió muchos años en el Central Miranda?"

"Sí", le contesté, intrigado porque leí en el hombre el esfuerzo por vencer su timidez y confesar algo importante.

"Mucho gusto", aquel hombre me estrechó la mano, y luego, con una sonrisa soñadora, me dijo: "yo conocí a Sofía en el Central Miranda, cuando todavía era la esposa de Ballester. Con todo el respeto, permítame que le confiese algo: Yo era un jovencito entonces, y, cuando estaba cerca de Sofía, perdía la voz, y me quedaba mirándola extasiado. Nunca la he olvidado. Para mí, Sofía era la mujer más bella del mundo."

Matías lo había escuchado sonriendo, con escepticismo.

—Muy simpático, ¿pero eso, es verdad? Porque si lo inventaste, dímelo. Yo quiero una novela honesta, no un cuento de hadas.